영혼의 사슬

영혼의 사슬

프리담 그란디 지음 · 맹은지 옮김

북캐슬

어깨에 마대자루를 들쳐멘 한 노예가 월로우 호숫가를 따라 비틀거리며 걷고 있었다. 간밤에 내린 비와 젖은 나뭇잎 때문에 땅이 질척거리고 미끄러운데다 자루를 짊어지고 오느라 진땀을 뺐더니 팔이 욱신거렸다. 낡은 보트 보관창고에 가까워질 무렵, 마취제의 효력이 슬슬 다해 가는지 자루 속에 들어 있던 새끼 코요테가 점점 더 난폭하게 몸부림쳐댔다.

드디어 페인트가 거의 벗겨진 창고 문 앞에 도착한 노예는 꿈틀대던 자루를 바닥에 거칠게 내려놓았다. 그러자 자루 속 코요테가 꽥, 하고 소리를 냈다. 노예는 커다란 고리에 달린 여러 개의 열쇠 중 하나를 골라 문에 걸린 자물쇠통을 열고 안으로 들어갔다.

그는 창고 뒤편에 있는 긴 나무 작업대로 자루를 옮겼다. 새끼 코요테는 잠시 동안 잠잠했다. 노예는 한 손으로 이마에 맺힌 땀을 닦고는 다른 한 손으로 청바지 앞주머니 안에 하얀 가루가 담긴 작은 봉지를 만지작거렸다. 이윽고 그는 벽을 마주보며 조심스럽게 삐걱거리는 나무 의자에 앉았다. 준비도 다 됐으니 작업 시간은 오래 걸리지는 않을 것이다. 그래서 그는 그 동안만이라도 참아보려 했다. 하

5

지만 그의 의지와 다르게 손이 주머니 속에 있는 봉지를 꺼냈다. 그리고 그 안에 들어 있던 가루를 한 자밤 집었다. 그는 손에 든 가루를 반대쪽 손바닥으로 옮긴 뒤 코로 흡입했다. 그러자 머리에 갑자기 생기가 돌기 시작했다. *그래, 바로 이거야.* 노예는 하늘을 보며 한껏 쾌감을 만끽하다가 주인을 찾기 시작했다. 주인님이 나타나실까?

  하지만 하얀 가루의 쾌감은 생각보다 오래 가지 않았고, 주인의 기척도 전혀 느껴지지 않았다. 정신을 차렸을 때는 냉담한 현실만이 그를 맞이하고 있을 뿐이었다. 그는 두 손으로 나무 의자의 팔걸이를 꽉 쥐었다. 두 다리는 걸을 수 있을지 의문이 들 정도로 빳빳하게 굳어 있었다.

  "당신이 정말 싫어! 정말 싫다고!" 노예는 목이 터져라 외쳤다. 그렇게 그가 숨을 헐떡이고 있을 때, 작업대에 놓인 자루 속에서 새끼 코요테가 낮은 소리로 울부짖었다. 노예는 하얀 코카인 가루를 조금 더 흡입하며 주인의 환상을 불러내려 애썼지만 또 다시 실패했다. 그는 주인을 불러낼 만큼의 절정에 이르기 위해 코카인 가루를 더 흡입했다. 이제 가루가 들어 있던 봉지는 텅 비어버렸다.

  심장이 쿵쾅대기 시작했고, 식은땀이 등줄기를 타고 흘러내렸다. 그는 잔뜩 화가 난 상태로 마룻바닥을 쿵쿵거리며 걸어갔다.

  작업대에 놓여 있던 자루 속의 코요테가 이번에는 조금 더 큰 소리로 흐느끼기 시작했다. "시끄러워." 노예가 소리쳤다. 그의 불안한 마음은 참을 수 없이 커져만 갔다. 그는 테이블 근처의 선반에서 긴

톱날 칼을 집어 들었다. 그리고는 온 힘을 다해 자루 위로 내리쳤다. 그는 알아들을 수 없는 소리를 내며 계속해서 자루 위로 칼을 내리꽂았다.

그가 움직임을 멈추자 창고에는 견딜 수 없는 적막만이 흘렀다. "이럴 수가, 안 돼." 노예는 흐느끼기 시작했다.

노예는 전날 밤 덫을 놓아 새끼 코요테를 잡았다. 토끼나 너구리처럼 자그마한 동물을 주인에게 바칠 생각이었다. 그러나 이제 그의 계획은 모두 수포로 돌아갔다. 코요테도 죽어버렸고 그는 주인에게 버림받기까지 했다. 비록 찰나에 주어진 구원의 기회였지만, 그것마저도 놓치고 말았다.

그런데 희망이 모두 사라졌다고 느끼던 바로 그때, 창고 입구 쪽에서 누군가가 그를 향해 무어라고 외치고 있었다. 살짝 열린 좁은 문틈 사이로 마치 신의 광채와 같은 빛줄기가 쏟아져 들어왔다. 노예는 그 눈부신 빛에 눈이 멀어버릴 것만 같았다. 드디어 주인님이 온 것이다. 주인님이 작업대 밑에 쪼그리고 앉아 가만히 기다리라고 했었다. 노예의 심장이 미친 듯이 뛰기 시작했다. 주인님이 나에게 벌을 주러 오신 걸까? 아니면 구원해주시러 오신 걸까?

1.
어느 가을날 오후

"당장 집에 가서 엄마가 만들어주시는 파이를 먹고 싶어."

수업이 끝나 멜리사와 함께 스쿨버스에 올라타던 제닛이 말했다. "너도 올 거지?"

"아니." 멜리사는 얼굴을 찌푸린 채 대답했다. "엄마가 곧장 집에 와서 방청소 하라셨어. 원래는 어제 했어야 했거든. 내일 파이 좀 갖다 줄래?"

"그러지, 뭐." 제닛이 대답했다.

제닛은 늘 내리던 정류장에서 내렸다. "잘 가, 제닛-!" 올든 거리를 따라 걸어가는 제닛을 향해 멜리사가 창문 밖으로 크게 외쳤다.

제닛은 떠나는 버스를 보며 가장 친한 친구인 멜리사에게 답례를 했다.

제닛은 하루가 끝났다는 사실에 안도감을 느꼈다. 수학시험 때문에 계속 긴장해 있던 터였다. 그러나 풀지 못하고 넘겨버린 수학 문제들이 생각날 때마다 괴로웠다. 제닛은 아버지가 숙제를 도와줄 때 했던 말을 떠올리며 중얼거렸다. "5학년 수학이 이렇게 어려워선 안 되지."

나무 사이로 부드러운 바람이 불며 바스락거렸고, 바람에 흔들린 붉은 나뭇잎이 여럿 떨어졌다. 해가 조금씩 저물기 시작하자 따스한 햇빛도 함께 사라져갔다. 제닛의 가느다란 맨 다리에도 점점 차가워지는 공기가 느껴졌다. 제닛은 수북이 쌓인 낙엽 사이로 돌멩이를 차고 놀면서 올든 거리를 따라 폴짝폴짝 뛰어다녔다. 그렇게 걷다 보니 어느새 올든 거리와 파밍턴 거리 사이의 삼거리 쪽에 도착해 있었다.

제닛은 잠시 걸음을 멈춰 파밍턴 거리를 쳐다보고는 다시 정면의 디드 씨네 집을 보았다. 만약 파밍턴 거리로 간다면 제닛은 5분 안에 집에 도착할 수 있었다. 반대로 디드 씨네 울타리를 넘어 윌로우 호숫가를 따라 걸어간다면 집까지 10분 정도가 걸렸다. 제닛은 춥기도 하고 파이도 먹고 싶었지만, 윌로우 호숫가를 따라 가는 편이 확실히 더 흥미롭게 느껴졌다. 제닛은 전에 빨간 보트 보관창고를 지나가다가 여우 한 마리와 세 마리의 새끼들이 숲속으로 들어가는 것을 본적이 있었다. 또 한 번은 새끼 토끼를 낚아챈 매 한마리가 디드 씨네 마당에서 묘기를 부리듯 날아오르는 것을 발견한 적도 있었다.

제닛의 등 뒤로 해가 지고 있었다. 그러자 제닛의 그림자가 디드 씨네 집과 윌로우 호수를 가리키며 길게 드리워졌다. 제닛은 파밍턴 거리를 가로질러 달려간 후, 주변에 아무도 없는지 확인했다. 그리고는 허리를 숙이고 하얀 칠이 벗겨진 말뚝 울타리의 널빤지 사이로 가방을 밀어 넣었다.

제닛이 알기로 디드 씨는 제닛이 태어나기 꽤 오래 전부터 이 드넓은 부지에서 살았다. 제닛이 서 있는 곳에서는 디드 씨의 작은 집이 거의 보이지 않았다. 부지 뒤편에 가지런히 자란 여러 그루의 사과나무들이 디드 씨의 오두막을 가리고 있기 때문이었다. 디드 씨네 부지 앞쪽에는 드넓게 펼쳐진 잔디밭과 그 푸른 잔디 위에 널브러진 골프 공들을 볼 수 있었다.

디드 씨는 아주 친절하고 조용한 노인이었다. 해마다 가을이 되면 그는 자신의 과수원에서 함께 사과를 따먹도록 친구들과 이웃을 초대하곤 했는데, 제닛도 지난 주말에 부모님과 함께 디드 씨네 집에 갔다가 2킬로그램 가량 되는 사과 가방을 두 개나 들고 왔었다.

제닛은 모직 치마가 걸리지 않도록 끌어올린 뒤, 조심스럽게 울타리를 넘었다. 그리고는 책가방 끈을 바짝 잡아당기며 부지 가장자리에 서서 마당 쪽을 쳐다보았다. 제닛은 사과나무를 둘러가며 디드 씨네 오두막의 불빛을 확인했지만 안에는 아무도 없었다.

디드 씨네 부지 끝자락과 윌로우 호수의 시작점에는 두 곳을 경계 짓는 늙은 나무 밑동이 하나 있었다. 제닛은 주변을 확인하며 나무 밑동이 있는 곳으로 질주했다. 2분 만에 밑동에 도착한 제닛은 가쁘게 숨을 몰아쉬며 아무도 자신의 무단출입을 눈치 채지 못했다는 생각에 안도했다.

제닛은 호수를 따라 나 있는 구불구불한 도로를 내달렸다. 잔물결이 이는 호수 위로 새들이 지저귀며 날아다니고 있었다. 새소리를 제외하면 아주 조용한 곳이었다. 제닛은 달리던 것을 천천히 멈추고 걷기 시작했다. 숨이 턱까지 차오르면서 갈비뼈 밑에 통증이 느껴졌다. 제닛은 잠시 멈춰 허리를 숙이고 두 손을 무릎에 기댄 채 몇 번의 긴 심호흡을 했다. 고개를 들자 구불구불한 도로 앞 쪽에 빨간색의 낡은 보트 보관창고가 보였다. 제닛은 그 창고의 주인이 누구인지, 또 그 안에 무엇이 들어 있는지 늘 궁금했었다. 디드 씨네 부지를 가로질러 달릴 때마다 창고에 누가 드나드는 것을 단 한 번도 본적이 없었기 때문이었다. 게다가 창고 문은 항상 큰 자물쇠로 굳게 잠겨 있었다.

그러나 방금 보트창고를 본 제닛은 흥분이 되기 시작했다. 오늘은 창고의 자물쇠가 없었기 때문이다. 주변을 둘러보고 아무도 없다는 것을 확인한 제닛은 창고를 향해 조심스럽게 뛰어갔다. 그리고는 문고리로 천천히 손을 뻗었다. 그런데 그 순간 마치 사람인지 동물인지 모를 무언가가 고통에 울부짖는 소리가 들린 것만 같았다. 제닛은 깜짝 놀라 그대로 얼어붙었다. 그러나 곧 주위에 침묵만이 맴돌았다. 아무 것도 아니었어, 하고 제닛은 혼잣말을 했다. 아마도 바람이었겠지. 제닛은 어깨너머로 주변을 흘끗 살핀 후, 몸이 들어갈 수 있을 만큼 문을 열었다.

"계세요?" 제닛이 외쳤다. 제닛은 눈이 어둠에 적응하는 동안 문가에 잠시 서 있었다. 창고에서는 특이한 금속 냄새가 났다. 꽤 오랫동안 아무도 이 창고를 청소한 적이 없는 것 같았다. 오른쪽 구석에는 낡고 찢어진 어망이 쌓여 있었다. 바닥에는 천으로 된 커다란 방수포가 깔려 있었고, 저 멀리 벽 쪽에는 기다란 작업대 위에 연장들이 얽혀 있는 것만 간신히 알아 볼 수 있었다. 바닥에는 낡은 노 한 짝이 나뒹굴고 있었다. 보트를 대는 곳은 큰 문들이 닫혀 있는 것으로 보아 보트가 없는 듯 했다. 호수를 향해 있는 나무 갑판은 친구들과 놀기에는 조금 위험해 보였다.

제닛은 저 멀리 갑판으로 통하는 문을 향해 다가갔다. 그때 뒤에서 작은 발자국 소리가 들렸다. 작업대 근처의 모퉁이쪽에서 난 소리였다. 어쩌면 동물이나 다쳐서 도움이 필요한 사람이 있는 건지도 몰랐다. 제닛은 덜컥 겁이 났지만, 길 잃은 아이나 집 없는 사람을 도와줄 수 있는 기회일지도 모른다는 생각에 들뜨기도 했다. 신문에 실릴 수도 있는 일이었다. 제닛은 문득 집에서 엄마가 만들고 있을 파이가 생각났지만 누군가를 도울 수 있을 때 용감하게 나서서 도와줘야 한다고 생각했다. 엄마도 틀림없이 그러길 바랄 것이 분명했다.

"도와드릴까요?" 제닛이 작업대를 향해 외쳤다.

그때 갑자기 커다란 형체가 어둠 속에서 어렴풋이 나타났다. 그러더니 갑자기 제닛을 향해 돌진하기 시작했다. 족히 2미터는 돼 보이는 그 형체는 낮은 천장에 머리가 스칠 만큼 거대했다. 그 거구가 자신을 향해 손을 뻗는 순간, 제닛은 공포에 질려 뒷걸음질 쳤다. 마치 악몽을 꾸는 것만 같았다. 거인은 거대한 손으로 제닛의 뒷머리채를 잡고, 다른 한 손으로 입을 틀어막고는 가슴팍에서 제닛의 움직임이 잠잠해질 때까지 기다렸다.

제닛은 숨을 쉴 수가 없었다. 얼굴을 덮고 있는 손이 입뿐만 아니라 콧구멍까지 막고 있었다. 소리를 지르고 싶었지만 도저히 그럴 수가 없었다. 제닛은 손톱을 세워 얼굴을 덮고 있는 거인의 두 손을 있는 힘껏 찍어 눌렀다. 그리고는 허리를 감고 있는 거인의 팔을 뿌리치기 위해 몸부림을 쳤다. 거인의 손에 난 땀이 입 안에 들어와 짠 맛이 맴돌았다. 다리를 높이 쳐들어 발버둥치며 힘껏 차보기도 했지만 거인은 꿈쩍도 하지 않았다. 제닛이 아무리 애를 써도 거인은 요지부동이었다. 제닛은 지쳐갔다. 공포심에 휩싸여 마구 반항을 해봤지만 이제 그 두려움마저 마취제가 되어 제닛을 진정시키고 있었다. 제닛의 마음은 이미 집에 가 있었다. 거인의 거칠고 규칙적인 숨소리가 들렸다. 희미하게 엄마의 애플파이 냄새가 나는 것 같았다.

거인은 축 늘어진 제닛을 뒤 쪽으로 끌고 갔다. 마침내 거인이 제닛의 입에서 손을 뗐을 때, 제닛은 훌쩍이는 소리만 겨우 낼 수 있었다. 그 소리는 바로 문 앞에서조차 들을 수 없을 만큼 희미했다. 거인은 다시 제닛의 얼굴 쪽으로 손을 뻗어 축축한 천으로 코와 입을 막았다. 천에서 참을 수 없을 만큼 자극적인 냄새가 났다. 제닛은 숨을 참아보려 했지만 끝내 숨을 들이마실 수밖에 없었다. 눈앞의 모든 것이 까만 어둠으로 변해가고 있었다.

2.
어느 가을날 밤

캐서린 트로이는 애써 울음을 참으며 전화기 옆에 서 있었다. 이미 한참을 울었던 탓에 두 눈은 이미 퉁퉁 부어 있었다. 그 날 오후, 학교가 끝난 후에도 제닛은 집에 돌아오지 않았다. 캐서린은 딸이 돌아오지 않는 이유를 애써 합리화시키고 있었다. 분명 제닛은 친구네 집에 갔거나 학교에 늦게까지 남아 있을 것이다. 곧 전화벨이 울리면 수화기 건너편에서 제닛이 다급하게 잘못을 빌 것이다. 그러면 상냥한 목소리로 맞아주리라. 그러나 밤 11시 30분이 지난 시각, 캐서린의 마음속에는 끔찍한 장면들만 떠오를 뿐이었다. 이를테면 예쁜 아이들이 차에 치여 버려진 채 죽어갈지 모르는 배수로라던가, 누군가에게 붙잡혀서 잔인한 고문을 당하는 그런 장면들만 머릿속을 맴돌았다.

순간 조용했던 거실에 전화벨소리가 공허하게 메아리쳤다. 지금이 순간만을 기다려 왔는데도 캐서린은 왠지 수화기를 들기가 망설여졌다.

"여보세요?" 마침내 캐서린이 입을 열었다.

"여보." 그녀가 바랐던 제닛의 목소리가 아닌 남편이었다. "지금 수색팀을 만들고 있어." 그가 말했다. "나도 합류할 생각인데, 당신 괜찮겠어?"

"네." 캐서린은 차분하게 대답했다. 그녀의 눈에서 눈물이 흘러나 오며 목소리가 갈라졌다. "아까 클리프에게 전화했어. 나와 같이 가 려고 지금 댄버리에서 오는 중이래."

캐서린은 전화를 끊고 시계를 쳐다봤다. 마지막으로 확인한 시간에 서 겨우 2분이 지났을 뿐이었다. 머리가 쿵쿵 울렸다. 캐서린은 비틀 대며 거실을 지나 주방으로 걸어갔다. 주방 테이블 가운데에는 손도 대지 않은 채로 차갑게 식어버린 애플파이가 있었다. 캐서린은 그 애 플파이를 애꿎게 바라보았다. 혹시 내가 저주의 파이를 구워버린 걸 까?

애플파이는 제닛이 가장 좋아하는 디저트였다. 지난 주말, 날씨가 더 추워지기 전에 가족 모두가 디드 씨네 과수원에 사과를 따러 갔었 다. 캐서린은 오늘 그 사과로 몇 시간 동안 파이를 구웠다. 3시 45분 쯤, 캐서린은 곧 도착할 제닛이 볼 수 있도록 주방 테이블 위에 제닛 을 위해 갓 구운 따끈한 파이를 차려 놓았다. 4시 30분이 되자 캐서린 은 제닛이 아직도 집에 도착하지 않았다는 사실을 깨닫고 흠칫 놀랐 다. 혹시 오늘 학교에 방과 후 수업이 있었던 걸까? 캐서린은 학교 사 무실에 전화를 했지만, 비서는 수위를 제외하고는 모두 집으로 돌아 갔다고 단호하게 말했다.

5시가 되어도 제닛은 돌아오지 않았다. 캐서린은 혹시 제닛이 가장 친한 친구네 집에 놀러갔다가 집에 전화하는 것을 깜빡했을지도 모른다는 생각이 들었다. 캐서린은 멜리사네 엄마에게 전화를 걸었다. 멜리사는 제닛이 어느 날처럼 늘 내리는 정류장에서 내렸다고 말했다.

제닛 걱정에 한참을 시달리던 그녀는 남편에게 전화를 했다. 허버트 트로이는 그린 씨의 24시 식료품 가게에서 야간근무를 하는 매니저였다. 그는 당장 가게를 박차고 나와 제닛이 내린 버스 정류장과 집 사이의 길가에서 제닛의 흔적을 샅샅이 뒤졌다. 어디에서도 딸의 흔적을 찾지 못한 그는 곧장 경찰서로 향했다. 경찰은 제닛의 최근 사진이 필요하다며 그를 집으로 돌려보냈다. 잠시 후, 허버트가 경찰서에서 기다리고 있는 동안, 제닛이 다니던 길을 따라 네 명의 경찰관들이 조사를 시작했다. 경찰들은 올든 거리와 파밍턴 거리에 살고 있는 주민들에게 당일 제닛의 목격 여부를 물었다. 그러나 아무도 제닛을 본 사람이 없었다. 결국 경찰은 앰버경보를 울리기로 결정했다. 이 비상경보 시스템으로 제닛의 이름과 얼굴을 비롯한 신상 정보가 라디오와 TV를 통해 주 전역으로 방송될 예정이었다. 캐서린은 주방 테이블에 앉아서 제닛의 사진이 담긴 액자를 꼭 쥐고 조용히 기도했다. 그녀는 언제나 위급한 상황 속에서도 늘 잘 견뎌내는 강한 여자였다. 하지만 지금 이 순간만큼은 몸의 일부가 찢겨나가기라도 한 것처럼 무기력한 기분이었다. 캐서린은 액자 속 딸아이의 얼굴을 바라보았다. 해맑게 웃고 있는 제닛의 부드러운 금발 머리카락과 커다랗고 푸른 눈, 예쁘게 올라간 속눈썹…. 캐서린은 두 눈을 질끈 감아버렸다. 집안 곳곳에 있는 물건들이 아직도 돌아오지 않은 제닛을 자꾸만 떠올리게 했다. 뒷문 옆에 있는 제닛의 테니스 신발, 수학을 제외한 전과목에서 모두 A를 받은 제닛의 성적표가 걸려 있는 냉장고… 그리고 아무도 손대지 않은 애플파이까지.

그 순간 초인종이 울리자 캐서린은 자리에서 벌떡 일어났다. 문을 향해 달려가는 그녀의 마음에 작은 희망이 피어나기 시작했다.

하지만 그곳엔 허버트뿐이었다. 너무 급하게 경찰서로 나가던 도중에 열쇠를 깜빡 잊은 것이었다. "소식은요?" 떨리는 목소리를 애써 진정시키며 캐서린이 물었다. 캐서린은 공허한 표정을 짓는 남편의 얼굴을 보고 이미 대답을 알아챌 수밖에 없었다. 시계를 향해 고개를 돌린 캐서린은 이제 새벽 한 시가 되었다는 사실을 깨달았다.

"아직까지는 없어." 허버트가 지친 기색이 역력한 얼굴로 한숨을 내쉬며 아내를 꼭 끌어안았다. 굳어 있던 캐서린의 몸이 그의 품안에서 파르르 떨렸다. 캐서린은 남편을 꼭 안았고, 그도 아내와 같은 절망적인 마음으로 그녀를 힘껏 안아주었다. 그렇게 둘은 서로 결코 찾을 수 없는 위안을 삼아보려 애썼다. 이 부부에게는 인생에서 가장 견딜 수 없는 순간이었다.

* * *

노예는 자신의 단단한 팔에 안겨 있는 소녀를 창고 뒤편의 나무 작업대 위에 조심스럽게 옮겨놓았다. 소녀의 팔은 힘없이 이리저리 움직였다. 그는 아이의 두 팔을 몸 옆에 가지런히 두었다. 너무나도 예쁜 이 인형은 고요히 잠들어 있었다.

자리를 잡고 만족한 노예는 창고의 문을 굳게 닫았다. 그리고는 작업대 위에 매달려 있는 촛대에 불을 붙였다. 노예는 소녀의 옆에 서서 그 아름다운 얼굴을 바라보았다. 소녀의 위로 노예의 그림자가 이리저리 드리워졌다. 그는 짧게 숨을 들이쉴 때마다 들썩이는 소녀의 가슴을 쳐다보았다. 노예는 소녀의 볼을 쓰다듬고는 아이의 이마 위로 머리카락을 쓸어 넘겼다. 소녀의 볼은 발그레한 빛을 띠었고, 얇은 입술은 조금 벌어져 있었다. 노예는 미소를 지었다. "주인님이 분명 기뻐하실 거야." 그는 낮게 중얼거렸다.

노예는 소녀의 얼굴 옆에 있는 약병과 천을 향해 손을 뻗었다. 그의 미소는 더욱 크게 번졌다. 주인님이 나를 구원해주려고 이 아이를 보낸 것이 틀림없어, 하고 그는 생각했다. 두 번째 기회가 주어진 것이다! 노예는 약병 속에 있는 액체를 천 조각에 흠뻑 적셨다. 천 조각에서 약병에 있던 액체의 냄새가 풀풀 풍겼다. 혹시라도 소녀가 깨어나는 일이 있어서는 안 되었다. 그가 소녀의 얼굴 위로 천 조각을 덮자, 아이의 가슴에서 차차 미동이 사라져 갔다. 노예는 소녀의 긴 다리가 완전히 드러나도록 회색 치마를 허벅지 사이로 쑤셔 넣었다. 그리고 소녀의 하얀 남방의 긴 소매를 어깨까지 말아 올렸다.

노예는 소녀의 발 근처에 있던 가방 속으로 손을 넣었다. 철로 된 차가운 손잡이가 손에 닿자 그는 사뭇 차분한 기분이 들기 시작했다.

메스의 날카로운 칼날에 비춰진 주홍빛 불빛이 흔들렸다. 그는 매끄러운 칼날이 그리고 있는 곡선을 보며 다시금 감탄했다. 그 날카로운 도구는 그의 강력한 힘을 상징하고 있었다. 메스를 든 손은 마치 깃털을 쥔 것처럼 너무도 가볍게 움직였다.

노예는 왼손으로 소녀의 이마를 잡고 뒤쪽으로 밀었다. 소녀의 턱이 위로 향하면서 목이 늘어났다. 그는 오른손에 든 메스의 날카로운 부분을 소녀의 왼쪽 목에 대고 푹 눌렀다. 칼날은 순식간에, 그리고 너무도 쉽게 소녀의 피부 속으로 파고들었다. 그렇게 그의 능숙한 절개 작업이 시작됐다. 그리고 그의 손은 더욱 분주하게 움직이기 시작했다.

메스가 소녀의 오른쪽 쇄골에까지 이르자 피가 솟구쳐 오르기 시작했다. 노예는 소녀가 창백하게 식어가는 모습을 바라보았다. 칼날이 지나간 곳에서 쏟아져나온 피가 작업대와 땅바닥으로 흘러넘치고 있었다. 이를 지켜보던 노예는 엄청난 쾌락이 밀려옴을 느꼈다. 노예는 바닥에 피가 고이자 뒤로 물러섰다. 그의 눈은 점점 차갑게 식어가는 무력한 소녀를 응시하고 있었다.

이것은 단지 시작에 불과했다.

3.
목요일, 동 트기 전

"그람 선생님, 239번으로 연락 부탁드립니다. 피터 그람 선생님, 239번으로 연락 부탁드립니다." 복도에 있는 스피커 소리가 울려 퍼졌다.

젠장, 또 라니, 하고 피터는 생각했다. 그는 의사 휴게실에서 담요를 덮고 누워 있었다. 새벽 한 시의 뉴베리 종합소아병원의 당직실 바깥 복도는 매우 부산스러웠다. 피터가 에어컨의 찬바람을 피하기 위해 담요를 덮으며 웅크리고 누운 것은 겨우 15분 전이었다. 그는 눈을 감자마자 작고 어두운 곳에 갇히는 꿈을 꾸기 시작하는 참이었다. 웅크려 있던 탓인지 갑자기 온 몸의 관절이 아파온 피터는 아픔을 덜기 위해 팔 다리를 쭉 뻗었다. 그나마 방해 받지 않고 조금이라도 잠을 잤으니 망정이지, 그러지도 못했다면 그는 아마 내일 쯤 분명 좀비가 됐을 것이다. 코감기는 더 심해지기만 하는 것 같았다. 피터가 천천히 일어나 앉자 호출기가 울렸다. 그는 지긋지긋한 경적소리를 끄기 위해 주머니를 더듬거렸다.

그날 밤에는 소아과 응급실의 직원들이 꽤 바빴다. 뉴베리의 소아과 응급실은 이 지역에서 가장 붐비는 응급실 중 하나였다. 이곳에서는 신생아부터 18살에 이르는 아동에게 종합적인 의료 서비스가 제공되었다. 또한 어린아이들과 마찬가지로 젊은 성인들도 드물지 않게 이곳에서 의료 혜택을 받곤 했다. 뉴베리 병원의 의사들에게 장기적이거나 잠재적인 불치병을 진단받은 성인들의 치료도 함께 이루어졌기 때문이었다. 뉴베리 종합소아병원은 의학 분야에 속하는 모든 학과의 시설들을 마련돼 있을 뿐만 아니라, 뉴베리 대학 및 의과대학의 교육시설이기도 했다. 병원 복도는 의대생들과 레지던트, 전임의들, 그 밖의 수습 직원들로 항상 붐볐다.

피터는 잠시 걸음을 멈추고 크게 코를 풀었다. 그는 한 손으로 침대 쪽 벽에 걸린 전화기를 들고, 반대 쪽 손을 뻗어 전등 스위치를 켰다. 그리고 형광등의 환한 불빛을 피해 눈을 가린 채 전화기의 239번을 눌렀다. 두 번의 전화 끝에 응급실과 연락이 닿았다. 239번은 특히 밤중에는 찾는 사람이 많은 번호였다.

"소아과 응급실입니다. 무엇을 도와드릴까요?"

"피터 그람입니다. 누가 저를 호출하셨죠?"

"잠시만 기다려주세요." 건너편에서 쉰 소리로 말했다. "어느 분이 그람 선생님을 호출하셨죠?" 잠시 기다리자 수화기 멀리서 누군가가 응답하는 목소리가 들렸다. 이윽고 달그락 소리가 나며 건너편의 수화자가 바뀌었다.

"안녕하세요, 그람 선생님." 수화기 건너편의 여자가 말했다. 피터는 그녀가 레지던트인 앨리스라는 것을 알 수 있었다. "제가 호출했어요. 여기 일곱 살짜리 여자아이가 응급의료로 호송됐는데, 이 아이의 정신과 상담이 필요해요."

"왜 응급실로 호송된 거죠?" 피터가 물었다.

"발코니에서 뛰어내리려고 했대요."

"지금 환자 상태는 괜찮은가요?"

"네, 데려가셔도 좋습니다." 여자가 다소 안도한 목소리로 말했다. 피터가 기억하기에 앨리스는 2년차 소아과 레지던트였다. 충분히 걱정할 일이 많을 시기였다.

"15분 내로 갈게요." 피터가 말했다.

소아과 응급실은 피터가 일하고 싶지 않은 곳 중 하나였다. 그곳엔 늘 비협조적이고 제멋대로인데다 겁에 잔뜩 질린 아이들이 가득했다. 그래서 보다 협조적인 환자들과 상담을 해야 할 때면, 응급실이 너무 비좁아서 마땅한 장소를 찾는 데에 항상 애를 먹는 일이 다반사였다. 종종 분주한 밤중에는 열 명도 넘는 아이들이 정신감정을 받기 위해 응급실로 들어오곤 했다. 그 중 일부는 약물 치료가 끝나면서 우울증, 자살충동, 폭력성을 띠는 아이들이었다. 또한 아동학대나 방치, 부부갈등과 같은 사회적 문제로 방황하는 아이들도 있었다.

피터는 5분 만에 옷을 갈아입고 5분에 걸쳐 당직실 복도를 지나서 소아과 응급실 뒷문 입구에 도착했다. 목에 걸린 신분증을 인식기에 대자 무거운 자동문이 획 열렸다. 응급실 뒷문에는 붐비는 정문 입구를 피해 돌아갈 수 있는 지름길이 있었는데, 그럼에도 불구하고, 피터가 응급실 중앙에 위치한 간호사실 쪽으로 향하는 동안 복도를 따라 위치한 검사실을 들락날락 하는 환자들이 그의 길을 가로막았다. 가끔 보면 응급실은 마치 쉴 새 없이 움직이는 잘 보존된 생태계 같았다.

피터는 응급실 카운터 앞에 도착해 섰다. 하지만 카운터 여직원은 그를 쳐다보지도 않았다. 여직원은 작성 완료된 상담 일지에 환자들의 이름을 찍어 내느라 정신없어 보였다. 하지만 피터는 여직원이 자신을 볼 수밖에 없다고 생각하고 있었다. 180cm가 넘는 키에 부스스한 검은 머리카락, 두드러지는 푸른 눈의 그는 분명 쉽게 지나칠만한 인상은 아니었다. 피터는 헛기침을 했지만 여직원은 그가 막 상륙한 외계인이라도 된 듯 그저 멀뚱히 쳐다보기만 할 뿐이었다.

"피터 그람 의사입니다만-" 병원 소속이라는 것을 증명이라도 하듯 신분증을 내밀며 피터가 말했다. "여기 아동 정신과 상담 호출을 받고 왔습니다."

여직원은 의자바퀴를 굴려 뒤에 있는 문 쪽으로 가더니 크게 소리쳤다. "아동 정신과 상담 요청하신 분 계세요?" 바로 응답이 없자, 그녀는 카운터 쪽으로 다시 의자를 끌고 왔다. 그러더니 마치 아무 일도 없었다는 듯이 하던 일을 계속했다.

피터는 벽에 걸린 커다란 화이트보드에 쓰여 있는 환자들의 이름을 훑어보았다. 그는 정신과 환자를 의미하는 "ϕ" 모양을 찾아보았다. 첫 번째 환자는 피터가 이미 전에 감정했던 열두 살짜리 여자아이였다. 그리고 두 번째 환자는 나야 헤이스팅스라는 일곱 살짜리 여자아이었다. 피터는 여직원에게 나야를 담당하는 레지던트인 앨리스를 호출해달라고 부탁했다. 카운터 여직원은 마치 기계처럼 피터가 부탁한 대로 움직였다. 응급실의 시끄러운 말소리 때문에 호출 소리를 듣기가 힘들었다. 피터가 계속 그 자리에 서 있자, 마침내 여직원은 그를 빤히 올려다보았다.

"저쪽이요." 여직원은 간호사실 저 멀리 끝에 위치한 전화기를 가리키며 말했다. 때 마침 전화벨이 울렸다. 피터는 서둘러 그쪽으로 다가갔다.

"아동 정신과 피터 그람입니다." 피터가 말했다.

"짧게 말씀 드릴게요." 레지던트가 간단히 말했다.

"샤론과 합류하시면 될 거에요. 샤론은 지금 그 아이의 부모님과 함께 있어요."

피터는 방금 들은 얘기가 마음에 들지 않았다. 자신이 아이와 아이의 부모를 만나기도 전에 응급실 사회복지사인 샤론이 그들과 면담을 나누고 있으니 말이다. 피터는 샤론이 일하는 것을 몇 번 본 적이 있었다. 그때마다 샤론은 아이들의 심리적 욕구를 제대로 만족시키지 못하는 것 같았다. 샤론은 냉소적이고 비판적인 성격일 뿐 아니라, 아이들이 무엇을 원하는지 제대로 이해하지 못할 때도 많았다. 환자를 대하는 태도에 있어서 샤론의 장점을 찾기란 쉽지 않았다. 하지만 그녀는 복잡하고 관료주의적인 병원 규칙들을 취급하는 일에 탁월했다. 샤론은 짜증나는 관리 의료 절차를 처리하는 것뿐 아니라, 정신과 병동의 수많은 입원 환자들의 위치를 찾는 일에 아주 능숙했다.

피터는 선반에서 나야의 의료차트를 집어들고 아동 정신감정실인 105호로 향했다. 나야의 가족들과 인사도 나눌 겸, 나야가 응급실에 오게 된 이유를 듣기 위해서였다. 105호의 문은 닫혀 있었다. 피터는 문 바깥에 서서 다시 한 번 코를 풀었다. 잠시 후 그가 조심스럽게 문을 두드리자 끼익, 하는 마찰음과 함께 문이 조금 열렸다. 안은 매우 어두웠다. 피터는 문을 밀어 젖혔다. 그러자 아동용 테이블과 의자, 보라색 침대, TV, 방안 이리저리 흩어져 있는 장난감 위로 복도의 형광등 빛이 비추었다. 처음에는 아무도 없는 것처럼 보였다. 그러나 곧 모퉁이에 서 있는 응급실 스태프 한 명과 침대 위에 누워 하얀 이불을 덮고 있는 작은 형체가 눈에 들어왔다. 피터는 아이를 보기 위해 다가가려고 했다. 그러나 아이는 천장의 통풍구에서 나오는 찬바람을 막으려는 듯 이불을 얼굴까지 끌어올렸다.

피터는 문득 이 늦은 시간에 아이를 깨우지 않는 게 당연하다는 생각이 들었다. 그리고 어쨌거나 아이의 부모와 먼저 상담을 할 필요가 있었다. 피터는 응급실 스태프에게 손을 흔들어 인사를 한 뒤, 조용히 방을 빠져나와 회의실로 향했다. 그곳은 방해받지 않고 상담을 할 수 있는 차선의 장소였다. 회의실로 향하면서 피터는 나야의 차트를 쭉 훑어보았다.

회의실에 들어선 피터가 자기소개를 했다. "안녕하세요, 아동 정신의학과 피터 그람입니다. 오늘부터 두 분께 나야의 문제에 대해 협조를 부탁드리게 됐습니다."

"프레드 헤이스팅스입니다." 프레드가 말했다. 그는 피터가 내민 손을 잡기 위해 몸을 숙였다. "이쪽은 제 아내 제인이에요."

제인은 피터의 손가락 끝을 가볍게 잡으며 애써 옅은 웃음을 지었다. 피터는 부부의 맞은편에 앉아 있는 샤론을 향해 고개를 돌렸다. 샤론은 뒤로 한껏 젖힌 의자에 다리를 꼬고 앉아서 허벅지 위에 메모장을 올려놓고 있었다.

"샤론, 오늘은 기분이 좀 어때요?" 피터가 예의바르게 물었다. "괜찮아요, 고마워요, 그람 선생님." 감정이 전혀 섞이지 않은 건조한 목소리로 샤론이 대답했다.

피터는 샤론 옆에 있던 의자를 끌고 와서 자리에 앉았다. 그리고 테이블 너머로 잔뜩 지쳐 있는 헤이스팅스 부부를 바라보았다. 그는 테이블 위에 나야의 차트와 펜 한 자루를 올려놓았다.

"샤론, 두 분과 어디까지 이야기 했죠?" 피터가 물었다. 그는 이미 기진맥진해 있는 부부에게 똑같은 질문을 다시 하고 싶지 않았다. 그때 샤론의 손톱에 작은 별 모양의 페인팅이 보였다. 피터는 순간 짜증이 났다. 저런 경박한 짓에 시간을 허비할 사람이 또 있을까?

"아, 이제 막 시작했어요." 샤론이 말했다. "헤이스팅스 씨가 나야를 응급실까지 데려오는 게 무척 힘들었다는 이야기를 하고 있었어요."

피터는 헤이스팅스 부부를 쳐다보았다. 부부는 40대의 백인이었다. 프레드는 각진 얼굴에 안경을 쓴 잘생긴 남자였다. 형광등 빛이 그의 흰머리를 희끗희끗 비추었다. 그는 무릎 위에 올려놓은 갈색 캐시미어 코트를 쥐고 있었다. 제인은 남편보다 좀 더 어려 보였다. 흰머리 없는 짧은 금발 머리가 그녀의 다이아몬드 귀고리를 살짝 가리고 있었다. 제인은 꽤 창백하고 피곤한 얼굴을 하고 있었다. 그녀는 크림색 스웨터에 흐린 파란색 스카프를 두르고 있었고, 보랏빛이 감도는 회색 모직 바지를 입고 있었다. 그 모습은 흠잡을 데 없이 아름다웠.

나야의 차트에는 부부의 직업이 적혀 있었다. 프레드는 변호사, 제인은 인테리어 디자이너였다. 피터는 지금까지 정신적 고통에 시달리는 아이들을 많이 겪어왔다. 그리고 그때마다 느낀 것은 부모가 고등 교육을 받았다고 해서 꼭 가정 문제를 잘 해결하진 않는다는 것이었다.

"두 분, 오늘 밤 이곳에 오게 된 이유가 무엇이죠?" 피터가 물었다.

"그러니까… 우리 딸이 오늘은 우리 딸이 아니었어요." 프레드가 말했다.

"무슨 말씀이시죠?"

"오늘 나야가 2층 발코니에 서 있었어요." 제인이 떨리는 목소리로 말했다. "그리고 아마도 자신이 날 수 있다고 생각했던 것 같아요. 나야가 하늘을 쳐다보더니 발코니 벽을 오르려고 하더군요. 혼잣말로 뭔가를 중얼거리면서요."

"뭐라고 말하고 있었나요?"

"아마 '가고 싶어!'라고 했던 것 같았어요."

"부인께 말하고 있었나요? 부인이 당시 방안에 있다는 것을 나야가 알고 있었나요?" 피터가 환청의 가능성을 염두에 두며 물었다.

"아니요, 모르는 것 같았어요." 제인이 말했다.

"나야가 수면 상태였나요?"

"네, 아마도요." 제인이 고개를 끄덕이며 대답했다.

"나야가 발코니 위에 있는 걸 발견하신 게 언제였나요?"

"저희가 저녁을 먹고 난 후였어요." 프레드가 말했다.

그는 피터가 휴지에 대고 재채기를 하자 잠시 말을 멈췄다.

"감기 조심하세요." 프레드가 말했다.

"감사합니다." 피터가 말했다. 그는 힘없이 웃었다. "아이들과 일하는 게 위험할 수도 있겠다는 생각이 들기 시작하네요."

제인이 딱딱하게 웃어 보였다. 이윽고 프레드가 말을 이었다. "나야가 잠들었는지 아내가 확인하러 갔는데, 그때 나야가 방에 없다는 걸 발견했어요. 그리고-"

"그리고 그때 나야가 발코니 벽을 오르려고 했어요." 제인이 말을 끝마쳤다.

"이런 비슷한 일이 전에도 있었나요?"

"아니요." 부인이 대답했다.

"그럼 오늘은 특별히 이상한 일은 없었나요?" 피터가 제인에게 물었다. 두 사람 다 직장이 있었지만, 남편보다 제인이 나야와 더 많은 시간을 함께 하고 있다는 느낌이 들었다.

"제가 기억하기로는 없었어요. 늘 그랬듯이 나야는 같은 시간에 학교에 갔고 같은 버스를 탔어요. 또 집에 왔을 때도 기분이 좋아 보였어요. 학교에서 특별한 일이 있었다는 말도 없었고요. 숙제를 다 끝낸 다음에는 잠들기 전에 인형을 가지고 놀았어요. 정말 여느 때와 다름없는 평범한 날이었죠."

"나야가 이상한 것을 먹었다거나 식사 후에 통증을 호소하진 않던가요?" 피터가 물었다. 독성 물질을 섭취하면 이상 행동의 원인이 될 수 있었다.

"아니요." 제인이 말했다. 피터는 순간 제인의 목소리가 꽤 방어적으로 변했다는 것을 느낄 수 있었다. "저희 가족은 집에서 저녁을 먹어요. 제가 직접 요리하고요. 분명히 말씀 드리지만, 저는 모든 음식을 아주 위생적으로 요리하고 완전히 익혀서 만들어요. 그리고 전부 채소로 만들죠."

"저는 두 분이 나야를 해칠만한 일을 했다고 생각하지 않습니다. 그 점을 이해해주셨으면 좋겠어요." 피터가 제인의 눈을 똑바로 들여다보며 말했다. "그렇지만 모든 가능성을 고려해보려면 이 질문들을 꼭 드려야 합니다."

제인은 무릎으로 시선을 돌렸다. 프레드는 고개를 끄덕이며 아내의 손을 잡았다.

"다시 진행해도 될까요?" 피터가 제인에게 말했다.

"물론이에요." 다시 피터를 쳐다보며 제인이 말했다.

"나야가 혹시 무의식적으로 어떤 약물을 섭취하지는 않았나요?"

"저희는 모든 약품을 캐비넷 안에 넣고 잠가서 보관해요." 제인이 말했다. "병원에 오기 전에도 혹시 나야가 캐비넷 안에 손을 댄 것은 아닌가 싶어 확인해봤어요. 하지만 캐비넷은 확실히 잠겨 있었고 없어진 물건도 없었어요."

피터는 갑자기 미친 듯이 콧구멍이 간지러웠다. 그리고 두 눈은 눈물이 날 만큼 따끔따끔했다. 하지만 제인의 말에 집중하려고 안간힘을 쓰고 있었다.

"본인에게도 마약이나 알코올 섭취 여부에 대해 물어봐야 하겠군요."

"절대 그럴 리 없어요!" 부인이 소리쳤다.

피터는 최대한 안정적인 대화를 이끌어 가기 위해 노력하고 있었다. 하지만 그럼에도 불구하고 제인이 점점 더 불안해하는 모습이 보였다. 결국 그는 질문의 방향을 바꾸기로 했다. "나야가 올해 몇 살이죠?" 그가 상냥하게 물었다.

"일곱 살이 된 지 6개월 쯤 지났어요." 제인이 대답했다.

"나야가 어릴 적에 발육 지연이나 발달 과정상의 문제는 없었나요?"

"그런 적은 없어요." 제인이 다소 차분해진 목소리로 답했다. "나야는 걸음마도 제 시기에 뗐고, 말도 제 때에 했어요. 배변훈련도 일찍 시작했고요."

"언어 능력이나 언어 발달은 어땠나요?"

"언어 습득도 꽤 빨랐어요. 나야는 독서를 아주 좋아해요." 제인이 자랑스럽게 말했다.

"의학적인 건강 문제는 없었나요?" 피터가 물었다.

"대체로 건강하고 활동적인 아이였어요." 프레드가 대답했다. 그와 그의 아내는 잠시 동안 서로를 쳐다보았다.

"대체로요?" 피터가 물었다.

"그러니까 나야가 막 여섯 살이 됐을 무렵부터였어요." 제인이 말했다. 남편을 바라보던 그녀의 눈이 피터를 향했다. "그때부터 나야는 아주 끔찍한 악몽을 꾸기 시작했어요."

"거의 매일 밤마다요." 프레드가 덧붙였다. 굳게 다문 그의 입은 그 일이 얼마나 큰 충격이었는지를 말해주고 있었다. "나야는 고래고래 비명을 질러댔어요. 그러다가 제가 안으려고 하면 팔을 마구 흔들면서 소리를 질렀어요."

"남편과 저는 그저 어린아이들이 느끼는 공포심일 거라고 생각했어요. 그래서 가만히 기다렸지만 더욱 심해질 뿐이었죠. 그러다가 결국 나야를 병원에 데려가야겠다고 생각했는데, 그렇게 결심한 순간 나야의 악몽이 멈추더군요. 하지만 이번엔 전과는 달라요. 마치 뭔가에 홀린…." 제인은 스스로 말을 멈추었다.

"악몽은 저번 주부터 다시 시작됐어요." 프레드가 말했다. "그리고 너무도 끔찍했죠. 아내도 저도 나야가 소리를 지르는 통에 잠에서 깰 수밖에 없었어요. 그리고 나야의 방에 가보면 나야는 침대에서 일어나 내려와 있었어요."

"그런 일이 매일 일어났나요?" 피터가 물었다.

부부는 서로를 쳐다봤다. "네." 제인이 말했다.

"혹시 나야가 신경과 전문의로부터 간질 발작 감정을 받은 적이 있나요?"

"아니요." 프레드가 대답했다.

"나야는 어떤 아이인가요? 보통 행복해하나요, 슬퍼하나요? 아니면 무언가에 화가 나 있는 아이인가요?"

"나야는 너무도 행복한 아이에요." 제인이 말했다. 그녀의 미소가 얼굴의 피로를 가시게 하는 것 같았다. "나야는 그야말로 함께 있으면 너무나 즐거운 아이에요. 친절하고 상냥하고, 또 다정하죠. 나야가 화를 내거나 슬퍼할만한 이유는 생각할 수도 없어요. 하지만 분명한 건−" 제인의 목소리가 흔들렸다. "뭔가 잘못됐다는 거예요."

피터는 회의실 한 편에 걸려 있는 커다란 시계를 바라봤다. 상담을 시작한 후로 한 시간이 지나고 있었다. 피터는 두 사람이 너무나도 지친데다 아마 배도 고플 거라는 생각이 들었다. 피터 역시 지쳐 있었고 마치 머리가 세 배는 커진 것처럼 무거웠다. 피터는 나야와 이야기를 나눠본 후에 상담을 계속 해야겠다고 생각했다.

"오늘은 여기까지 할게요. 두 분은 커피나 뭐라도 좀 드시는 게 좋겠어요." 피터가 테이블 위에 있는 나야의 차트 옆에 펜을 내려놓으며 말했다. "아마 두 분께는 꽤 긴 하루였을 거라고 생각해요. 다시 말씀드리지만, 나야의 문제는 가장 먼저 명백한 원인을 찾아야 합니다. 그렇지 못한다면 나야가 그런 고통을 겪는 이유와 나야를 도울 수 있는 방법을 알아내기까지 시간이 꽤 걸릴 거예요."

이미 지칠 대로 지친 헤이스팅스 부부는 응급실 근처에서 멀리 가고 싶지 않은 듯 했다. 프레드는 아내를 돌아보며 부드럽게 그녀의 볼을 어루만졌다. "의사 선생님 말씀이 맞아, 여보." 그는 피터를 바라보았다. "커피는 어디가면 마실 수 있을까요? 그리고 먹을거리도…?"

"제가 두 분을 구내식당으로 모셔다 드릴게요." 회의실 문으로 부부를 안내하며 샤론이 말했다. "밤중이라 메뉴가 다 준비되진 않지만, 식당에 가면 먹을 것을 좀 찾으실 수 있을 거예요."

피터는 헤이스팅스 부부가 서로 손을 잡고 방문을 나서는 모습을 바라보았다. 그렇게 단란한 부모를 볼 때면 기분이 좋아졌다. 나야의 부모는 아주 상냥하고 애정 어린 사람들인 것 같았다. 그리고 딸을 아주 사랑한다는 것도 충분히 느껴졌다. 피터는 자신의 새로운 환자에 대해 믿을만한 정보를 얻게 되어 꽤 만족스러웠다. 하지만 생각보다 얻은 것이 그리 많지 않았다.

피터는 팔 다리를 뻗으며 기지개를 폈다. 그리고 혹시나 복도를 지나는 사람이 보지 않도록 고개를 돌려 조용히 하품을 했다. 피터는 나야의 차트를 집어 들고 다시 당직실로 향했다. 응급실 교대 시간 전까지 아직 잠을 좀 잘 수 있는 여유가 있었다. 지금으로서는 나야 와 이야기를 나눠보지 않는 한, 이번 일에 대해 더 이상 할 수 있는 것 이 없었다.

4.
목요일, 동 트기 전

"음료수 한 잔 드시겠습니까?" 창가 쪽 자리에 앉은 흑갈색 머리칼의 여자를 향해 승무원이 물었다.

"콜라 주세요, 얼음 가득 띄워서요." 레이아 바인즈 요원이 접이식 식탁을 내리며 대답했다.

이코노미 석에 앉은 레이아는 좀 더 편안한 자세를 취하려고 몸을 쭉 뻗었다. LA에서 뉴욕으로 가는 야간항공은 언제나 힘들었다. 지금은 태평양 시간으로 자정을 넘긴 시간이었고 목적지까지는 아직도 한 시간이나 더 남아 있었다.

레이아의 옆자리에 앉은 남자가 친절하게도 음료수 캔과 컵을 건넸다. 레이아는 그에게 감사를 표했다. 그는 음료수를 건네면서 레이아의 얼굴과 목, 그리고 가슴으로 시선을 훔쳤다. 레이아는 전부터 그가 자신의 다리를 보고 있다는 것을 알고 있었다. 그 남자는 꽤 매력적이었지만 레이아는 기분이 영 별로였다. 레이아가 얼음 위로 탄산음료를 들이 붓자 얼음이 갈라지는 소리와 탄산음료의 시원한 소리가 났다.

"가족들 보러 가시나 봐요?" 옆에 앉은 남자가 말했다.

"아뇨, 일 때문에요." 레이아는 눈을 거의 마주치지 않으며 상냥하게 웃었다. 그리고는 남자가 알아서 눈치 채주길 바라며 접이식 식탁 위에 노트북을 펼쳤다.

레이아는 이 비행기를 타기 직전까지 하와이에서 휴가를 보내고 있었다. 그런데 휴가를 즐기던 와중에 코네티컷 주 뉴베리에서 일어난 사건으로 긴급 호출을 받게 되었다. 레이아는 휴가가 너무 빨리 끝나버려 기분이 좋지 않았다. 하와이에서 뉴욕까지 내내 비행기를 타고 가서 또 뉴베리까지 차를 타야 한다는 것 역시 전혀 내키지 않았다. 레이아는 하와이에서 오랜만에 편히 쉴 생각이었다. 안 그래도 코스타리카에서 국제적 요주 인물이었던 유괴 용의자를 잡는 일에 실패한 후, 막 돌아온 참이기 때문이었다.

"환영합니다." 노트북 스크린의 글귀가 조용히 그녀를 맞았다. 레이아는 비행기에 탑승하기 전에 공항에서 다운로드 해두었던 파일들을 더블클릭했다. 사건 번호 3546. 레이아는 이번 사건을 세부적인 내용까지 아주 철저하고 면밀하게 살펴야겠다고 다짐했다. 어떤 이유에서도 경솔해서는 안 되었다. 레이아의 다리가 다시 떨려왔다. 낙원 같기만 했던 그 열대지역에서 지낸 시간은 얼마 되지 않았다. 하지만 그곳에서의 실수가 초래한 결과는 아직도 그녀의 머릿속을 맴돌고 있었다. 레이아는 이렇게나 빨리 새로운 사건을 맡고 싶지 않았다. 하지만 결국 자신의 실력이 녹슬었다는 사실만 깨달을 뿐이었다.

레이아는 40분 넘게 파일 내용을 꼼꼼히 읽어보았다. 이번 사건은 열 살짜리 여자아이가 학교에서 집으로 돌아오던 중에 사라졌다는 내용이었다. 제닛 트로이가 실종되었다는 점에는 의심의 여지가 없었다. 하지만 도대체 왜일까? 실종 아동의 상당수가 유괴사건의 희생자인 것은 사실이었다. 하지만 유괴된 아이들보다 가출한 아이들의 경우가 더 많았다. 레이아는 FBI의 아동대상범죄 특수수사대에서 근무했던 2년 동안, 혼란스러운 가정환경으로부터 도망치려는 아이들을 수도 없이 겪었다. 그러나 이번 사건을 맡은 호세 로드리게즈 형사에 의하면, 실종된 아이의 부모와 이웃들과의 면담에서도 아동학대나 방치에 대한 단서는 찾을 수 없었다. 로드리게즈 형사는 희생 아동의 집 주변 지역의 수색팀을 조직해둔 상태였다. 또한 성 범죄자로 등록된 두 용의자와의 면담도 계획하고 있었다. 레이아는 이 형사에게서 깊은 인상을 받았다. 그 동안 기억할 수 없을 만큼 수많은 지방 경찰들과 일을 해왔지만, 로드리게즈 형사처럼 유능한 사람은 거의 본 적이 없었다.

여전히 레이아는 실질적인 단서를 찾지 못하고 있었다. 뉴베리는 실제로 모든 마을 사람들이 서로를 잘 알고 있을 만큼 작은 마을이었다. 그런데 이런 마을에 사는 어린 여자아이에게 도대체 무슨 일이 일어난 걸까? 레이아는 그저 사건의 증거가 희생자와 함께 사라지지 않기를 바랄 뿐이었다.

레이아는 스크롤을 내려서 실종된 소녀의 사진을 확대해보았다. 사진 속의 소녀는 커다란 푸른 눈과 짧은 금발머리를 한 아주 예쁜 백인 아이였다. 그리고 "떠다니는 머리"라는 글귀가 쓰여진 보라색 티셔츠와 헐렁한 바지를 입고 있었다. 다른 열 살짜리 아이들과 조금도 다를 것이 없어 보였다. 그럼 내가 이번 수사를 담당하도록 지시된 이유는 대체 무엇일까? 지금까지 수많은 아동 실종 사건이 일어났지만, 연방 요원은 고사하고 마을 보안관의 휴가조차도 방해받은 적은 한 번도 없었다. 게다가 동부쪽이라면 훨씬 좋은 요원들이 널린 곳이었다.

제닛, 넌 대체 누구니? 레이아는 생각했다. 물론 희생자가 그런 질문에 대답할 수 있었다면 레이아는 실업자가 됐겠지만 말이다.

레이아는 과거의 그 아이를 생각하지 않으려고 애를 써보았다. 하지만 그녀는 어느새 또 다시 낡은 포드 경찰차 뒷좌석에 앉아 있었다. 차는 산호세 외곽의 좁은 비포장도로를 달리고 있었다. 운전석에 앉은 경찰관이 모퉁이를 돌며 핸들을 틀자 차가 덜컹 흔들렸다. 레이아는 차문 손잡이를 꼭 잡고 있었다. 그리고 지방 경찰관들의 운전 솜씨가 어둠속에서도 그들이 자랑하는 것만큼 괜찮기만을 바랐다. 이윽고 양철집 앞에 차가 미끄러지듯 멈춰 서자마자 차에서 가볍게 뛰어내린 레이아는 한 손에는 총을, 한 손에는 손전등을 든 채 문을 향해 달려갔다. 경찰관이 따라잡으려 했지만 레이아는 이미 얇은 나무문을 박차고 들어가 있었다. 집 안에 들어온 레이아는 여러 개의 작은 방들 안으로 달려 들어갔다. 그리고 지난 3주 내내 머릿속을 떠나지 않던 그 소년을 찾고 있었다. 촉촉한 검은 눈동자, 천사 같은 두

뺨. 소년은 4살도 채 되지 않은 어린아이였다.

뒤에 있는 방에 다가갈수록 죽음의 냄새가 그녀를 집어삼켰다. 하지만 레이아는 이미 무슨 일이 벌어졌는지 알고 있는 자신에게 벌을 주기라도 하듯이 그 냄새를 들이마셨다. 당황한 유괴범은 이미 도망친 후였다. 혼자 남겨진 소년은 금속 침대에 묶인 채 굶어 죽어 있었다. 레이아는 아이의 얼굴을 보고 숨이 막혔다. 이미 반 이상이 쥐에게 뜯어 먹힌 상태였다.

조용한 뉴베리 마을까지 몇 킬로미터 정도가 남아 있었다. 더 이상 또 다른 아이를 잃을 수 없었다. 레이아는 손으로 팔걸이를 꽉 쥐며 어릴 적 자신이 소녀탐정 레이아 바인즈라면서 수사했던 일들을 회상해보았다. 이웃의 기물파손자를 현장에서 잡으려고 집 근처에서 잠복했던 일, 룸메이트의 개를 추적했던 일…. 하지만 그때는 감히 상상도 하지 못했다. 세상에서 가장 연약한 사람들을 지키는 일에는 어마어마한 책임감이 따른다는 사실을 말이다.

FBI에서 7년을 지내는 동안, 레이아는 한때 행동과학부에서 유명한 법의심리학자와 함께 일한 적이 있었다. 그때 레이아는 유죄판결을 받은 실종아동사건 흉악범들의 프로필을 외우곤 했다. 그리고 유죄판결을 받은 어린이 성추행자들과의 면담을 통해 반사회적 인격장애자들의 범행동기와 범죄방법을 알 수 있었다. 또한 이들 대부분이 초범을 저지른 이후에 시스템의 허점을 이용하여 재범을 저지른 중범자라는 것을 발견했다.

이제 레이아는 자신의 분야에서 유명한 전문가가 되어, 샌프란시스코에 위치한 FBI 사무실을 벗어나 자유롭게 일을 하고 있었다. 그러다 유독 어렵거나 중요한 사건에 아동납치신속대응팀의 지휘를 위해 호출되었다.

레이아는 동부시간대로 시계를 맞추었다. 그리고 잠을 조금 자둬야 할지 아니면 제닛의 정보에 대해 한 번 더 읽어봐야 할지 고민하고 있었다. 레이아는 하와이와 대서양 사이의 엄청난 시차 때문에 온몸에 피로가 잔뜩 쌓여 있었다. 이런 상태로 일을 하는 것은 무리라는 생각이 들어 레이아는 노트북을 끄고 앞좌석 밑에 끼워 넣었다. 그리고 무릎 위에 담요를 덮으며 잠을 청할 준비를 했다.

5.
목요일

피터는 이 꼭두새벽에 응급실에 위탁된 정신과 아동이 더 이상 없다는 사실에 더없이 감사했다. 아마도 4시간쯤 졸았던 것 같다. 그는 잠이 깨자마자 항히스타민제 통을 깨부술 듯이 열고 즉시 약을 복용했다. 거의 7시가 다 되자 피터는 스트라우스 1동을 나올 때만큼 멀쩡해진 기분이 들었다. 그는 나야 헤이스팅스와 대화를 나누기 위해 곧장 응급실로 향했다.

피터는 응급실 자동문을 지나 안으로 들어갔다. 그 순간 문과 창문을 통해 내리쬐는 햇빛을 받은 응급실이 간밤의 그곳과 사뭇 다르다는 것을 깨닫게 되었다. 자랑스럽게 걸려 있는 아이들의 그림도 햇빛을 받아 더욱 생기를 띠는 듯 했다.

간호사실에는 간호사 두 명이 근무 교대를 하는 모습이 보였다. 피터는 지난 24시간 동안 당직을 섰지만, 불행히도 그날 남은 시간동안 병원에 더 머물러야 했다. 그는 화이트보드를 보며 나야의 이름을 확인했다. 아직 105호에 머물고 있었다.

105호로 걸어가던 피터는 제인이 문 밖에 서 있는 것을 발견했다. 그녀는 매우 지쳐 보였지만 아주 말쑥했다. 제인의 눈동자는 그녀의 스카프와 같은 흐린 푸른색이 감돌았다. 그녀의 둥근 모양의 눈과 또렷한 이목구비는 마치 한 마리의 새와 같은 이미지를 풍겼다.

"좋은 아침이에요, 헤이스팅스 부인." 피터가 미소 지으며 말했다.

"좋은 아침이네요, 그람 선생님." 제인도 지친 미소를 지으며 대답했다.

"나야는 안에 있나요?"

"네, 친구를 한 명 사귀더니 지금 노는 데 한창이에요." 제인이 문가에서 물러서며 말했다.

피터는 안으로 들어가기 전에 조심스럽게 문을 두드렸다. 여자아이 두 명이 작은 원형 테이블에 나란히 앉아 있었다. 모퉁이에는 스태프 한 명이 아이들을 지켜보고 있었다. 두 소녀 중 한 아이는 금발머리의 백인 소녀였고, 다른 한 아이는 검은 머리카락과 밝은 갈색 피부의 인도 소녀였다. 인도인 여자아이는 두 개의 각각 다른 색깔의 크레용으로 동시에 그림을 그리고 있었다. 그리고 백인 여자아이가 완전히 사로잡힌 듯이 그 그림을 바라보고 있었다.

"두 개가-" 금발머리의 소녀가 말을 꺼내다가 피터를 보자 말을 멈추었다.

"안녕, 얘들아." 피터가 따뜻한 웃음을 지어 보이며 말했다. "나는 피터 그람 선생님이란다. 오늘은 나야를 만나러 왔어." 피터는 금발머리 소녀를 쳐다보았다.

"저는 나야가 아니에요." 그렇게 말한 금발머리 아이는 인도인 여자아이를 가리켰다.

피터는 순간 놀란 동시에 조금 민망해졌다. 그는 계속해서 그림을 그리고 있는 검은 머리카락의 소녀를 바라보았다. 헤이스팅스 부부가 백인이기 때문에 피터는 나야도 역시 백인일 것이라고 생각했다. 지난밤에는 피터도 지쳐버린 나머지, 부부에게 나야가 태어나기 전과 태어났을 당시의 일들을 물어보지 못했던 것이었다. 만약 그때 물어봤더라면 헤이스팅스 부부가 나야의 친부모가 아니라는 사실을 미리 알았을 것이다.

"안녕, 나야." 피터는 멋쩍은 목소리로 자그마한 인도인 여자아이를 보며 말했다. 나야는 피터를 올려다보지도 않을 만큼 그림에 몰두해 있었다. 나야는 청바지와 밝은 분홍색의 긴 소매 티셔츠를 입고 있었다. "오늘 아침에 나야와 이야기를 나누고 싶었어. 어제 밤에는 그럴 기회가 없었거든."

피터는 다시 자신을 빤히 쳐다보고 있는 금발머리 소녀를 바라보았다. "선생님이 나야와 단 둘이서 이야기하고 싶은데…." 피터가 말했다.

"제 이름은 멜라니에요." 금발머리 아이가 실망한 목소리로 말했다. "저랑은 이야기하고 싶지 않으세요?" 멜라니는 마지못해 작은 의자에서 일어나더니 나야의 의자 등받이에 손을 올리고 나야 옆에 서 있었다.

"멜라니, 다른 의사 선생님이 곧 너를 만나러 오실거야." 피터가 상냉하게 말했다. 그는 스태프에게 멜라니를 방까지 데려다주라고 지시했다.

스태프가 멜라니를 문 쪽으로 데려가자 멜라니는 칭얼대기 시작했다. "하지만 나야가 그림 그리는 걸 구경하고 있었단 말이에요!"

"우리가 이야기를 다 끝내면 다시 와서 나야와 놀 수 있단다. 선생님이 약속할게." 피터가 말했다. "이해해줘서 정말 고맙구나, 멜라니."

"그렇고 말고요." 멜라니가 빈정대며 말했다. 그리고는 문을 쾅 닫으며 나가버렸다.

피터는 나야의 의자 옆에 서 있었다. 방 안의 작은 가구들 때문에 그는 마치 거인이 된 기분이 들었다. "선생님이 옆에 앉아도 될까?" 피터는 멜라니가 앉아 있던 의자를 당기며 물었다. 나야는 대답이 없었다. "오늘은 기분이 좀 어떠니?" 피터가 작은 의자에 체중을 실자 조그마한 나무 의자에서 삐걱거리는 소리가 났다. "그림 그리는 걸 좀 봐도 될까?" 피터는 눈을 마주치려고 노력했다.

나야는 그를 무시했다. 하지만 그리던 그림을 가리려고 하지는 않았다.

"나야가 고른 색이 참 마음에 드는구나." 피터는 다시 한 번 대화를 시도했다. "나야는 어떤 색을 가장 좋아하는지 궁금한걸."

나야는 계속해서 피터를 무시했다.

피터는 조용히 앉아서 나야가 그림을 완성하는 것을 지켜보았다.

그림의 내용은 집, 나무, 무지개와 같이 나야의 또래들에게 전형적인 것이었다. 하지만 그림 속의 사물들은 가히 놀랄 만큼 자세하게 묘사되었다. 나야가 그린 집은 거의 건축도 수준이었다. 하늘을 향해 뻗어 있는 나뭇잎은 아주 세심하게 그려져 있었다. 그리고 무지개는 집과 나무 사이에 매끄럽게 구부러져 있었다. 크면 굉장한 화가가 되겠는데, 하고 피터는 생각했다. 그러려면 나야를 안전하게 보살펴야 했다.

2분이 지나자 피터는 일어서서 다리를 흔들기 시작했다. 잠이 오기 시작한 것이었다.

"나야, 그림을 완성하고 있으렴. 곧 돌아올게. 잠시 나야의 엄마와 이야기를 해야겠구나." 피터는 말했다.

피터는 문을 열고 복도로 나왔다. 나야의 엄마가 그를 향해 서둘러 걸어왔다.

"잘 되어가고 있나요?" 제인이 걱정스럽게 물었다.

피터는 유감스러운 표정을 지으며 웃었다. "나야가 지금은 누구와도 이야기하고 싶지 않은 모양이네요."

"나야답지 않아요." 제인이 말했다. "제가 나야에게 선생님과 이야기하라고 말해볼게요."

"괜찮습니다. 그나저나 제가 어제 미처 여쭤 보지 못한 것이 있는데, 그 이야기를 마저 나누는 편이 나을 것 같아요. 그리고 나야는 계속 그림에 열중하게 두기로 해요."

제인이 고개를 끄덕였다. "남편은 잠깐 밖에 나갔어요. 기다릴까

요?"

"헤이스팅스 씨는 돌아오시면 그때부터 같이 얘기를 나누셔도 될 것 같습니다." 피터가 말했다. 그는 응급실 간호사에게 간단히 이야기를 한 후, 헤이스팅스 부인을 회의실로 안내했다.

6.
목요일

나야는 문이 닫히는 소리에 깜짝 놀랐다. 하지만 위를 올려다보지는 않았다. 그제서야 자신이 방 안에 혼자 있다는 것을 알아챘다. 나야는 그림에 고정되어 있던 시선을 떼고 문에 달린 불투명한 유리창을 바라보았다. 의사 선생님이 멀어지는 모습이 보였다. 나야는 다시 그림 속의 무지개로 눈을 돌렸다.

나야는 응급실에 온 것이 조금도 기쁘지 않았다. 몇 시간동안 잠을 잔 덕분에 푹 쉴 수는 있었지만 그렇다고 누군가와 이야기를 할 준비가 된 것은 아니었다. 나야는 그저 집에 가고 싶을 뿐이었다. 몸 어디도 이상한 곳은 없었다. 나야는 전날 밤에 엄마와 아빠가 왜 그렇게 화를 냈는지도 이해할 수가 없었다. 기억나는 건 엄마와 아빠가 자신을 깨웠을 때는 이미 이 무서운 곳으로 오고 있었다는 것뿐이었다.

나야는 조용히 의자에서 일어서서 방 모퉁이에 있는 싱크대로 향했다. 그리고 물이 따뜻해질 때까지 기다렸다가 손을 씻었다. 앞에 달린 거울 속에는 길고 새까만 머리카락과 큰 갈색 눈을 가진 자신의 얼굴이 보였다. 나야는 평평한 광대뼈와 곧게 뻗은 코를 가지고 있었고 양쪽 얼굴은 완벽한 대칭을 이루었다.

나야는 자신의 친엄마도 어렸을 때 지금 자신의 모습과 같았을지 궁금했다.

이제 손이 깨끗해졌네. 나야는 종이타월로 손의 물기를 닦으며 생각했다. 나야가 유독 싫어하는 것이 한 가지 있었는데, 그것은 바로 다른 사람들이 자신의 장난감을 만지는 것이었다. 그런데 지금 있는 이곳에서는 모든 사람들이 이것저것을 다 만지고 다녔다. 나야는 그 많은 사람들이 손을 댄 물건들을 만지면 자신의 손이 더러워지는 것 같은 기분이 들었다.

나야는 다시 의자에 앉아 방금 전에 완성한 그림 밑에서 두 번째 종이를 꺼냈다. 나야는 그림 그리는 것을 좋아했고 아주 잘 그리기도 했다. 나야는 세 살 때부터 그림을 그리기 시작했다. 그 어린 나이에도 나야는 다른 또래 아이들에 비해 미세운동능력이 아주 뛰어났다. 이제 일곱 살이 된 나야는 거의 열두 살 아이처럼 그림을 그릴 수 있었다. 그림을 그릴 때마다 자신이 가장 좋아하는 자세로 그리곤 했다.

나야는 다시 의자에 등을 꼿꼿이 펴고 앉아 빈 종이 위로 오른손을 부드럽게 구부린 후, 그림을 그리기 시작했다. 그 순간 전날 밤의 꿈이 기억나기 시작했다. 나야는 왜 좀 전까지 그 꿈을 기억하지 못했는지 알 수가 없었다. 나야는 그날 밤 발코니 벽에 앉아 있는 비둘기 떼를 보며 침실 창문 쪽에 서 있었다. 비둘기들은 서로 속삭이면서 나야를 흘끗흘끗 쳐다보고 있었다. 나야는 가까이 다가가면 비둘기들이 무슨 이야기를 하고 있는지 들을 수 있을 것 같았다.

나야는 발코니 문 앞에 녹색 플라스틱 의자를 끌어다 놓았다. 그리고 조심스럽게 의자 위에 올라선 뒤, 문의 맨 위쪽으로 손을 뻗어 잠겨 있던 문을 열었다. 나야는 밑으로 내려와 의자를 옆으로 치웠다. 그리고는 비둘기들이 놀라지 않도록 아주 조금씩 손잡이를 돌렸다. 비둘기들은 나야의 등장에 크게 동요하지 않는 듯 했다. 비둘기들이 하는 이야기가 점점 선명하게 들려왔다. 나야가 다가가자 비둘기들은 갑자기 이야기를 멈추며 나야를 쳐다보았다.

"나야, 와줘서 고마워." 한 비둘기가 말했다.

나야는 움직이지 않고 서 있었다. "너희가 이야기하는 걸 들었어." 나야가 말했다.

"우리와 함께 가지 않을래?" 비둘기가 말했다. "우린 영원히 가버릴 거야."

"어디로 가는 건데? 나는 왜 가야 하는 거야?" 나야가 호기심에 가득 찬 목소리로 말했다.

"우리는 모든 사람들이 가는 저 먼 곳으로 갈 거야. 너도 좋아할 거야."

"내 침대가 더 좋을 것 같은데…." 나야가 말했다. "만약 그곳이 싫으면 다시 돌아올 수 있어?"

"아마도…. 하지만 빨리 결정해야 해. 우리는 이제 곧 떠나야 하거든." 비둘기가 말했다. 이윽고 비둘기들이 하나둘 씩 날아가기 시작했다.

나야가 소리쳤다. "기다려! 나도 가고 싶어." 결국 비둘기들의 대화는 꿈속에서 일어난 일이라는 것이 확실해졌다. 꿈속에서는 원하는 대로 순식간에 어디든지 오고 갈 수 있었기 때문이었다. 꿈에서는 무엇이든 가능했다. 세 번째, 네 번째 비둘기가 날아가자 나야는 발코니 선반을 오르려고 했다. 하지만 벽 위로 발을 디딜 수가 없었다. 낙담한 나야는 더 열심히 오르려고 애썼다. 이제 나야에게 말을 걸었던 마지막 비둘기까지 떠나가려 하고 있었다. 그 순간만큼은 발코니의 벽이 더 높고 미끄럽게만 느껴졌다. 나야는 손톱으로 벽을 파고들려 했지만, 손가락을 따라 고통만 느껴질 뿐이었다. 마침내 마지막 비둘기까지 하늘을 향해 날아갔다. 이제 나야는 그 좋은 곳이 어떤 곳인지 알 길이 없어졌다.

나야는 그림을 완성했다. 종이 위에는 여섯 마리의 비둘기와 하늘을 날기 위해 애쓰고 있는 한 소녀가 그려져 있었다.

7.
목요일

"뭐라도 좀 드셨나요?" 피터가 회의실 의자에 앉으며 제인에게 물었다. 불이 밝게 켜진 회의실에는 약간의 냉기가 돌았다.

"남편이 나야에게 줄 음식을 가지러 집에 갔어요." 제인이 말했다. "제가 먹을 음식도 가져올 거예요." 제인은 너그러운 미소를 지어 보였다. "나야가 병원 음식을 좋아하지 않을 것 같아서요."

"나야와 두 분은 모두 채식을 하시나요?"

"아니요, 채식은 나야만 하고 있어요. 나야가 고기 냄새를 영 좋아하지 않는 것 같아서요. 나야의 친엄마에 대해서 알고 있는 몇 가지 중 하나도 채식주의자였다는 거예요. 저는 나야 때문에 인도식 채소 요리를 배웠죠."

"그럼 나야를 입양하신 거군요?" 피터는 일부러 무미건조한 목소리로 물었다. 어제 미처 묻지 못했다는 생각에 민망해진 마음이 들키지 않길 바랐기 때문이었다.

"네, 나야가 한 살 때 입양했어요. 나야는 미국인과 인도인 혼혈이 아니라 인도인과 남아시아인의 혼혈이에요." 제인이 명확히 구분하며 말했다.

"그럼 나야는 한 살이 되었을 때 미국으로 오게 된 건가요?"

"1년 6개월 정도 되었을 무렵이었죠. 저희 부부가 입양 절차를 완료하는 동안 인도에 있었거든요."

"왜 입양을 결정하시게 됐나요?"

"저희는 아이를 가질 수 없었어요. 그런데 친구를 통해서 나야에 대해 알게 되었죠. 그래서 인도를 방문하는 동안 나야를 만나보기로 했어요. 그때 나야는 뱅갈로에 사는 친이모와 생활하고 있었어요."

"나야의 친부모님은요?"

"저도 나야의 친아버지는 잘 몰라요. 나야의 친어머니는 나야가 태어나고 얼마 지나지 않아 돌아가셨대요."

"어떻게 돌아가신 건가요?"

"저도 자세히는 모르겠어요. 병원에서는 의료 기록이 사라졌다고 하고, 나야의 이모와 삼촌은 당시 정황이 불명확하다고 하더라고요. 남편과 저는 사실 별로 신경 쓰지 않았어요. 지금껏 나야처럼 귀여운 갈색 눈을 가진 아기는 본 적이 없었으니까요. 나야를 보자마자 사랑에 빠져버린 거죠."

"나야에게 형제나 자매는 없었나요?"

"제가 알기로는 없었어요."

"나야의 친척 중에 연락되는 분이 있나요?"

"방금 말씀드렸던 나야의 외가 쪽 삼촌이 부인과 뉴욕에 살고 계세요. 나야는 인도 공휴일과 축제 때마다 늘 그분들을 만나러 가죠. 저희는 가능하면 나야가 자신의 문화를 친숙하게 느꼈으면 하거든요."

"혹시 나야의 친척 중에 정신과 질환을 앓고 있는 사람이 있나요?"

"제가 알고 있는 바로는 없어요. 혹시 유전적인 부분으로 걱정할만한 문제가 있는 건가요?" 제인이 걱정스런 얼굴로 물었다.

"지금은 그렇진 않습니다만, 모든 가능성을 고려해봐야 하니까요." 피터가 대답했다. "제가 나야의 삼촌 분과 연락해볼 수 있을까요?"

"필요하시다면요. 나야 삼촌의 주소와 전화번호를 알려드릴게요."

피터는 제인이 메모를 할 수 있도록 처방 용지 뒷부분을 건네주었다. 그리고 제인이 적어준 내용을 나야의 차트에 베껴 적었다.

"나야의 친척 중에 혹시 간질이나 당뇨, 아니면 천식 같이 의학적인 건강 문제가 있는 사람은 없나요?" 피터가 물었다.

제인은 고개를 저었다. "나야의 친모도 신체적으로 건강했다고 들었어요." 제인이 말했다. "아무도 나야의 친아버지를 아는 사람은 없는 것 같았어요. 나야에게 무슨 문제가 있는 걸까요?"

"지금 시점에서는 저로서도 확신할 수가 없네요." 피터가 솔직하게 말했다. "어떤 문제가 있는지에 대한 실질적인 원인을 찾으려면 먼저 나야와 이야기를 해봐야 알 것 같습니다."

"그럼 나야는 언제 집에 갈 수 있는 건가요?" 제인이 걱정스러운 목소리로 말했다. 제인의 목소리는 다소 격앙되어 있었다.

"글쎄요. 부인과 얘기를 마무리하고 나면, 제가 나야와 다시 한 번 대화를 시도해볼 예정입니다. 일곱 살짜리 아이의 생각을 알아낸다는 게 쉽지는 않아요. 특히나 나야처럼 대화를 하고 싶어 하지 않는 다면 더욱 어렵죠." 피터가 말을 이었다. "나야가 꾼 악몽에 대해서 이야기 좀 해주시겠어요?"

"저와 남편은 나야가 6살이 되었을 때 악몽을 꾼다는 것을 알게 됐어요. 그때는 그저 잠버릇이 심한 것이라고 생각했죠. 나야는 자는 동안 뒤척이기도 하고 구르기도 하고, 가끔은 혼잣말도 했어요. 그런데 6살이 되고 나서는 비명도 지르더군요."

"나야가 겁에 질려 있었나요?"

"아주 끔찍한 일을 겪는 것처럼 보였어요. 제가 나야를 안았을 때는 나야의 심장이 요동을 치고 있었어요. 머리는 열이 나고 땀에 흠뻑 젖어 있었죠."

"부인이 옆에 있다는 걸 나야가 알고 있던가요?"

"모르는 것 같았어요."

"나야가 꿈을 꾸던 중에 잠에서 깬 적이 있나요?"

"제 기억엔 한 번도 없었어요. 보통 눈을 뜨고는 있었지만, 잠에서 깬 것이 아니라는 걸 알았어요. 제가 말을 걸어도 대답하지 않았으니까요. 그렇게 잠에서 깨지 않은 상태로 일정한 시간이 지나면 다시 괜찮아지는 것 같았어요. 그리고는 다시 밤새 잠들었죠. 다음 날 아침에는 아주 피곤한 얼굴이긴 했지만요."

"나야가 두 분에게 꿈에 대한 이야기를 하나요?"

"보통은 하지 않아요. 최근에 나야가 그림을 그릴 때 제가 뭘 그리

냐고 물으면 그 그림이 자신의 꿈이라고 대답하기는 해요. 아시다시
피 나야는 정말 미술적 감각이 뛰어난 아이거든요." 제인이 자랑스럽
게 말했다.

"맞아요." 피터가 말했다. "저도 오늘 아침에 나야가 그린 그림을
보았거든요. 그런데 보통 수면시간 중에 어떤 시점에서 이런 주기가
발생하나요? 초기인가요, 후반인가요?"

"전에는 남편과 제가 깨어 있을 때 그런 행동을 보였어요. 나야가
잠이 들고 두 세 시간 정도가 지났을 때요. 그런데 지난 몇 달 동안은
한밤중에 시끄러운 소리가 나기 시작했어요. 그래서 나가보면 나야
가 집안을 돌아다니더군요." 제인이 피터의 얼굴을 열심히 살폈다.
"이런 일이 다른 아이들에게도 일어나는 건가요?"

"몽유병이요? 물론이죠. 다른 아이들에게도 일어날 수 있습니다."
피터가 대답했다. "나야가 전에도 발코니로 나간다던가 하는 위험한
행동을 한 적이 있나요?"

"아니요." 부인이 말했다. "그래서 나야를 응급실로 데려온 거예
요."

"잘 하셨습니다, 부인." 피터가 제인을 안심시켰다. "나야의 일이
주변의 모든 사람에게 그리 유쾌한 일은 아닐 거라 생각합니다."

제인은 고개를 끄덕였다. "죄송하지만, 제인이라고 불러주세요."

"알겠어요, 제인 씨." 피터가 자리에서 일어서자 제인이 그를 따랐
다. "나야가 뭘 하고 있는지 좀 보러 가봐야겠어요."

"네, 아마 지금쯤이면 남편도 절 찾고 있겠네요." 제인이 말했다.

피터는 제인이 나갈 수 있도록 회의실 문을 잡고 있는 동안 속으로 안도의 한숨을 쉬었다. 이런 종류의 일은 아이의 부모가 협조해주면 순조롭게 진행될 수 있었다. 이제 나야가 대화에 응해주기만 한다면 이 수수께끼를 풀 수 있을지도 모를 일이었다.

8.
목요일

기내의 스피커가 치직거리자 레이아는 순간적으로 잠에서 깼다.

"승객 여러분, 저희 비행기는 곧 착륙합니다." 승무원의 목소리가 흘러나왔다.

레이아는 짧은 시간을 자도 숙면을 취해 충분히 회복된 몸 상태로 깨어날 수 있었다. 잠에서 깨기 위해 카페인을 섭취하는 일도 별로 없었다.

레이아는 답답했던 두 다리를 다시 한 번 쭉 뻗었다. 그리고는 다소 짜증스러운 마음으로 이번 사건은 뭔가 특별했으면 좋겠다고 생각했다. 하지만 진심은 실종 아동이 누가 됐건 상관없었다. 실종 아동이라는 사실만으로도 일할 동기는 충분했다. 어찌됐건 레이아는 이 분야에서 최고의 사건해결율을 자랑하고 있었다. 북동과 남동 지역의 요원들이 지난 5년간 발견한 실종 아동들의 수와 아동납치신속대응팀을 지휘한 횟수를 모두 통틀어도 레이아의 기록에 미치지 못했다. 하지만 그런 레이아도 모든 사건이 늘 해피엔딩이 아니라는 것은 잘 알고 있었다.

21번 게이트에는 다부진 체격의 라틴 아메리카계의 남자가 레이아를 기다리고 있었다. 남자는 웃는 얼굴로 손을 뻗으며 열정적으로 레이아를 반겼다. "대서양에 오신 것을 환영합니다, 바인즈 요원. 저는 호세 로드리게즈입니다. 호세라고 불러주세요."

호세는 레이아를 만나게 되어 기뻤다. 그는 지난 몇 년간 레이아가 해왔던 일을 본보기로 삼고 있었다. 게다가 만약 이번 사건을 해결할 수 있는 사람이 있다면, 그것은 바로 레이아 요원이라고 믿었다. 레이아는 신문에서 봤던 것보다 훨씬 더 아름다웠다. 두 사람이 악수를 나누자 그녀의 풍성한 적갈색 머리카락이 그녀의 어깨에서 부드럽게 흔들렸다. 레이아의 미소는 그녀의 윤기 나는 얼굴빛과 조각 같은 이목구비를 더욱 돋보이게 했다.

"비행기로 오시는 동안 불편하진 않으셨나요?" 그가 말했다.

"괜찮았어요, 감사합니다." 레이아가 답했다. 그녀의 적갈색 눈동자가 남자의 눈을 꿰뚫어보는 듯 했다.

레이아는 자신의 손을 굳게 쥐고 있는 호세의 손을 조심스럽게 놓았다. 그는 레이아보다 몇 인치정도 작았다. 레이아가 신은 낮은 굽의 구두가 둘의 키 차이를 더 도드라지게 했다. 레이아는 호세의 벗겨진 머리를 애써 못 본 척 넘겼다.

"밖에 차를 대놓았습니다. 다른 짐이 더 있으신가요?" 호세가 레이아의 캐리어를 보며 말했다. 레이아는 그가 이미 자신의 다리를 훔쳐 봤다는 사실을 눈치 챘지만 크게 신경 쓰지 않으려고 애썼다.

"이게 다예요." 레이아가 말했다. 그녀는 여행할 때마다 짐을 간소

하게 챙기는 편이었다.

"괜찮으시다면 이제 뉴베리로 이동하겠습니다."

"네, 형사님. 안내해주세요."

레이아는 호세를 따라 공항 밖으로 나왔다. 그리고는 앞에 세워진 링컨타운 자동차 뒷좌석에 올랐다. 공항 너머로 핑크빛과 회색 빛깔이 어우러진 이른 아침의 하늘이 펼쳐져 있었다. 운전사는 도로변에서 차를 빼며 조금씩 이동할 준비를 하고 있었다. 그때 호세가 레이아의 휴가를 망치게 된 것을 사과했다.

"휴가보다는 실종된 아이가 우선이죠." 레이아가 단호하게 말했다.

하지만 그렇게 단언하고도 푸나루의 거북이들을 바라보며 검게 펼쳐진 모래사장을 걷고 싶어지는 이유는 뭘까? 왜 지금 당장이라도 몸을 돌려 서편으로 가는 비행기에 몸을 싣고 싶은 걸까?

9.
목요일

피터는 105호로 다시 돌아가면서 나야의 사건수면의 원인에 대해 골똘히 생각했다. 몽유병이나 야경증은 아이들에게 흔히 일어나는 일은 아니었다. 하지만 분명 아이와 부모가 두려워할 만한 일이었다. 잠결에 걸어 다니는 현상은 의학적으로 몽유병이라고 불리는 증상으로, 환자가 부상당할 위험이 매우 높았다. 그렇기에 피터는 더더욱 나야의 증상에 신경이 쓰일 수밖에 없었다.

피터는 나야의 증상이 야경증이 아닐까 하고 생각했다. 그는 외래 환자 실습을 할 때 야경증 환자를 본 적이 있었다. 환자는 열두 살의 남자아이였는데, 한밤중에 통제할 수 없을 정도로 비명을 지르는 증상을 보였다. 소리가 어찌나 컸던지 옆방에 자고 있던 동생이 까무러치게 놀랄 정도였다. 아이는 이런 증상을 보일 때마다 땀을 심하게 흘렸고, 심박동수가 급격히 증가했다. 아이는 심장이 너무 심하게 뛰어 곧 터질 것만 같다고 말했다. 그리고 아이의 동생은 오빠가 마치 귀신이라도 본 것 같은 얼굴이었다고 했다.

나야는 어쩌면 어린 시절에 생길 수 있는 악몽장애를 겪고 있는지도 몰랐다. 밤중에 발작을 일으키는 특이한 증상의 측두간질도 고려해볼 필요가 있었다. 나야는 확실히 뇌전도 검사를 받아야 할 것 같았다. 하지만 그 어떤 경우에도, 환자를 진단하는 데 있어서 가장 먼저 해야 할 일은 환자와 대화하는 일이었다. 만약 나야가 대화에 응해준다면 바로 그 일이 우선이었다.

피터는 105호의 문을 조심스럽게 두드리고 안으로 들어갔다. 그림을 보고 있던 나야는 재빨리 시선을 위로 올렸다. 하지만 방금 들어온 사람이 피터라는 것을 확인하자 다시 그림으로 눈을 돌렸다.

"나야가 그림을 아주 잘 그린다고 들었어." 피터가 말했다. 그는 나야와 눈높이를 맞출 수 있도록 테이블 쪽으로 작은 의자를 끌어당겨 앉았다.

"뭘 그렸는지 선생님이 좀 봐도 될까?"

나야는 고개를 천천히 돌려 피터의 눈을 똑바로 바라보았다. 그리고 피터 쪽으로 자신이 그린 그림을 밀어보였다.

나야의 그림을 본 피터는 탄성이 나올 뻔한 것을 가까스로 참았다. 나야의 그림은 놀라울 만큼 세밀히 묘사되어 있었다. 그림 속에는 난간 위에 앉아 있는 여섯 마리의 흰 새들이 그려져 있었다. 그 옆에는 발코니를 올려다보는 검은 머리카락의 한 여자아이가 서 있었다. 발코니 너머의 하늘은 어두웠고, 나무가 바람에 흔들리고 있었다. 피터는 만약 나야가 몽유병 상태였다면 어떻게 이런 자세한 부분들을 기억할 수 있는지 의문이 들었다.

"이 그림에 대해서 얘기해주지 않을래?" 피터가 물었다.

나야는 흰 새들을 가리켰다. "새들이 떠나고 있어요." 나야가 진지하게 말했다.

"새들이 어디로 가고 있니?" 피터가 물었다.

"저도 몰라요. 그렇지만 새들은 저와 함께 가고 싶어 했어요."

"정말 새들과 함께 갈 수 있다고 생각했니?"

"갈 수 있어요. 새들이 그렇게 말했어요."

"정말로 새들과 함께 갈 수 있다고 생각했단 말이야?" 피터가 다시한 번 물었다.

"꿈에서는 그럴 수 있어요."

"부모님이 나야를 발견했을 때, 나야가 실제로 그 새들과 함께 가려고 했다는 걸 알고 있니? 그건 꿈에서만 일어난 일이 아니었단다." 피터는 나야의 반응을 살피기 위해 아이의 얼굴을 가까이 들여다보았다.

나야는 시선을 내리며 테이블 위에 놓은 두 손을 쳐다보았다. "아니요." 나야가 조심스럽게 말했다.

"그때 너의 행동이 부모님을 놀라게 했던 거야. 그래서 부모님이 나야를 병원으로 데리고 오신 거지." 피터가 말했다. "그런 행동은 정말 위험했어. 그게 왜 위험한 행동인지 나야가 설명해볼래?"

나야는 피터를 올려다보더니 어깨를 으쓱했다.

"나야가 발코니 아래로 떨어질 수도 있었기 때문이지!" 피터가 나야의 행동의 심각성을 강조했다. "그리고 나야가 아래로 떨어지면 어떤 일이 일어날 것 같니?"

"제가 다칠 수도 있겠죠?" 나야는 피터가 원하는 대답을 맞춰보려 애썼다.

"그래, 맞아. 뼈가 부러지거나 심하게 다칠 수도 있어."

"심장이 멈추고 숨도 멈추겠죠." 나야가 눈썹을 치켜 올리며 말했다. 그 순간 나야의 두 눈썹이 검은 앞머리 뒤로 숨어 보이지 않게 되었다.

나야 또래의 아이들에게 죽음이란 몸의 기능이 서서히 정지되는 것이었다. 그리고 나야는 본인의 나이에 맞게 죽음의 개념을 잘 이해하고 있었다. 나야는 크게 걱정하는 것처럼 보이지는 않았다. 하지만 피터는 이 주제에 대해 더 깊게 이야기해서 나야를 겁주고 싶지는 않았다.

"나야는 그림을 그리는 것 말고 또 어떤 것을 좋아해?" 피터가 물었다.

"책읽기도 좋아하고, 그네를 타는 것도 좋아하고, TV를 보는 것도 좋아해요." 나야가 대답했다.

"나야는 행복하니? 아니면 슬프니?" 피터가 물었다.

"전 행복해요. 음, 거의 행복하지만 가끔은 슬프기도 해요."

"슬프다고 느낄 때는 언제야?"

"제가 누들을 가게에 두고 나왔던 날이요."

"누들이 누구지?" 피터가 물었다.

"누들은 저의 강아지에요."

"누들은 어떤 강아지니? 달리기나 놀기를 좋아하는 강아지야?" 피터가 물었다.

"아, 누들은 진짜 강아지가 아니에요." 나야가 말했다. "누들은 그냥 제 장난감 강아지에요."

"장난감 강아지를 잃어버린 것도 충분히 슬플만한 일이야."

"다행히 다시 가게에 갔을 때 누들을 찾을 수 있었어요. 그 이후로는 아주 행복해졌어요." 나야는 활짝 웃으며 말했다. 자신의 이야기가 해피엔딩이라는 사실에 아주 안심하고 만족스러워 하는 듯했다.

"나야, 지금부터 선생님이 조금 어려운 질문을 몇 가지 할 거야. 대답해도 되고 안 해도 된단다. 답을 모르면 모른다고 말해도 되고, 답하고 싶지 않다고 해도 돼."

나야의 표정이 조금 진지해졌다. 나야는 고개를 끄덕였다.

"몇 가지 질문은 좀 우스울 수도 있어. 하지만 어쨌든 선생님이 꼭 이 질문들을 해야 한단다. 괜찮겠니?" 피터가 물었다.

"네." 나야가 말했다.

"혹시 갑자기 오랫동안, 그러니까 예를 들면 일주일 내내, 슬펐던 적이 있니?"

"아니요."

"너무 슬퍼서 더 이상 살고 싶지 않다는 생각을 해본 적이 있니?"

"아니요." 나야가 답했다. 나야의 눈빛에서 질문의 무게를 이해하는 듯한 진지함이 보였다.

"기분이 너무 좋아서 슈퍼우먼처럼 특별한 능력을 가진 기분이 든 적이 있니?"

"아니요, 없어요." 나야는 키득키득 웃으며 답했다. 나야는 마치 이 질문 정말 웃겨요! 라고 말하는 듯이 눈동자를 이리 저리 굴렸다.

"마음이 너무 급해서 그만큼 말도 급하게 해야만 할 것 같던 적이 있니?"

"아니요."

"사람들이 말하는 소리가 들려서 주변을 돌아봤는데 아무도 없었 던 적이 있니?"

"아니요."

"TV소리를 듣는 것처럼 외부에서 목소리를 들은 적이 있니?"

"아니요."

"사람들은 가끔씩 나쁜 꿈을 꾸는데, 나야도 악몽을 꾼 적이 있 니?" 나야는 피터에게서 시선을 거둔 채 침묵했다.

"지금 말하고 싶지 않으면 안 해도 돼." 피터가 말했다. 그는 나야 가 자신을 쳐다보도록 나야를 향해 몸을 기울였다.

나야가 고개를 끄덕였다. "집에 언제 가요?" 나야가 물었다.

"아직은 확실히 말해줄 수가 없어. 나야의 부모님과 얘기해보도록 할게. 지금은 나야를 안전히 보호할 수 있는 방법을 먼저 찾아야 한 단다." 피터가 말했다. 그는 나야에게 안심하라는 듯 미소를 지었다.

"그럼 선생님은 이제 부모님과 얘기를 하러 가볼게."

나야는 애매하게 고개를 끄덕였다.

피터는 자리에서 일어났다. 너무 작은 의자에 앉아 있던 탓에 허리가 아파왔다. 그는 또 다시 나야의 위에서 서성거리는 거인이 된 것 같은 기분이 들었다.

"선생님이 부모님과 이야기하는 동안, 멜라니에게 다시 와서 나야와 놀라고 얘기할게." 피터가 위로하는 듯한 말투로 말했다.

피터는 방을 나왔다. 그리고 다시 나야가 있는 방에 가게 되어 더없이 기뻐할 멜라니를 찾았다. 그러나 헤이스팅스 부부를 만나기 전에는 먼저 해야 할 일이 있었다. 그것은 나야의 공식 기록을 검토한 후, 당직 중인 담당 주치의와 치료 계획을 상의하는 일이었다. 그리고 나서야 헤이스팅스 부부와 나야에게 그 치료계획에 대한 이야기를 해볼 수 있을 것이다.

10.
목요일

레이아와 호세가 공항에서 뉴베리까지 도착하려면 차를 타고 두 시간도 넘게 달려야 했다. 이동하는 동안 주변 풍경이 도시에서 근교로 바뀌어 갔다. 그리고 농경지 사이사이에 흩어져 있는 작은 마을들이 보이기 시작했다. 마을로 가는 차 안에서 호세는 레이아에게 과거의 사건들에 대해 몇 가지 질문을 던졌다. 레이아는 호세가 자신의 경력에 대해 속속들이 알고 있다는 사실에 기분이 으쓱해졌다. 레이아는 그 질문에서 그가 경찰이라는 직업에 자부심을 갖고 있는 진정한 경찰이라는 것을 확인할 수 있었다.

"조금 사적인 질문을 해도 될까요?" 호세가 물었다.

"물론이죠." 레이아는 거절하려고 마음을 먹고 있던 순간, 그 반대로 대답해버렸다.

"이 일을 하게 된 특별한 이유가 있으신가요? 그러니까 처음부터 경찰이 되기 위해서 일을 시작하신 건가요?"

레이아는 그의 질문에 흠칫 놀라 말을 멈추었다. 단순히 사회의 약자들을 지킨다던가 하는 진부한 얘기가 아니기 때문이었다. 게다가 순간 망설임 없이 대답할 뻔했던 자신에게도 당황하고 있었다.

"글쎄요⋯." 마침내 레이아는 말을 꺼냈다. "정 알고 싶으시다면⋯ 저는 어릴 때 샌프란시스코 미션지역의 발렌시아 거리에 살았어요. 저희 가족이 살던 집 바로 앞에는 저희와 꼭 닮은 가족이 살고 있었죠. 그 집에는 로잘리아라는 제 나이의 여자아이가 있었고, 제 오빠와 똑같은 나이의 남자아이도 있었어요. 저희 아버지는 멕시코계 사람이었고 그 집 아저씨도 마찬가지였죠. 또 그 집 아주머니는 백인이셨는데, 저희 어머니도 백인이셨어요."

레이아는 창밖으로 가지런히 정렬된 과수원을 바라보았다. 사다리 위에 올라탄 사람들이 사과를 따며 어깨에 걸친 흰 가방 속에 사과를 가득 채워 넣고 있었다.

"로잘리아와 제가 아홉 살이 되던 여름날이었어요." 레이아는 말을 이었다. "우리는 로잘리아네 집 바깥의 인도에서 함께 놀고 있었죠. 그러던 도중에 제가 아주 잠깐 집에 갔다 올 일이 생겼어요. 그래서 집에 들렀다가 나오는데, 남자 두 명이 로잘리아를 차로 끌고 가고 있더라고요. 그 남자들은 빨간 야구모자와 반다나를 쓰고 있었어요. 북부 히스패닉 갱단의 사람들이었죠. 그 사람들은 로잘리아네 오빠가 그들의 라이벌인 남부 갱단에 가담했다고 착각했던 거예요. 그래서 로잘리아네 오빠에게 본 때를 보여줄 생각으로 로잘리아를 데려간 거죠. 나중에 FBI가 로잘리아를 발견했을 때, 로잘리아는 이미 오래 전에 살해당한 후였어요. 그리고 시신은 제임스 릭 고속도로에 버려져 있었죠. 이것이 바로 제가 이 일을 하게 된 이유예요."

호세는 레이아가 이야기를 하는 동안 단 한 순간도 시선을 돌리지 않았다. 대부분의 사람들은, 심지어 경험이 많은 경찰일지라도 그녀의 이야기를 들으면 얼굴을 돌리게 마련이었다. 레이아는 정말로 이 형사를 존경할 수 있을 것 같았다.

"그럼 형사님은 어쩌다 이번 사건을 맡게 되셨나요?" 레이아가 물었다.

"저는 뉴베리의 지역경비 프로젝트에 참여하고 있습니다."

레이아는 궁금한 표정으로 형사에게 물었다. "정확히 어떤 프로젝트인가요?"

"이 프로젝트는 가정폭력 상담사, 정신보건 전문가, 아동복지 및 학교 단체와 같은 다양한 단체의 서비스를 통합하는 새로운 프로그램이에요."

"굉장하네요." 레이아가 말했다. 레이아는 한 번도 이런 프로그램에 대해 들어본 적이 없었다.

"이 프로그램은 기본적으로 두 가지를 목표로 하고 있어요." 호세가 말을 이었다. "하나는 아이들이 폭력에 노출되는 것이 극심한 스트레스 장애 증상과 어떤 관계가 있는지를 보다 깊이 있게 이해하는 것이고, 또 다른 하나는 폭력에 노출된 아이들과 가족들을 돕는 방법을 찾는 것이죠. 다양한 단체들이 정신적 충격에 시달리는 아이들과 함께 협력하고 있어요. 관리자들 말을 빌려 '심리학적 사고방식과 발달 적합한 방식으로' 말이죠."

"아주 좋은 프로그램이네요." 레이아는 방금 들은 내용에 꽤 감명받았다. "그렇다면 제닛 이전의 다른 실종 아동 기록에 대해서도 알고 계시겠군요."

"이 지역에서는 다른 실종 아동 기록은 없었습니다." 호세가 말했다. "현재 제닛이 유일한 실종 아동으로 분류되어 있지요."

레이아는 끝내 더 이상 참지 못하고 물었다. "그렇다면 왜 제가 최대한 빨리 이 사건을 해결하도록 지목된 건가요? 분명 북동쪽 아동납치신속대응팀 만으로도 이 사건을 진행할 수 있을 텐데요."

"아무도 얘기하지 않던가요?" 호세가 물었다. "저는 바인즈 요원이 토머스 베일리 의원을 알고 있다고 생각했는데요."

"그 대통령 후보 말씀이세요? 물론 알죠!" 레이아가 큰 소리로 말했다.

"베일리 의원이 뉴베리에 50에이커 크기의 말 목장을 가지고 있다는 건 아시나요?"

"그건 몰랐어요."

"그저께 아동납치신속대응팀의 한 요원이 베일리 의원의 부지에서 책가방 하나를 발견했어요. 제닛의 가방이었죠."

"이제야 조금 이해가 가는 군요." 레이아가 말했다. 제닛의 책가방이 발견된 일은 베일리 의원에게 부정적인 영향을 줄 수 있었다. 행여나 "실종 아동, 대통령 후보 목장서 발견"과 같은 헤드라인이 〈뉴욕타임즈〉 1면에 실린다면 선거에 치명적일 터였다. 이것이 레이아가 뉴베리에 파견된 이유였다. 베일리 의원은 이 사건을 최고의 요원들이 맡아 최대한 신속하게 해결되길 바랐던 것이다.

"그럼 제닛의 가족에 대해 저희가 알고 있는 정보는 어떤 게 있죠? 아동 학대라던가 가족 불안정에 대한 조짐은 없었나요?"

"지금까지 모든 정보를 살펴봤을 때, 제닛의 가족은 그저 단란한 가족이에요. 부모 양쪽도 모두 한 집에 살고 있고요. 다른 주민들의 말에 의하면 부부끼리의 사이도 좋았고 딸과의 관계도 좋았다고 해요. 물리적·정신적 학대를 의심할만한 이유는 전혀 없었습니다."

"제닛에게 형제나 자매가 있나요?"

"아뇨, 외동딸이에요."

"제닛의 가족 중 정신질환 기록이 있는 사람은 없나요?"

"제가 알기로는 없습니다."

"음, 어쨌든 책가방이 발견되었단 말씀이군요. 안에는 뭐가 있었나요?"

"수학 교과서, 공책, 학교 도서관 책, 필통이요. 그냥 평범한 학생의 물건들이었습니다."

"지문 채취는요?"

"두 개의 지문이 채취되었어요. 하나는 제닛의 엄지손가락 지문이었고, 다른 하나는 일부분밖에 발견되지 않았어요. 현재 요원들이 계속 조사 중에 있습니다. 혹시 어떤 단서가 나온다면 오늘 중에 알 수 있을 겁니다."

그때 호세의 휴대전화 벨이 울렸다. 레이아는 그의 벨소리가 가수 U2의 'One'이라는 것을 알 수 있었다. 호세는 벨트에 차고 있던 가죽 케이스를 풀더니 휴대전화 플립을 열었다.

"호세 로드리게즈입니다." 전화를 받고 있던 호세가 갑자기 레이아로부터 시선을 돌리며 이마를 문질렀다. "알았어." 그가 말했다. "15분 내로 가지."

호세가 가죽 케이스 안에 휴대전화를 다시 집어넣었다. 레이아는 호세가 자신의 시선을 외면하고 있다는 것을 알 수 있었다. 마침내 레이아를 향해 시선을 돌린 그의 얼굴은 매우 화가 나 있었다.

"시신을 찾았답니다." 호세가 무겁게 굳은 목소리로 말했다.

레이아는 순간 뱃속이 차가운 돌처럼 서늘해지는 것 같았다. "제닛의 시신이요?"

"자세히는 모르겠습니다만, 경찰서부터 가려던 계획은 바꿔야겠네요." 호세가 운전자의 어깨를 두드리며 말했다.

레이아와 호세는 차를 돌려 좀 전의 출구를 향해 남쪽으로 달렸다. 베일리 의원의 목장을 지나 3킬로미터 정도 서쪽으로 더 가야 했다. 레이아는 말없이 창밖을 바라보았다. 그리고 혹시 모를 최악의 상황에 스스로 대비하고 있었다. 너무 갑작스럽게 일어난 일이었다. 레이아는 두 손이 떨리는 것을 감추기 위해 일부러 더 꽉 쥐고 있었다. 호세도 최악의 상황에 대비하기는 마찬가지였다. 그는 비록 짧은 시간이지만 몇 년간 계속 경찰 일을 해왔다. 그리고 아이의 죽음을 부모에게 전하는 일도 이번이 처음은 아니었다. 하지만 이번 경우는 달랐다. 전에 있었던 일들은 적어도 만취한 대학생이 길 바깥으로 운전을 했다거나 총으로 스스로 머리를 쐈던 사건들이었다. 그러나 이번 사건은 살인사건이 틀림없었다. 게다가 아동과 관련된 살인사건은 많은 사람들이 수사를 방해할 수도 있을 만큼 격노할 일임이 분명했다. 지금 호세가 원하는 것은 이 사건을 해결하는 일뿐이었다. 하지만 수사가 방해받게 된다면 꽤 곤란하게 될지도 모를 일이었다.

11.
목요일

피터는 아침 9시쯤에 병원 커피숍에 있었다. 그는 크림치즈를 잔뜩 바른 베이글을 허겁지겁 먹는 중이었다. 순간 시끄러운 스피커에서 누군가가 그를 호출하는 소리가 들렸다. 그 소리를 듣자 피터는 잠시라도 베이글을 먹을 시간이 있었다는 사실이 눈물 나게 기뻤다. 피터는 남은 베이글 몇 조각을 입 안에 우겨넣고 가장 가까운 사내 전화기를 찾아 서둘러 복도로 나갔다.

그를 호출한 사람은 샤론이었다.

"그람 선생님, 헤이스팅스 부부의 보험사 직원이 선생님을 뵙고 싶어 하는데요." 샤론이 말했다. "나야의 입원 허가 문제가 꽤 골치 아프게 됐어요."

"젠장." 피터는 중얼거렸다. 그가 보험사와 충돌하는 일은 처음이 아니었다. 만약 보험사 쪽으로 유리하게 일이 진행될 경우, 정신질환으로 위험한 상태에 있는 아이들을 날마다 집으로 보내야 했다. "연락처는 알고 있나요?"

샤론은 피터에게 연락처를 주며 페넬로프 롤링이라는 여자에게 부탁하라고 말했다.

"아마 모른 체 할 거예요. 하지만 제가 이미 나야의 사례에 대해 자세히 다 말해두었어요." 샤론이 덧붙였다. "그리고 선생님이 알아서 잘 하실 거라고 믿어요. 듣자 하니 선생님처럼 그 사람들과 맞대응할 사람은 아무도 없다던데요."

"아, 그 옛날 얘기들." 피터가 손사래를 치며 말했다. "그런 소문은 다 제가 퍼뜨린 거예요. 어쨌든 이따가 소아과 응급실에서 봐요. 고마워요, 샤론." 피터는 말을 마치며 전화를 끊었다.

머리가 쿵쿵 울리고 있었다. 아까 먹은 항히스타민제는 그가 선택한 최후의 수단이었다. 그 약이 어느 정도 콧물을 막아주는 작용을 해주기 때문이었다. 그런데도 지금 그는 온종일 환자들에게 콧물을 질질 흘리는 모습을 보여줘야 할 판이었다. 게다가 이제 아무 것도 모르는 보험사 직원에게 나야가 입원해야 하는 이유를 설명해야 했다. 피터는 이미 아동 청소년 정신의학과 담당 주치의에게 나야의 사례에 대해 30분 동안이나 설명을 한 후였다. 그리고 지금 그 과정을 처음부터 또 한 번 반복해야 했다. 심지어 이번엔 아동 정신질환에 대해 전혀 모르는 사람에게 말이다. 관리의료가 도입되기 시작하면서 정신보건의료서비스의 필요 여부에 대한 논란이 끊이지 않고 있었다. 게다가 애초에 결정력이 없는 수많은 사람들까지 논란에 가담하게 되었다.

피터는 보험사의 사전허가 전용 전화기를 찾아 응급실 간호사실의 뒤쪽으로 향했다. 그가 의자에 앉아 800번을 누르자 자동응답메시지가 흘러나왔다. 순간 짜증이 밀려왔지만, 그는 겨우 참으며 자동응답 과정을 모두 거쳤다. 그리고 마침내 전화 연결이 됐다.

"사전허가팀의 페넬로프 롤링입니다. 무엇을 도와드릴까요?"

"뉴베리 아동 정신의학과 의사 피터 그람입니다. 나야 헤이스팅스 환자의 일로 전화 드렸습니다." 피터는 최대한 상냥한 목소리를 내기 위해 노력했다. 이런 문제는 화를 낼수록 상황이 악화되기 쉬웠다.

"파일을 준비하는 동안 잠시만 기다려주세요." 잠시 후 수화기 건 너편의 여자가 말을 이었다. "피터 그람 선생님, 지금 이 시점에서 이 환자에 대한 정확한 소견을 말씀해주시겠습니까? 저희는 이 환자에 게 당장의 입원 치료가 불필요하다고 생각합니다." 여자가 상냥한 목 소리로 말했다.

피터는 이를 악물었다. 마치 피가 역류하는 것만 같았다.

"어째서―" 피터는 천천히 말을 이었다. "환자의 입원이 불필요하 다고 말씀하시는 거죠? 이 환자는 어제 2층 발코니에서 뛰어내리려 고 한 일곱 살짜리 아이입니다. 우리는 지금 이 아이가 몽유병인지, 정신질환을 앓고 있는지, 간질인지, 아니면 다른 어떤 문제가 있는지 모릅니다."

이미 이전에도 입원 치료 허가는 수차례 거절당한 바 있었다. 입원 팀의 모든 의사들이 싸구려 보험 회사에 여러 번 당했던 것이다. 피 터는 입원 허가를 받을 수 있도록 자료 내용을 꾸미고 싶은 충동을 가까스로 참고 있었다. 그래서 이번 통화는 더욱 힘들게 느껴졌다.

아주 최근에도 한 환자의 입원 허가가 거절당한 적이 있었다. 그 결과로 십대 소년은 응급실을 나가게 되었다. 그리고 그 아이는 다음날 밤에 자살했다. 그 사건은 소아과 전체에 큰 충격을 안겨주었다. 피터는 그때의 기억을 떠올리며 깊은 숨을 들이마셨다.

"이번에 환자가 자살을 시도했나요?" 여자가 차분하게 물었다.

"아니요, 그런 것은 아니었습니다. 제가 걱정되는 것은 환자가 잠이 들-"

"환자가 최근에 환청을 들었나요?" 여자가 말을 막았다.

피터는 전화기 너머로 여자의 목을 조르고 싶었다. "아니요." 피터는 짧게 대답했다.

"환자가 현 시점에 본인에게 위험한 상태인가요?"

"환자가 잠이 든 경우에는 본인에게 매우 위험합니다. 바로 제가 굉장히 우려하고 있는 몽유병 증상을 보이기 때문이죠."

"그런데 환자가 지금 당장 위험한 상태인가요?" 여자가 물었다.

"지금 이 순간에 그런 것은 아니죠." 피터는 화를 억누르지 못하고 폭발해버렸다. "왜냐하면 지금은 아침 9시 반이고 환자가 자고 있지 않으니까요! 이대로 두고 보지 않을 겁니다! 이봐요, 지금 당장 의사 인터뷰를 요청하겠어요." 피터는 안 된다는 대답은 결코 받아들일 수 없었다.

"어떤 번호로 연락드리라고 말씀드릴까요?" 여자가 평이한 목소리로 물었다. 피터는 이 여자가 정말 살아 숨쉬는 생명체인지 의심이

들 정도였다.

피터는 전화기 번호판에 적힌 희미한 숫자를 보기 위해 눈을 찡그렸다. 그리고 수화기에 대고 번호를 읽었다.

"곧 연락드리겠습니다. 협조 감사합니다." 여자가 말했다.

피터는 쾅 하고 수화기를 거칠게 내려놓았다. 하지만 조금도 기분이 나아지지 않았다. 회전의자를 빙빙 돌리던 피터는 등받이와 함께 책상에 부딪히고 말았다.

저쪽에서 샤론이 손을 흔들며 간호사실로 걸어오는 것이 보였다.

"이 보험회사는 정말 믿을 수 없을 정도로 뻔뻔하네요." 어느새 가까이 다가온 샤론을 향해 피터가 화가 난 목소리로 말했다. "로봇이랑 전화하는 줄 알았다니까요."

"이해해요." 샤론이 콧소리를 내며 말했다. 그녀는 무의식적으로 양 손의 손톱을 부딪치고 있었다. "그저 돈이 최고니까 그것만 쫓게 되는 거죠. 그런 사람들은 정말 사람들의 마음은 조금도 생각할 줄 모른다니까요. 의사 인터뷰를 요청하신 거예요?"

"맞아요. 그래서 지금도 이 의자에서 못 일어나고 있는 거죠!" 피터가 큰 소리로 불평했다. "이 일을 당장 마무리 짓고 싶어요."

샤론은 이런 상황에 익숙했다. 피터와 샤론은 지금까지 꽤 오랜 시간을 지내오면서 환자들의 보험사와 입씨름을 한 적이 한 두 번이 아니었다.

"도대체 왜 정신보건 입원허가는 신체보건보다 훨씬 어려운거야?"

피터가 큰 소리로 투덜댔다.

그때 전화벨이 울렸다. 그러자 피터는 잽싸게 의자를 돌려 수화기를 집어 들었다.

"안녕하십니까, 피터 그람 선생님. 저는 망돌린 관리의료회사의 의사 브라이언 폴리입니다. 무엇을 도와드리면 될까요?"

망돌린 관리의료회사는 주요 의료건강 보험회사들을 위해 정신건강의료서비스를 관리하는 곳이었다. 쉽게 말해서 "실질적 관리의료"를 담당하는 회사였다. 이런 회사들 덕분에 정신건강의료서비스의 허가과정은 악몽이나 다름없었다. 특정 의료서비스의 필요 여부를 평가하기 위해 수 명의 심의관들이 버티고 있기 때문이었다. 지금까지의 경험으로 미루어 보면, 대부분의 경우에 의사와 직접 이야기를 해야 했다. 한 아이의 정신건강 문제는 단순한 애들 장난이 아니었다.

"폴리 선생님, 이 환자에 대해 조금이라도 알고 있으시면 꼭 말씀해주세요."

"알고 있어요, 그람 선생님. 그럼 환자가 입원해 있는 동안의 계획을 말씀해주시면…."

피터는 안도의 한숨을 쉬었다.

"그러니까, 아직 이번 사례의 원인에 대해 아직 확신할 수가 없는 상태입니다. 몽유병적인 문제인지 환자에게 처음으로 발생한 정신병적 문제인지 명확하지가 않기 때문이죠. 어느 쪽이던 간에, 중요한 것은 아이의 수면 중 행동이 지난 몇 주에 걸쳐 더욱 악화되었다는 것입니다. 그러나 아직까지 완전한 정밀 검사나 관찰 기간도 없었습니다. 그런데 이런 시점에서 귀가조치를 시키는 것은 위험할 수 있습니다. 그리고 뇌전도 검사도 해볼 필요가 있습니다." 피터는 말을 이었다. "혹시 모를 발작 장애의 가능성도 고려해보기 위해서입니다. 또한 아이의 신체 기관 상에 진행되고 있는 다른 문제는 없는지 확인하기 위해 MRI 일정도 계획하고 싶습니다."

"좋아요." 폴리 의사가 말했다. 그의 목소리에서 지루함이 느껴졌다.

"그래서 환자를 귀가시키기 전에 입원실에서 아이의 수면 행동을 관찰했으면 합니다. 관찰을 통해 혹시 환자 자신이나 타인에게 위험한 증상을 보이는지를 확인하고 싶습니다. 현 시점에서는 아이가 계속적인 감시 없이도 안전한지 확신할 수가 없습니다."

"이번 정밀검사를 위해 이틀 동안의 입원 기간을 허가해 드리겠습니다. 그 이외의 입원 허가에 대해서는 저에게 다시 연락을 주세요." 폴리 의사가 말했다.

"적어도 사흘의 시간이 필요합니다." 피터가 말했다. "하루에 한 가지 검사 일정만 잡을 수 있거든요. 저희가 바로 다음 순서로 MRI 검사를 받을 수 있는 날은 오늘부터 3일 뒤입니다." 피터는 절망감이 목소리에 드러나지 않도록 안간힘을 쓰며 합의를 보려 했다.

"그럼 3일 뒤에 다시 통화하는 것으로 하죠. 다음 통화 일정을 위해 심의관이 전화를 드릴 겁니다."

"감사합니다." 피터가 말했다. "그때 다시 얘기하도록 하죠."

피터는 전화를 끊고 의자를 돌려 샤론을 향해 활짝 웃었다. "해냈어요!" 피터가 큰 소리로 외쳤다. 그는 마치 전쟁에서 이긴 것 같은 기분이었다.

"축하해요!" 샤론이 웃는 얼굴로 말했다. "헤이스팅스 부부한테 나야가 입원하는 게 좋겠다고 전해드릴까요?"

"제가 직접 할게요." 피터는 성급히 말했다. 그는 샤론이 평소의 몰이해한 행동으로 일을 망칠까 두려웠다.

"알겠어요." 샤론이 말했다. 시간을 벌게 된 샤론은 가벼운 발걸음으로 간호사실을 나섰다. 오전 시간 중 그녀의 예쁘고 긴 손톱에 새로운 그림을 페인팅 할 여유가 생긴 것이다. 물론 105호실로 향하던 피터에게는 그런 샤론의 모습이 못마땅할 뿐이었다.

이제 피터가 제일 먼저 해야 할 일은 헤이스팅스 부부와 나야의 입원 계획을 상의하는 일이었다. 그리고 부부가 나야에게도 얘기할 수 있도록 도와야 했다.

12.
목요일

"석션." 에버슨 헌터 의사가 옆에 있는 간호사에게 말했다.

간호사는 깨끗한 관을 환자의 복부에 난 구멍에 넣었다. 그리고 그 관으로 헌터 의사의 봉합 작업을 방해하는 체액을 빨아들였다. 에버슨은 복부 근육을 꿰매는 작업을 성공적으로 마쳤다.

"모두 수고했어." 에버슨이 환자에게서 물러서며 말했다. 에버슨은 수술실의 의사와 간호사들과 함께 꼬박 7시간에 걸쳐 이번 수술을 진행했다. 이제 막 스무 살이 된 대학생 환자의 정맥과 동맥을 재결합하고 여러 군데 찔린 상처를 치료하는 수술이었다.

이 친구, 살 수 있을 거야. 에버슨이 머릿속으로 생각했다. 이제 남은 일은 각각의 상처 부위를 봉합하는 것이었다. "마무리 좀 부탁할게." 에버슨은 2년차 외과 레지던트에게 지시했다.

에버슨이 수술용 장갑을 벗자, 수술실의 사람들이 박수를 보냈다. 라텍스 없는 수술용 장갑소리가 박수 소리와 겹쳐졌다. 에버슨은 박수를 보내준 의사와 간호사들에게 머리를 숙이며 답례를 했다. 이윽고 그는 수술실을 나와 싱크대로 향한 뒤, 다시 남자 탈의실로 걸어갔다. 오전의 마지막 수술을 막 끝마친 그는 곧 있을 외과 회진을 돌기 전에 깨끗한 유니폼으로 갈아입기로 했다. 에버슨은 휘파람을 불며 탈의실에 도착했다. 그때 레지던트 몇 명이 막 문을 나서자 그는 웃는 얼굴로 고개를 끄덕이며 아침 인사를 했다. 아주 기분 좋은 날이었다. 그는 머릿속으로 부르던 노래에 맞춰 사물함의 철문을 두드리며 박자를 맞췄다.

사물함 안에는 기다란 전신 거울이 있었다. 에버슨은 벗겨진 머리를 마사지하며 거울을 바라보았다. 그리고 깔끔하게 면도한 얼굴을 두 손으로 훑고는 팔 근육에 잔뜩 힘을 주며 거울에 알통을 자랑해보였다. 거울 속에서 그의 구릿빛 피부가 땀에 젖어 빛나고 있었다. 자신의 모습에 만족한 그는 신고 있던 스니커즈를 차 벗은 뒤, 속옷만 남긴 채 옷을 모두 벗었다. 그리고 가장 좋아하는 향수를 뿌린 후, 재빨리 새 유니폼으로 갈아입었다.

에버슨은 가벼운 발걸음으로 탈의실에서 나와 외과 진료실로 향했다. 걸어가면서 손목시계를 확인한 그는 회진 시간에 몇 분정도 늦었다는 사실을 깨달았다. 그리고 가던 길로 걸음을 재촉했다. 그러다 문득 소아과 응급실을 통해서 가야겠다는 생각이 들었다. 그는 걸음을 돌려 다시 왔던 길로 향했다.

에버슨은 이곳에서 오랫동안 경력을 쌓아온 외과 의사였다. 덕분에 뉴베리 소아과 병동의 구석구석을 잘 알고 있었다. 소아과 응급실로 성큼 성큼 걸어가던 중, 저 앞 복도 한 가운데에서 친근한 얼굴을 발견했다.

"뭐해, 악동 의사선생?" 에버슨은 약간의 자메이카 엑센트를 풍기며 짓궂게 말했다. 피터는 악동과는 거리가 멀었다. 에버슨은 자신의 젊은 친구 등을 툭 쳤다.

"이게 누구십니까?" 피터가 말했다. "저야 뭐 여기서 정신없이 바빴죠."

"세상에 정신 나간 어린애들 참 많지? 그래서 내가 항상 말하잖아, 수술하는 게 속 편하다고."

"저한테는 정신에 관한 게 그저 최고라니까요." 피터가 쓰고 있던 안경다리를 손가락으로 두드리며 비꼬는 듯 말했다. "저는 사람 마음을 맡을 테니 형님은 몸을 맡으시면 되겠네요. 그나저나 어디 뛰어가던 길인 것 같던데, 무슨 일이에요? 누구 죽이기라도 한 거예요?" 피터가 농담조로 말했다.

"그래, 그래." 에버슨은 씩 웃으며 말했다. "정반대라고 할 수 있지. 사람 하나 살리고 오는 길이라네." 그는 아직도 들떠있었다. 수술을 성공적으로 마친 순간의 만족감은 그 무엇과도 비교할 수 없었다.

"에벌린은 잘 지내요?" 피터가 물었다. "저번 주에 저녁 정말 맛있게 먹었어요. 요리까지 잘하는 여자 친구라니!"

"아주 괜찮은 여자지. 에벌린이 널 보고 나면 피터는 얼마나 차분하냐면서 항상 네 얘기만 해." 에버슨이 말했다.

"형님 같이 성급한 외과의사에 비하면 차분하지 않은 게 없잖아요, 안 그래요?" 피터가 씨익 웃으며 말했다.

"열정이 좀 있다고 해서 문제가 되는 건 아니잖아." 에버슨이 재치 있게 답했다. "이봐, 피터. 자네도 운 좋으면 그 훌륭한 능력에 감사하는 여자를 찾을 수 있을지 혹시 알아? 아, 물론 내 여자 친구는 빼고."

피터는 눈을 굴리며 한숨을 쉬었다. "그래요, 그래." 피터가 말했다. "너도 그 우울하고 힘 빠지는 역할 한 번 해봐라, 이거잖아요. 형님이 하나 잊은 게 있는데 말이죠. 형님이 나보다 20년 가까이 더 늙었다는 거 아시죠? 나는 따라잡을 시간이 한참 남았다고요."

에버슨이 소리 내며 웃었다. "맞아. 그런데 문제는 네가 움직일 생각을 안 한다는 거지."

피터는 그의 말에 굳이 대답하지 않았다. 요즘 피터는 병원 직원들의 놀림에 익숙해져 있었다. 그는 이미 로맨틱한 저녁이나 해변가 산책은 생각할 수도 없을 만큼 바쁜 날들을 보내고 있었다. 도대체 언제쯤이면 사람들이 이런 상황을 이해할 수 있을까? 게다가 피터가 아직 싱글로 사는 것을 고집하는 이유는 따로 있었다. 그리고 병원 직원들은 그 이유의 반도 알지 못했다.

에버슨이 막 떠나며 화제를 돌렸다. "나중에 운동하러 갈 거지?" 그가 한 쪽 어깨 너머로 물었다. 에버슨은 지름길로 왔지만 오히려 지각할 판이었다.

"그럼요, 그때 봐요." 피터가 모퉁이로 달려가는 에버슨을 향해 외쳤다. 에버슨은 우연히 피터를 만나게 되어 기분이 좋아졌다. 둘 다 꽤 바빴던 탓에 근무 중 마주칠 기회가 거의 없었기 때문이었다.

엘리베이터에 올라탄 에버슨은 수술 후 외과 층인 6층에서 내렸다. 그리고는 인턴과 외과 레지던트들을 향해 전력 질주했다. "가 보자고." 그가 말했다.

인턴과 레지던트들은 하던 이야기를 즉시 멈추고 에버슨의 뒤를 따랐다. 에버슨은 이런 분위기가 좋았다. 그들 중 누구도 이 병원의 최고 외과 의사에게 약점을 잡히고 싶을 리 없었다.

13.
목요일

타운 자동차는 울퉁불퉁한 자갈길 위에서 급하게 방향을 틀었다. 레이아는 차의 팔걸이를 꼭 잡았다. 도로가 끝나고 언덕이 가까워 오자 순간 레이아의 마음속에서 산호세 바깥 마을의 어두운 거리가 번뜩 스쳐 지나갔다. 레이아는 다시 정신을 차리고 마음을 가다듬었다. 머리를 좀 식힐 필요가 있었다.

언덕 꼭대기에 다다르자 정상과 같은 높이의 길이 계속 이어졌다. 앞 쪽에는 경찰차 두 대와 경광등이 빙글빙글 돌고 있는 응급차 한 대가 보였다. 이윽고 레이아가 탄 자동차가 먼지 구름을 일으키며 멈춰 섰다.

"다들 모인 것 같네요." 호세가 차 문을 열며 말했다.

레이아는 호세를 따라 내리며 운전사에게 인사를 했다. 쌀쌀한 가을바람이 땀으로 축축한 손바닥을 간질이자 몸이 으슬으슬 떨려 왔다. 현장의 공기는 거짓말처럼 소박하고 산뜻했다.

다른 차는 모두 비어 있었다. 레이아는 호세를 따라 잔디가 넓게 깔린 곳을 지나갔다. 그리고 오동나무와 단풍나무 사이에 처진 빨간 줄 쪽으로 이동했다. 도시에서 자란 레이아에게 각양각색의 주변 풍경은 너무도 환상적인 모습이었다. 밝은 녹색의 잔디, 선명한 연파랑색의 하늘, 핏빛의 붉은 낙엽, 시커먼 나무 밑동. 레이아는 마치 동화 속에 들어온 것 같은 기분이 들었다. 레이아와 호세는 나무가 더 빽빽하게 우거진 숲속으로 걸어 들어갔다.

이윽고 두 사람은 범죄 현장 주변에 둘러진 노란 테이프 근처에 다다랐다. 레이아는 허리를 숙여 테이프 아래를 통과해 들어갔다. 그 뒤로 호세와 제복을 입은 세 명의 경찰관과 한 명의 응급 구조대원이 그녀를 따랐다.

"여러분, 그럼 저는 다시 돌아가 보겠습니다." 구조대원이 말했다. 경찰관들은 숲 쪽으로 돌아가는 구조대원을 향해 손을 흔들어 인사했다.

"이봐, 호세." 셋 중 가장 건장한 경찰관 한 명이 호세와 악수하며 말했다. "빨리 와줘서 고맙네."

"별 말씀을요." 호세가 말했다. "이쪽은 스티븐 앤드류 부서장님이세요. 여기는 FBI에서 파견된 레이아 바인즈 요원이고요."

불룩하게 나온 스티븐의 배 위로 두 사람이 악수를 했다. 호세는 레이아를 돌아보았다. "그리고 여기 두 사람은 제레미 마이어스와 토니 마스터 경찰관입니다."

레이아는 두 사람과도 악수를 했다. "모두 처음 뵙겠습니다. 상황은 좀 어떤가요?"

"아주 끔찍해요." 마스터 경찰관이 말했다. "이런 건 정말 태어나서 처음 봐요. 다시 보고 싶지도 않고요."

"흠, 그럼 슬슬 시작해봐야겠군요." 레이아가 혼잣말에 가깝게 말했다.

호세와 스티븐은 커다란 바위 쪽으로 걸어가는 레이아의 뒤를 따랐다. 레이아의 구두 굽이 질척한 땅에 푹푹 빠졌다. 레이아는 부츠를 신고 오지 않은 것이 조금 후회되었다.

"이건 코끼리 바위에요." 숨을 헐떡이며 열심히 따라가던 스티븐이 레이아를 바짝 쫓으며 말했다.

"정말 코끼리처럼 생겼네요." 바위에서 몇 미터 떨어진 곳에 있던 레이아가 말했다. 바위는 대략 4미터 높이에 길이는 30미터 정도로 아주 거대했다. 바위의 색깔은 완벽하게 코끼리의 회색빛이었다. 레이아가 바위로 다가가자 살이 썩는 냄새가 주변을 가득 메웠다. 레이아는 팔뚝으로 코와 입을 막았다. 코끼리 바위에서 몇 미터 앞 쪽에 작은 무언가를 덮고 있는 검은 비닐이 놓여 있었다. 열 살 소녀의 시체라고 하기에는 너무 작은 형체였다. 아마 제닛이 아닌 듯 했다. 어쩌면 아직 시간적인 여유가 있는 건지도 몰랐다.

레이아는 스웨이드 자켓 주머니에서 수술용 장갑을 꺼내 두 손에 꼈다.

"신원 확인은 됐나요, 부서장님?" 레이아가 말했다. 그녀는 그 형체 쪽으로 다가가 쪼그려 앉았다.

"아, 신원은 알고 있어요." 검은 비닐 조각의 가장자리에 레이아의 손이 막 닿는 순간 스티븐이 말했다. "미리 말씀 드리지만…."

검은 비닐을 걷어내자 아름다운 두 눈동자가 레이아의 시선을 붙잡았다. 제닛 트로이의 얼굴이었다. 제닛의 머리가 땅 위에 젖혀진 채 놓여 있었다. 그리고 금발 머리카락은 얼굴 뒤쪽으로 빗겨져 있었다. 마치 살인범이 제닛에게 별을 보여주려던 것 같은 모습이었다. 제닛의 입술은 조금 벌어져 있었다.

"그것은 제닛의 시체 중 머리 뿐입니다."

레이아는 비닐 커버를 떨어뜨린 채 가쁘게 숨을 몰아쉬었다.

"그렇군요." 레이아는 정신을 가다듬었다. 그리고 다시 보게 될 장면에 대비하며 마음을 단단히 먹었다. 레이아는 다시 비닐 커버를 걷어냈다. 더 심하게 올라오는 썩은 시체 냄새가 코를 찡그릴 수밖에 없게 만들었다.

제닛의 머리는 목 아래쯤에서 절단되어 있었다. 전혀 예상치 못했던 갑작스러운 상황이었다. 레이아는 코끼리 바위를 올려다보았다. 제닛의 머리는 정확히 바위 바로 앞에, 그리고 정중앙에 유기되어 있었다. 마치 제단 앞에 바쳐진 모양새였다. 하지만 시체의 나머지 부분은 대체 어디 있는 걸까? 레이아는 혹시 누군가 땅을 판 흔적이 없는지 제닛의 머리 주변을 샅샅이 살펴보았다. 그리고 바위의 밑바닥에서부터 뻗어나온 나무와 수풀 쪽도 돌아보았다. 레이아가 다시 제닛의 머리로 시선을 돌렸을 때는 파리 한 마리가 제닛의 눈가에 앉아 있었다.

레이아는 제닛의 머리 위로 비닐을 덮고 일어섰다. 그리고 호세와 스티븐을 향해 몸을 돌렸다. 두 사람은 구역질이 나는 것을 참으며 제닛의 머리에서 몇 발치 떨어져 있었다.

"시체의 다른 부분은 어떻게 됐죠?" 레이아가 스티븐에게 물었다.

"우리도 아직 확실히 알 수가 없습니다." 스티븐이 말했다. 그는 답답하다는 듯이 두 손으로 삐뚤빼뚤한 짧은 스포츠머리를 훑었다. "범죄과학수사팀에 연락을 취해두었습니다. 아마 곧 도착할 거예요." 스티븐은 자기도 모르게 범죄 현장으로부터, 아마도 제닛의 머리로부터 등을 돌린 채 떠나고 있었다.

레이아는 그런 그가 가엾게 느껴졌다. 아마도 지금까지 그의 관할 구역 내에서 이렇게 섬뜩한 사건은 없었을 것이다. 보통 이렇게 자그마한 마을에서는 폭력사건조차 일어나지 않게 마련이었다.

"제닛과 아는 사이셨나요?" 레이아가 물었다.

"물론이죠. 제닛의 부친은 제 집에서 2킬로미터도 채 떨어지지 않은 식료품 가게에서 매니저로 야간 근무를 하고 있어요. 우리 가족과 같은 교회에 다니는 이웃이기도 하고요. 그런데 이제 저는 제닛의 부모에게 가서 딸이 다시는 집으로 돌아가지 못한다는 얘기를 해줘야 합니다. 게다가 어떤 미친놈이 딸의 시신을 토막냈다는 소식을 전해야 한다고요!" 그는 마치 애써 울음을 참으려는 듯이 엄지손가락으로 두 눈을 꾹 눌렀다.

레이아는 스티븐의 우람한 팔뚝에 손을 얹었다. 그의 제복 셔츠는

풀 때문에 꽤 뻣뻣했다. "제 말 잘 들으세요, 앤드류 부서장님." 레이아가 말했다. 그녀는 스티븐이 눈을 마주칠 때까지 그의 팔뚝을 힘껏 잡고 있었다. "이 모든 일이 부서장님에게 얼마나 어렵고 힘들지 이해합니다. 그렇지만 제 부탁을 두 가지만 들어주세요."

스티븐은 고개를 끄덕였다.

"가능한 한 빨리 경찰견들을 보내주셨으면 좋겠습니다. 시체의 다른 부위들이 이 부근에 있다면 빨리 찾아내야 하니까요. 그리고 최대한 빠른 시간 안에 법의병리학자와 법의곤충학자를 불러주세요. 이미 지금까지 부패된 것 이상으로 증거가 부패되기 전에 사망 시각을 추정해야 합니다. 지금 당장이라도 제가 연락할 수 있는 사람들에게 도움을 요청할 수는 있어요. 하지만 혹시라도 제가 부서장님 기분을 상하게 하는 일인지도 모르니 먼저 말씀 드리는 거예요."

"알겠습니다. 바로 처리해드리죠." 스티븐이 다소 안정된 목소리로 말했다.

"그리고 부서장님, 이런 짓을 할 만한 용의자가 누구일지 정말 신중히 조사해보시길 부탁드려요. 혹시라도 경찰대원들이 지난 6개월 내에 체포한 범죄자들 중 이상한 사람이 있었다던가, 대원들이 집합실에서 얘기하는 것을 들었다거나 부서장님께 직접 보고했던 소식은 없었나요? 알고 계시는 친구나 지인이나 이웃, 혹은 친구의 친구라던가 그런 사람들 중에서 혹시 이상하게 행동한 사람은 없었나요? 어떤 것이라도 생각나는 게 있으시다면, 아주 작은 것이라도 괜찮으니 저에게 말해주세요. 아시겠죠?"

스티븐은 고개를 끄덕였다. 레이아는 마지막으로 그의 팔뚝을 잡은 손에 힘을 꽉 주었다. 이윽고 스티븐은 경찰견을 데려오기 위해 수풀 사이로 터덜터덜 걸으며 돌아갔다.

"혹시 저희가 지금 우연히 베일리 의원의 부지에 들어와 있는 건 아닐까요?" 레이아가 호세에게 물었다.

"아니요, 베일리 의원의 부지는 여기서 동쪽으로 약 1킬로미터 정도 더 떨어진 곳에서부터 시작됩니다." 호세가 말했다. "여기는 주에 속한 곳이에요."

"그 점에 대해서는 베일리 의원이 분명 안심하고 있겠네요." 레이아가 냉담하게 말했다.

"그렇겠죠." 호세가 말했다. "하지만 베일리 의원과 그의 직원들을 철저히 조사할 겁니다. 여기 계셔도 괜찮으시다면, 지금 당장 제레미와 토니에게 면담할 사람들 명단을 작성하라고 지시할 예정입니다만…. 혹시라도 필요한 것이 있으시면 제 휴대전화로 곧장 전화주세요." 호세는 레이아에게 자신과 스티븐의 전화번호를 주었다. 레이아는 휴대전화에 두 사람의 번호를 입력했다.

호세는 차가 주차된 곳으로 걸어 가다가 레이아를 향해 돌아섰다.

"이번 사건은 정말로 악몽이나 다름없네요." 그가 말했다. "하지만 그럴 수밖에 없는 사건이라면, 저는 바인즈 요원께서 와주신 것을 정말 기쁘게 생각합니다."

레이아는 호세를 향해 결연한 표정으로 웃어보였다. 레이아는 호세의 사의에 어느 때보다도 고마운 마음이 들었다. 더군다나 이렇게도 풀어갈 문제가 잔뜩 남겨진 상황에서는 더욱 몸 둘 바를 몰랐다. 레이아는 코끼리 바위를 뒤로 한 채 나무들 사이로 걸어갔다. 아직도 갈 길이 멀기만 한 하루였다.

14.
목요일

피터가 105호 실에 돌아왔을 때, 헤이스팅스 부부와 나야는 막 아침 식사를 마친 상태였다. 나야는 TV에 나오는 〈인어공주〉를 보고 있었다.

"좋은 아침이죠?" 피터는 악수하며 물었다.

"반가워요, 선생님." 프레드가 상냥하게 말했다.

"나야도 안녕."

"안녕하세요, 그럼 선생님." 웃는 얼굴로 손을 흔들며 나야가 말했다. 피터는 나야가 꽤 들떠 있다는 것을 알 수 있었다. 아마도 늘 똑같던 일상에서 벗어나 휴식을 취할 수 있게 되어 기분이 좋은 듯 했다.

"나야, 선생님이 부모님께 개인적으로 잠시 드릴 말씀이 있어. 혹시 괜찮다면 그 다음에 나야와도 이야기를 좀 하고 싶구나."

나야가 사뭇 진지한 태도로 고개를 끄덕였다.

"밖에 가면 사회복지사 샤론 언니가 있을 거야. 샤론 언니와 잠시 앉아서 놀고 있으렴. 샤론도 아마 나야와 함께 있는 것을 아주 좋아할 거야."

"알겠어요." 나야는 얌전히 말했다. 나야는 보라색 소파에서 폴짝 뛰어내렸다. 피터는 나야에게 샤론이 손톱 정리를 하고 있을 간호사실 쪽을 안내해주었다.

피터는 문을 닫고 헤이스팅스 부부 건너편에 있는 높은 의자에 앉았다. 치료 계획에 대한 이야기를 꺼낼 생각을 하자 다소 긴장이 되었다. 그는 말을 시작하려는 순간 잠시 주저했다. 그의 얘기는 헤이스팅스 부부에게 결코 유쾌하지 않을 것이 분명했다.

"먼저-" 그가 말했다. "제가 최우선으로 생각하는 것은 나야의 안전입니다. 물론 나야가 지금 아주 심각한 위험에 처해 있다고 생각하지는 않아요. 하지만 저와 담당 내과의사 선생님은 며칠 동안 나야를 병원에서 지켜볼 필요가 있다고 판단했습니다. 그리고 지금 나야의 문제를 일으키고 있는지도 모를 더욱 심각한 장애의 가능성을 확인하기 위한 몇 가지 검사를 할 생각이에요."

피터가 말하는 동안 제인 헤이스팅스의 얼굴이 창백하게 질렸다. 그녀는 무릎 사이에 끼운 두 손을 꼭 움켜쥐었다. "어떤 검사인가요?" 그녀는 차분하게 물었다. 제인의 옆에 있던 그녀의 남편 역시 소파에 앉아서 눈살을 찌푸리고 있었다. 그를 본 제인이 소파로 건너 앉더니 남편의 한 쪽 손을 잡았다.

"뇌전도 검사와 MRI 검사입니다." 피터는 이러한 검사를 하는 이유를 설명한 후 덧붙였다. "그리고 나야의 수면 상태를 관찰해보려고 해요. 수면관찰을 통해서 나야의 악몽과 몽유병을 발생시키는 원인에 대한 단서를 찾을 수 있을 것이고, 우리 모두의 최우선 고려사항인 나야의 안전을 지킬 수 있을 겁니다."

"며칠이 걸리나요?" 프레드가 무뚝뚝한 말투로 물었다.

"보험사로부터 3일을 허가 받았어요. 아마 주어진 시간 안에 모든 검사들을 완료할 수 있을 거예요."

프레드는 무거운 한숨을 쉬며 아내를 바라보았다. 제인의 눈에 눈물이 차오르고 있었다. "저희에게 무슨 선택의 여지가 있겠어요?"

"그래도 어떻게 나야만 여기 두고 가죠?" 제인이 말했다. 순간 애써 참던 눈물이 결국 그녀의 뺨을 타고 흘러내렸다. 프레드는 위로하는 듯 아내의 어깨를 감싸주었다. "나야에게 어떻게 말해야 좋을까요?"

"준비가 되시면 곧 말해주세요." 피터가 상냥하게 말했다. "제가 나야를 다시 데려올게요. 그리고 두 분이 치료 계획에 대해 설명하실 수 있도록 도와드리죠."

"나야는 어디에 머무는 건가요?" 제인이 가방에서 꺼낸 화장지로 눈물을 닦으며 물었다.

"아동 정신의학과 병동은 스트라우스 1동 건물에 따로 마련되어 있어요. 여기서 가까운 곳이에요. 나야와 이야기를 마치는 대로 입원 절차를 진행하고 간호사에게 두 분을 모셔다 드리도록 하겠습니다. 어떤 곳인지 한 번 둘러보시면 좋을 거예요." 피터는 자리에서 일어섰다. 그는 문 바깥으로 고개를 빼꼼히 내밀어 샤론에게 나야를 들여보내라고 손짓했다.

"나야, 부모님이랑 선생님이 나야에게 할 말이 있단다." 피터가 걸어오는 나야를 향해 말했다.

나야는 문에 들어서자마자 몸이 굳은 채 걸음을 멈추었다. 마치 당장이라도 뒤돌아서 도망갈 것 같았다. 곧 제인이 두 팔을 벌리자 나야는 엄마의 품에 안겼다. 그리고는 소파 위에 엄마와 아빠 사이로 비집고 앉았다.

"나야, 네가 병원에 왜 왔었는지 기억하니?" 피터가 물었다. 나야는 고개를 끄덕였다.

"그러니까, 나야의 부모님과 선생님은 혹시 나야가 나쁜 병 때문에 악몽을 꾸는 건 아닌지 걱정이 됐단다. 그래서 나야가 병원에 며칠 더 머무르면서 나야가 아픈지 안 아픈지 몇 가지 검사를 했으면 해."

나야는 엄마를 바라보았다. 나야의 작고 부드러운 눈썹이 앞머리 밑에서 서로 닿을락 말락 했다. "여기서 자야 되요?"

제인이 고개를 끄덕였다.

"나야는 스트라우스 1동에 머무르게 될 거야. 여기서부터 기다란 복도를 지나면 도착할 수 있단다. 다른 아이들도 함께 있을 거야." 그는 말을 멈추고 나야의 걱정 가득한 얼굴을 살폈다. "어떻게 생각하니, 나야?" 피터가 물었다.

나야는 부모님 사이에 조용히 앉아 양쪽을 번갈아 보았다. 마치 피터의 결정에 반대하는 일이 얼마나 힘든지를 가늠하는 듯 했다.

"나야가 여기서 지내고 싶지 않다는 건 잘 알고 있어." 피터가 상냥하게 말했다. "하지만 나야가 집에 가기 전에 정말 건강한지 확실히 하고 싶은 것뿐이야."

나야는 땅을 쳐다보며 어깨를 으쓱했다.

"두 분께는 접수처에서 몇 가지 서류 작성을 좀 부탁드릴게요." 피터가 말했다. "그리고 간호사에게 스트라우스 1동으로 안내해드리라고 얘기해두겠습니다."

헤이스팅스 부부는 방에서 짐을 챙기기 시작했다.

"그림을 챙겨가도 돼, 나야." 피터가 자그마한 테이블 위에 흩어진 종이를 가리키며 말했다.

나야는 종이들을 모아 겨드랑이 아래에 끼웠다. 나야는 의도적으로 피터를 외면하고 있었다. 분명 피터가 하는 일에 단단히 화가 난 듯했다.

"한 시간쯤 후에 스트라우스 1동에서 뵙고 입원 절차를 완료하기로 해요. 그때 다음 일정에 대해 더 자세히 이야기 할 수 있을 겁니다." 간호사실로 가기 위해 방을 나서던 피터가 말했다. 그의 코에서 다시 콧물이 흐르기 시작했다. 목 뒷부분도 쓰라려 왔다. 피터는 크게 코를 풀었다. 그리고는 나야 일로 처음 호출되었던 날부터 지금까지 있었던 모든 일을 기록하기 시작했다. 상담일지를 기록하는 일은 아마 한 시간은 족히 걸릴 것 같았다.

15.
목요일

레이아와 다른 경찰관들은 제닛의 시신 부위 주위에 넓게 늘어서 있었다. 레이아는 코끼리 바위와 베일리 의원의 목장 사이 부근을 조사해보기로 했다. 레이아는 수풀과 나무들을 헤치며 코끼리 바위의 동쪽으로 걸어갔다. 1킬로미터가 조금 안 되게 더 걸어가자 숲이 끝나면서 평야가 보였다. 수확이 끝난 사일리지용 옥수수 평야였다. 레이아는 평야를 가로질러 목장을 향해 계속해서 걸었다.

저 멀리에 옥수수 평야의 끝과 의원의 부지의 경계를 표시하는 짧은 나무 울타리가 보였다. 레이아는 그쪽으로 다가가서 울타리의 입구를 조사하기 시작했다. 그러던 중, 작고 깨끗한 냇가 근처의 경계선이 눈에 띄었다. 레이아는 나무막대 하나를 물속에 담가보았다. 물의 높이는 겨우 발목까지 오는 정도였다. 즉, 누구든지 여기서 목장을 들락날락 할 수 있었다.

레이아는 광활하게 펼쳐진 베일리 의원의 부지를 바라다보았다. 마치 끝이 없을 것만 같이 넓은 곳이었다. 저 멀리에는 눈을 찡그리고 봐야 겨우 그 형체를 알아볼 수 있는 건물들이 보였다. 레이아는 그 건물들이 의원의 집이거나 마구간일 것이라고 생각했다. 레이아는 자켓 주머니에서 호세가 주었던 지도를 꺼냈다. 지도에는 호세가 제닛의 책가방이 발견되었던 곳에 빨간 동그라미 표시를 해두었다. 그 표시는 아마도 앞에 보이는 건물들과 시냇가 사이쯤 되는 곳인 것 같았다.

레이아는 혼자서 책가방이 발견되었던 곳을 보러 가기로 결심했다. 하지만 더 이상 걸어서 갈 생각은 없었다. 지금처럼 힐을 신은 상태로는 무리였다. 레이아는 뒤를 돌아 코끼리 바위가 있던 곳으로 걸음을 돌렸다. 의원의 부지까지 차를 타고 간 뒤, 그쪽의 현장을 확인해볼 생각이었다. 숲속으로 돌아가던 레이아의 귓가에 높은 목소리로 개들이 울부짖는 소리가 들려왔다. 가까이 다가갈수록 개들이 짖는 소리는 더 맹렬해졌다. 아마도 경찰견들이 무언가를 찾은 듯 했다.

"무슨 일이죠?" 레이아는 몇 미터 멀리에 서 있는 경찰관들을 향해 외쳤다. 경찰관들은 두 마리의 튼실한 독일 셰퍼드의 가죽 끈을 붙잡고 있었다.

"시신의 다른 부위를 발견했습니다." 키가 큰 경찰관이 말했다. "팔인 것 같습니다."

레이아는 쪼그리고 앉아서 회색빛이 감도는 원통형의 살덩어리를 가까이 들여다보았다. 대략 20센티미터 정도 되는 것 같았다. 레이아는 장갑을 낀 손가락으로 덩어리를 조심스럽게 눌러보았다. "어쨌든 팔의 일부인 것 같네요." 레이아가 가늘게 뜬 눈으로 경찰관을 올려다보며 말했다. "이곳을 표시해주세요. 다른 분들은 모두 흩어져서 수색해주시고요."

키가 큰 경찰관이 고개를 끄덕였다. 경찰관들과 경찰견들이 나무 뒤로 움직이며 레이아의 시야에서 사라졌다. 그러자 레이아는 휴대전화를 꺼내 호세에게 전화를 걸었다.

"레이아입니다." 레이아가 말했다. "개들이 뭔가를 찾았어요. 팔의 위쪽 부분인 것 같아요. 어깨에서 팔꿈치까지 되는 부위요."

호세는 전화기 너머로도 움찔하는 소리가 들릴 만큼 흠칫 놀란 듯했다. "도대체 언론에 뭐라고 해야 하죠? 대체 어떤 자식이 이런 짓을 저지른 걸까요?"

"누가 이런 짓을 했는지는 제가 반드시 밝혀낼 거예요. 하지만 그건 나중에 할 일이에요. 지금 당장은 더 많은 인원이 필요해요. 절단된 시신 부위 중 두 부위가 이곳에서 발견되었으니 나머지도 모두 여기에 있을 것 같은 느낌이 들어요. 그리고 이렇게 작은 크기라면 찾아야 할 부위가 꽤 많을 거예요."

"부서장님께 전화를 해보세요." 호세가 말했다. "아마 더 많은 사람을 불러주실 겁니다."

레이아는 스티븐에게 전화를 했다. 그는 새로운 현장을 표시할 말뚝과 경찰 테이프를 가져오는 중이었다.

"물론이죠, 더 많은 인원을 지원해드리겠습니다." 막 도착한 스티븐이 레이아의 부탁에 흔쾌히 대답했다.

"한 가지 더 부탁드려도 될까요?"

"네, 말씀하세요."

"헬리콥터로 이 지역의 전체적인 항공사진을 찍을 수 있을까요?" 레이아가 물었다. "이곳의 지형을 좀 더 정확히 파악해야 할 것 같아요. 주변에서 이곳으로 접근할 수 있는 방법을 알아낼 필요가 있어서요. 제닛이 이곳에서 살해된 것 같지는 않아요. 시신도 다른 데서 이미 절단됐던 것 같고요. 이 근처에서 혈액은 한 방울도 발견되지 않았거든요."

스티븐은 벨트에 걸려 있던 휴대전화 홀더에서 전화를 꺼냈다. "그리고, 부서장님."

스티븐이 잠시 동작을 멈추고 레이아를 올려다보았다.

"힘드시겠지만, 유가족에게 말씀드리셔야 해요. 가족들이 이 사실을 라디오나 TV를 통해 알게 되지 않도록 해주세요. 괜찮으시다면 저도 동행할게요."

스티븐은 고개를 끄덕였다. "마음만이라도 감사히 받을게요, 바인즈 요원." 그가 무거운 목소리로 말했다.

* * *

벡스터와 주니퍼는 같은 졸업반 경찰견들 중에서 가장 명석한 녀석들이었다. 경찰견 훈련학교에서 집중교육을 받았을 뿐 아니라 시체농장 훈련 경험도 있었다. 게다가 몇 미터 두께의 흙에 덮인 부패한 피부 조직을 찾아내는 임무도 성공적으로 완수한 명견들이었다. 이제 두 경찰견의 코는 제닛의 시신 냄새로 가득 차 있었다. 그리고 숲의 나무들 역시 감질나게 그와 비슷한 냄새를 풍기고 있었다. 벡스터와 주니퍼는 그저 그 냄새를 쫓을 뿐이었다.

얼마 지나지 않아 사지가 없는 몸통을 발견한 것은 바로 주니퍼였다. 코끼리 바위의 동쪽에서는 벡스터가 오른쪽 검지의 말단 지골을 발견했다. 몸통 부분의 크기에 비하면 꽤 찾기 힘든 부위였다. 벡스터는 냄새를 찾는 능력에서는 거의 천재적이었다.

경찰견들은 코끼리 바위 주변으로 점점 큰 원을 그리며 계속해서 경찰관들을 이끌었다. 두 경찰견은 쉬지 않고 더 많은 살과 피부를 찾아냈다. 그렇게 시신은 조금씩 그 모양을 갖춰가고 있었다. 바로 제닛 트로이의 모습이었다.

* * *

스티븐은 천천히 고속도로를 따라 달리고 있었다. 경찰 일을 해온 22년 동안 그는 단 한 번도 맡은 일을 게을리 한 적이 없었다. 그러나 이번 일 만큼은 그냥 외면한 채, 이 마을 밖으로, 그리고 이 나라 밖으로 도망쳐버리고 싶었다. 트로이 부부에게 해줘야 하는 그 말을 도저히 입 밖에 내지 못할 것 같았다.

스티븐은 무겁게 가라앉은 마음으로 오랫동안 트로이 부부의 집 문 앞에 서 있었다. 스티븐이 초인종을 향해 손가락을 올리자 문이 열렸다. 그 앞에는 허버트가 서 있었다. 그의 눈은 지쳐 있었고 얼굴은 초췌했다.

"들어와, 스티븐." 허버트가 말했다.

허버트의 눈에 눈물이 차오르고 있었다. 그 모습을 본 스티븐은 친구의 얼굴로부터 시선을 피해버렸다. 허버트는 스티븐을 거실로 안내했다. 그곳에는 캐서린이 잔뜩 움츠린 채 소파 위에 앉아 있었다. 캐서린은 그를 보자마자 왈칵 울음을 터뜨렸다.

"제닛 말이야." 캐서린의 흐느낌 속에서 스티븐이 불쑥 말을 내뱉었다. "제닛을 찾았어, 그런데 정말… 정말 미안하네…." 스티븐도 흐느끼기 시작했다. "제닛이 죽었어. 제닛이 죽고 말았어."

허버트는 두 손에 얼굴을 묻고 부인 옆에 풀썩 앉아버렸다. 그의 떨리는 손가락 뒤로 지금껏 견뎌온 고통이 울음으로 터져버렸다.

"범인은 반드시 잡아낼 거야." 스티븐이 눈물을 닦으며 말했다. "내가 반드시 범인을 잡을 거야." 스티븐은 트로이 부부가 듣는지 안 듣는지 상관없이, 계속해서 같은 말을 반복했다. 그 말은 계속해서 그의 머릿속에 울려 퍼졌다. 마치 주문처럼 그렇게 메아리치고 있었다.

16.
목요일

피터는 응급실에서 상담을 마친 후, 아동 정신의학과 병동으로 향했다. 유난히 아름답고 상쾌한 가을날이었다. 그래서인지 소아과 응급실 입구를 나온 피터는 병원 바깥 길을 걸으며 해를 본 지가 꽤 오래된 것 같은 기분이 들었다.

아동 정신의학과 병동은 스트라우스 1동 건물에 위치해 있었다. 스트라우스 1동은 원래 식민지 시대에 지어진 빨간 벽돌 건물이었으나 병원 소유로 바뀌면서 아주 근사하게 개조되었다. 아동 정신의학과 병동은 병원의 내과 및 수술실과 개별적으로 분리된 곳이었다. 그래서 입구와 주차장도 따로 갖춰져 있었다.

피터는 자동문으로 향하는 계단을 올라가서 입구 옆에 달린 인식기에 카드를 댔다. 그는 활짝 열린 유리문을 통해 직사각형 모양의 대기실로 들어갔다. 그 방은 열 명에서 열다섯 명 정도의 인원이 한꺼번에 들어갈 수 있을 만큼 충분히 큰 방이었다. 안에는 방과 안락하게 어울리는 소파들이 방을 둘러가며 예쁘게 배치되어 있었다. 그리고 한 쪽 모퉁이에 있는 테이블에는 수많은 잡지들이 마련되어 있었다.

대기실 너머로는 당일 접수담당자인 수지가 보였다. 그녀는 책상에 앉아 전화를 받고 있었다. 피터는 수지를 지나치면서 손을 흔들었다. 그러자 수지도 웃으며 그에게 손을 흔들었다.

피터는 여러 겹의 두꺼운 철문 앞에 도착해 신분증을 인식시켰다. 딸깍, 소리를 내며 전기정이 열리는 소리가 들렸다. 이윽고 그는 사무실이 죽 늘어선 복도로 들어갔다. 복도 끝의 오른 쪽에는 아까보다 조금 작은 또 다른 대기실이 있었다. 그 안에는 사회복지사 한 명이 환자의 가족들과 이야기를 나누고 있었다. 복도의 왼쪽에는 또 다른 여러 겹의 철문이 버티고 있었다. 그리고 그 문 뒤로는 아이들의 숙소가 있었다. 피터는 신분증을 인식시키기 전에 문 가운데의 유리창을 들여다보았다. 반대편에 아이가 없는지 확인하기 위해서였다. 아무도 없는 것을 확인한 피터는 안으로 들어갔다. 그리고 등 뒤로 문이 안전히 잠겨 있는지 확인했다.

뉴베리 병원의 다른 병동과는 달리 스트라우스 1동은 잠금장치가 설치되어 있었다. 이 병동은 병원의 의료진과 허가받은 스태프들만 필요시에 출입이 허용되었다. 다른 모든 방문자들은 일회용 출입 허가를 위한 임시 신분증을 지참해야 했다. 그리고 건물을 방문할 때마다 임시 신분증을 재발급 받아야 했다.

스트라우스 1동은 T자 구조로 된 건물이었다. T의 가장 아랫부분에는 아이들의 숙소가 마련되어 있었고 양쪽 끝에는 관리사무소가 배치되어 있었다. 피터는 길고 텅 빈 복도를 따라 걸어갔다. 그러자 멀리서 대화하는 목소리가 들려왔다. 지금은 아침 10시였기 때문에 모든 아이들이 학교에 있을 시간이었다.

피터는 오른쪽의 첫 번째 방문을 열고 들어갔다. 그곳에는 간호사실과 그에 딸린 회의실이 있었다.

그 어떤 병동에서든 가장 활발한 곳은 바로 간호사실이었다. 아동 정신의학과 병동의 간호사실은 다양한 분야의 직원들이 모여 정보를 교환하는 곳이었다. 그리고 이 간호사실의 핵심은 바퀴가 달린 아주 거대한 차트 선반이었다. 이 선반에는 병동의 모든 환자들의 중요한 정보가 보관되어 있었다.

"좋은 아침이에요, 여러분." 피터가 간호사실에 들어서며 큰 소리로 말했다.

여기저기서 "안녕하세요" 하고 답례하는 목소리가 들려왔다. 툴툴대는 직원들도 몇 명 있었다. 피터는 당직 근무 때문에 오전 회진을 돌지 못한 상태였다. 오전 회진 시간에는 각 분야의 대표자들과 의사들이 지난 24시간 동안 환자에게 있었던 일에 대한 논의를 했다. 전임의들은 항상 오전 회진에서 각자 맡은 환자의 사례에 대해 설명하기로 되어 있었다.

"모두 준비 됐나요?" 도로시 피셔가 묻는 목소리가 들렸다. 도로시는 아동 청소년 정신의학과에서 알아주는 대학 교수인데다, 스트라우스 1동을 총괄하고 있었다. 도로시는 늘 똑같은 질문으로 오전 회진을 마쳤고 전임의들도 역시 항상 같은 대답을 했다.

"네, 교수님." 전임의들이 한 목소리로 대답했다.

전임의들은 이 병원에서 2년 동안 근무하는 전임의양성프로그램의 구성원들이었다. 이 프로그램을 통해 2년 중 1년 동안 스트라우스 1동에서 교대 근무하는 전임의들이 선발되었다. 1년차 전임의들은 소아과 병동의 모든 환자들에 대한 정신과 치료를 관리해야 했다. 1년차 전임의인 피터의 파트너는 동료 전임의인 시탈 페이틀이라는 여자였다. 시탈은 피터가 병동에 없을 때 피터의 환자들을 관리해줬을 뿐 아니라, 외래환자 클리닉에서 피터와 함께 사무실을 쓰기도 했다. 또 다른 전임의 팀 중에는 에릭 스콧과 파멜라 웨더스 팀이 있었다. 피터는 단 한시도 입을 다물 줄 모르는 에릭과 파트너가 되지 않은 것을 천만다행이라고 생각했다. 전임의양성프로그램이 7월부터 시작한 덕분에 피터와 시탈은 그 동안 꽤 좋은 관계를 유지해오게 되었다.

스트라우스 1동에서 수용하는 외래 환자의 최대 인원은 12명이었다. 그리고 전임의들이 교대 근무의 업무로 그 환자들을 각각 3명씩 관리했다. 전임의들은 주간치료 프로그램과 외래환자 클리닉의 다른 환자들도 함께 책임져야 했다. 뿐만 아니라, 교대 호출 일정에 맞춰 외래환자 병동의 응급실과 근무 외 시간까지 관리하고 있었다. 피터는 바로 이 교대 근무를 막 마친 상태였다. 그리고 이제 남은 건 집에 가기 전의 24시간 동안 근무하는 일뿐이었다.

병동 팀은 두 명의 병동 사회복지사, 병동 심리학자, 병동 학교장 및 선생님들로 구성되었다. 간호직 책임자인 매트 골드만은 거의 병동에서 사는 것 같았다. 그는 아이들과 직접적으로 함께 지내는 간호사들과 정신건강협회 스태프들을 감독하는 일을 담당하고 있었다. 매트가 병동에 없는 날에는 피터도 거의 없었다. 만약 외부인이 이 병동을 실제로 누가 운영하고 있냐고 물으면 직원들 모두가 "물론 매트죠"라고 대답할 정도였다.

우선 피터는 매트에게 나야의 병실이 준비가 되어 있는지 확인해봐야 했다.

"모두 준비되어 있어요." 매트가 아침 근무 중에 지급된 약품 기록을 올려다보며 말했다.

"혹시 제가 나야의 야간 수면관찰이 필요하다고 얘기했었나요?" 피터가 물었다.

매트는 한숨을 쉬었다. "그럼 선생님이 담당하시는 다른 환자들도 다시 체크하셔야 할 거예요." 매트가 눈살을 찌푸리며 말했다. 함께 일하는 전문 스태프들의 수는 항상 지나치게 부족했다.

"티모시가 이번 주에는 소란을 피우지 않았으니 수면관찰이 없어도 되겠네요." 피터가 말했다.

"의사 지시사항에 적어두시면 곧 준비해드릴게요." 매트가 대답했다. 피터는 시탈과 함께 회의실에서 다른 환자들 사례를 검토하고 있었다. 그때 전화벨이 울리자 매트가 피터에게 소리쳤다.

"수지예요." 매트가 말했다. "나야와 가족들이 대기실에서 기다리고 있대요."

피터는 간호사실을 떠나며 매트에게 말했다. "서류 작성 때문에 15분 정도 가족방에 있을 것 같아요. 대신 환자들 좀 봐줄 수 있어요?"

매트는 다시 한 번 한숨을 쉬더니 앞에 있는 서류를 쳐다보았다. "그럼요." 그가 말했다. "왜 아니겠어요."

피터는 매트를 향해 엄지손가락을 치켜세우고는 파란 색 철문을 나섰다. 그리고는 등 뒤로 문이 잘 닫혔는지 한 번 더 확인했다.

17.
목요일

시간이 지남에 따라 코끼리 바위 주변에는 점점 더 많은 수사관들이 모여들기 시작했다. 호세의 특수임무부대원들은 현장 사진을 찍고 경찰견들이 발견한 끔찍한 발견물을 기록하기에 바빴다. 경찰견들은 계속해서 놀라운 속도로 시신 부위들을 찾아내고 있었다.

저명한 법의병리학자인 제이슨 켈리 박사는 현장에 막 도착한 참이었다. 그는 도착하자마자 지금껏 발견된 시신 부위들을 조사한 후 분류하고 있었다. 켈리 박사는 영국의 셰필드 대학의 법의학부에서 수년간 학생들을 가르쳐왔다. 그는 뉴베리와 댄버리 경찰 측과의 훈련 및 협력을 위한 특수 프로젝트로 뉴 잉글랜드에 오게 되었다. 켈리 박사는 키가 작고 머리가 벗겨진 영국 남자였고, 예술가처럼 섬세한 손길에 매와 같이 예리한 눈을 가진 사람이었다.

레이아는 자동차에서 노트와 색연필을 꺼내왔다. 혼자서 최대한 많은 것을 기록할 때는 꽤 편리한 도구들이었다. 현장을 그리면서 현장에 접근할 수 있는 다양한 방법에 대한 감각을 익힐 수 있었다. 레이아는 타운 자동차에 기대어 회색 연필로 코끼리 바위를 대충 베껴 그렸다. 그 다음엔 지금까지 각각의 시체 부위가 발견된 지점에 X를 그려 넣었다. 그때 자갈들이 타이어 밑에 깔려 튀기는 소리가 들렸다. 그리고 레이아가 미처 눈치 채기도 전에 검은색의 위장 경찰차 한 대가 모퉁이쪽에서 속력을 내며 그녀를 향해 곧장 달려오고 있었다. 레이아는 반사적으로 뒤로 물러났다. 그러자 레이아가 서 있던 곳에서 몇 미터 떨어진 거리에 차가 멈춰 섰다.

이윽고 레이아는 운전석에 앉아 있는 사람을 발견했다. 그리고 짜증이 눈 녹듯 사라져버렸다.

차문이 활짝 열리면서 서류가방을 든 키 큰 여자 한 명이 차에서 내렸다. 금발 머리를 위로 틀어 올린 여자는 레이아를 보며 활짝 웃고 있었다.

레이아는 손에 들고 있던 필기도구들을 가방에 쑤셔 넣고 여자를 향해 다가갔다. 그 여자는 레이아가 세상에서 진심으로 동경하는 사람들 중 한 명이었다. 두 사람은 서로를 꼭 끌어안았다.

"캐롤." 레이아가 말했다. "정말 오랜만이야!"

레이아의 대학 친구인 캐롤 프라이즈 박사는 뉴욕에서 알아주는 법의병리학자였다. 캐롤과 레이아는 4년 전에 유난히 어려웠던 사건을 함께 맡았던 적이 있었다. 그리고 그 이후로는 얼굴을 거의 볼 수 없었다.

"이렇게 빨리 와줘서 정말 고마워." 레이아가 말했다. "네가 이쪽 일에서는 꽤 바쁘잖아."

"맞아, 음… 대서양 쪽에서 나만한 사람은 딱 한 명뿐이니까." 캐롤이 능글맞게 웃으며 농담조로 말했다.

"맞아." 레이아가 약간 빈정대는 목소리로 말했다. 하지만 캐롤의 말은 틀리지 않았다. 전 세계에서 몇 안 되는 법의병리학자 중에도 캐롤은 단연 최고였다. 캐롤의 합류로 이 수사를 성공적으로 이끌 수 있을지도 몰랐다.

"그래서 지금까지 발견한 단서는?" 캐롤이 침착하게 물었다.

"와서 직접 봐." 레이아가 말했다. 레이아는 캐롤의 팔을 잡고 범죄 현장으로 데려가면서 간략하게 사건 설명을 했다. 레이아와 캐롤은 숲에서 시신의 몸통 부분을 굽어다 보던 켈리 박사와 마주쳤다.

"캐롤." 켈리 박사가 선한 웃음을 지으며 말했다. "또 이렇게 만나는군." 앞에 있는 시신을 향해 몸을 돌린 켈리 박사는 순간 진지해졌다. "오늘 일은 아주 끔찍한 사건인걸."

캐롤은 고급스러워 보이는 검은 정장바지 주머니에 손을 넣더니 라텍스 장갑을 꺼냈다. "사망 시각은 언제로 추정돼?" 그녀가 물었다.

"우리는 사후경직이 일어난 지 한참 되고 왔으니까 네가 대답해줘야 해."

"사후경직 이후에 어떤 일이 일어나는데?" 레이아가 물었다.

"음, 사후경직은—" 켈리 박사가 설명했다. "사람이 죽은 후 몇 시간 뒤에 일어나게 되요. 사후경직이 일어나면 화학 반응으로 근육 섬유가 축소됩니다. 그리고 72시간이 지나서 저절로 부서지기 시작할 때까지 그 상태가 유지되죠. 그 이후로는 사후경직을 이용해서 정확한 사망시각을 추정할 수 없게 되요." 그는 깨끗한 플라스틱 고글 너머로 캐롤을 바라보았다. "그 때문에 프라이즈 박사가 여기 있는 거죠."

레이아는 시신의 몸통 부위에 멍 자국이나 다른 흔적이 전혀 없다는 것을 알아챘다.

"실제 사망 시각에 최대한 가깝게 접근해봐야 해." 캐롤이 말했다. 캐롤은 서류가방에서 고글을 꺼내 머리 위로 올려 썼다. 그녀는 시신의 팔 부위 옆에 쪼그리고 앉아 그것을 주머니에서 꺼낸 연필로 조심스럽게 들어보았다.

켈리 박사는 가늘게 뜬 눈으로 레이아를 올려다보았다. "한 가지 주목해야 할 사실은—" 그가 말했다. "시신이 절단된 방법이 매우 체계적이라는 것입니다. 범인은 단순히 난도질을 한 것이 아니에요."

"그게 무슨 뜻이죠?" 레이아가 물었다.

"시신을 절단하기로 마음먹은 사람은 보통 톱이나 도끼를 이용하죠. 그 이외엔 솔직히 달리 다른 방법이 없으니까요. 딱 한 가지, 시체를 관절마다 분리하는 방법만 빼면요. 이번 경우처럼 말이죠. 아마 지금 이 현장에서 가장 특이한 점은 지금까지 제가 보았던 모든 시신 부위들이 관절 단위로 절단되어 있다는 사실입니다."

켈리 박사는 레이아와 캐롤에게 범인이 시신의 어깨 관절 구멍에서 어떻게 뼈를 빼낼 수 있었는지를 자세히 보여주었다. 그리고는 자리에서 일어나 따라오라는 손짓을 하며 레이아와 캐롤을 어디론가 안내했다. 세 사람은 몇 미터 멀리에 로프가 쳐진 수풀 쪽으로 향했다. 그곳은 범인이 시신의 오른쪽 팔 윗부분을 유기해둔 지점이었다.

"피해자가 관절이 모두 끈으로 연결된 인형이라고 가정해봅시다." 켈리 박사는 말을 이었다. "오늘 제가 여기서 본 시신 부위들은 마치 그 끈이 모두 잘려서 인형이 전부 분리된 것 같았어요."

"대체 무슨 도구로 이런 짓을 한 거죠? 혹시 짐작이 가시나요?" 레이아가 물었다.

"네, 범인은 아주 날카로운 도구를 사용했어요. 그리고 아주 능숙하게 다뤘고요. 그 도구의 날이 선 부분으로 피부에서부터 절개한 것 같아요. 절단 부위들은 모두 일거에 잘렸고요."

"그게 제닛이 사망한 경위인 건가요?" 레이아는 큰 소리로 물었다.

"아마도." 켈리 박사가 말했다. "제 생각에 피해자는 과다 출혈로 죽은 것 같습니다. 시신의 머리나 목, 팔 부위 어디에도 다른 흔적이 없으니까요. 피해자의 시신은 다른 곳에서 분리된 후에 여기에 유기된 것 같아요. 혈액은 한 방울도 발견하지 못했거든요."

갑자기 레이아의 머리가 빠르게 돌아가기 시작했다. 레이아는 휴대전화를 꺼내 스티븐의 번호를 눌렀다.

"야광 깃발을 얻을 수 있는 곳이 있을까요?" 레이아가 부서장에게 물었다. "클수록 좋아요. 시신의 각 부위가 있던 곳마다 표시를 해서 항공사진으로 확인하고 싶어서요."

"대원들에게 곧 가져오라고 말해두겠습니다." 부서장이 말했다.

"그리고 부서장님, 제가 이미 전에도 부탁드렸지만 뉴베리나 근처 어디에서라도 이런 비슷한 일이 발생한 적은 없나요? 아주 조금이라도 유사한 사건은 없었나요?"

"바인즈 요원." 부서장이 말했다. "저는 22년 동안 뉴베리에서 경찰 일을 해왔습니다. 하지만 이런 사건은 지금까지 단 한 번도 본 적이 없다고 단호하게 말씀드릴 수 있어요."

"감사해요, 부서장님."

"곧 깃발을 갖다 드릴게요."

레이아는 전화를 끊고 주머니에 도로 넣었다. 그리고 시신의 몸통 부위가 있는 쪽으로 향하던 캐롤과 켈리 박사와 합류했다.

"왜 그래, 레이아?" 캐롤이 물었다. "몸은 여기 있고 마음은 딴 데가 있는 표정인데?"

"글쎄, 확실히 범인은 제닛 트로이를 살해할 때 뭔가 구체적인 생각이 있었던 것이 분명해. 하지만 제닛 트로이를 염두에 둔 범행이었을까? 아니면 단지 제닛이 우연히 범인의 눈에 띄게 된 걸까?"

"그 질문에 대답하게 해줄게." 캐롤이 말했다. "지금 막 구더기들이 눈에 보이기 시작했거든. 켈리 박사님, 시신을 좀 뒤집어봐도 될까요?"

"물론이죠, 프라이즈 박사." 서 있던 켈리 박사가 캐롤을 향해 인사하듯 허리를 살짝 구부리며 말했다.

캐롤은 조심스럽게 제닛의 몸통을 뒤집었다. 레이아는 마치 열성적인 학생이 된 것 마냥 캐롤을 지켜보고 있었다. 캐롤은 서류가방에서 겸자와 확대경을 꺼내어 몸통의 등 쪽을 조사하기 시작했다.

"여기 미끌미끌한 구더기들 보이지?" 캐롤은 겸자로 꿈틀거리는 벌레 하나를 집어 레이아와 켈리 박사를 향해 들어 올리며 말했다. 레이아는 본능적으로 뒤로 물러섰다.

"그래, 잘 보여." 레이아가 힘없이 대답했다. "그러니까 그렇게 가까이에서 보여줄 필요는 없다고."

"구더기는 순수하게 시체를 먹고 살아." 캐롤이 말했다. "검정파리 과에 속하지. 다 자란 검정파리는 금속의 푸른색이나 녹색을 띠고 보통 집파리처럼 생겼어. 그 검정파리는 사람이 죽은 지 24시간이 되면, 시신으로 침투해서 시신의 모든 구멍에 알을 낳아. 그 알에서 어린 파리들이 부화하는 거지. 다시 말해, 바로 이 구더기가~" 캐롤이 들고 있던 구더기를 다시 보여주며 말했다. "영기라고 하는 과정을 거친다는 뜻이야. 허물을 벗는 단계들을 바로 영기라고 해. 난 여기서 영기를 거치고 있는 구더기들을 여러 마리 수집해서 연구소로 가져갈 생각이야. 연구소에서~" 캐롤이 말을 이었다. "바로 이 장소의 지난 몇 주간의 온도 조건을 재현할 거야. 그리고 간 표본에 더 많은 알을 배양하는 거지. 그 다음엔 알에서부터 다 자란 검정파리로 성장하는 주기의 시간과 발달 비율을 계산하는 거야. 그리고 여기서 발견한 구더기들과 연구소에 있는 구더기들을 비교하면, 마지막으로 사망시간을 결정할 수 있어."

"얼마나 걸릴 것 같아?" 레이아가 아주 걱정되는 눈치로 말했다. 시간은 너무도 중요한 문제였다. 혹시 지금 우리가 바로 코앞에서 새로운 연쇄 살인범을 놓치고 있는 것은 아닐까?

"연구실에 돌아가면 시간을 최우선으로 둘 거야. 그런데 이건 일단 비밀로 하고 들어봐. 여기서 계속 봤는데, 이 어린 검정파리들은 꼭 활동 과잉의 거미들처럼 시신 주위를 정신없이 날아다니고 있어."

"그게 왜?"

"어린 검정파리들은 아직 날지 못해. 보통 날개가 쭉 뻗을 때까지 기다려야 하기 때문이지. 그러려면 세 번째 영기를 거치고 번데기가 된 이후로 6일에서 10일정도가 지나야 해."

"그 말은?" 레이아가 물었다.

"여기에 시신이 9일에서 10일 동안 놓여 있었을 거라는 말이야." 캐롤이 결론을 내렸다.

"그럴 수가…." 레이아가 말했다. "그러니까 제닛이 실종신고가 된 날에 살해당했을 가능성이 아주 높다는 말이잖아." 레이아는 심장이 철렁 내려앉았다. 어쩌면 범인이 제닛을 오래도록 살려둔 채 고통스럽게 하지 않았다는 점에서는 다행인 것도 같았다. 하지만 한시라도 빨리 범인을 잡아야 하는 나머지 사람들에게는 더욱 불리한 조건이었다.

"이 범인은 살인 행위로 얻는 쾌감 때문에 살인을 저지르는 것 같아." 캐롤이 말했다. 그러자 레이아는 짧게 고개를 끄덕였다. 레이아는 스티븐과 호세에게 이 마을에 아직도 잡히지 않은 연쇄 살인범이 있다는 사실을 알려야 했다. 그리고 그런 말을 해야 한다는 생각만으로도 기분이 내키지 않았다.

18.
목요일

나야는 겁이 났다. 병원에 있고 싶지 않았다. 입원 경험이 있는 건 아니었지만, 여기는 다른 병원과는 다른 것 같다고 생각했다. 나야는 전에 편도 절제 수술을 받았던 친구한테서 병원 이야기를 들은 적이 있었다. 그런데 이 병원은 그때 그 이야기와는 전혀 다른 곳인 것 같았다. 게다가 나야는 아픈 곳도 없었다.

나야와 헤이스팅스 부부는 접수처에서 수지와 이야기하며 피터를 기다리고 있었다. 나야는 곧 누군가 문을 통해 들어오는 것을 볼 수 있었다. 그리고 그가 누군지도 알고 있었다. 하지만 나야는 피터와 다시 이야기하고 싶은 마음이 전혀 없었다.

"또 보는구나." 피터가 나야에게 말했다.

나야는 웃어보였다. "안녕하세요." 밝게 말하려고 했지만 거의 속삭이는 것처럼 작은 목소리만 나왔다.

"그럼 선생님께서 병동을 안내해주실 거예요." 수지가 헤이스팅스 부부에게 말했다. "하지만 언제든 궁금한 점이 생기면 저에게 물어보세요."

"준비되셨나요?" 피터가 모두에게 물었다.

나야는 피터가 일부러 신난 척을 하고 있다는 것을 알 수 있었다. 아마 자신도 덩달아 들뜨게 하려고 일부러 그러는 것 같았다. 하지만 나야는 뱃속 깊은 곳에서부터 참고 있던 두려움이 점점 몸 위쪽으로 올라오는 것 같은 느낌이 들었다. 그리고는 결국 목구멍까지 막아버린 듯한 기분이었다. 그때 마치 나야의 생각을 읽기라도 한 듯이 피터가 쪼그리고 앉아 나야의 눈을 마주보았다. 계속해서 피터가 눈을 마주치자 나야는 기분이 조금 나아졌다.

"우선 나야가 머물 방을 보도록 하자." 그가 말했다.

"엄마랑 아빠도 저랑 같이 방에서 지낼 수 있어요?" 나야가 물었다.

"그건 안 된단다." 피터가 부드러운 목소리로 말했다. "하지만 매일 매일 나야를 보러 오실 수 있단다."

"병원에 다른 사람은 누가 있어요? 저 혼자인 거예요?"

"이 병동에는 나야와 같은 또래의 친구들이 열 명도 넘게 있단다." 피터가 말했다. "이 병동은 오래 전에 나야와 같은 아이들하고 함께 일하던 의사 선생님 이름을 딴 거거든."

"제 옷이랑 칫솔은요? 꼭 있어야 하는데…." 나야가 높은 톤의 목소리로 말했다.

"부모님이 이따 저녁에 나야를 보러 오실 때 가져다주실 거야." 피터가 말했다. 그리고는 헤이스팅스 부부를 쳐다보았다.

"그래, 나야." 제인이 한 발 나서서 나야의 머리를 쓰다듬으며 말했다. "엄마랑 아빠가 당장 집에 달려가서 나야 물건들을 가지고 곧장 이리로 올게."

나야는 엄마의 다정하고 긴 손가락을 꼭 쥐었다. 엄마와 아빠를 집에 보내고 싶지 않았다. 아빠의 손이 자신의 머리 위에 얹어지자 나야는 눈물이 왈칵 쏟아질 것만 같았다. 하지만 울어서는 안됐다. 나야는 용감해지고 싶었다.

"이 병동에는 장난감도 아주 많단다." 피터가 말했다. "하지만 나야가 특별히 좋아하는 장난감이 있으면 엄마한테 가져다 달라고 부탁해도 돼."

나야는 고개를 끄덕이고는 제인의 귀에 장난감의 이름을 속삭였다.

"자, 그럼 들어가시죠." 피터가 말했다.

나야는 양쪽에 엄마와 아빠의 손을 잡고 피터를 따라갔다. 여러 겹의 무거운 파란색 문을 지나자 밝은 색상의 복도가 보였다. 벽에는 아이들이 그린 여러 개의 그림이 걸려 있었다. 하지만 나야는 아직까지 어린아이는 한 명도 보지 못했다. 나야는 조금씩 그럼 선생님이 다른 아이들도 있다고 거짓말을 한 것은 아닐까 하는 의심이 들기 시작했다.

나야의 마음을 읽기라도 한 듯, 피터가 나야를 돌아보며 말했다. "다른 아이들은 지금 모두 학교에 있단다."

"여기에 있는 학교를 다니는 건가요?" 나야는 병원 안에도 학교가 있다는 사실에 기분이 들떴다. 이곳이 평범한 것 같은 느낌이 들었기 때문이었다. 하지만 문득 무언가 기억이 난 듯, 나야의 얼굴에서 웃음이 사라졌다. 나야가 아빠를 올려다보았다. "그럼 내 친구들은요, 아빠?" 나야가 투덜대는 목소리로 말했다. 나야는 이런 목소리로 말을 할 때면 엄마와 아빠가 항상 나무랐던 것이 생각났다. 하지만 이번에는 엄마와 아빠가 아무 말도 하지 않았다.

"여기서 새로운 친구들을 만날 거야." 피터는 말했다. "그리고 그 친구들하고 아주 재밌는 놀이들을 할 거란다."

피터와 나야의 가족은 복도의 끝에 다다랐다. 그러자 피터는 오른쪽으로 돌아 소파와 의자가 더 많은 곳으로 들어갔다.

"여기 가족방에서 잠시 쉬면서 서류 작성을 좀 더 하기로 해요." 그는 헤이스팅스 부부에게 그렇게 말하고는 나야 앞에 쪼그려 앉았다. 나야는 또 한 번 피터의 다정한 파란색 눈동자를 볼 수 있었다. "나야, 괜찮으면 조금 이따가 매트 아저씨한테 나야의 방을 보여주라고 할게. 매트는 내 친구인 간호사 선생님이야."

"알겠어요." 나야가 말했다.

화사한 가족방의 커다란 창문 아래에는 기다란 소파가 있었다. 나야는 소파에 앉아 있는 엄마와 아빠의 사이로 올라앉았다. 주변을 둘러보던 나야는 엄청나게 많은 장난감과 박제 동물이 있는 책장을 발견했다. 한 쪽 벽에는 아주 커다란 칠판이 걸려 있었다. 나야는 벽에 붙은 다른 아이들의 그림 중에 해바라기가 그려진 그림을 보고 있었다. 나야는 조금씩 안정을 되찾기 시작했다.

잠시 후, 피터는 매트와 함께 방으로 돌아왔다. 매트는 삐죽삐죽한 머리에 긴 셔츠와 하얀 바지를 입고 우스꽝스럽게 생긴 신발을 신고 있었다. 그는 마치 요정족 같았다. 나야는 매트를 보자마자 그에게 매우 호감이 갔다. 심지어 방에서 걸어 나가면서 매트의 손을 잡기도 했다. 나야가 뒤를 돌아보며 손을 흔들었다. 그럼 선생님이 웃고 있는 것이 보였다. 하지만 엄마와 아빠는 왠지 아직도 걱정스러운 표정이었다. 그들은 모두 나야를 향해 손을 흔들어주었다.

나야와 매트가 다시 돌아왔을 때, 헤이스팅스 부부는 테이블 위에 있는 종이에 서명을 하고 있었다.

"제 방이 정말 마음에 들어요." 나야가 웃으며 피터에게 말했다.

"좋아할 줄 알았단다." 피터가 똑같이 웃어 보이며 나야에게 말했다. "이쯤에서 마무리하는 게 좋겠어요. 나야, 엄마 아빠께 방을 보여드리지 않을래?"

나야는 신나서 깡총깡총 뛰었다. "엄마, 이리 와봐요. 내 방을 보여줄게요!"

아이들의 숙소로 향하는 길에 매트는 헤이스팅스 부부에게 각각의 장소에 대해 설명해주었다. 나야도 매트와 걸어가다가 보았던 곳에 대해 설명을 덧붙였다.

"벌써 전문가가 다 되었는걸, 나야?" 피터가 싱긋 웃었다.

학교에 도착하자 나야가 방금 만난 친구들이 나야를 향해 손을 흔들었다. 나야도 그들을 향해 인사를 했다. 나야는 이렇게 아이들이 많을 줄은 몰랐다.

마침내 나야의 방에 도착했다. 나야는 이 방을 처음 봤을 때만큼 좋았다. 벽은 각각 다른 빛깔의 노란색으로 칠해져 있었고 여러 컷의 만화그림으로 장식되어 있었다. 매트는 두 명의 아이가 한 방을 같이 사용할 수 있다면서 이 방을 "더블"이라고 불렀다. 책상과 의자, 선반, 침대도 모두 두 개씩 배치되어 있었다. 나야는 자신이 고른 창가 쪽에 있는 책상을 보여주었다.

이윽고 작별인사를 할 시간이 되었다. 나야는 작별인사를 하자마자 엄마가 울 것이라고 생각했다. 그리고 나야의 예상은 맞아 떨어졌다.

"괜찮아, 엄마." 나야가 엄마의 등을 두드려주며 말했다. "곧 집에 돌아갈 거니까. 지금은 간호사 아저씨가 나를 학교에 데려다 줄 거야. 그렇죠, 매트 아저씨?"

"맞아, 나야." 매트는 살짝 미소를 지으며 말했다.

나야는 엄마의 품에서 빠져나온 뒤, 아빠를 오랫동안 꼭 안아주었다. 그리고는 매트의 손을 잡고 복도를 걸으며 교실로 향했다.

19.
목요일

꽤 늦은 오후가 되자 범죄 현장 수사팀은 제닛 트로이의 모든 시신 부위들을 찾아냈다. 그리고 각 현장의 사진을 찍은 뒤, 깃발로 표시해두었다. 이윽고 경찰 헬기가 도착했다. 헬기는 레이아가 전에 둘러봤던 옥수수 평야의 끄트머리에 착륙했다.

레이아는 코끼리 바위 근처에 서서 항공 사진사와 대화를 하고 있는 스티븐에게 다가갔다.

"부서장님, 괜찮다면 저도 대원들과 헬기에 오르고 싶은데요." 레이아가 말했다.

"물론이죠." 부서장이 말했다. "이쪽으로 오세요. 조종사를 소개시켜 드릴게요."

잠시 후 레이아는 조종사 뒷좌석에 앉아 벨트를 맸다. 조종사는 레이아와 사진사에게 엔진 소음을 막아주는 방음용 헤드셋을 건네준 뒤, 프로펠러를 작동시켰다. 그는 헤드셋에 장착된 마이크에 대고 말을 하면서 레이아와 사진사가 자신의 말을 정확하게 알아들을 수 있는지 확인했다.

곧 헬기가 공중으로 날아올라 숲과 코끼리 바위 위를 맴돌았다. 레이아는 경찰들이 현장에 표시해둔 깃발들을 꽤 많이 발견할 수 있었다. 그 중 일부는 나뭇잎에 가려져 정확히 보이지 않았다. 비록 전체적인 모양은 불완전했지만, 헬기가 점점 더 높이 뜰수록 다른 표시들이 어디에 있을지 쉽게 추측할 수 있었다. 사진사도 카메라로 무엇을 찍어야 할지 크게 고민할 필요가 없을 것 같았다.

레이아는 조종사에게 동쪽으로 방향을 틀어 베일리 의원의 목장으로 가달라고 지시했다. 그러자 헬기는 단 몇 초 만에 레이아가 이전에 발견했던 울타리 위를 날고 있었다. 레이아는 밖을 내다보며 목장이 얼마나 멀리 뻗어 있는지 확인했다. 의원의 부지의 동쪽 끝은 윌로우 호수의 북서쪽 끝자락과 인접해 있었다. 조종사는 헬기를 빙빙 돌리더니 코끼리 바위가 있는 서쪽으로 향했다.

레이아가 숲으로 돌아왔을 때, 호세는 베일리 의원의 목장에서 막 돌아온 참이었다. 호세는 스티븐과 제닛의 시신을 검시관 연구실로 옮기는 얘기를 하고 있었다. 시신을 연구실로 옮겨야 켈리 박사가 부검을 끝내고 정확한 사인을 밝힌 뒤, 시신에 남은 범인의 흔적을 조사할 수 있기 때문이었다.

"제가 위에서 뭘 봤는지 아세요?" 레이아가 둘의 대화에 끼어들며 다급하게 말했다. "일단 코끼리 바위가 사람의 머리라고 가정을 해보세요."

호세와 스티븐은 고개를 끄덕인 뒤, 계속해서 레이아의 설명을 들었다.

"그런 다음 몸통, 팔, 다리, 손가락, 발가락에 해당하는 곳들을 따라 선을 그려보세요. 뭐가 나오죠?"

"음." 호세가 말했다. "봉선화(머리 부분은 원, 사지와 체구는 직선으로 나타낸 인체 그림) 모양이 나오는군요."

"바로 그거에요." 레이아가 말했다.

"무슨 뜻이죠?" 형사가 물었다.

"그게 바로 제가 위에서 본 것이에요. 우리가 오늘 아침에 꽂은 깃발들을 모두 연결하면 아주 거대한 봉선화 모양이 나와요."

"대체 이게 무슨 말 같지도 않은 장난이란 말이야?" 스티븐이 씁쓸한 목소리로 말했다.

스티븐은 제닛의 부모에게 비보를 전하고 온 뒤로 급격하게 늙어버린 것 같았다. 레이아는 처음으로 그의 얼굴에서 멍든 듯한 눈 아랫살과 깊게 패인 이마의 주름살을 발견했다. "그보다도 왜 이런 어린 소녀를 살해한 걸까요? 그뿐 아니라 아이의 몸을 이렇게…." 스티븐은 끔찍하다는 듯 고개를 저었다. "솔직히 첫 번째 의문점조차도 해결할 수가 없군요." 스티븐이 두 손의 엄지로 눈을 비볐다.

"사진사에게 위에서 본 장면을 인쇄해달라고 부탁했어요." 레이아가 멀어지며 말했다. "사진이 준비되면 뵙죠."

사진사는 카메라의 사진을 노트북 컴퓨터에 다운로드했다. 그리고 휴대용 잉크젯 프린터로 레이아에게 사진 몇 장을 인쇄해주었다. 레이아는 호세와 스티븐에게 서둘러 돌아가던 중, 캐롤이 두 사람과 합류한 것을 발견했다.

"뭘 보고 계세요?" 레이아가 세 사람에게 물었다. 그리고는 표시된 야광 깃발의 전체적인 장면을 찍은 사진을 건넸다.

"이건 하늘에 전하는 메시지가 틀림없어." 캐롤이 말했다. 캐롤은 그 특유의 예리한 시선으로 사진을 관찰하고 있었다.

"그래, 맞아." 레이아가 말했다. "제닛의 죽음은 범인에게 뭔가 상징적인 의미를 가지고 있어. 단순한 무작위 살해가 아니라 치밀하게 계획된 일종의 의식이었던 거야."

"이게 무엇을 상징하는 걸까요?" 호세가 물었다.

"그게 바로 우리가 지금부터 알아내야 하는 문제죠." 레이아가 대답했다.

"제가 봤을 때에는." 캐롤이 말했다. "범인은 시신이 발견되길 원한 것 같아요. 그래서 의도적으로 시신이 그런 거대한 형상을 띠게 만든 거죠. 그것이 바로 제닛의 시신이 관절마다 분리된 이유인 것 같아요."

"그럼 하필 왜 여기일까요?" 스티븐이 슬픈 목소리로 말했다. 그는 여전히 이런 끔찍한 일이 자신의 관할 구역에서 일어났다는 사실을 애써 외면하고 싶은 듯 했다.

"범인은 이곳의 지리에 대해 아주 잘 알고 있는 사람일 거예요. 이곳이 범인에게 주는 위안감 때문에 특별히 이 장소를 고른 거겠죠." 레이아가 말했다. "제 생각에 범인은 이 마을의, 여기서 아주 오랜 시간은 아니더라도 최소한 몇 년 동안 살고 있는 사람인 것 같아요."

레이아가 호세를 돌아보았다. "혹시 베일리 의원의 목장에 고용된 직원들이 각각 여기서 얼마나 오래 살았는지 알 수 있을까요?"

"물론이죠." 호세가 말했다.

"그리고 제가 직접 의원 부부와 면담을 하고 싶어요. 자리를 마련해주실 수 있으신가요?"

"알겠습니다." 호세가 말했다.

"레이아, 나는 이 자료들을 연구실로 가져갈게." 캐롤이 말했다. "곧 연락할게."

레이아와 캐롤은 포옹을 했다. 레이아, 호세, 스티븐은 캐롤이 길가로 걸어가는 뒷모습을 바라보았다.

"배고프시겠어요." 호세가 손목시계를 보며 레이아에게 말했다.

"베일리 의원의 집에 가는 길에 뭐라도 좀 먹죠." 레이아가 말했다. "부서장님, 여기서 새로운 단서가 발견되면 저에게 바로 전화주세요." 스티븐은 고개를 끄덕였다.

"관할 경찰서에 먼저 들리도록 하죠." 호세가 말했다. "베일리 의원의 목장에는 제 경찰차로 가야 할 거예요."

레이아와 호세가 타운 자동차의 뒷좌석에 올라타자, 지역방송국 소속의 밴 한 대가 길가에 차를 댔다.

"젠장, 언론사가 몰려들고 있어요." 호세가 말했다. "출발해주게." 그는 운전사에게 말했다.

"이 일은 비밀리에 신중하게 진행할 필요가 있어요." 레이아가 말했다. 그리고는 스티븐에게 전화를 걸었다. "이번 사건의 그 어떤 세부적인 내용도 신문이나 TV에 공개되어선 안 됩니다. 아무것도요." 레이아가 경고했다. "현장에서 언론을 철수시켜 주시고 아주 최소한의 정보만 공개해주세요. 한 아이가 살해되었고 범인의 신원은 파악되지 않았다는 식으로요. 그리고 자세한 내용은 수사를 위해 비공개로 보호되어야 해요. 주민들에게는 항상 아이들을 눈에 보이는 곳에 있게 하고 수상한 움직임은 반드시 신고할 수 있도록 당부해주세요. 실종 당일 제닛 트로이를 본 사람은 그 누구든 협조할 수 있게 해주시고요. 부서장님의 모든 대원들에게도 사건 내용에 대해 확실하게 설명해주세요."

"우리가 연쇄 살인범을 쫓고 있는 걸까요?" 레이아가 전화를 끊자 호세가 물었다.

"이런 특징을 가진 살인범을 보셨거나 이야기를 들으신 적 있으세요?"

"사무실에 가서 과거 자료들을 찾아봐야 할 거예요." 호세가 말했다. "하지만 저는 그런 살인범에 대해서는 들어본 적이 없네요."

20.
목요일

토머스 베일리 의원은 국가 소유의 널찍한 사무실에 앉아 있었다. 법안 내용을 살펴보던 그의 얼굴이 찌푸려졌다. 순간 똑같은 문장을 몇 번째 읽고 있었다는 것을 깨달은 그는 읽던 것을 그만 뒀다. 그리고 의자를 빙 돌려 창밖을 바라보았다. 제닛 트로이 가족의 일은 정말 유감이었다. 그러나 제닛의 책가방이 그의 부지에서 발견된 것은 그에게도 물론 불행한 일이었다. 이 비극적인 사건이 발생한 시기가 너무도 좋지 않았다.

베일리 의원과 그의 아내 베스는 지난달을 정신없이 보냈다. 부유한 기부자들로부터 선거 자금을 후원받기 위해 한 달 내내 접대하느라 바빴기 때문이었다. 그리고 기부자들 중에는 그가 목장에서 기르는 말들을 구매할 사람들도 꽤 있었다. 그러니 더 말할 것도 없이 이번 사건은 아주 빠르고 조용하게 마무리되어야 했다. 이 부분에 대해서는 스티븐 앤드류 부서장도 확언한 상태였다. 하지만 베일리 의원은 FBI 책임자와 개인적으로 연락을 취해서 이번 사건을 해결해 줄 최고의 요원을 보내달라고 부탁해두었다.

그는 제닛이 실종되던 날 목장에 있었다. 그리고 지금은 공동 후원

한 법안 투표 홍보를 하고 대선 출마를 향한 지지자들의 열렬한 환호를 받으며 워싱턴에 있어야 했다. 하지만 이제 그는 발이 묶여버렸다. 오히려 경찰관들이 집으로 난입하는 통에 오전 시간을 허비해버렸다. 그는 여집사 메리를 사무실로 불러들였다.

"곧 손님 두 분이 더 도착하실 거예요. 한 분은 형사고 한 분은 FBI 요원이에요." 그가 메리에게 말했다. "아마 나와 인터뷰를 끝내면 목장 직원들과 면담하고 있는 경찰들 쪽으로 합류할 거요." 그는 잠시 말을 멈추었다. "혹시 다른 경찰관하고 먼저 얘기했나요?"

메리는 고개를 저었다. 메리는 걱정스런 표정으로 입술을 꾹 다물고 있었다. 아마도 이번 인터뷰에 대해 굉장히 긴장하고 있는 것 같았다.

"형사와 FBI 요원이 아마 메리에게 지난 몇 주간의 목장 직원들의 행방에 대해 설명해달라고 할 거예요."

"네." 메리가 대답했다.

"걱정할 것 없어요, 메리." 의원은 말했다. "내가 다 처리할 테니까요. 메리가 알아야 할 것은 단 두 가지 밖에 없는 거예요. 이 집을 관리하는 직접적인 책임과 메리에게 출퇴근 보고를 하는 직원들을 관리하는 일이요." 메리는 겨우 안심한 표정을 지었다. 하지만 베일리 의원은 간간히 그녀에게서 공포에 질린 눈빛을 볼 수 있었다. 왠지 그녀가 제대로 골칫거리가 될 것 같은 불안한 기분이 들었다.

"혹시 아내가 벌써 인터뷰를 했나요?" 의원이 물었다.

"아닌 것 같습니다."

"지금 아내는 뭐하고 있죠?"

"사모님께서는 주말 계획을 짜는 데 한창 열중하고 계세요." 메리가 말했다. "좋아요." 의원이 말했다. "그녀가 하던 일을 계속 하도록 두는 게 좋겠소. 워낙 방해받는 걸 싫어하잖아요."

"네, 알겠습니다."

* * *

레이아와 호세는 초인종을 누르고 기다리는 중이었다. 두 사람은 20여 개의 방이 딸린 베일리 의원의 저택 현관에 서 있었다. 잠시 후 어두운 녹색 스커트 치마 정장을 입은 말쑥한 중년 여자가 문을 열었다.

"로드리게즈 형사님과 바인즈 요원님이신가요?" 중년 여자가 말했다. "저는 베일리 의원님의 여집사인 메리라고 합니다." 호세와 레이아는 메리와 악수를 나눈 뒤, 그녀의 안내를 따라 2층 로비로 향했다. 로비의 오른쪽에는 웅장한 나선형 계단이 다음 층으로 이어지고 있었다.

"여기서 잠시만 기다려주세요." 메리가 말했다. "베일리 의원님이 곧 오실 겁니다."

호세와 레이아는 가만히 서 있는 동안 주변을 둘러보았다. 레이아는 꽤 훌륭한 조각과 그림을 몇 개 알아볼 수 있었다. 아마도 캐리비안에서 공수된 것 같았다.

호세와 레이아의 뒤쪽에서 구두 소리가 들렸다. 두 사람이 뒤를 돌아보자, 가는 세로줄 무늬의 정장을 차려 입은 베일리 의원이 복도 끝에서 걸어오고 있었다. 베일리 의원은 군살 없이 탄탄한 몸매를 가지고 있었고, 걸음걸이에서는 힘이 느껴졌다. 레이아는 베일리 의원이 아주 건강한 사람이라는 생각이 들었다. 그러나 그의 걱정 가득한 얼굴과 희끗희끗한 머리카락은 레이아가 알고 있는 것보다 그를 10년은 더 늙어보이게 했다.

"만나 뵙게 되어 반갑습니다, 바인즈 요원." 베일리 의원이 굳은 악수를 하며 레이아를 반겼다. "그리고 형사님, 다시 뵙게 되어 반가워요. 제 사무실에 가서 이야기를 나누도록 합시다. 이쪽으로 오시지요."

베일리 의원의 사무실에 들어서자 강한 자단 향이 풍겼다. 레이아는 숨을 깊게 들이마셨다. 요즘에는 자단을 살 수 있는 사람이 드물었다.

"의원님, 혹시 오늘 아침에 형사님께 이미 이 질문을 듣고 답하셨다면 미리 사과드릴게요."

"괜찮소, 바인즈 요원. 시작해주세요."

"아시다시피―" 레이아가 말했다. "저희는 의원님 소유의 부지에서 발견된 책가방의 주인인 제닛 트로이의 시신을 발견했습니다."

의원은 진지하게 고개를 끄덕였다. "이번 일은 그 아이와 가족들에게 정말 불행한 일이 아닐 수 없어요." 베일리 의원이 말했다. 레이아는 그의 목소리에서 진실성이 묻어나오는 것을 느낄 수 있었다. "제가 이번 사건에 도움이 될 수 있다면 최대한 협조하도록 하겠습니다."

"혹시 이곳에 살거나 일하는 사람 중에 어떤 방식으로든 이 살인 사건에 연루될만한 사람을 알고 계신가요?" 레이아가 물었다. 그녀는 대답하는 베일리 의원의 얼굴을 자세히 들여다보았다.

"제가 아는 바로는 없네요." 베일리 의원이 대답했다. 그는 레이아와 눈을 마주쳤지만 제대로 들여다보는 것 같지는 않았다. "그리고 저희 목장에 고용된 직원들은 수 년 동안 제가 개인적으로 알고 지낸 사람들입니다."

"이 부지를 소유한 지 얼마나 되셨나요?" 레이아는 별 생각 없이 사무실을 둘러보며 질문을 이어갔다. 사무실 선반에는 책과 각양각색의 작은 예술품들이 잘 정리되어 있었다.

"저희는 30년 전쯤에 이 부지를 구입하고 지금까지 계속 집으로 사용했습니다. 제 아내 베스는 올해 계속 이곳에 머물고 있고, 저는 상원 휴회 기간 동안 주말마다 와서 머물고 있죠."

"혹시 최근에 목장에서 이상한 움직임은 없었나요?"

"지난 몇 달 동안 수많은 손님들이 저희 목장을 찾았어요. 덕분에 저와 직원들은 모두 정신없이 바빴답니다."

"곤란하게 해드려 굉장히 죄송한 말씀이지만, 목장 직원들의 신상 기록과 지난 30일 동안 이곳을 방문한 사람들의 기록이 필요할 것 같습니다. 저희가 언제쯤 확인할 수 있을까요?"

"제 행정 비서에게 내일 오후까지 가져다드리라고 말해두겠습니다."

"감사합니다." 레이아가 말했다. "아시다시피 이미 직원들과 인터뷰를 시작했어요. 앞으로 더 지체되지 않는 한 적어도 이틀 정도면 마무리될 것 같습니다."

"전에 말씀하셨던 인부들과는 어떻게 연락할 수 있나요? 목장 보수를 도와줬다던 분들이요." 형사가 물었다.

"그분들의 연락처도 목록에 적어드리겠습니다." 의원이 말했다.

"의원님이 생각하시기에 특별히 저희가 알아야 할 만한 사람은 없나요?" 레이아가 물었다.

의원은 턱을 문질렀다. "글쎄요, 제 생각에는 없는 것 같네요." 그가 말했다.

"제닛의 책가방이 발견된 곳을 보여주실 수 있으신가요?" 호세가 물었다.

"물론이에요. 제 차로 안내해드리죠." 의원이 책상 위의 열쇠를 집어 들며 말했다.

세 사람은 레인지 로버를 타고 비포장도로 위를 달려 목적지로 향했다. 차를 타고 이동하는 동안, 베일리 의원은 레이아에게 목장의 역사에 대해 말해주었다. 베일리 의원의 목장은 이전에 카슨 가족의 소유였다. 카슨 가족은 의원과 마찬가지로 사마 사업에 종사하는 사람들이었다. 듣자 하니 카슨 가족은 잘 풀리지 않는 사업으로 큰 타격을 입었고, 얼마 지나지 않아 담보권 행사가 이루어졌다고 했다.

마침내 의원이 끼익 하고 차를 세우며 시동을 껐다.

"여기가 바로 개들이 책가방을 발견한 곳입니다." 그는 근처의 땅을 가리켰다. "가방의 내용물을 확인하자마자 경찰에 연락했죠." 그가 덧붙였다. "개들이요?" 레이아가 물었다.

"저희 목장에서 도베르만 네 마리를 키우고 있어요. 저는 매일 아침 그 아이들과 산책을 하려고 노력한답니다. 산책하는 동안에는 거의 목장 전체를 돌아다니죠."

"개들은 밤에 어디 있나요?"

"마구간 뒤에 있는 사육장에 있어요."

"여기서 서쪽으로 얼마나 가야 부지 경계선이 나오나요?" 레이아가 물었다.

"여기서 그리 멀지 않아요. 윌로우 호수의 북서쪽 끝부분과 마주하고 있죠. 저쪽으로는 이웃 농장도 있어요." 의원은 서쪽을 가리키며 말했다.

"그쪽으로 좀 걸어가 볼 수 있을까요?" 호세가 물었다.

"그럼요. 아주 먼 거리는 아니거든요." 의원이 두 사람을 안내하며 대답했다.

"이웃들과도 잘 알고 계신가요?" 레이아가 물었다.

"맥린 가족은 알고 있어요. 맥린 부부네 목장 경계선이 우리 목장과 월로우 호수의 대부분을 접해 있거든요. 랍과 린다는 아주 친절한 사람들이에요, 자녀는 없고요. 그 부부는 족보 있는 애완견들을 전문적으로 기르고 전시하는 일을 하죠. 맥린 부부네 부지 옆에는 디드 씨네 사과 과수원이 있습니다. 디드 씨와는 한 번도 만나본 적은 없어요. 하지만 이 마을에 오면서 디드 씨네 부지를 보셨을 거예요."

"그 부지들에 전부 울타리가 쳐져 있는지 혹시 아시나요?" 호세가 물었다.

"네, 제가 소유한 부지에는 울타리가 쳐져 있고, 아마 다른 부지들도 그럴 겁니다." 의원이 말했다. 그때 세 사람은 의원의 울타리에 난 구멍을 지나치고 있었다.

"이 울타리에는 보통 이렇게 구멍이 많은가요?" 레이아는 코끼리 바위 근처의 의원네 부지에서 본 울타리 구멍을 떠올리며 물었다.

"보통 부지와 부지 사이의 울타리에는 일부러 틈을 만들어둬요. 여름에 야생 사슴이나 동물들이 호수로 이동할 때 걸리지 않고 지나갈 수 있게 하기 위해서죠." 의원이 말했다.

레이아는 의원이 바라보고 있는 방향을 따라 시선을 돌렸다. 나무들 사이로 월로우 호수가 반짝이고 있었다.

"밤에는 눈에 띄지 않고 이곳을 쉽게 지나다닐 수 있겠네요." 호세가 말했다.

"네, 그렇죠." 의원이 말했다. "보시다시피 이곳의 부지들은 굉장히 넓으니까요."

"아, 의원님, 저희가 시간을 너무 뺏은 것 같네요." 레이아가 말했다.

세 사람은 의원의 차를 뒤로 한 채 의원의 집을 향해 걸어갔다. 그때 의원이 망설이는 듯이 물었다. "그런데 바인즈 요원께서는 이번 사건에 결정적인 단서들을 확보하신 건가요? 수사 진행이 될 만한 증거들 같은 것이요."

"정말 안타깝지만 사건의 자세한 사항은 말씀드릴 수가 없어요. 심지어 베일리 의원님이라고 해도요. 이런 사건은 자세한 내용을 무엇보다도 신중하게 다뤄야 하잖아요. 물론 베일리 의원님은 이해해주시겠지만 말이에요."

"이해하고말고요." 그가 말했다.

21.
목요일

피터는 병원 정원에 있는 타코 가판대에서 점심을 해결했다. 아직도 피터는 나야와 헤이스팅스 부부가 마음에 걸렸다. 부모에게서 아이를 떼어놓는 것을 지켜보기란 결코 쉬운 일이 아니었다. 특히나 그렇게나 다정한 가족일 경우에는 더더욱 어려웠다. 때로는 부모가 아이를 병원에 두고 가면서 오히려 안심하는 경우도 있었다. 특히 아동정신의학과 병동의 입원 한계 연령인 열두 살에 이르는 아이들의 경우에 더욱 그러했다. 하지만 피터는 아이의 정신질환이 가족 모두에게 얼마나 큰 불행인지 잘 알고 있었다.

제인은 어떤 아이들이 나야와 함께 병동에 머무를지 궁금했다. 그러자 피터가 병동에 머무르는 아이들의 행동장애에 대해 설명해주었다. 행동장애의 종류는 주의력 결핍 및 과잉 행동장애나 반항성 장애에서부터 우울증이나 조울증과 같은 기분장애에 이르기까지 매우 다양했다.

"위험한 아이들인가요?" 제인이 물었다.

"대부분 위험하지 않아요." 피터가 말했다. "특히나 저희가 아주 가까이서 감독하고 있는 경우엔 더욱 안심하셔도 됩니다."

그는 세 가지의 특별 관찰 상황에 대해 설명했다. 일대일 관찰, 직접 관찰, 수면관찰이 그 세 가지 경우에 해당됐다. 일대일 관찰은 가장 강력한 방식의 관찰 방법이었다. 이 경우에는 정신건강협회 스태프 한 명이 아이와 모든 시간을 함께 지내게 되었다. 아이와 스태프는 팔을 뻗으면 닿을 수 있는 거리에서, 혹은 필요할 경우에 그보다 더 가까이 붙어서 활동해야 했다. 이 방법은 스스로에게나 타인에게 언제라도 위협이 될 수 있을 만큼 가장 심하게 정신질환을 앓고 있는 아이들에게 적용되었다. 지난달에 피터가 일대일로 관리하던 한 아이는 열한 살의 남자아이였는데 자해를 하거나 자살까지 할 수 있는 환자였다.

직접 관찰은 스태프 한 명이 환자를 모니터할 뿐 아니라 환자의 행동 양상을 15분마다 기록하는 방법이었다. 스태프가 아이를 혼자 두는 경우도 있지만, 이는 특별한 비상 상황에만 가능했다. 보통 충동적으로 행동하는 경향이 있는 아이들에게 직접 관찰이 적용되었다.

수면관찰은 나야와 같이 수면 장애의 가능성이 있거나 야간 안전의 우려가 있는 아이들을 밤에 감시하는 방법이었다.

"나야를 잘 관찰하고 항상 안전하게 보호하겠습니다." 피터가 헤이스팅스 부부에게 다시 한 번 안심시켰다.

피터의 손에는 마지막 서류가 남아 있었다. "이 서류에는 제가 지금부터 말씀드릴 수동 제재와 격리 정책에 대한 내용을 인정한다는 서명을 해주셔야 합니다." 그는 다소 주저하며 말했다. 입원 절차 중이 부분은 그 어떤 아이의 부모들에게도 유난히 설명하기 어려웠다. 특히나 아이가 명백하게 공격적인 행동 양상을 보이지 않는 경우에는 더욱 까다로웠다.

"그게 무슨 말씀이시죠?" 제인이 눈살을 찌푸리며 물었다.

"가끔은 아이가 통제 불능의 행동으로 자신이나 다른 아이들에게 위험을 가할 수 있어요. 그때 스태프들은 두 가지 중재 방법을 취할 수 있죠." 피터는 계속해서 설명을 했다. "만약 아이가 통제할 수 없이 폭력적인 상태가 되면 스태프들이 직접 나서서 아이를 제재시키게 됩니다. 다시 말해 직원들이 환자를 땅바닥에 눕히고 약 15분 동안 팔 다리를 단단히 붙잡는 것이죠. 그래서 자해를 하거나 타인에게 해를 가하지 못하도록 하는 것입니다. 모든 연령의 아이들이 수동적인 제재를 받을 수 있어요. 만약 이 중재 방법이 적용될 경우, 환자의 부모는 공식적인 통지를 받게 됩니다."

"두 번째 중재 방법은 무엇이죠?" 제인이 긴장된 목소리로 물었다.

피터는 "격리 감금"라고 일컬어지는 절차의 큰 틀에 대해 설명했다. 이 절차는 환자가 '침묵의 방'으로 보내지는 것이었다. 격리 감금의 의도는 아이가 통제력을 되찾게 하는 것이었다. 침묵의 방은 부드러운 특수 재질의 벽으로 이루어진 곳이었다. 그리고 방 천장 구석에 아이의 행동을 관찰하기 위해 설치된 비디오카메라를 제외하고는 아무 것도 없었다. 비디오의 내용은 방 바깥에 위치한 작은 모니터로 볼 수 있었다. 경우에 따라 방문을 단단히 잠가둬야 할 때도 있었다.

바로 이런 상황이 격리 감금 방법이 적용되는 경우였다. 주법에 따라 아홉 살 이상의 아이들만이 격리 감금 방법에 적용되도록 허용되었다. 격리 감금 방법은 한 번에 최대 30분 동안만 적용 가능했다. 그리고 두 가지의 중재 방법 모두 철저한 문서화 과정을 필요로 했다.

"이 절차들은 오직 의사에 의해서만 발효될 수 있습니다." 피터는 안심시키며 말했다. "또한 이 절차들 중 어떤 것도 나야에게는 적용되지 않을 거라고 생각합니다. 나야는 9세 이하인데다 설명한 것과 같은 행동 이상을 보이지 않으니까요. 그래도 저는 두 분께 이 절차들에 대해 설명을 해드려야 할 의무가 있습니다."

피터가 마지막 서류를 프레드에게 건넸다. 그는 내키지 않는 기색이 역력한 표정으로 서류를 읽은 뒤, 서명을 했다.

피터는 점심 식사를 끝내고 병동으로 돌아갔다. 그는 나야를 찾아 건강검진을 받도록 해야겠다고 생각하고 있었다. 건강검진은 입원 시 거쳐야 할 의무 사항이었다. 나야는 점심 식사를 마친 다른 아이들과 식당에서 줄을 서 있었다.

"안녕하세요, 그람 선생님!" 아이들은 문가에 서 있는 피터를 보고는 쩌렁쩌렁한 목소리로 소리쳤다.

"안녕, 모두들." 피터도 아이들에게 인사를 했다. 그리고 아이들이 줄을 서 있는 곳으로 걸어가며 손바닥을 펴보였다. 아이들 중 몇 명이 지나치는 피터의 손바닥을 짝 하고 마주 쳤다.

나야는 줄의 맨 끝에 서 있었다. 피터는 나야 옆에 걸음을 멈췄다.

그리고는 허리를 구부리며 잠시 건강검진을 하러 가야 한다고 말했다. 그는 정신건강협회 스태프에게 나야가 다음 수업이 끝나면 곧 돌아올 것이라고 말했다.

나야는 줄을 벗어나서 피터와 함께 간호사실 옆에 위치한 검사실로 걸어갔다. 간호사실을 지나치던 피터는 간호사 한 명에게 잠시 도와달라고 부탁했다.

피터와 나야가 검사실에 도착하자 피터가 말했다. "건강검진이 뭔지 알고 있니, 나야?"

"제 심장이 제대로 움직이고 있는지 확인하는 거예요." 나야가 진지하게 말했다.

"그래, 맞아. 그리고 혹시 몸에 이상이 있어서 밤에 악몽을 꾸게 하는 건 아닌지 알아보는 거야."

"나야, 이쪽은 제니퍼 간호사 언니란다." 피터가 말했다. 여간호사 한 명이 두 사람 쪽으로 막 다가온 참이었다. "제니퍼 언니가 지금부터 검사를 도와주실 거야."

피터는 검사실의 문을 열었다. 이윽고 세 사람은 소독용 알코올과 금속 냄새가 풍기는 작은 방으로 들어갔다. 방 한쪽에는 진찰대가 있었고, 다른 쪽에는 싱크대가 있었다.

"여기로 올라와볼래, 나야?" 피터는 진찰대를 두드리며 말했다.

나야는 손쉽게 진찰대 위로 깡총 뛰어 올라 앉고는 두 다리를 흔들며 피터를 마주보았다. 피터는 빠르게 시력검사를 진행했다. 유전적

증후군의 징후가 될 만한 비정상적인 특징이 전혀 보이지 않았다. 다음으로 피터는 나야가 상기도감염 증상이 없는지 알아보기 위해 이비인후 검사를 했다.

"여기 몇 분만 누워보겠니, 나야?" 피터가 나야에게 말했다. "선생님이 배를 조금 누르면 혹시 통증이 느껴지는지 말해주렴."

나야는 그의 지시를 따랐다. 곧 피터가 복부를 만지자 나야가 움찔거렸다. 나야는 피터의 다른 아동 환자들과 마찬가지로 간지럼을 잘 타는 편이었다. 피터는 청진기로 나야의 심박수를 확인했다.

"나야도 네 심장 소리를 듣고 싶니?" 피터의 물음에 나야가 고개를 끄덕였다. 그러자 피터는 헤드셋 부분을 나야의 귀에 걸어주고는 심장 소리를 들려주었다.

"북 소리 같아요." 너무도 정직한 목소리로 말하는 나야를 보자 피터는 큰소리로 웃음이 나올 것 같았다.

"자." 피터가 웃음을 참으며 말했다. "이제 나야가 두 가지만 더 해주면 돼. 좀 우스워 보일 수도 있을 거야. 하지만 나야 몸의 다른 부분도 건강한지 확인해야 한단다."

피터는 신경학적검사를 위해 나야에게 다리를 한 쪽씩 번갈아가면서 깡총 뛰도록 부탁했다. 나야에게는 아주 간단하고 재밌는 검사였다. 다음으로 피터는 나야에게 두 팔을 쭉 뻗으며 직렬보행법을 보여주었다. 그리고는 나야에게 그의 손가락과 코를 만져보게 한 후, 손가락을 좌우로 움직이며 난이도를 높였다. 마침내 나야는 모든 검사를 꽤 손쉽게 마쳤다.

"나야는 아주 똑똑하고 건강한 아이구나." 피터는 실험을 마무리하면서 나야를 칭찬해주었다.

"그럼 저는 왜 여기 있는 거예요?" 나야가 천진난만하게 물었다.

"나야가 잠들어 있는 동안 왜 방 안을 걸어 다니는지 알아내야 하기 때문이지." 피터가 설명했다.

"하지만 저는 기억이 안나요." 나야가 입을 삐죽 내밀며 말했다.

"괜찮아. 잠들었을 때 자기가 뭘 했는지 기억하는 사람은 아무도 없단다. 만약에 기억하는 사람이 있다면 그건 몽유병이 아니야." 피터는 나야를 안심시키려 애썼다.

"다른 여자아이들에게도 그런 일이 일어나나요?" 나야가 물었다. "아니면 저만 그런 거예요?"

피터는 나야의 눈이 '저만 그런 것이 아니었으면 좋겠어요'하고 말하는 것 같았다.

"물론 다른 아이들에게도 일어나는 일이야." 피터가 말했다. "잠자는 동안 걸어 다니고 말도 하는 아이들은 아주 많아."

"하지만 그 아이들 모두 여기에 오나요?"

"그렇진 않아. 혹시라도 자신을 다치게 할지 모르는 아이들만 온단다."

"저처럼 말이죠." 나야가 차분히 말했다.

"맞아. 나야는 거의 발코니 벽을 넘어갈 뻔 했잖아. 그건 정말 위험한 행동이었어." 피터가 다시 한 번 위험성을 강조했다. "나야는 우리가 안전하게 보호해주려고 여기 있는 거란다. 자, 그럼 내일 아침에 나야가 건강한지 더 확실히 알아보기 위해서 다른 검사를 할 거야." 피터가 말했다. 그는 나야가 MRI 검사를 받아야 한다는 것을 최대한 좋은 방법으로 설명하려고 애쓰고 있었다.

"아픈 거예요?" 나야가 두려워하며 물었다.

"아니, 아프지 않아. 커다란 기계가 카메라로 나야의 머릿속 사진을 찍는 동안, 나야는 가만히 누워 있기만 하면 되는 거야. 기계가 조금 시끄럽긴 하겠지만 겁먹을 필요는 없단다."

"커다란 카메라가 사진을 찍으면 저도 나중에 볼 수 있어요?"

"물론이지. 검사가 다 끝난 후에 사진을 볼 수 있어."

"선생님도 오실 건가요?" 나야가 상냥한 목소리로 피터에게 물었다.

"그럼, 당연하지." 피터가 말했다. 그는 나야에게 안심하라는 듯이 미소를 지어 보였다.

피터와 나야는 제니퍼에게 인사를 한 후, 검사실 밖으로 나왔다. 피터는 나야가 자신을 점점 친근하게 느낀다는 사실에 기분이 좋았다. 나야가 협조해줄수록 나야의 문제를 해결하는 일은 더욱 수월해질 수 있었다.

피터와 나야가 교실을 향하는 복도를 걸어가던 중, 나야는 손을 뻗어 피터의 손을 잡았다.

"카메라가 나야의 머리 사진을 찍고 나면 뇌전도 검사를 하게 될 거야." 피터는 나야에게 뇌전도 검사 절차가 이루어지는 동안 있을 일들에 대해 설명해주었다. 피터가 나야의 머리에 여러 개의 선을 붙이는 내용을 설명하자 나야가 키득키득 웃기 시작했다.

"제 얼굴이 엄청 웃길 것 같아요." 나야가 말했다. "외계인처럼 말이에요."

교실에 도착한 피터는 나야의 손을 꼭 쥐어주고는 나야를 들여보냈다. 나야의 표정이 갑자기 심각해졌다.

"그람 선생님?"

"왜 그러니, 나야?"

"여기는 밤이 되면 무서운가요?"

피터는 쪼그리고 앉아 나야의 두 눈을 차분히 들여다보았다. "스태프 한 분이 나야가 자는 동안 돌봐주실 테니 걱정하지 않아도 돼. 나야는 여기서 안전하게 지낼 거야, 선생님도 항상 확인할 거고."

나야가 고개를 끄덕였다.

"그럼 학교에서 즐거운 시간 보내렴." 피터가 말했다.

잠시 후, 피터는 나야의 입원 절차를 입력하려고 의자에 앉았다. 그때 머리 위로 그를 호출하는 소리가 들렸다. "피터 그람 선생님, 마당으로 와주시기 바랍니다. 즉시 서둘러주세요."

즉시 서두르라고? 뭔가 심각한 문제가 생긴 것이 틀림없었다. 피터는 재빨리 자리에서 일어나며 옆에 앉아 있던 간호사실의 매트를 쳐다보았다.

"나 좀 도와줘야 할 것 같아요." 그가 말했다.

매트는 긴급 호출에 크게 놀라지 않았다. 그는 피터를 거의 쳐다보지 않으며 말했다. "바로 따라갈게요."

서둘러 마당으로 달려간 피터는 엄청난 소란이 벌어지고 있는 것을 발견했다. 주변에 있던 몇 명의 아이들은 소리를 지르며 울고 있었다. 앞에는 세 명의 스태프들이 티모시를 땅바닥에 눕혀 제압하고 있었다. 피터는 스태프들에게 달려가 무슨 일이 있었는지 물었다.

"저도 정확한 원인을 모르겠습니다." 스태프 한 명이 말했다. "티모시, 흥분을 가라앉히렴. 그런 다음에 선생님하고 얘기 하자." 피터는 티모시의 비명 때문에 아이의 귀에 가까이 대고 말해야 했다.

"네가 정말 싫어!" 티모시는 목이 터지게 큰 소리로 욕설을 내뱉기 시작했다. "전부 다 싫다고!" 티모시는 또 다시 욕설을 했다.

피터는 겨우 일곱 살짜리 아이 입에서 그런 저속한 말이 나온다는 것이 아직도 충격적이었다. 그는 티모시가 폭력적으로 저항하는 것을 지켜보았다. 스태프 한 명이 아이의 무릎 쪽을 특수한 방법으로 꽉 잡고 있었다. 그리고 나머지 두 명이 각각 팔을 붙잡고 있었다. 티모시의 주근깨 난 얼굴은 평상시에 아주 창백했다. 하지만 지금의 티모시는 화를 주체하지 못하고 빨갛게 상기된 얼굴을 하고 있었다.

"티모시를 격리실로 옮기도록 하죠." 피터가 스태프들에게 말했다. 불안정한 상태의 티모시를 계속해서 제압하는 것은 위험했다. 티모시는 나이에 비해 덩치가 크고 힘이 센 아이였다. 몇 년 동안 향정신제를 복용한 탓에 체중이 꽤 불었기 때문이었다.

교사들은 다른 아이들을 마당에서 데리고 나가려고 애쓰고 있었다. 그때 피터의 눈에 겁에 질린 얼굴로 모퉁이에 서 있는 나야가 보였다. 하지만 피터는 눈앞에 닥친 상황을 먼저 처리해야 했기 때문에 나야에게 말을 걸 수가 없었다.

어느새 매트가 피터 옆으로 다가왔다. "그럼 선생님, 이제 어떻게 할까요?" 매트가 말했다. "진정제를 놓을까요?"

"25밀리그램 주사해주세요." 피터가 말했다.

나야와 다른 아이들이 마당을 떠나자 피터와 다른 스태프들은 이리저리 꿈틀대며 욕하는 티모시를 격리실로 옮겼다. 뒤이어 매트가 주사기를 들고 나타났다.

피터는 다른 스태프들에게 티모시를 뒤집도록 지시했다. 그러자 매트가 티모시의 엉덩이에 근육주사를 놓았다. 티모시는 고통스럽게 소리치며 계속해서 욕설을 내뱉었다.

진정제는 가끔 입원 병동 환자들에게 쓰이는 약으로, 의료시장에서는 가장 오래된 향정신제 중 하나였다. 진정제를 소량 투여하는 것만으로도 심각한 불안정 상태의 아이를 빠르게 진정시킬 수 있는 약물이었다. 아이와 유용하고 이성적인 대화를 하려면 아이를 차분하게 진정시키는 게 우선이었다.

티모시는 주변의 어른들은 결코 이해할 수 없는 이유로 극단적인 분노를 표출하는 아이였다. 보통 티모시의 반응은 자극에 비해 지나치게 심했다. 티모시는 주의력 결핍 및 과잉 행동장애와 기분 장애 진단을 받은 환자였다. 보통 티모시처럼 어린아이들은 조울증 증상이 정확히 구별되지 않아서 정신질환을 진단받는 경우는 드물었다. 티모시는 태아기에 코카인에 노출되었고, 태어난 이후에는 셀 수 없이 많은 양부모들의 집을 거쳐 다녔다. 티모시가 이 집 저 집으로 옮겨지는 과정에서는 아동 학대 혐의도 있었다. 증명된 적은 한 번도 없었지만 말이다. 티모시는 일주일 전에 양부모 아들의 얼굴을 연필로 찌르려고 했던 사건 이후로 이 병동에 머물게 되었다.

진정제를 투여한 후에도 티모시는 계속해서 발버둥을 쳤다. 피터는 스태프들이 지쳐가고 있다는 것을 알 수 있었다. 피터를 바라보는 스태프들의 눈빛은 더 이상 티모시를 제압하기 힘들다고 애원하고 있었다. 안타깝게도 티모시는 9세 이하였기 때문에 격리 감금 조치가 불가능했다. 피터는 스태프들에게 티모시를 붙잡고 있던 손을 놓고 격리실에서 나가도 좋다고 지시했다. 방에는 피터와 티모시 둘만이 남게 되었다. 피터는 굳게 닫힌 문을 등지고 섰다. 티모시는 피터 앞에서 팔과 다리를 쭉 뻗은 채로 땅바닥에 누워 있었다. 피터는 티모시가 자신을 붙잡고 있는 사람이 없다는 사실을 깨닫기 전에 진정제의 약효가 나타나기를 바라고 있었다.

티모시는 땅바닥에 누워 여전히 비명을 지르면서 앞뒤로 굴러다녔다. 하지만 피터를 때리려고 하지는 않았다. 사실 피터가 있다는 것

조차 눈치 채지 못한 듯 했다. 마침내 티모시가 피터를 발견했다. 티모시는 갑자기 일어서더니 피터를 문에서 밀어내기 시작했다. 그가 티모시와 몸싸움을 하지 않는 방법은 문에서 비켜나는 일뿐이었다. 하지만 만약 그렇게 한다면 티모시는 격리실 밖으로 달아나버릴 테고, 다른 환자들과 스태프에게 계속해서 위협을 가할 것이 분명했다.

피터는 다른 대책을 강구해야 했다. 그는 바깥에 서 있던 매트에게 격리실 문을 잠그라고 손짓했다. 티모시와 몸싸움을 하지 않도록 문에서 물러나기 위해서였다. 결국 엄밀히 말해서 의사와 함께 격리실에 갇힌 아이는 격리 감금 상태가 아닌 것이었다. 아이가 혼자 격리실에 감금된 것이 아니기 때문이었다.

"나한테서 떨어져." 티모시가 투덜대자 피터가 문에서 물러났다.

잠시 후, 티모시가 갑자기 울음을 터뜨렸다. "가고 싶어! 가고 싶다고!"

"어디를 가고 싶은 거니, 티모시?" 피터가 부드러운 목소리로 물었다.

"엄마가 보고 싶어. 엄마가 보고 싶단 말이야." 티모시는 점점 더 주체할 수 없이 눈물을 흘리기 시작했다. 티모시는 바닥에 얼굴을 대고 엎드리더니 큰 소리로 고함을 질렀다. 티모시의 눈물이 푹신한 바닥을 적셨고 코에서는 콧물이 줄줄 흘렀다. 티모시의 눈꺼풀과 뺨이 얼룩덜룩한 색을 띠며 부풀어 올랐다.

"그럼 그 이야기를 해보자." 피터가 달래듯 말했다. "하지만 먼저 티모시가 마음을 가라앉혀야 해." 그는 티모시 옆에 무릎을 꿇고 앉은 채 아이의 등을 부드럽게 쓰다듬었다. 피터의 손길에 아이의 분노가 허물어지는 듯 했다. 티모시는 더욱 큰 소리로 울기 시작했다. 이제는 분노보다는 고통스러운 울음 소리였다. 그리고 티모시는 경계심을 완전히 풀어버린 상태였다. 피터는 아이가 울음을 통해서 쌓였던 뭔가를 아주 힘들게 분출한다는 걸 알고 있었지만, 계속해서 티모시의 등을 쓰다듬었다. 그러자 슬픈 감정이 티모시를 뒤덮었다. 그런 감정적인 고통을 겪는 아이를 보는 것은 매우 힘든 일이었다. 피터는 평정심을 유지하기 위해 티모시에게 몰입했던 자신을 추스르며 감정을 억누르려 애썼다. 연민을 느끼던 그는 조금씩 코를 훌쩍거렸다. 그는 재빨리 소매로 코를 슥 닦아냈다.

몇 분이 지나자 티모시는 조금씩 안정을 되찾기 시작했다. 티모시의 피부색은 주근깨 사이로 조금씩 하얗게 변해갔다.

"모퉁이쪽에 잠시 앉을까?" 피터가 티모시에게 조용히 물었다.

티모시는 고개를 끄덕이며 피터와 함께 방의 모퉁이로 걸어갔다. 피터는 일어서서 매트에게 잠금장치를 열어도 된다는 손짓을 했다.

피터는 티모시가 지금껏 찾은 엄마가 어떤 엄마를 말하는 건지 확신할 수가 없었다. 티모시의 생모는 양육권이 끝난 최근에까지 해마다 티모시의 삶에 들쑥날쑥하던 여자였다. 티모시는 그 동안 너무나도 많은 양부모들의 집에 머물렀던 탓에 양어머니가 많을 수밖에 없었다. 게다가 어른들과의 관계가 너무나도 복잡하고 혼란스러웠기 때문에 자신과 다른 사람에 대한 개념이 굉장히 허술한 상태였다.

"어떤 엄마를 말하는 거니, 티모시?" 피터가 물었다.

"저도 모르겠어요." 티모시가 눈물을 닦으며 말했다. "폴린 아줌마가 좋았어요." 티모시는 코를 훌쩍였다. 폴린 부인의 집은 티모시가 머물렀던 양부모집 중에 가장 최근에, 그리고 가장 오랫동안 머문 곳이었다. 티모시는 폴린 부인과 그녀의 아들에게 애정을 느끼게 되었다. 하지만 근본적으로 형제라는 것은 티모시가 결코 참을 수 없는 문제였다. 티모시는 폴린 부인을 독차지하고 싶었던 것이다. 티모시가 폴린 부인의 아들을 찌르려고 했던 것도 순간적으로 질투심이 폭발해버렸기 때문이었다. 결국 그 대가로 티모시는 이곳에 입원을 하게 되었다.

티모시는 작게 하품을 했다. 진정제의 약효가 나타나기 시작한 것이었다. 피터는 티모시가 완전히 스스로를 제어할 수 있을 만큼 나아졌다는 확신이 들었다. 그리고 곧 티모시를 아이의 방으로 안내했다. 티모시는 침대 위로 풀썩 눕더니 곧바로 잠이 들었다.

피터는 티모시의 방에서 나와 간호사실로 향했다. 그는 이제 누가 봐도 지친 모습이었다.

"매트." 피터는 의자에 털썩 앉으며 말했다. "저는 이제 나야를 만나고 오늘을 마무리할 생각이에요."

매트가 가여운 눈빛으로 피터를 바라보았다. "그래요, 선생님." 매트가 말했다. "쉬엄쉬엄 하세요."

피터는 깊은 숨을 들이마신 후, 의자에서 벌떡 일어났다. 나야의 방에 도착한 그는 슬쩍 안을 들여다보았다. 나야는 침대에 혼자 앉아 있었다.

"학교는 다 끝났니?" 피터는 이미 답을 알고 있으면서 나야에게 물었다.

나야는 고개를 끄덕였다.

피터는 나야에게 편안한 웃음을 지어보였다. "옆에 앉아도 될까?" 그가 물었다. 나야는 다시 한 번 고개를 끄덕였다. 그리고는 옆으로 조금 비켜 앉으며 피터가 앉을 자리를 마련해주었다.

피터는 나야의 옆에 앉아서 침대에 놓여 있는 통통한 작은 곰인형을 집어 들었다. "이 아이가 누들이니?" 피터가 물었다.

나야는 고개를 저었다. "누들은 강아지라니까요. 아무튼 누들은 집에 있어요. 그 곰돌이는 제 것도 아니고요. 병원 곰돌이잖아요."

피터는 나야에게 곰인형을 내밀었다. "하지만 이 곰돌이도 친구가 필요할 거야. 안 그래?"

나야는 잠시 동안 곰인형을 바라보았다. 그리고는 곰인형을 가져가더니 두 팔로 꼭 안았다.

"오늘 본 것 때문에 많이 무서웠지?"

"네." 나야가 차분하게 대답했다. "이제 저에게도 그런 일이나는 거겠죠?" 나야는 마치 운명을 받아들인다는 듯이 물었다.

"아냐." 피터가 나야를 안심시켰다. "나야에게는 절대 그런 일이 일어나지 않을 거야. 선생님이 약속할게." 피터는 나야의 손을 다독였다. "나야는 여기서 안전하게 지낼 거야."

"무서워요." 나야가 떨리는 목소리로 말했다.

"괜찮아, 나야. 무서워할 필요 없단다. 전에도 말했듯이 나야가 잠들었을 때는 스태프 분들이 옆에서 보살펴주실 거야. 선생님은 아침에 다시 와서 제일 먼저 나야를 만날 거란다."

"알겠어요." 나야가 말했다.

피터는 나야의 어깨를 토닥여주고는 나야의 방을 나왔다. 그리고 짐을 챙기기 위해 전임의 사무실로 향했다. 피터는 잠깐 운동을 하러 체육관에 갈 생각이었다. 아마 거기서 에버슨을 볼 수 있지 않을까 하고 기대하고 있었다. 그리고 나면 집에 가서 좀 쉬고 싶은 마음뿐이었다.

22.
목요일

호세와 레이아는 거의 오후 4시가 다 되어서 베일리 의원의 목장을 떠났다. 시차로 인한 어마어마한 피로가 서서히 레이아를 짓누르고 있었다.

"커피 좀 마실까요?" 레이아가 호세에게 물었다. 카페인을 섭취하면 적어도 호텔에 도착하기 전까지는 정신을 차릴 수 있을 것 같았다.

"좋죠." 호세가 대답했다. 잠시 후 두 사람은 뉴베리 중심부에 위치한 이클립스 카페의 주차장에 차를 세웠다. 그곳은 작은 구오메이 커피숍이었다.

레이아는 더블 에스프레소를 마시고 나니 머리가 좀 맑아진 것 같았다.

"요원님이 머물게 될 홀리데이 호텔은 여기서 몇 블록만 더 가면 되요." 호세가 말했다. "금방이라도 쓰러지실 것 같아요."

"호텔에 수영장도 있나요?" 레이아가 히죽 웃으며 물었다.

"그럼요. 미리 다 알아 뒀죠." 호세는 상냥하게 웃으며 말했다.

레이아는 휴식을 취하는 데에는 수영이 최고라고 생각했다. 수영장에서는 몇 시간이고 있을 정도였다.

호세가 카푸치노를 홀짝 들이키며 물었다. "그나저나 베일리 의원과 나눈 인터뷰에 대해서는 어떻게 생각하시나요?"

"베일리 의원은 전체적으로 이번 사건에 대해서 꽤 긴장하고 있는 것 같아요."

"의원이 이번 사건과 어떤 관련이 있는 것 같으세요?"

"제 생각에 베일리 의원은 자기 목장에서 일하고 있는 누군가가 사건에 연루된 건 아닌지를 걱정하는 듯해요."

"그렇다면 왜 바인즈 요원을 부른 거죠?"

"글쎄요." 레이아가 말했다. "의원은 아주 신중한 사람이에요. 어쩌면 본인 입으로는 그게 누군지 말하지 않겠다는 뜻을 확실히 밝히고 싶었는지도 모르죠. 자신이 알고 있는 것을 다른 사람이 밝혀주기를 바라고 있는 거예요."

"그럼 저는 요원님을 호텔에 모셔다 드린 후에 베일리 의원 목장 직원들의 인터뷰를 체크하러 돌아가 보겠습니다."

"가능하다면 그 목장에 정기적으로 납품을 하는 거래처 목록도 알아봐주세요." 레이아가 덧붙였다. "아참, 커피는 정말 잘 마셨어요, 감사해요. 전 이제 오늘 얻은 정보를 검토할 만큼은 깨어 있을 수 있겠네요." 레이아는 겨우 하품을 참았다.

호세는 레이아를 홀리데이 호텔까지 태워다주었다. 그는 레이아에게 주려고 미리 주차해놓은 위장 경찰차를 가리켰다. "저 차에는

GPS 네비게이션 시스템이 설치되어 있으니 필요하시면 혼자서도 이 마을을 돌아보실 수 있을 겁니다."

"신경써주셔서 너무 감사해요, 형사님."

"그래도 혹시 필요하시다면 관할 경찰서에서 자료를 검토하실 수 있게 아침에 제가 데리러 오겠습니다. 여덟 시쯤이면 괜찮으신가 요?"

"일곱 시는 어떠세요? 아직 둘러볼 곳이 많으니까요." 레이아가 대 답했다. 호세는 레이아의 짐을 안내 데스크까지 옮겨다준 뒤, 호텔을 나섰다. 레이아는 곧 체크인을 하고 호텔 방으로 향했다.

방에 도착한 레이아는 짐을 푼 뒤, 서랍장과 옷장에 단정하게 정리 해두었다. 정리를 마치고 나자 갑자기 온몸이 떨려왔다. *커피 때문이 야.* 레이아는 혼잣말을 했지만 그 말은 사실이 아니라는 것을 잘 알 고 있었다. 레이아는 두려움에 떨고 있었다. 이 사건을 해결하지 못 할까봐 두려웠다. 결론적으로 어떤 물증을 얻었지? 아무것도 얻은 것은 없었다. 한 작은 여자아이가 상상도 할 수 없는 가장 끔찍한 방 법으로 잔인하게 살해되었다. 하지만 단 한 명도 이번 사건에 연관지 을 수조차 없었다.

좋아, 레이아. 레이아는 생각했다. *넌 할 수 있어. 조금 더 분발하는 거야.*

레이아는 책상에 앉아 항공사진을 바라보았다. 그리고 가방에서 검 은색 매직펜을 꺼내 눈에 보이는 표시들을 연결했다.

이 사진에는 분명 메시지가 있어. 레이아는 혼잣말을 했다. 그리고 그게 뭔지 내가 밝혀내고 말겠어.

23.
목요일

피터가 다니는 헬스클럽은 병원에서 몇 분 거리에 위치해 있었다. 그래서 병원 직원들이 가장 선호하는 곳인 동시에 가장 이용하기 편리한 곳이기도 했다. 피터는 에버슨의 파란색 컨버터블 BMW 옆에 자신의 밝은 빨간색의 그랜드체로키 지프차를 주차했다.

피터는 프리웨이트 존에서 에버슨을 발견했다. 그는 벽 전체에 설치된 전면 유리 앞에 서 있었다. 피터는 절로 웃음이 났다. 에버슨은 거울을 보며 자만에 빠져 있는 것이 분명했다.

에버슨은 머리 위로 45킬로그램 무게의 바벨을 들고 있었다. 그때 피터가 뒤에서 다가오는 것을 발견한 그가 씨익 웃어 보였다. 에버슨은 바벨을 위아래로 들어 올리며 어깨 근육 운동을 하고 있었다.

"나 좀 도와줘." 숨을 몰아쉬며 에버슨이 말했다. "두 번 더 해야 하거든."

"에이, 형님." 피터가 말했다. "나이는 꽤 있어도 그 정도는 혼자 들 수 있잖아요." 피터는 에버슨 뒤에 서서 에버슨의 팔꿈치를 받쳐주었다. 곧 에버슨이 바벨을 다시 한 번 들어 올리자 피터가 함께 팔꿈치를 밀어 올렸다. "하나, 둘." 어깨 운동을 마치며 에버슨이 말했다.

"꽤 힘든걸." 에버슨이 말했다. 그는 어깨 근육을 풀면서 거울을 바라보았다. "자네도 두 번 정도 할 거면 내가 좀 도와주지."

"저는 워밍업부터 해야 해요." 피터가 말했다. 하지만 피로도를 측정한 그는 피로도 수치가 꽤 높게 나왔다는 것을 깨달았다. "달리기나 30분 정도 하고 집으로 가야겠네요." 피터가 말했다.

에버슨은 피터의 얼굴을 자세히 살폈다. "무슨 일 있어? 꽤 힘든 하루를 보낸 것 같은데."

"어제 밤에 당직이었거든요. 응급실이 아이들로 아주 북적북적했죠. 그리고 그 중에 굉장히 이상한 증상을 보이는 아이 한명을 입원시켰어요."

에버슨은 궁금한 얼굴로 피터를 바라보았다. 피터는 에버슨이 정신과 사례를 듣는 것을 굉장히 좋아한다는 사실을 알고 있었다.

"그 환자는─" 피터가 말했다. "아주 실감나는 꿈을 꾸고 발코니에서 거의 뛰어 내리려고 했던 여자아이에요. 그뿐만 아니라, 꿈을 그림으로 그리는데 머리털이 쭈뼛 설 정도예요. 일곱 살 밖에 안됐는데 그 그림을 묘사하는 수준이… 정말 모르겠어요, 형님."

"무섭군." 에버슨이 말했다. "진짜 뛰어내리지 않은 건 다행이네."

"맞아요." 피터가 말했다. "하지만 일부러 뛰어내리지 않은 게 아니에요. 그 벽이 조금이라도 낮았다거나 난간이 올라가기 쉬웠다면…." 그는 나야의 작은 몸이 발코니 아래 인도에 누워 있는 것을 생각하자 소름이 돋았다. "문제는 그 아이가 왜 그랬는지 모르겠다는 거예요."

"뇌종양인가?"

"그런 것 같지는 않지만 내일 MRI와 뇌전도 검사를 하기로 했어요. 그리고 티모시라고 하는 또 다른 환자가 있는데, 오늘 오후에는 난리도 아니었어요. 티모시 때문에 병동에 있는 사람들이 전부 공포에 질렸거든요."

피터는 그날 있었던 티모시 일을 이야기했다.

"골치 아팠겠어." 에버슨이 말했다. "그래서 나는 자네가 왜 그쪽에서 전문적으로 일하고 싶어 하는지 정말 모르겠단 말이야. 나라면 감당 못했을 거야. 나는 그냥 가르고 다시 꿰매놓는 일이잖아. 대화를 많이 할 필요도 없어. 나한테 아주 딱이지."

피터는 땀으로 범벅이 된 에버슨의 얼굴을 보며 서로가 이렇게나 다를 수 있다는 사실에 다시 한 번 놀랐다.

"나도 30분 정도면 다 끝나." 에버슨이 손목시계를 보며 말했다.

"일찍 오셨나 봐요." 피터가 말했다.

"대장의 특권이지." 에버슨이 흡족해 했다. "이봐, 피터. 내일 같이 오두막에 가서 긴장을 좀 푸는 게 어때?"

"글쎄, 봐야 알 것 같아요." 피터가 대답했다. 에버슨은 윌로우 호수에 있는 피터의 삼촌네 오두막을 아주 좋아했다. 의대에 다니던 시절에 피터와 에버슨은 다른 친구들과 함께 자주 그 오두막에 가곤 했다. 그곳에서는 낚시를 하거나 병원과 대학에서 받는 스트레스를 풀 수 있었다. 그 친구들 중에서 에버슨은 지금도 피터와 오두막에 가는 것을 좋아하는 유일한 사람이었다.

"대장이 그렇게 좋다면서 뭐가 문제예요?" 피터가 물었다. 에버슨의 제안은 휴식이 필요하다는 뜻이기 때문이었다.

"일은 괜찮아." 에버슨이 말했다. "문제는 에벌린이야. 항상 사사건건 간섭하려고 하거든. 에벌린은 내가 전부 마음에 들지 않는 것 같아. 항상 뭔가에 대해 걱정하고 있다고."

"형님이 좀 참아주셔야 하지 않겠어요? 에벌린은 누구보다도 형님 옆에 가장 오래 있었잖아요."

"그래, 나도 알아." 에버슨이 말했다.

피터는 에버슨을 아주 좋아했고, 또 동경했다. 하지만 에벌린이, 아니 그 어떤 여자라 해도, 에버슨의 그 특이한 성격과 까다로운 스케줄을 버틸 수 있을지 짐작할 수 없었다. 에버슨은 다른 사람들이 중요하다고 생각하는 문제를 가볍게 생각하는 편이었다. 피터는 에버슨이 그런 성격 때문에 잦은 말다툼을 하는 것도 많이 봐왔다.

"알았어요." 피터가 말했다. "그럼 30분 후에 보기로 해요."

에버슨은 어깨 근육 운동을 다시 시작했다. 그 동안 피터는 엘립티컬 머신 위에서 운동하고 있는 사람들 쪽으로 합류했다. 어느 새 두 사람은 운동을 마치고 남자 탈의실로 향했다. 탈의실에서 반바지와 티셔츠를 입은 튼실한 남자 한 명이 인사를 건넸다. 남자는 깨끗한 수건 뭉치를 수건 선반에 올려놓고 있었다. 그는 헬스클럽 아르바이트생인 아커스였다. 피터는 아커스를 잘 알지 못했지만 에버슨이 종종 그와 어울린다는 것은 알고 있었다. 에버슨은 전에 아커스와 함께 파티를 즐기러 간 적이 있다고 말한 적이 있었다. 피터는 파티를 썩 즐기는 편은 아니었다.

"수건 필요하세요, 선생님?" 아커스가 에버슨에게 물었다.

"고맙네, 아커스." 에버슨이 말했다.

"그럼 선생님은요?"

"저도요, 고마워요." 피터가 말했다. 아커스는 주변을 서성이며 그의 본업에 대해 이야기했다. 그리고는 〈타임〉 지에서 읽은 외계인 기사로 화제를 돌렸다. 피터는 수건으로 몸을 닦고 청바지와 트레이닝 자켓으로 갈아입었다. 그는 축축해진 수건을 구석에 있는 빨래 바구니에 던져 넣고는 스포츠 백을 집어 들었다.

에버슨은 바지를 벗으며 샤워를 할 준비를 하고 있었다.

"내일 오두막에 갈 수 있으면 꼭 말해줘, 알겠지?" 에버슨이 피터에게 다시 한 번 상기시켰다.

"내일 병원에서 뵈러 갈게요." 피터가 탄력 있는 머리칼을 손으로 빗어 내리며 말했다.

"그래, 나중에 보자고." 에버슨이 말했다. 그리고는 느긋하게 샤워실로 걸어갔다. 체육관을 나서자 피터의 어깨가 축 늘어졌다. 피터는 이제 거의 기절할 지경이었다. 그는 집에 빨리 가고 싶어 견딜 수가 없었다.

***

에버슨은 꽤 긴 시간동안 뜨거운 물로 샤워를 했다. 샤워를 마친 그는 물기를 닦으며 휘파람을 불었다. 그러자 휘파람 소리가 텅 빈 탈의실에 울려 퍼졌다. 에버슨은 허리에 수건을 감고 싱크대로 걸어간 뒤, 거울 속의 모습에 감탄하며 서 있었다. 에벌린이 반할 수밖에 없다니까.

그때 뒤쪽에서 에버슨은 누군가가 모퉁이를 돌아 다가오는 것을 보았다. 이런, 아커스는 벌써 간 줄 알았는데.

아커스는 청바지와 후드로 갈아입은 상태였다. 그는 에버슨 만큼이나 키가 컸다. 그의 까만 머리는 중간 중간의 회색 머리카락 덕분에 더욱 돋보였다. 길게 휜 코만 아니었으면 꽤 잘생긴 얼굴인데, 하고 에버슨은 생각했다. 입술 위로 기른 가는 콧수염도 면도할 필요가 있었다.

"요즘 좀 어때, 친구?" 에버슨이 아커스에게 물었다.

"선생님은요?" 아커스가 걸걸한 목소리로 말했다.

"나쁘지 않아. 더 좋아지겠지."

"제가 좀 도와드릴 수 있어요." 아커스가 가까이 다가서며 말했다.

"그래." 에버슨이 말했다. "나도 도움을 좀 받고 싶지만 더 이상 돈이 없어서 말이야."

"능력이 되시잖아요, 선생님?" 아커스가 말했다. "얼마나 원하세

요?"

"오늘은 조금 더 필요할 것 같아. 그래도 다시 한 번 말하지만 정말로 여유가 안 돼."

"걱정 마세요, 제가 도와드릴게요."

에버슨은 망설여졌다. 반드시 끊겠다고 맹세했을 뿐 아니라 정말로 돈도 없었다. "이런, 제길. 두 봉지만 줘." 그가 말했다.

"그러실 줄 알았어요." 아커스가 청바지 주머니에 손을 넣으며 말했다. "여기요, 이건 오늘 특별히 드리는 거예요." 아커스는 에버슨에게 작은 비닐봉지를 건넸다.

"고마워." 에버슨은 봉지가 보이지 않도록 왼쪽 손에 감추며 말했다. "자네는 진짜 남자라니까."

"그람 선생님은요? 도움은 필요 없으시대요?"

에버슨은 피식 웃으며 말했다. "피터?" 그는 말했다. "그 친구한테는 가지 않는 게 좋을 거야, 친구. 그쪽으로는 고객으로 만들 수 없을 테니까. 참, 그때 이후로 일은 잘—"

"아, 그 얘기는 그만 두죠." 아커스는 짜증 섞인 눈으로 에버슨을 노려보았다.

에버슨이 옷을 입는 동안 아커스는 깨끗한 수건이 들어 있는 세탁물을 개어 선반 위에 쌓아 두었다. 에버슨은 아커스가 꽤 괜찮은 사람이라고 생각했다. 하지만 최근 들어서는 자신이 맛들인 아커스의 약물과 함께 사라져주길 바라고 있었다. 에버슨은 아커스에게 헬스클럽 일자리를 마련해준 것을 뼈저리게 후회했다. 그는 거의 매일같이 아커스와 마주쳐야 했다.

일 년 전, 에버슨은 병원에서 수술 상담을 하던 중에 아커스를 만나게 되었다. 그때 아커스는 일주일에 몇 시간 정도 일할 수 있는 아르바이트 자리를 구하고 있었다. 처음에는 아커스에게 일자리를 준 것이 꽤 편하다고 생각했다. 그가 조금씩 필요로 할 때마다 마약을 구할 곳을 알 수 있기 때문이었다. 아커스도 헬스클럽 내에서 고객을 몇 명씩 더 늘려가고 있었다. 하지만 이제 에버슨의 욕구는 급여를 넘어서버렸다. 그리고 에버슨은 이제 신용카드에 의존할 수밖에 없게 되었다.

24.
목요일 저녁

피터가 나야의 방을 떠나고 얼마 되지 않아 헤이스팅스 부부가 도 착했다. 부부는 면회 시간에 맞춰 약속한대로 나야의 방에 들렀다. 부부는 앞으로 나야가 며칠 동안 입을 잠옷과 평상복, 그리고 누들을 가져왔다. 나야는 야간 근무조 간호사가 뭔가를 쓰는 것을 보고 있었 다. 간호사는 나야의 물건들이 분실되거나 다른 아이들의 물건과 섞 이지 않도록 매직펜으로 각각의 물건들 위에 이니셜을 표시한 뒤 차 트에 기록하고 있었다.

나야는 병동에 있으면서 조금 편안해진 것 같았다. 하지만 아직도 궁금한 점이 너무나 많았다.

"왜 다른 아이들은 약을 먹는데 나는 안 먹는 거예요?" 나야가 조 금 실망한 표정으로 엄마에게 물었다. 나야는 아이들이 종이컵으로 알약을 먹는 모습이 꽤 멋있어 보였다.

나야는 엄마가 조금 당황한 것 같아 보였다. "음." 제인이 머뭇거리 며 말했다. "어떤 아이들은 몸이 좋지 않으면 약을 먹는단다. 그렇지 않으면 약을 먹지 않아. 나야는 건강한 아이들에 속하는 것뿐이란 다."

나야는 엄마의 대답이 무척 만족스러웠다. 나야는 엄마와 아빠에게 화를 참지 못하고 통제 불능이 되었던 남자아이에 대해 얘기해주었다. 나야의 이야기를 들은 제인과 프레드는 나야의 눈을 피했다. 부부는 두렵고 걱정되는 마음을 감추려 애쓰고 있었다.

저녁 시간이 가까워지자 면회 시간도 끝나갔다. 나야는 엄마와 아빠의 얼굴을 바라보았다. 엄마와 아빠는 떠나기 싫은 것이 분명했다. 그 모습을 보자 나야는 더 용감해진 기분이 들었다. 나야는 엄마와 아빠에게 작별 인사를 하고 다른 아이들과 식당으로 향했다. 어쨌든 조금 있으면 엄마와 아빠를 곧 볼 수 있었다. 엄마가 MRI와 뇌전도 검사 준비로 아침 일찍부터 와 있을 거라고 약속했기 때문이었다.

저녁 식사를 하려고 줄을 서 있는데 누군가 뒤에서 나야의 등을 툭 쳤다. 뒤를 돌아 본 나야의 눈앞에는 새하얀 얼굴에 갈색 곱슬머리를 한 여자아이가 서 있었다. 여자아이의 키는 나야와 똑같았다. 나야는 전에도 이 아이를 본 적이 있었다.

"넌 이름이 뭐니?" 여자아이가 말했다.

"나야라고 해."

"나는 사샤야." 사샤가 상냥한 미소를 지으며 말했다.

"안녕." 나야는 예의바르게 인사했다.

"나랑 친구 할래?"

"그래, 좋아." 나야가 조리 직원이 있는 쪽으로 움직이며 말했다. "저 식탁에 같이 앉자." 사샤가 여섯 개의 원형 식탁 중 하나를 가리키며 말했다.

나야는 으깬 감자, 콩, 구운 닭 요리로 준비된 식사를 받았다.

"저는 채식주의자예요." 나야가 조리 직원에게 말했다.

"어머! 미안하다, 아가." 여자가 사과했다. "이걸로 다시 받으렴."
닭 요리 대신에 받은 식판에는 황변미, 콩, 혼합과일 한 컵이 마련되
어 있었다. 나야는 새 식판 위에 있는 음식이 꽤 만족스러웠다.

사샤는 식판을 들고 나야를 따라 테이블로 향했다. 문 근처에는 어
른 한 명이 아이들을 지도하고 있었다. 나야는 그 모습을 보자 학교
식당에서 아이들이 싸우거나 시간 낭비를 하지 않도록 감독하는 선
생님들이 떠올랐다.

"너 콩 좋아해?" 사샤는 코를 찡그리며 나야에게 물었다.

"응, 좋아해."

"난 싫은데, 내 콩도 먹을래?" 사샤는 자신의 접시 위에 있는 콩을
가리켰다.

"아니, 내 것도 많아." 나야가 말했다.

"사샤, 각각의 음식이 우리에게 주는 영양분을 잘 섭취하려면 음식
을 골고루 다 먹어야 한단다." 옆 테이블에 앉아 있던 어른이 말했다.
"그렇지 않으면 그렇게 받고 싶어 하는 상을 어떻게 받을 수 있겠
니?"

"하지만 저는 콩이 싫어요." 사샤가 아랫입술을 삐죽 내밀며 칭얼
거렸다.

"사샤는 콩을 좋아하잖아. 항상 콩을 잘 먹었잖니." 그 어른이 말했다. 사샤의 얼굴에 짓궂은 미소가 번졌다.

"그리고 계속 그렇게 칭얼대면 나쁜 점수를 받게 될 거야." 어른이 경고했다.

나야는 둘의 대화를 유심히 듣고 있었다. 나야는 점수나 상에 대해서는 들은 적이 없었다. 어떤 상이 있는지 궁금해졌다.

"아, 그렇지." 사샤가 한숨을 쉬며 말했다. "먹을게요."

나야는 사샤가 사실은 콩을 좋아하면서 왜 싫어한다고 말했는지 이해할 수가 없었다. 하지만 어찌 됐든 사샤에게 물어볼 생각도 없었다.

나야와 사샤가 식사를 마치자 사샤는 나야에게 다 먹은 식판을 처리하는 방법을 알려주었다.

"시간이 다 됐단다." 스태프가 말하는 것이 들렸다. "방으로 돌아가렴."

"나야한테 제 장난감을 보여줘도 되나요?" 사샤가 큰 소리로 물었다.

"지금은 안 된단다. 그리고 큰 소리로 말하지 않도록 주의하렴." 아이들을 식당 밖에서 침실로 가는 복도로 안내해주던 사람이 말했다.

"저기가 내 방이야." 사샤가 자신의 방으로 뛰어가며 말했다. 사샤의 방은 나야의 방 건너편에 두 개의 방을 지난 곳이었다. 나야는 사샤의 방 안을 들여다볼 수 없었지만, 그쪽에서 경쾌하고 생기 넘치는 익숙한 소리가 들려왔다. 누군가 침대 위에서 뛰어 놀고 있었다.

그때 둥근 얼굴의 자그마한 동양인 여자가 복도로 나와 사샤의 방으로 들어갔다. 이윽고 여자가 사샤에게 앉아 있거나 누워서 자야 한다고 말하는 것이 들렸다. 침대 위에서 뛰는 소리도 계속 들렸다. 그러자 여자는 만약 침대에서 뛰는 것을 멈추지 않으면 나쁜 점수를 얻게 될 거라고 경고했다. 그러자 소리가 곧 멈추었다. 잠시 후 여자가 나야의 방 문가에 나타났다. 나야는 방 침대에 앉아 있었다.

"안녕. 나는 낸시라고 해." 여자가 웃으며 말했다. "오늘 밤에는 내가 옆에서 같이 있어줄 거야. 그리고 안전하게 잘 자고 있는지 보살펴줄게. 이름이 뭐니, 아가?"

"나야라고 해요."

"나야, 지금부터 잠자리에 들 수 있도록 도와줄게. 그리고 나야가 원하면 같이 재밌는 이야기를 읽도록 하자."

낸시는 나야가 잠옷을 입도록 도와주었다. 그리고는 여자아이들이 사용하는 공동 화장실을 보여주었다. 나야는 자신의 순서가 올 때까지 기다리고 있었다. 나야의 차례가 되자 나야는 세수와 양치질을 하고 나왔다. 나야는 헤이스팅스 부부 밑에서 꽤 독립적으로 자란 아이였다. 나야는 자신보다도 나이가 많은 아이들이 나야보다 많은 도움을 필요로 한다는 것을 알게 되었다.

나야는 화장실에서 할 일을 마치고 방으로 돌아갔다. 낸시는 의자를 끌고 와서 나야의 방 문 바로 앞 복도에 앉았다.

시간이 저녁 일곱 시에 가까워졌다. 아이들은 여덟 시까지 모두 잠이 들도록 되어 있었다. 낸시는 나야의 방으로 들어갔다. 그리고는 침대 위에 나야의 발이 놓인 쪽에 앉았다. 나야는 백설공주와 일곱난쟁이 이야기를 골랐다. 이윽고 낸시가 부드럽고 상냥한 목소리로 이야기를 읽어주었다. 나야는 백설공주가 독사과를 먹기 전에 잠이 들어버렸다.

* * *

나야는 눈부신 햇빛에 눈을 떴다. 나야는 키 큰 초록빛 잔디로 덮인 널따란 평야에 앉아 있었다. 그 들판은 수많은 나무들로 에워싸인 곳이었다. 해가 떠 있는 쪽에서 불어오는 부드러운 바람이 나뭇잎을 바스락거리고 있었다. 나야는 다른 사람들을 찾아 주변을 모두 둘러보았다. 하지만 날아다니는 새 몇 마리와 바람을 타고 즐겁게 돌아다니는 나비들만 눈에 띌 뿐이었다. 나야는 한 번도 이런 곳에 혼자 남겨진 적이 없었다. 나야는 갑자기 겁이 나기 시작했다. 하지만 참 이상하게도, 그와 동시에 차분한 기분이 들었다. 나야는 다시 주변에 빙둘러진 나무들을 살펴보았다. 그런데 저 멀리서 무언가가 보이는 것 같았다.

그쪽에는 커다란 회색 형체가 앞뒤로 흔들리고 있었다. 나야는 대체 그게 무엇인지 알 수가 없었다. 그 형체는 나무 사이로 나야를 향해 다가오고 있었다. 나야는 그 형체가 분명 어떤 동물일 거라고 생각하면서 그쪽으로 걸어갔다. 예상이 맞았다! 그것은 동물이었다!

"맞아, 코끼리였구나." 나야는 혼잣말을 했다. "그런데 이런 벌판에서 코끼리가 뭘 하고 있는 거지? 코끼리는 풀을 먹는 줄 알았는데." 나야는 전에 동물원에 갔을 때 배웠던 상식이 얼핏 기억이 났다. "여기에 풀이 잔뜩 있네."

나야는 계속해서 코끼리를 향해 걸어갔다. 그때 어디선가 콧노래가 점점 크게 들려오기 시작했다. 코끼리가 노래를 부르고 있는 건가? 순간 나야는 크게 자란 풀밭에 한 부분이 움푹 들어가 있는 것을 발견했다. 하마터면 그곳에 누워 있는 무언가를 밟을 뻔 했다. 나야는 순간 깜짝 놀랐다. 심장이 더 빨리 뛰기 시작했다. 그곳에 누워 있던 것은 어떤 여자아이였다. 그 아이가 노래를 흥얼거리고 있던 것이었다.

"앗, 안녕?" 나야가 말했다.

노랫소리가 멈추며 여자아이가 큰 소리로 말했다. "누구세요?"

나야가 더 가까이 다가가자 아주 예쁜 금발 머리를 한 백인 여자아이가 보였다. 그 여자아이는 나야보다 나이가 조금 더 많은 것 같았지만 열세 살은 채 되지 않은 것 같았다. 여자아이는 하늘을 올려다보고 있었다.

나야는 여자아이가 자신을 볼 수 있도록 더 가까이 걸어갔다. "안녕." 나야가 말했다. "나는 나야라고 해. 너는?"

"내 이름은 제닛이야." 여자아이가 대답했다.

"여기서 뭘 하고 있는 거야?" 나야가 물었다.

"내 코끼리를 산책시키고 있었어. 어제 저녁을 먹지 못해서 배고파했거든."

"그런데 왜 풀밭에 누워 있어?"

"나는 일어날 수가 없어. 몸을 다시 붙여야 하거든. 혹시 끈 같은 것을 가지고 있니?"

"그게 무슨 말이야?" 나야가 혼란스러워 하며 물었다.

"잘 봐. 내 몸은 너처럼 제대로 붙어 있지가 않아. 가까이 와 봐, 자세히 보여줄게."

나야는 가까이 다가갔다. 제닛은 긴 소매의 흰 남방과 격자무늬의 모직 치마를 입고 있었다.

"몸을 조금 더 구부려 봐." 제닛이 말했다.

나야는 제닛 옆에 무릎을 꿇고 앉았다. 제닛은 이상할 정도로 미동 없이 누워 있었다. 제닛의 몸에서 움직이는 거라곤 제닛의 눈동자와 말할 때마다 벌어지는 입뿐이었다. 꼭 얼음땡 놀이를 하고 있는 것 같았다.

"내 목을 잘 봐." 제닛이 눈동자를 아래로 굴리며 말했다.

나야는 눈을 가늘게 뜨고 제닛이 말하는 대로 자세히 들여다보았다. 제닛의 목과 몸통 사이에는 빈 공간이 있었다. 마치 누군가가 제닛의 목을 자른 뒤, 그저 몸 위쪽에 머리를 놓아둔 것 같았다.

나야는 깜짝 놀라 숨이 턱 막혔다. 이런 건 한 번도 본 적이 없었다.

나야는 잠시 제닛의 목과 몸통 사이의 틈을 더 살펴보았다. 그리고는 제닛의 몸을 보려고 일어섰다. 그러자 조각조각 잘려진 온 몸과 그 사이사이에 수많은 틈이 보였다. 심지어 손가락의 모든 마디조차도 잘려져 있었다.

나야의 숨이 짧고 거친 소리가 되어 입 밖으로 튀어나왔다.

"겁내지 마." 제닛이 평화로운 미소를 지으며 말했다. "너는 그냥 끈으로 내 몸을 다시 붙여주기만 하면 돼."

"무슨 일이 있었던 거야?" 나야가 겨우 말을 이었다.

"나도 잘 모르겠어. 하지만 어떤 사람이 나에게 이런 짓을 한 것 같아."

"누가 그랬는데?"

"아마도 그 나쁜 거인이 그랬을 거야." 제닛이 우울하게 말했다.

"그 거인이 나에게도 그런 짓을 할까?" 나야는 공포에 질려 물었다.

"아니, 그러진 않을 거야."

"그걸 어떻게 알아?"

"왜냐하면 제리가 우리를 지켜주거든."

"제리가 누군데?"

"제리는 내 코끼리야."

"저 코끼리 말이야?" 나야는 아까보다 가까이에 와 있는 코끼리를 가리키며 물었다.

"응." 제닛이 부드러운 미소로 제리를 쳐다보며 말했다.

나야의 심장은 아직도 쿵쿵 뛰고 있었다. 하지만 동시에 마음이 차분해짐을 느꼈다. 나야는 자신이 제닛을 도와야 한다는 것을 알고 있었다. 단지 어떻게 도와야 할지 막막할 뿐이었다.

"네가 그 의사 선생님한테 나를 도와주라고 말하면 돼." 제닛이 말했다. 마치 나야의 마음을 읽고 있는 것 같았다.

"나를 도와주는 그람 선생님 말이야?"

"그래, 맞아." 제닛이 대답했다.

"내가 네 이야기를 하면 이해해주실까?"

"그 선생님만이 너를 이해해줄 수 있는 유일한 사람이야." 제닛이 다시 한 번 강조했다.

"나는 그람 선생님이 좋아." 나야가 말했다. "오늘 선생님을 만나면 네 이야기를 할게."

"그런데 가기 전에." 제닛이 말했다. "내 옆에 누워서 동화책 이야기를 들려주지 않을래?"

"응, 그래! 방금 들었던 이야기가 생각났어." 나야가 말했다. 나야는 백설공주 이야기를 할 생각에 기분이 들떴다.

나야는 제닛의 옆에 누워 백설공주 이야기를 들려주었다. 황금빛 햇살이 따사롭게 비추고 있었다. 그리고 부드러운 바람이 시원하게 불었다. 조금씩 졸음이 밀려오기 시작했다. 얼마 지나지 않아 나야의 눈꺼풀이 더 이상 뜨고 있을 수 없을 만큼 무거워졌다.

제닛을 만난 일은 지금까지 겪은 일 중에 가장 이상한 경험이었다. 나야는 아마도 이번 꿈은 정말 꿈인가보다 하고 생각하고 있었다.

25.
금요일

피터는 드디어 금요일이 왔다는 생각에 들뜬 기분으로 아침 일찍 일어났다. 이제 주말이 오기 전에 남은 여덟 시간만 일하면 되는구나! 그는 이번 주말에는 당직을 서지 않아도 되었다. 그래서 뉴욕 브로드웨이에 특가 마티니를 보러 가기로 계획해둔 상태였다.

피터는 침실 하나가 딸린 아파트에 살고 있었다. 그는 주방으로 어슬렁거리며 걸어갔다. 밖은 아직도 어두웠지만 곧 새벽이 올 것 같았다. 피터는 병원에 일찍 출근하기로 했다. 오전 회진이 끝나면 바로 나야의 MRI 검사가 있을 예정이었다. 몇 가지 일을 마무리하면 피터도 나야와 함께 MRI 검사실에 들어갈 수 있었다.

피터는 아침 7시 30분쯤 병동에 들어섰다. 그는 파란색 문을 지나 아무도 없는 간호사실로 향했다. 피터는 약품조제실을 힐끗 들여다보았다. 안에는 매트가 여덟 시에 아이들이 복용할 약을 준비하고 있었다.

"간밤에 잘 주무셨어요?" 매트가 피터에게 물었다. 피터는 간호사실로 돌아와 컴퓨터에 자료를 입력하고 있었다.

"아주 꿀잠을 잤어요."

"푹 쉬신 것 같네요. 오늘은 어쩐 일로 이렇게 일찍 오셨어요?"

"오전 회의 전에 사샤와 티모시 자료업무 좀 끝내두려고요." 피터가 설명했다.

회진 전에 시작하는 오전 회의는 의사들과 나머지 의료진들이 한자리에 모이는 시간이었다. 의료진이 모두 모이면 교대 근무를 마친 간호사들이 전날 저녁에 환자들에게 있었던 일들에 대해 설명을 했다. 그 다음으로는 환자들과 지난 24시간 동안의 일에 관한 전임의들의 임상 업데이트 발표가 이어졌다. 그 후에는 각 환자의 치료계획에 대한 의료진의 협의가 이루어졌다.

전임의들이 한 명씩 간호사실로 들어오더니 가운데에 있는 커다란 원형 테이블에 앉았다. 도로시 피서는 가장 마지막으로 도착했다. 바로 전 교대 시간까지 근무를 맡았던 간호사가 지난 24시간 동안 환자들에게 있었던 일을 한 번에 한 환자씩 요약 설명했다. 간호사가 나야에 대해 설명을 시작하려고 할 때, 매트가 약품 제조를 끝내고 회의에 막 합류했다.

"나야 헤이스팅스 환자." 간호사가 정신건강협회 스태프 낸시가 근무를 서는 동안 적은 노트를 소리 내어 읽었다. "나야는 저녁 8시 30분경에 잠자리로 향했고 9시 15분에 잠이 들었다. 새벽 한 시경, 나야가 갑자기 침대에서 내려오더니 방 한 가운데에 섰다. 그리고 아무 반응도 보이지 않고 대답도 하지 않았으며 혼잣말을 했다. 무엇에 대해서 이야기를 하는지는 이해할 수가 없었다. 마치 누군가와 대화하는 것처럼 보였다. 나야는 눈을 뜨고 있는 상태였다. 내 존재를 알아채지 못하는 것 같았고 눈앞에 손을 흔들어도 반응이 없었다. 문가에 서서 한 시간 동안 나야를 지켜본 결과, 나야는 침대에 다시 눕기 전까지 계속 그 자리에 있었다. 나야는 이런 행동이 끝나갈 즈음에 바닥에 눕더니 내가 나야를 재우면서 읽어준 동화책에 대해 이야기를 하고 있었다. 그 이후로 나야는 침대로 돌아가서 더 이상의 이상 행동을 보이지 않고 잠을 잤다. 나야는 아침에 일어나서 지난밤의 일을 어느 정도 기억하고 있는 것 같았다. 악몽을 꾸었냐고 묻자 다소 걱정하는 것 같았으며 그 일에 대해서는 나에게 이야기하고 싶지 않다고 말했다."

피터는 깜짝 놀랐다. 그런 증상을 보이는 환자는 한 번도 본 적이 없었다. 특이한 점은 나야의 이상 행동이 지속되었던 시간이었다. 하지만 수면 중에 그렇게 구체적인 행동을 보이는 사례는 지금까지 알려진 바가 없었다.

"나야 환자에 대해 좀 더 자세히 이야기해주시겠어요, 피터?" 도로시가 그에게 물었다.

피터는 도로시와 간호사들에게 나야의 사례에 대해 간략히 설명했다. 그는 나야가 아침에 MRI촬영과 오후에 뇌전도 검사 스케줄이 잡혀 있다는 이야기도 덧붙였다.

"어떤 진단을 내렸죠?" 도로시가 말을 이었다.

"처음에는 수면 장애의 일종이라고 생각했습니다. 하지만 곧 모든 의학적 상태와 정신질환의 가능성을 고려해보고 싶어졌습니다." 피터가 겸연쩍어하며 대답했다. 그는 더 설명할 부분이 있었으면 좋겠다는 생각이 들었다.

"나야에게 환각 경험이 있나요?"

"지금까지 한 번도 그런 적이 없다고는 하지만 확신이 들지는 않습니다. 나야가 사실을 숨기는 건지도 모르니까요."

"나야의 가족 중에는 환각 경험이 있거나 정신질환을 앓았던 사람이 있나요?"

피터는 말을 이으며 나야가 입양되었기 때문에 나야의 친가족에 대한 정보를 얻으려면 나야의 친척에게 연락해야 한다고 설명했다.

"그 부분은 꽤 중요한 정보가 될 것 같네요." 도로시가 말했다. "근본적인 유전병으로 어떤 이상 징후가 나타나는 건지도 모르니까요."

"네, 오늘 아침 MRI 검사가 끝나면 그 부분에 대해서 알아 볼 생각입니다." 피터가 고개를 끄덕이며 말했다. 문득 나야의 차트에 나야 삼촌의 연락처가 적혀 있었다는 사실이 기억났다.

나야의 사례에 대한 이야기가 끝난 뒤, 다른 환자들의 설명은 시간 관계상 아주 빠르게 진행되었다. 이윽고 회진도 모두 끝나자 전임의들은 각자의 업무를 계속하기 위해 본인들의 사무실로 되돌아갔다.

피터는 나야의 방으로 향했다. 나야는 문을 등진 채 책상에 앉아 있었다. 피터는 열려 있는 문에 조심스럽게 노크를 했다. 그러자 나야는 뒤를 돌아 피터를 확인하고는 그에게 미소를 지어보였다. 책상으로 다가가자 나야가 그리고 있던 그림이 눈에 들어왔다.

"오늘 아침은 꽤 바쁘게 보낸 모양이구나." 피터가 나야의 위를 서성이며 말했다. 그는 나야가 무엇을 그리는지 보려고 했다. 그때, 머리 위로 안내 데스크에서 그를 찾는 친숙한 호출 소리가 들렸다.

"나야의 엄마가 오신 모양이야." 피터가 문 쪽으로 다시 걸어가며 나야에게 말했다.

"그림을 다 완성해야 해요." 나야가 그의 말을 무시하며 말했다.

"오늘 아침에 받기로 한 검사를 끝내면 그림을 마저 그리도록 하자." 피터가 나야에게 따라오라는 손짓을 하며 말했다.

나야는 얼굴을 찌푸렸지만 곧 의자에서 폴짝 내려왔다. 그리고는 문가에 서 있는 피터에게 다가갔다. 말쑥한 옷차림의 나야는 충분히 휴식을 취한 것 같아 보였다. 나야는 피터를 향해 손을 뻗으며 잡아주기를 기다렸다. 이윽고 피터는 나야의 손을 꼭 잡았다. 피터와 나야는 손을 잡은 채 대기실로 향했다.

나야는 엄마를 보자마자 피터의 손을 놓고 엄마에게 달려갔다. 피터는 두 모녀가 너무도 따뜻하게 서로 끌어안은 모습을 보자 덩달아 행복한 기분이 들었다. 피터가 전에 치료했던 아이들 중에는 무정한 부모를 뒀거나 부모가 없는 아이들이 많았기 때문이었다.

피터는 나야와 제인을 스트라우스 1동과 메인 병동을 잇는 통로로 안내했다. MRI 검사실은 3층의 방사선과 안에 위치해 있었다. 검사실의 카운터 직원은 피터에게 곧 나야의 차례가 될 테니 나야의 이름이 불릴 때까지 기다려달라고 말했다.

피터는 뒤로 돌아 제인 옆에 앉았다. 나야는 조금 떨어진 곳에서 잡지를 훑어보고 있었다.

"어젯밤에 나야는 괜찮았나요?" 제인이 피터에게 다소 걱정된 표정으로 물었다.

"어제도 꿈을 꿨어요." 피터가 대답했다. 그리고 제인에게 지난밤에 있었던 나야의 일에 대해 말해주었다.

"문제가 뭘까요?"

"저도 아직은 확실히 모르겠어요. 하지만 저희 의료진도 원인을 알아내기 위해 할 수 있는 노력을 다하고 있답니다." 피터가 제인을 안심시켰다. "말씀 드릴 것이 있어요. 제가 조만간 나야의 삼촌을 만나볼 생각이에요. 혹시 제가 전화할 거라고 삼촌 분께 말씀하셨나요?"

"네." 제인이 말했다. "어젯밤에 이엔가 씨와 나야에 대해 이야기를 했어요. 아마 선생님의 전화를 기다리고 있을 거예요."

"삼촌 분 이름은 어떻게 발음하지요?" 피터가 물었다. 그는 문화적인 부분은 되도록 세심하게 신경 쓰고 싶었다. 나야의 삼촌과 이야기할 때 우습게 보이고 싶지 않았기 때문이었다.

"이엔가 씨 이름은 무니쉬에요." 제인이 철자를 불러주며 말했다.

"무니쉬 이엔가." 피터는 이름을 혼자 발음해보았다.

나야는 피터가 삼촌의 이름을 말하는 것을 우연히 들었다. "선생님, 우리 삼촌하고 얘기하러 가시는 거예요?" 나야가 엄마에게 다가

가며 들뜬 채 물었다.

"그래, 나야. 아마 내일 조금 늦게 이야기를 나눌 것 같아." 피터가
말했다.

"저도 삼촌하고 통화해도 되요?"

"물론이지." 피터가 눈을 찡긋하며 말했다.

그때 카운터 직원이 나야의 이름을 불렀다.

"자, 이제 나야 차례다." 피터가 말했다. 그는 나야와 제인과 함께
MRI 검사실로 걸어갔다. 나야는 엄마의 손을 꼭 잡은 채 입을 굳게
다물고 있었다. 꽤 겁을 먹은 듯 했다. 피터는 제인이 나야와 함께 있
어주기 위해 아침 일찍 병원에 와주었다는 사실에 기분이 좋아졌다.
그런 기분을 느끼는 것은 꽤 오랜만이었다.

26.
금요일

이른 아침 커피를 홀짝이며 관할 경찰서에 도착한 레이아와 호세는 이미 도착해 있는 스티븐을 발견했다. 그는 분명 최대한 빨리 이 사건을 해결하기로 마음먹은 것 같았다. 스티븐은 트로이 부부에게 딸을 죽인 범인을 찾아내겠다고 거의 맹세하다시피 한 상태였다.

"좋은 아침이야, 호세. 좋은 아침이에요, 바인즈 요원." 스티븐이 두 사람을 반겼다.

"레이아라고 불러주세요." 레이아가 악수를 나누며 말했다. 그리고는 스티븐을 따라 경찰서로 들어갔다.

스티븐은 호세와 레이아에게 국내 범죄 관련 데이터베이스를 조사한 이야기를 해주었다. 안타깝게도 쓸 만한 정보는 얻지 못한 상태였다. 이런 특이한 지문과 관련된 범죄 자료는 아무 것도 찾을 수가 없었다. 하지만 디지털화된 범죄 기록은 1975년까지의 자료들뿐이었다. "살펴볼 장소가 한 군데 더 있어요." 스티븐이 말했다. "지하실에 1975년 이전에 일어난 미제 살인사건에 대한 모든 자료가 보관되어 있습니다." 그는 자리에서 일어났다. "그럼 가 볼까요?"

"안내해주세요." 레이아가 말했다.

"물론이죠!" 호세가 활력 넘치게 대답했다. "더 이상 시간낭비 하지 말자고요."

스티븐은 두 사람을 지하실에 자료 보관 구역으로 안내했다. 높은 책장들 사이로 걸어가던 중 스티븐이 한 책장 앞에서 걸음을 멈추었다. 그의 앞에는 "미제 살인사건"이라고 쓰인 표지가 붙은 책장이 보였다. 표지의 글씨는 조금 희미하게 바래 있었다. 사건 폴더들은 커다란 상자에 보관되어 있었는데, 각각의 자료 보관 상자에는 거의 10년 동안의 사건 자료들이 들어 있었다. 레이아는 이 구역에 먼지가 꽤 쌓여 있는 것으로 보아 오랜 기간 동안 사람의 손길이 없었다는 것을 알 수 있었다. 스티븐이 바닥 위에 상자들을 내려놓더니 상자 위의 먼지를 털어냈다.

호세와 레이아는 하나씩 상자를 맡아 근처에 있는 책상으로 옮겼다. 각 상자에는 특정 기간이 적힌 표지가 붙어 있었다. 스티븐은 1950년부터 1959년 사이의 자료 보관 상자를 맡았고, 레이아는 1940년부터 1949년까지, 그리고 호세는 1960년부터 1974년까지의 자료들을 각각 맡아 살펴보기로 했다. 한 상자에는 50~60개 정도 되는 폴더들이 들어 있었다. 폴더 안에는 각 사건에 대한 수사 보고서와 사진들이 정리되어 있었다. 세 사람은 폴더를 하나하나 훑어보기 시작했다.

"어제 베일리 의원 댁에서는 단서 좀 얻으셨나요?" 스티븐이 폴더를 휙휙 넘겨보며 물었다.

"별로요." 레이아가 말했다. "한 가지 알게 된 것은 범인이 이 마을의 지리를 꿰고 있다는 점이에요." 레이아가 대답했다. "그 말을 들으니 목장에서 일하는 사람 중에 범인이 있을지도 모르겠다는 생각이 드네요. 그나저나 호세, 자네는 어제 밤에 목장으로 돌아가서 얻은 거라도 있나?"

"그곳에서 일하는 직원들은 관련이 없어 보이긴 했어요. 하지만 아직 의원의 목장에서 일하거나 접근할 수 있는 인부들도 마저 조사해 봐야 해요." 호세가 어깨를 으쓱하며 말했다. "그 사람들 중에 용의자가 있을지도 모르니까요."

폴더를 훑어보는 일은 생각보다 오래 걸리지 않았다. 덕분에 이미 몇 개의 폴더는 한 쪽에 치워져 있었다. 세 사람은 아동 대상 살인 사건 자료들을 골라냈다. 그 중에는 이번 사건과 전혀 관련이 없는 총기 살인 사건이 대부분이었다.

"이것 좀 보세요." 호세가 폴더 하나를 책상에 올려놓으며 소리쳤다.

스티븐과 레이아는 서둘러 호세의 책상으로 움직였다. 그는 크고 굵은 글씨로 "코끼리 바위에서 발견된 시체"라는 문구가 적힌 신문 기사 조각을 발견했다.

"이럴 수가." 스티븐이 씩씩대며 말했다. "이번 일이 처음이 아니란 말이야?"

"유사한 사건 자료가 있을 거라고 생각했어요." 레이아가 뿌듯하다는 듯이 말했다. 레이아는 폴더 안에 있는 나머지 자료들을 훑어보았다. 그리고 범죄 현장을 찍은 사진과 상세 내용이 잘 정리된 서류를 발견할 수 있었다.

호세가 찾아낸 사건 자료는 데비 샌더스라고 하는 열두 살짜리 여자아이의 살인 사건이었다. 피해자는 숨진 채로 발견되기 일주일 전에 실종되었다고 적혀 있었다. 놀랍게도 아이의 시신은 이번 사건과 똑같은 장소에서 발견되었을 뿐 아니라 같은 방식으로 훼손되어 있었다. 성희롱이나 성폭행 관련 증거는 전혀 없었다. 데비 샌더스 사건은 미제로 남아 있는 상태였으며 어떠한 단서도 발견된 것이 없었다.

"언제 일어난 사건이지?" 스티븐이 물었다.

"1967년입니다." 호세가 자료를 소리 내어 읽었다. "사망 시각은 10월 첫째 주에서 둘째 주 사이로 추정된다."

"보시다시피 시신이 관절마다 절단된 뒤, 여기저기로 흩어졌어요." 레이아가 말했다. "항공사진이 없는 점이 정말 아쉽네요."

"하지만 이것 좀 보세요." 호세가 기록된 자료 서류를 몇 장 넘기며 말했다. 그 중 한 장의 종이에는 막대기 형상의 사람 모양과 그 밑에 갈겨쓴 메모가 몇 줄 적혀 있었다. 이번 사건에서 얻은 봉선화 모양과 거의 흡사했다.

스티븐은 두 손으로 머리를 감싸 쥐었다. "아직도 잡히지 않은 연쇄 살인범이 뉴베리에 있다니. 믿을 수가 없군."

호세는 스티븐과 같은 생각이었다. 그러나 레이아는 이게 과연 연쇄 살인인지 의문이 들었다. 물론 두 사건의 범인이 동일 인물임은 분명했다. 그리고 결코 흔히 볼 수 있는 살인범의 소행도 아니었다. 그렇게 오랜 시간이 지난 후에 사건을 모방했을 가능성도 적었다. 게다가 모방 살인은 보통 공공연하게 알려진 사건을 대상으로 따라하는 경우가 많았다. 이 사건은 잊혀진 지 꽤 오래된 것이었다.

호세와 스티븐은 레이아의 의견을 듣고 당혹스러웠다. "어째서 두 살인 사건이 연쇄 살인범의 짓이 아니라고 생각하시는 거죠?" 호세가 궁금해 하며 물었다.

레이아는 웃으며 대답했다. "형사님 말이 맞을 수도 있어요. 하지만 두 사건 사이의 시간 간격과 시신이 유기된 방법으로 봤을 때, 연쇄 살인범의 소행인 것 같지는 않아요. 제 생각에는 지금 저희가 다루고 있는 이번 사건의 범인은 종교적인 의식으로 살인을 저지르는 것 같아요."

"뭐가 다른 거죠?" 스티븐은 눈에 띄게 당황스러워하며 물었다.

레이아가 웃음을 지었다. "연쇄 살인범은 특정 기간에 걸쳐 세 명 이상의 피해자를 살해하죠. 그리고 보통 피해자를 고문한 뒤에 천천히 죽입니다. 그런 부류의 살인범은 가학을 통해 쾌감을 얻어요. 살인한 뒤에 오는 쾌감을 즐기는 거죠. 자존심이 있는 살인범이라면 그런 미술적인 방식으로 시신을 보여주려고 애쓰진 않아요."

"그렇다면 왜 그렇게 긴 시간이 지난 뒤에 범행을 저지른 걸까요?"

스티븐이 큰 소리로 물었다.

"그것도 30년씩이나요!" 호세가 외쳤다.

세 사람은 또 다른 유사한 사건이 있는지 찾아보기 위해 남은 상자에 있는 모든 자료들을 조사하기 시작했다. 스티븐, 호세, 그리고 레이아는 족히 한 시간 반에 걸쳐 열심히 자료를 뒤졌다. 하지만 특별히 주목할 만한 내용은 없었다. 셋은 실망감이 컸지만 동시에 뿌듯하기도 했다.

"저는 주변을 더 돌아볼게요." 스티븐이 말했다.

레이아와 호세는 경찰서를 나왔다. 레이아는 이번 사건에 대해 혼자 생각할 시간을 좀 가지기로 했다. 거의 점심시간이 다 되어가고 있었다. 이 문제에 대한 생각을 정리하기에는 호텔 방으로 향하는 것이 가장 좋을 것 같았다.

27.
금요일

나야는 피터와 제인과 함께 MRI 검사실을 나왔다. 커다란 기계를 만지는 전문가 선생님도 친절했고 기계에서 나는 소리도 그리 무섭지 않았다. 그래도 나야는 검사가 모두 끝나자 기분이 좋아졌다. 정오가 가까워지자 나야의 배에서 꼬르륵 소리가 나고 있었다.

피터도 나야의 배에서 소리가 나는 것을 들었다. "곧 점심을 먹을 수 있을 거야." 그는 손목시계를 보며 말했다. "다른 아이들도 곧 점심을 먹을 거란다. 점심 식사가 끝나면 아까 얘기했던 다른 검사도 있다는 걸 잊지 마, 나야."

"네, 뇌전도 검사요." 나야가 말했다. "엄마랑 점심 같이 먹어도 되요?" 나야가 물었다.

"오늘은 안 돼, 아가." 피터가 입을 열기도 전에 제인이 말했다. "엄마는 바로 은행으로 가야 하거든. 하지만 면회 시간 때 우리 나야를 보러 다시 올게."

"그럼 다음에 하는 검사에는 엄마가 못 오는 거예요?" 나야가 걱정스러운 목소리로 물었다.

"오후 검사 때는 아빠가 같이 있어주실 거야." 피터가 재빨리 말했다. 나야는 피터의 말투에서 자신이 걱정하지 않길 바라는 마음을 느낄 수 있었다.

"그래, 나야." 제인이 다시 한 번 확인시켜주며 말했다. "오후에는 아빠가 오실 거란다."

"괜찮다면 나야가 점심을 먹는 동안 선생님이 옆에 있어 줄게." 피터가 나야에게 말했다.

복도를 따라 걸어가던 세 사람을 향해 누군가가 다가왔다. 어두운 피부의 키가 큰 한 남자가 그들과 반대 방향으로 걸어가고 있었다. 그는 파란 색의 헐렁한 유니폼을 입고 있었다. 남자는 나야를 보더니 웃음을 지었다. 치아가 아주 하얀 사람이었다. 하지만 남자에게 호감이 가지 않았던 나야는 벽 쪽으로 시선을 돌렸다.

"그럼 선생." 남자가 말했다.

"헌터 선생님이시군요." 피터가 웃음을 참는 듯한 목소리로 말했다. 이윽고 나야가 다시 고개를 돌렸을 때, 두 사람은 지나가면서 짝하고 하이파이브를 하고 있었다.

나야와 제인, 그리고 피터는 스트라우스 1동으로 이어지는 통로로 되돌아가고 있었다. 하지만 나야는 이번에는 기분이 별로 좋지 않았다. 나야는 엄마가 인사를 하며 입을 맞추려 하자 고개를 돌려버렸다.

식당에는 다른 아이들이 거의 식사를 다 마친 상태였다. 몇 명은 벌써 다음 수업을 들으러 줄을 서 있었다. 나야는 조리사가 자신을 위해 마련해둔 식판을 들고 피터와 함께 테이블로 가서 자리에 앉았다.

"어제 밤에 잘 때는 어땠니?" 피터가 물었다.

"괜찮았어요." 나야가 샌드위치를 아삭아삭 씹으며 말했다.

"잘 잔 것 같아?"

"네, 그런 것 같아요. 그런데 어제 꿈을 꿨어요." 나야가 말했다. 그리고는 피터의 다정한 눈에서 식판으로 시선을 돌렸다.

"가끔은 꿈에 대한 이야기를 하는 것이 힘들 때도 있지." 피터가 말했다.

"대신 그림으로 보여드릴 수 있어요."

"방에서 나오기 전에 그리던 그림을 말하는 거야?"

나야가 고개를 끄덕였다.

"나야가 점심을 다 먹으면 보러 가도록 하자." 피터가 말했다. 점심 식사를 끝낸 후, 나야는 피터를 방으로 안내했다.

"여기 앉아도 될까?" 피터가 나야의 침대에 앉기 전에 물었다.

"안돼요." 나야가 말했다. 나야는 침대 발치에 놓인 책상 의자에 앉았다.

피터는 나야가 무엇을 그렸는지 보기 위해 몸을 숙였다. 하지만 나야는 팔로 종이를 가렸다.

"아직 다 안 그렸어요." 나야가 크레용을 집어 들며 말했다.

피터는 나야가 그림을 완성할 때까지 차분히 기다렸다.

"여기요." 나야가 의자에서 일어나더니 피터에게 종이 한 장을 건네며 말했다.

나야는 피터를 쳐다보았다. 그는 온 몸이 조각난 채 잔디에 누워 있는 금발 머리 여자아이를 보고 있었다. 그 옆에는 까만 머리의 여자아이 그림도 있었다. 나야는 배경에 제닛의 코끼리였던 제리도 그려두었다.

"이 그림에 대해서 설명해줄래?" 피터가 나야에게 상냥하게 부탁했다.

"이 여자애는 제가 어제 꿈에서 같이 얘기했던 아이에요. 이건 이 애의 코끼리고요." 나야가 금발머리 아이와 코끼리를 가리키며 말했다.

"이건 누구지?"

"저에요!" 나야가 웃는 얼굴로 대답했다.

"이 아이에게 무슨 일이 생긴 거야?" 피터가 물었다. 피터는 나야가 그린 금발머리 소녀가 그림 속의 나야와는 조금 다르다는 것을 눈치 챘다.

"이 여자아이가 저한테 몸을 다시 붙여달라고 했어요. 끈도 갖다 달라고 했고요."

"이 아이의 몸에 어떤 문제라도 있는 거니?" 피터가 물었다.

"이 애는 온 몸이 모두 조각조각 잘려버렸어요." 나야가 말했다. 나야는 자신이 생각하고 있는 것을 최대한 잘 설명하려고 노력했다.

"어쩌다 그런 일이 생긴 거야?" 피터가 걱정스러운 얼굴로 물었다.

나야는 어깨를 으쓱했다.

"이건 그 여자아이의 코끼리라고 했지? 이 아이의 애완동물이니?" 피터가 물었다.

"네, 제리는 그 여자애의 애완동물이에요. 그 애는 제리가 우리를 보호해줄 거라고 말했어요."

"무엇으로부터 보호해주는 거야?" 피터는 이제 눈살을 잔뜩 찌푸리고 있었다.

"나쁜 거인이요." 나야가 부드럽게 말했다.

"나쁜 거인?" 피터가 되물었다.

"맞아요."

"그 여자아이는 이름이 뭐니?"

"저한테 말해줬는데 잊어버렸어요."

"기억나면 언제든지 선생님한테 말해도 돼." 피터는 그림을 바라보며 말했다. "이 여자아이는 행복한 아이였니? 아니면 슬픈 아이였니?"

"저도 잘 모르겠어요." 나야가 말했다. 나야는 여자아이의 입을 그리는 것을 깜빡했다는 사실에 약간 언짢았다.

"나야는?"

"전 행복한 아이에요." 나야는 그림 속 자신의 얼굴에 웃는 입을 가리키며 말했다.

"나야, 오늘 정말 멋지구나. 나야의 생각이나 느낌을 선생님한테

애기해준 것 말야." 피터가 말했다. 그의 칭찬에 나야는 웃음을 지었다. "방에다 이 그림을 보관해도 돼. 또 나야가 원한다면 벽에 걸어도 좋아."

"알겠어요!" 나야가 손에 들고 있던 그림을 책상에 올려놓으며 말했다. 피터는 아마도 나야가 벽에 걸어놓은 비둘기 그림 옆에 방금 완성한 그림도 걸어놓을 것이라고 생각했다.

"잠시만 방에서 기다리고 있어, 나야." 피터가 말했다. "10분 뒤에 수업이 시작할 거야. 스태프에게 나야를 데리러 오라고 부탁할게."

"네." 나야가 말했다. 나야는 책상 서랍에서 빈 종이를 몇 장 더 꺼낸 뒤, 의자에 앉았다.

28.
금요일

피터는 나야의 방을 나오며 나야가 보여준 그림에 대해 생각했다. 나야가 그 여자아이의 몸이 조각난 얘기를 할 때는 구역질이 날 정도였다. 그렇게도 방어적인 부모 밑에서 자란 나야가 어떻게 그런 이야기를 알고 있는 거지? 뭔가 말이 되지 않았다. 피터는 간호사실로 가서 매트 옆에 앉았다. 매트는 점심을 먹으며 신문을 읽고 있었다.

"식사 하셨어요?" 매트가 피터에게 물었다.

"아뇨, 곧 먹을 생각이에요." 피터가 심란한 목소리로 대답했다.

"소식 들으셨어요?"

"무슨 소식이요?"

"그 여자아이 실종사건 못 들으셨어요? 아이 시체가 코끼리 바위에서 발견됐대요." 매트가 피터에게 일면에 실린 기사를 보여주며 말했다.

피터는 신문을 잡고 굵은 글씨의 제목을 읽었다. "코끼리 바위 살인사건." 그가 기사 제목을 소리 내어 읽었다.

신문에 실린 사진을 본 피터는 깜짝 놀라 눈이 휘둥그레졌다. 그것은 제닛 트로이라는 이름을 가진 열 살짜리 소녀의 사진이었다. 그리고 사진 속의 여자아이는 금발 머리에 푸른 눈을 가지고 있었다. 방금 나야의 그림에서 본 아이와 똑같은 생김새였다.

"혹시 이 얘기 오늘 처음 들으신 건가요?" 피터가 긴장한 목소리로 매트에게 물었다.

"최근에 막 실린 거예요." 매트가 대답했다. "왜 그러세요? 얼굴까지 빨개지셔서."

"혹시 우연으로라도 아이들이 이 신문을 본 적이 있나요?" 피터가 매트에게 신문을 돌려주며 물었다.

"농담하시는 거죠? 이런 기사는 아이들만 있는 이 병동에는 부적절한 내용이잖아요."

"저도 알고 있어요. 금방 다시 올게요." 피터는 급히 나야의 방으로 달려갔다. 나야가 다음 수업에 들어가기 전에 먼저 만나야 했다. 나야는 스태프와 함께 막 방을 나서던 참이었다. 나야는 피터가 복도 저 편에서 자신을 향해 서둘러 달려오자 걸음을 멈추었다.

"나야." 피터가 말했다. "아까 보여준 그림을 선생님이 잠깐 빌려가도 되겠니?"

"그럼요." 나야가 방을 가리키며 말했다. "저 책상 위에 있어요."

"고맙다, 나야." 피터가 말했다. "이따 보자."

피터는 간호사실로 달려가 매트에게 그림을 보여주었다.

"이건?" 매트는 그림을 보다가 다시 피터를 보았다.

"이게 나야가 어젯밤 꿈을 그린 거예요. 잘 보면 그 신문에 나온 아이처럼 몸이 조각난 여자아이를 그렸어요."

"그래서요?"

"이 코끼리 그림은 아마 코끼리 바위를 상징하는 것 같아요."

"이럴 수가, 그람 선생님." 매트가 말했다. "그림을 너무 깊게 해석하신 것 아니에요? 선생님께서 중요한 사실을 하나 잊으신 것 같은데요, 여기 있는 아이들은 정상이 아니라고요." 매트는 다시 점심에 열중했다.

"그렇게 생각하시는 군요." 피터가 말했다. 피터는 빈정이 상했지만 여전히 단호했다. "저도 점심을 먹으러 가야겠어요."

"나야가 약물 치료가 필요한 건지도 몰라요!" 매트가 멀어지는 피터를 향해 말했다. "아니면… 선생님이요!"

피터는 그림을 돌돌 말고 병동으로 향했다. 그가 매트에게 한 가지 말하지 않은 것이 있었다. 나야의 그림 속 코끼리가 마을의 코끼리 바위를 매우 닮았다는 것이었다. 신문에는 코끼리 바위의 사진이 실려 있지 않았다. 그렇기 때문에 말해줬어도 매트는 공감하지 못했을 것이다. 하지만 피터는 전에 그곳에 자주 갔었다.

피터는 열 살 때 코끼리 바위에서 놀던 옛날을 회상했다. 코끼리 바위는 그가 혼자 있고 싶을 때마다 가장 좋은 안식처가 되어주던 곳이었다. 바위의 꼭대기에 오르고 나면 이루 말할 수 없을 만큼 기분이 좋아졌고 왠지 더 강해진 느낌도 들었다. 피터는 코끼리 바위의 꼭대기에 올라서면 온 세상을 볼 수 있을 것만 같았다.

어릴 적의 그는 베스 이모와 코끼리 바위를 자주 찾곤 했다. 베스 이모는 어머니의 여동생이자 그의 대모이기도 했다.

피터는 어린 시절의 힘든 기억을 떠올려 보았다. 그때는 늘 도망치다시피 코끼리 바위로 향하곤 했다. 피터의 부모는 순탄치 않은 결혼 생활을 애써 이어가고 있었다. 그래서 피터의 엄마는 베스 이모와 토머스 삼촌네 목장으로 어린 피터를 맡기게 되었다. 피터는 목장의 구석구석을 탐험하며 자주 돌아다녔다. 그리고 이렇게 시간이 흐른 지금에도 그는 그곳의 지리를 아주 속속들이 알고 있었다.

"안녕, 피터." 구내식당의 샐러드 바에서 멍하니 서 있던 피터는 누군가 자신의 이름을 부르는 것이 들렸다. 자기도 모르게 깊은 회상에 빠져 있던 그는 정신을 차리고 뒤를 돌아보았다. 그곳에는 급하게 점심을 해결하러 온 그의 아동 정신의학과 파트너 전임의인 시탈 페이틀이 서 있었다.

피터는 샐러드 카운터에 올려둔 쟁반을 옆으로 조금 밀었다. 그리고 시탈이 쟁반을 둘 수 있게 자리를 마련해주었다. 시탈은 키가 크고 골반이 넓었으며 풍부한 검은 머리카락을 가진 남인도인 여성이었다. 시탈의 얼굴빛은 아름다운 밝은 갈색을 띠었고, 길고 곧게 뻗은 코에는 갈색 주근깨가 몇 개 나 있었다.

"오늘이 금요일이라 잔뜩 신났구나?" 시탈이 활짝 미소 지으며 말했다.

"응, 정말 신나." 피터가 샐러드를 먹으며 말했다.

"오늘 새로 입원한 네 담당 환자가 병동에서 놀고 있는 걸 봤어. 그 아이가 인도인이라고 나한테 얘기했었나?" 시탈이 접시 하나를 집어 들었다.

"회의 때 말했던 것 같아."

"혹시 어디 출신인지 알아?"

"기억은 잘 안 나지만 생각해보니까 아마 뱅갈로에서 왔다고 했던 것 같아. 너도 거기 출신이잖아, 맞지?" 피터가 알기로 뱅갈로는 인도에서 가장 큰 도시였다. 또한 최근 들어 IT산업과 미국 회사들로부터 위탁받은 텔레마케팅으로 손꼽히는 도시이기도 했다. 피터는 시탈에게서 뱅갈로에 대한 이야기를 듣고 난 뒤로 뱅갈로가 꽤 살기 좋은 곳이라는 인상을 받았다.

피터와 시탈은 든든히 배를 채운 뒤, 계산을 하고 밖으로 나갔다. 그리고 야외에 마련된 테이블에 앉아 담당 환자들에 대해 이야기를 나눴다. 시탈은 어린 러시아인 남자아이에 대한 이야기를 꺼냈다. 그 아이는 티모시처럼 태아기에 코카인에 노출되었고 태어나자마자 여러 양부모집을 옮겨 다녔던 환자였다. 그중에는 그 러시아 꼬마보다 나이가 많은 남자아이가 함께 살고 있는 집이 있었다. 그런데 그 러시아 꼬마는 겨우 세 살 때 그 남자아이로부터 심하게 성폭행을 당하고 말았다. 그로 인한 상처가 너무도 심각했던 나머지, 병원에서는 아이의 직장을 치료하기 위한 복원 수술까지 해야 할 정도였다. 현재 그 아이는 당연한 결과로 자기 자신을 통제하는 문제 때문에 고통 받고 있었다. 특히나 배변욕구를 참는 일을 가장 힘들어했다. 때로는 자신을 화나게 하는 사람이 있으면 배설물로 공격하기도 했다.

"그 꼬마를 화나게 하면 안 되겠는 걸." 피터가 웃으며 말했다. 그는 시탈에게 나야와 관련된 이상하고도 우연스러운 이야기를 꺼냈다.

"혹시 나야의 친가족에 대해 아는 건 있어?" 시탈이 물었다.

"없어. 하지만 나야네 외삼촌 연락처를 알게 됐어. 오늘 오후에 그분께 전화를 걸어볼 생각이었거든."

"어쩌면 나야의 친부모 중에 정신분열증 환자가 있었을지도 몰라." 시탈이 말했다.

"나야같은 경우가 정신병에 속한다고 생각해?"

시탈은 잠시 말을 멈추고 허공에 대고 포크를 빙빙 돌렸다. "밤에만 그래? 나도 잘 모르겠네."

피터와 시탈이 알기로 정신병 증상은 비현실적인 경험으로 나타났다. 비현실적인 경험이란 예를 들어 환각이나 환청, 지속적인 망상, 잘못된 믿음, 생각의 분열 같은 것들이었다. 하지만 나야는 잠에서 깨어 있는 동안 이러한 증상은 전혀 보이지 않았다.

병동으로 돌아간 피터는 제인이 준 이엔가 씨의 번호로 전화를 걸었다. 네 번의 신호음이 울리고 난 뒤, 인도 발음의 한 여자가 전화를 받았다.

"이엔가 씨와 통화할 수 있을까요?" 피터가 여자에게 물었다.

"전화하신 분이 누군지 알 수 있을까요?" 건너편의 여자가 다소 의심스런 목소리로 물었다.

피터는 자기소개를 한 후, 나야 일로 전화를 했다고 말했다. 그는 상대방이 누구인지 알 수 없었기 때문에 너무 자세한 얘기까지는 하고 싶지 않았다.

"죄송하지만 전화 받으시는 분은 누구시죠?" 피터가 물었다.

"저는 나야의 이모예요. 제인이 전화로 나야가 입원했다는 이야기를 해줬어요. 입원 소식을 듣고 정말 슬펐답니다."

피터는 사전에 제인으로부터 정보 교환에 대한 서면동의를 받아두었기 때문에 이엔가 부인에게 나야가 입원하게 된 경위를 얘기해주었다.

"나야의 부친에 대해 혹시 잘 알고 계신가요?"

"죄송하지만 저도 잘 몰라요." 이엔가 부인이 말했다. "선생님께서 저희 남편과 얘기했다면 좋았을 텐데 아쉽네요. 안타깝지만 남편은 지금 집에 없답니다. 출장을 가서 오늘 밤에나 도착하거든요."

젠장. 피터는 생각했다. 그는 최대한 빨리 정보를 얻어야 할 것 같은 느낌이 들었다. 그리고 왠지 다른 무엇보다도 가장 중요한 일이라는 생각이 들었다. 나야의 친가에 대한 정보는 치료과정에 영향을 미칠 것이 분명했다. 특히 보험사에서 나야를 빨리 퇴원시키려고 압박을 주는 지금 상황에서는 더욱 중요했다.

"제가 내일 이엔가 씨를 뵈러 가도 괜찮을까요?" 피터가 주저하며 물었다. "다른 볼일 때문에 그쪽에 갈 일이 있긴 한데, 일정에 큰 지장이 될 것 같지는 않아서요."

피터는 간호사실에서 그의 옆에 앉아 있는 시탈을 바라보았다. 그녀는 피터의 무리한 부탁에 고개를 저었다.

"오셔도 문제될 건 없을 듯해요." 이엔가 부인이 대답했다. 하지만 부인의 목소리는 크게 만족하는 것 같지 않았다. "언제쯤 오실 예정인가요?"

피터는 마티니를 살 수 있는 시간까지 계산해보았다. "오전 열 시 반쯤 괜찮으신가요?"

"알겠어요. 남편이 기다리고 있을 거예요." 이엔가 부인이 말했다.

피터는 이엔가 부부의 집 주소를 확인하고는 PDA에 주소지와 전화번호를 입력했다. 그는 전화를 끊고 여전히 고개를 젓고 있는 시탈을 바라보았다.

"정말 필사적이구나." 시탈이 웃음 지으며 말했다. 하지만 시탈은 피터를 놀리고 있었다. 피터는 시탈을 잘 알고 있었다. 시탈 역시 아이를 돕는 일이라면 자신과 똑같이 갖은 노력을 할 것이 분명했다. 심지어 본인의 휴일에 가정 방문을 하는 일이라고 해도 말이다.

"어쨌든 그쪽에 볼일이 있으니까." 피터가 말했다. 마치 그의 행동을 설명하려고 애쓰는 듯했다.

"합리화할 필요 없어." 시탈이 미소를 지으며 말했다.

그때 전화벨이 울렸다. 수화기를 든 피터는 전화를 건 사람이 보험

중개사인 페넬로프 롤링이라는 것을 알 수 있었다. 나야 사례의 임상 업데이트 때문에 전화한 것이었다.

"피터 그람 의사입니다." 피터가 퉁명스럽게 말했다. 그는 이미 의사 인터뷰를 한 상태였다. 그런데 이 여자는 도대체 왜 또 전화해서 귀찮게 하는 거야?

피터는 지난밤에 있었던 일에 대해 다시 한 번 충실하게 읊어주었다. 그는 페넬로프 롤링에게 오늘 아침 MRI 검사가 완료되었고 밤중으로 검사결과를 기대하고 있다고 말했다. 하지만 곧 주말이 다가온다는 점을 고려하면 다음 주에야 결과가 나오게 될지도 모른다고 덧붙였다. "오늘 오후에는 뇌전도 검사가 있었습니다." 그는 덧붙였다.

"환자가 자살 충동을 보입니까?" 페넬로프 롤링이 무미건조한 목소리로 물었다.

피터는 다시 화가 끓어오르기 시작했다. "환자가 정신질환의 증상을 보일지도 모른다고 생각합니다. 하지만 아직까지는 확실히 진단할 수는 없습니다." 그가 날카롭게 말했다. 나야의 증상을 조금 부풀려 말한 것에 약간의 죄책감이 들었지만 애써 외면했다.

"나야의 입원은 이번 주말까지 허가하겠습니다. 하지만 그 이상의 기간 허가에 대해서는 월요일에 내용 업데이트가 필요합니다."

"감사합니다." 피터는 말하며 전화를 끊었다. 그는 이마를 문질렀다. 감기도 걸린 데다 순간 긴장해서 그런지 약간의 두통이 밀려왔다. 피터는 티모시와 사샤의 보험사에도 전화할 일이 남아 있었다.

"나중에 보자." 시탈이 말했다.

피터는 그녀가 있는 쪽으로 의자를 빙글 돌렸다. "참, 오늘 좀 일찍 출발하게 되면 내 일 좀 대신 부탁해도 될까? 세 시쯤에 출발할 것 같은데."

"당연하지." 시탈이 말했다. 피터 역시 시탈에게 같은 부탁을 받는다면 똑같이 해주었을 것이다. 그리고 시탈은 그런 점을 이해해주는 동료였다. "아, 혹시 네가 출발하기 전에 못 볼지도 모르니까 미리 인사해둘게. 신나게 즐기다 오라고."

피터는 티모시와 사샤의 보험허가를 업데이트했다. 다시 말해 45분 동안 또 전화를 붙들고 있었던 것이다. 잠시 후 피터는 아이들의 기숙사로 향했다. 그는 나야에게 물어보고 싶은 게 있었다.

피터는 나야가 사샤와 함께 모퉁이에서 놀고 있는 것을 발견했다. 두 아이는 인형과 장난감 부엌용품을 갖고 놀고 있었다. 피터는 놀이에 열중해 있던 나야와 사샤에게 다가갔다. 그러자 사샤가 두 팔을 벌리며 뛰어왔다. "선생님은 최고에요!" 사샤가 외쳤다.

피터는 두 손을 뻗어 사샤가 지나치게 가까이 오려는 것을 막았다.

"사샤, 사람들한테는 누구나 자기만의 공간이 있다고 했잖니." 피터가 사샤에게 다시 한 번 일러주었다. "포옹을 하고 싶을 때에는 제일 먼저 상대방에게 물어보는 거란다."

"포옹해도 되요?" 사샤가 잔뜩 들뜬 목소리로 말했다.

"물론이지." 피터가 사샤를 안아주며 말했다. 이 병동에 있는 수많은 아이들은 대부분 사적인 공간에 대한 이해가 부족했다. 그래서 거의 대화를 할 때마다 다시 한 번 일러줄 필요가 있었다.

나야는 사샤가 모퉁이로 돌아오는 것을 보았다. "그럼 선생님은 내 의사선생님이기도 해." 나야가 사샤에게 말했다. 나야는 사샤와 공통점을 찾게 되어 기뻤다.

"아냐, 그럼 선생님은 네 것이 아니야! 이 거짓말쟁이야!" 사샤가 잔뜩 화나서 소리쳤다.

피터는 나야가 두려움에 흠칫 놀라는 것을 발견했다. 나야는 도와달라는 듯 피터를 바라보았다.

"나는 너희 둘 모두의 의사 선생님이란다." 피터가 말했다. "티모시의 선생님이기도 하고." 이 병동에서는 아이들 사이에서 이런 경쟁이 꽤 흔했다.

"오늘 저 먼저 보러 오실 거죠?" 사샤가 애원하듯 말했다.

"아쉽게도 오늘은 너희 둘 다 볼 수 없단다. 선생님이 오늘은 일찍 병원을 떠나야 해. 너희 둘은 모두 월요일에 보게 될 거야." 피터는 사샤가 또 한 번 버럭 화를 내지 않길 바라며 사샤를 바라보았다.

놀랍게도 사샤는 소란 피우지 않고 결정을 받아들였다. "알겠어요. 안녕." 사샤가 피터를 거부하듯이 말했다.

"나야." 피터가 말했다. "선생님이 가기 전에 잠깐 이야기 좀 할 수 있을까?"

피터는 나야를 사샤에게서 조금 멀리 데리고 갔다. 그리고는 그가 나야의 이모와 통화를 했고 삼촌이 집에 안 계셨다는 이야기를 해주었다. 피터는 나야의 삼촌이 집에 돌아오면 통화를 시켜줄 생각이었다. 그는 주말에 삼촌을 만나러 갈 거라는 얘기는 하지 않았다.

"나야가 전에 빌려준 그림말이야. 선생님이 잠깐 보관하고 있어도 될까?" 그가 물었다. "월요일에 돌아오면 나야에게 다시 돌려줄게." 피터는 나야가 당연히 그렇게 해 줄 것이라고 생각했지만 그래도 직접 허락을 받아야 할 것 같았다. 나야는 알겠다고 대답한 후, 피터와 인사를 하고 사샤에게 돌아갔다.

피터는 손목시계를 바라보았다. 시간은 거의 2시 30분이 다 되어가고 있었다. 그는 간호사실에 가서 매트에게 지금 일찍 떠날 예정이며 페이틀 선생이 자리를 대신해줄 것이라고 말했다. 피터는 병원을 나서던 길에 MRI 검사실에 들렀다. 그리고 나야의 검사 결과를 확인할 수 있었다. 좋은 소식으로는 뇌백질변성이나 뇌종양같은 이상이 발견 되지 않았다는 점이었다. 하지만 나쁜 소식은 그가 아직도 나야의 증상에 대해 전혀 설명할 수 없다는 것이었다. 피터는 나야가 오후에 받을 뇌전도 검사에서도 뇌의 전기적 활동에는 이상이 없다는 결과가 나올 거라고 생각했다. 그는 차로 걸어가면서 나야의 그림을 바라보았다. 나야에게 정신질환이 있는 걸까? 아니면 내가 이해하지 못하는 무슨 일이 벌어지고 있는 걸까?

29.
금요일

레이아는 앞에 1967년도 사건 자료를 흩어놓은 채 호텔 방바닥에 앉아 있었다. 그리고는 사건의 자세한 내용을 다룬 마지막 부분까지 빼놓지 않고 모든 면을 꼼꼼히 살펴보았다. 하지만 계속해서 의문점만 늘어날 뿐이었다. 범인이 이런 식으로 피해자의 시신을 드러내면서까지 의도한 것은 대체 무엇일까? 그리고 누구를 위한 일이었을까?

1967년도 사건에는 한 가지 이상한 점이 있었다. 동물의 뼈가 특이한 모양으로 범행 장소 여기저기에 묻혔다는 것이었다. 어쩌면 지금 가장 절실하게 필요한 단서를 찾는 데 도움이 될지도 모른다.

레이아는 지금까지의 여러 의문점에 답이 될 만한 중요한 무언가를 놓친 것 같은 기분이 들었다. 그리고 당장 코끼리 바위 주변을 조사해 봐야겠다는 생각이 들었다. 레이아는 호세에게 전화를 걸었지만 신호음은 곧 음성사서함으로 연결되었다. 레이아는 호세의 음성사서함에 코끼리 바위에서 보자는 내용의 메시지를 남겼다. 그리고는 흩어진 서류들을 모아 폴더 안에 깔끔하게 정리했다. 레이아는 마지막으로 권총집을 메고 시그 사우어 P230을 챙긴 뒤, 가죽 재킷을 걸쳤다.

레이아는 호세가 주차해둔 GPS 시스템이 장착된 위장 경찰차를 발견했다. 이윽고 레이아는 차를 타고 코끼리 바위로 향했다.

* * *

피터는 코끼리 바위로 향하는 익숙한 지름길을 택했다. 그 길은 수년 전에 목장 근처를 운전해서 가다가 발견한 비포장도로였다. 그는 혹시 그 주변을 순찰하고 있을지도 모르는 경찰과 부딪치고 싶지 않았다. 만약 경찰이 아직 그 현장에 있다면 곧바로 차를 돌려 다음에 다시 올 생각이었다.

막다른 길에 다다른 그의 차가 끼익 하고 멈춰 섰다. 피터는 바퀴에서 일어나는 먼지가 가라앉을 동안 잠시 기다렸다가 차에서 내렸다. 그리고는 북쪽을 향해 숲속으로 들어갔다. 피터는 숲속을 순찰하고 있을지도 모를 경찰관들의 발소리에 귀를 기울이며 최대한 조용히 움직였다. 잠시 후, 그는 단 한 마리의 새 소리도 들리지 않을 만큼 주위가 아주 고요하다는 것을 알아차렸다. 그리고 누군가가 지켜보고 있는 것 같은 이상한 느낌이 들었다. 그는 착각일 거라 생각하며 불쾌한 기분을 떨쳐내고 가던 길을 계속 걸었다.

약 15분 정도가 지나자 피터는 코끼리 바위의 남쪽에 도착할 수 있었다. 그는 바위 쪽으로 걸어가면서 얼굴에 번지는 웃음을 참을 수가 없었다. 그는 손을 뻗어 햇살을 받아 따뜻해진 점투성이 바위 위로 손을 얹었다. 피터는 항상 그 바위가 꼭 거대하고 자애로운 동물과 같다고 생각했다. 그는 코끼리 바위의 엉덩이를 닮은 부분을 툭툭 두드리고는 바위를 오르기 시작했다. 매년 이 맘 때가 되면 바위 위의 평평한 부분에는 온통 낙엽이 쌓이곤 했다. 그래서 바위를 오를 때면 미끄러지지 않도록 조심해야 했다. 마침내 피터는 거대한 바위의 평평한 꼭대기에 올라섰다. 그리고 앞으로 조금 더 걸어간 뒤, 북쪽 전체의 풍경을 내려다보았다.

피터는 어렸을 적에 바로 이 자리에 올라서곤 했다. 그리고 여기서 온 세상을 다 볼 수 있지 않을까 하는 상상을 했었다. 그럴 때마다 그는 강해진 느낌이 들었고 왠지 안심이 됐다. 피터는 슬프고 혼란스럽고, 또 화가 날 때마다 이 바위를 찾았다. 이곳에 있을 때면 새들의 노랫소리와 낙엽을 흔드는 바람, 그리고 따스한 햇살이 마음을 맑게 해 주는 것 같았다. 피터는 그가 서 있는 바로 이 바위에 와본 지가 벌써 몇 년이 지났다는 것을 문득 깨달았다.

피터는 숲속으로 시선을 돌렸다. 그곳에는 노란 경찰 테이프가 거미줄처럼 나무들 사이에 둘러져 있었다. 그 근처 곳곳에는 빨간색의 야광깃발들도 보였다. 피터는 바위에서 내려오다가 높지 않은 곳에서 쿵 하고 뛰어내렸다. 그는 노란 경찰 테이프 아래로 허리를 숙이고 들어갔다. 숲 속의 빈 터를 걸어가던 그는 잔디가 엉킨 채 눌려 있는 곳을 지나쳤다. 그는 불쌍한 제닛 트로이 생각에 몸이 떨렸다.

빈 터의 끝자락 즈음에서 피터는 뒤를 돌아보았다. 그리고 주머니에서 나야의 그림을 꺼냈다. 그림 속의 코끼리는 분명 코끼리 바위를 상징하는 것임이 틀림없었다. 그림 속의 빈 터도 피터가 서 있는 빈 터와 마찬가지로 밝은 색의 나뭇잎에 뒤덮인 나무들로 둘러싸여 있었다. 피터는 그림 속 금발머리 소녀의 머리가 위치한 곳을 그가 서 있는 빈 터와 비교해보았다. 그 지점은 바로 잔디가 엉켜서 눌려 있던 그 부분이었다. 순간 머리가 핑핑 도는 것 같았다. 나야 같은 일곱 살짜리 꼬마가 이런 길을 헤쳐 왔을 리는 없었다. 게다가 헤이스팅스 부부가 이 숲속에서 하이킹이나 산책을 했을 것 같지도 않았다. 나무들의 음산한 적막이 피터의 귓가에 맴도는 것 같은 기분이 들었다. 그는 등골이 서늘해지기 시작했다. 누군가 지켜보고 있는 것 같은 느낌이 더욱 강해지고 있었다.

"꼼짝 마." 여자의 단호한 목소리가 피터의 뒤에서 들려왔다.

피터는 순간 그 자리에 얼어붙고 말았다. 두려운 마음에 심장이 요동 쳤다. 그는 이제 막 조사를 마친 범죄 현장에 발을 들인 자신이 얼마나 어리석었는지 깨달았다.

"지금 내 손에 있는 총이" 여자가 말했다. "당신 머리를 겨누고 있어. 두 손을 머리 위로 올리고 천천히 뒤로 돌아."

"알았어요, 알았다고요." 피터가 말했다. "쏘지만 말아요."

피터는 한 손에 나야의 그림을 든 채, 머리 위에 두 손을 올리고 천천히 뒤로 돌았다. 그의 눈앞에는 갈색 스웨이드 재킷과 카키색 바지를 입은 한 여자가 서 있었다. 여자는 피터와 그리 멀지 않은 거리에

서서 그의 가슴에 총을 겨누고 있었다. 아무 소리도 듣지 못했는데 어떻게 이렇게나 가까이 와 있던 거지? 피터는 여자가 들고 있는 총의 총구를 보고 있는 순간에도, 매력적인 입술과 윤기 나는 붉은 머리칼을 가진 그녀의 아름다움에 넋을 잃고 있었다.

"당신은 누구지? 여기서 뭘 하고 있었던 거야?" 여자가 피터에게 물었다.

"제 이름은 피터 그람입니다. 의사고요." 피터가 잔뜩 긴장하며 말했다.

"여기서 뭘 하고 있던 거지?" 여자가 다시 물었다.

"신문에서 이번 살인 사건에 대한 기사를 읽었어요. 그리고 개인적으로 직접 조사해볼 것이 있었습니다."

"무엇을 조사한다는 거야?" 여자가 피터에게 물었다.

피터가 말을 더듬었다. "그게 저도 어떻게 설명해야 할지 모르겠는데… 그러니까 제 말은, 아마 미친 소리처럼 들릴 거예요."

"얘기해보시지." 여자가 말했다.

"그쪽은 누구죠? 절 죽일 겁니까?" 피터는 순간 과하게 날카로운 목소리로 말을 했다는 것을 깨달았다. 여자의 얼굴에 엷은 미소가 어리는 것 같았다. 여자는 총을 조금 밑으로 내렸지만, 피터는 여전히 그녀가 겨누고 있는 곳이 마음에 들지 않았다. 솔직히 총을 맞아도 차라리 가슴에 맞는 편이 나을 것 같았다.

"FBI 요원이다." 여자가 말했다.

"정말입니까?"

그녀는 단호하게 고개를 한 번 끄덕였다. "제닛 트로이 사건을 맡고 있지."

"그래요, 알겠어요." 피터는 바짝 마른 입술을 핥았다. "제가 들고 있는 그림이 보이세요?" 그가 물었다.

"그래서?"

"제 환자 중에 일곱 살짜리 여자아이가 있어요. 그 아이가 어젯밤에 꾼 꿈을 그림으로 그린 겁니다. 이 범죄 현장과 너무나도 똑같아요."

"됐어, 그만." 여자가 말했다. "바닥에 엎드려서 두 손을 등에 붙여."

"그 총을 내려놓는다고 약속하면요." 피터가 두 손을 뒤로한 채 바닥에 엎드리면서 말했다. 엎드린 피터의 코에 흙이 묻고 말았다. 여자 요원이 그의 손에서 나야의 그림을 가져갔다. 이윽고 피터는 차가운 금속 물체가 척 하고 그의 양쪽 손목을 감싸는 것이 느껴졌다.

"이봐요, 이럴 필요는 없다고요. 제가 위험한 적도 없잖아요!" 피터가 화를 내며 말했다. 피터는 심하게 코를 훌쩍이기 시작했다. 얼굴에 흙이 닿아 있을 뿐 아니라 콧물까지 흐르고 있었다.

"이렇게 해야 내가 총을 내릴 것 아냐." 여자가 냉정하게 말했다. "이제 뒤로 돌아서 앉아도 좋아."

피터는 불편한 자세로 낙엽 위에서 몸을 뒤집었다. 그제야 겨우 앉는 자세를 취할 수 있었다. FBI 요원이라던 여자는 나야의 그림을 보고 있었다.

"장난이라도 하자는 건가?" 여자가 나야의 그림을 피터에게 흔들어 보이며 따졌다.

"장난하는 게 아닙니다." 피터가 날카롭게 되받아쳤다.

"의사라고 했었지? 당신 외과 의산가?"

"무슨 소리 하시는 거예요? 제가 왜 꼭 외과 의사라고 생각하는 겁니까? 아무튼 전 외과 의사가 아니에요. 아동 정신과 의사라고요. 그 그림을 그린 아이는 현재 제가 일하는 병원에 입원한 상태예요. 그 그림 속 코끼리는 저 코끼리 바위를 상징하는 거예요. 그리고 거기 온 몸이 절단된 아이는 아마도 피해자를 의미하는 것 같고요."

"옆에 그려져 있는 아이는 누구지?" 요원이 그림을 바라보며 물었다.

"제 환자입니다." 피터가 말했다.

"그런데 어떻게 이 코끼리 그림을 보고 코끼리 바위를 연상한 거지?"

"오늘 아침에 그 아이에게서 꿈 이야기를 듣고 나서 이 살인 사건에 대한 기사를 읽게 됐어요. 그리고는 두 코끼리를 연관 지을 수밖에 없었죠. 제 환자는 이곳에 한 번도 와본 적도 없이 이 장소를 그린 거예요."

"그 아이가 혹시 신문에서 봤을 수도 있지 않나?"

"신문에는 이 장소의 사진이 실려 있지 않았어요." 피터가 신문을 읽던 순간을 회상하며 말했다.

"그럼 당신은 그 그림이 코끼리 바위와 닮았다는 걸 어떻게 안 거지?"

"저는 이곳 지리를 아주 잘 알고 있으니까요." 피터가 말했다. 순간 이 얘기를 괜히 한 것 같다는 생각이 피터의 머리를 스쳤다.

"나도 살인범이 이곳 지리를 아주 잘 알고 있다고 생각해." 여자 요원이 무미건조하게 말했다.

"더 이상 아무 말 안 하는 게 나을 것 같네요." 피터가 말했다. 그는 요원을 보며 말없이 앉아 있었다. 피터는 여자 요원이 꽤 매력적이라는 사실을 몰랐으면 좋았을 거라고 생각했다.

"곧 지원 요청을 할 거야." 요원이 피터에게서 몇 걸음 멀어지며 말했다.

피터는 여자가 휴대 전화로 통화하는 것을 보고 있었다.

"다른 경찰관이 거의 이 근처에 도착했어." 여자가 말했다.

갑자기 동쪽에서 자갈을 밟는 소리가 들려왔다.

"여기 그대로 있어." 여자는 마치 피터가 선택의 여지라도 있다는 듯 말했다.

피터는 여자가 총을 꺼내고 숲속으로 달려가는 것을 그저 바라볼 수밖에 없었다. 그는 누가 됐던 간에 자신이 수갑을 차고 앉아 있는 모습을 보지 않기만을 바랐다. "젠장." 그가 중얼거렸다. "그냥 병원에 있어야 했어."

5분이 지나자 여자 요원이 돌아왔다. 그때 저 멀리 주요도로 쪽에서 자동차가 다가오는 소리가 들렸다. 잠시 후 누군가가 나무 사이로 그를 향해 달려오고 있었다. 로드리게즈 형사였다. 피터는 친숙한 얼굴을 보자 그보다 더 기쁠 수가 없었다.

"형사님." 그는 한숨을 쉬었다. "정말 다행이네요."

"그람 선생!" 호세는 깜짝 놀라며 말했다. "도대체 무슨 일이 있었던 거예요? 바인즈 요원이 숲 주변을 뒤지고 다니는 사람을 체포했다고 하더군요."

"말하자면 길어요." 피터가 중얼거렸다.

"바인즈 요원은 어디 있죠?" 호세가 물었다. 바로 그때, 동쪽에서 레이아가 머리에 붙은 잔가지를 떼어내며 나무들 사이로 걸어왔다.

"이 분은 레이아 바인즈 요원입니다." 호세가 말했다. "이 분은 피터 그람 의사 선생님이세요. 지역 치안 유지 프로젝트로 여러 번 함께 일했던 분이죠."

"아, 아까 이미 만났어요." 레이아가 무뚝뚝하게 말했다.

"형사님, 저 분한테 이 수갑 좀 풀어달라고 말씀해주시겠어요?" 피터가 호세에게 물었다.

레이아는 피터를 돌아보았다. "제가 잡은 사람이 살인범이 아니라는 이유를 하나만 말씀해주세요." 레이아가 호세에게 말했다.

"피터 씨를 말씀하시는 거예요?" 호세가 호기심 가득 한 목소리로 물었다. "바인즈 요원님, 아니, 레이아 씨, 제가 아는 그람 선생은 살인 사건 용의자와는 아주 거리가 먼 사람이에요."

"저 사람을 믿을 수 있다고 장담하세요?" 레이아가 말했다.

"물론이죠, 제가 보증하죠." 호세가 말했다. "게다가 만약 피터 씨가 살인 사건 용의자라면 숲속에서 또 누굴 쫓고 있던 겁니까?"

레이아는 피터의 수갑을 풀어주었다. 피터는 일어서서 손목을 문질렀다.

"레이아 바인즈입니다." 레이아가 피터에게 손을 내밀며 말했다. 그녀는 작게 미소 짓고 있었다. "수갑을 채운 건 사과드려요, 그람 선생님. 하지만 어쨌거나 여기는 살인 사건 범죄 현장이니까요."

피터는 레이아와 악수를 했다. 그는 레이아의 긴 손가락이 꽤 부드럽다는 사실을 애써 모른 척했다. 그녀에게 아직도 설명할 것이 많았다.

"저는 어릴 때 이 주변에서 자랐어요." 피터가 목장을 가리키며 말했다.

"베일리 의원의 목장이요?" 레이아가 분명히 짚으며 말했다.

"네, 그 분은 제 삼촌이세요. 베일리 의원의 부인이 제 어머니의 여동생이거든요." 피터가 말했다. "어릴 때 이 근처에서 자주 놀곤 했어요. 그래서 이곳에 대해서는 아주 훤히 알고 있죠."

레이아가 나야의 그림을 피터에게 건네주었다.

"그 환자 이름이 나야군요." 레이아가 말했다.

"맞아요." 피터는 나야가 어린아이 글씨체로 써놓은 이름을 보며 말했다. "나야는 밤마다 이상한 일들을 겪고 있어요. 그런데 아직도 정확한 이유를 밝혀내지 못했죠. 저는 나야의 꿈이 이 사건과 어떤 연관성이 있는지 확인하려고 했던 거예요."

"초자연적인 현상을 말씀하시는 건가요?" 레이아가 물었다. 그녀의 입꼬리가 굳게 다물어졌다.

"그런 쪽으로도 생각해볼 수 있겠죠." 피터가 말했다.

"여기에는 어떻게 온 거예요?" 호세가 물었다. "길가에서 피터 씨 차는 보지 못했는데."

"제 차는 반대쪽에 주차해뒀어요. 전 이 바위를 타고 올라 왔거든요. 여기를 드나들 수 있는 길은 아주 많아요. 원하시면 지도를 그려 드릴 수도 있어요."

"큰 도움이 되겠네요." 레이아가 말했다. 그때 다른 누군가가 다가오는 소리가 들렸다. 레이아는 그 방향으로 시선을 돌렸다.

"그쪽에서 뭔가 찾으셨어요?" 피터가 물었다.

"아니요. 그런데 우리 말고 다른 누군가가 우리를 지켜보고 있는 것 같아요." 레이아가 호세에게 말했다. "저는 좀 더 둘러보고 올게요." 호세가 피터와 레이아에게서 멀어지며 말했다.

"이제 가서도 좋아요, 그람 선생님. 여기 제 번호예요. 연락하실 일 있으면 전화주세요." 레이아는 종이 위에 연락처를 적은 뒤, 종이를 피터에게 건넸다. "경찰서에 오셔서 저와 함께 이 근처의 지도 좀 봐주셨으면 해요. 이곳 지리를 잘 알고 있는 분이라면 꽤 도움이 될 것 같거든요."

피터가 종이를 주머니에 넣었다. "알겠습니다." 그가 말했다. "음, 그럼 준비되면 전화드리겠습니다. 내일은 외부에 볼일이 있으니 일을 마치고 돌아오면 연락드릴게요."

"감사합니다." 레이아가 그를 계속해서 바라보며 말했다.

마침내 피터가 시선을 돌렸다. "저는 차로 돌아가려면 다시 이 바위를 타야 해요." 그가 말했다.

"저도 함께 가죠." 레이아가 말했다. 그리고는 피터가 길을 안내해 주길 기다렸다.

두 사람은 다시 숲속의 빈 터를 지나 코끼리 바위로 향했다.

"이 깃발들은 뭔가요?" 피터가 몇 개의 깃발들을 지나치며 레이아에게 물었다.

"그럼 선생님께는 말씀드리겠지만, 지금 들은 얘기는 반드시 비밀로 해주세요. 제닛 트로이의 시신이 모두 절단됐어요. 저 깃발들은 시신 부위들이 발견된 지점을 표시한 것이죠. 각 지점을 따라 선을 이으면 막대기 모양의 형상이 그려져요. 선생님의 환자가 그렸던 것처럼 말이죠."

"말도 안 돼요." 피터가 믿지 못하는 목소리로 말했다.

피터와 레이아가 바위의 꼭대기에 다다르자, 피터는 다시 한 번 아래를 내려다보며 바인즈 요원이 말했던 야광깃발 표시들을 눈으로 연결해보았다.

"더 높은 곳에서 봐야 표시된 깃발들을 다 볼 수 있어요." 레이아가 하늘을 가리키며 피터에게 말했다. "혹시 궁금하시다면 나중에 저한 테 있는 항공사진을 보여드리죠."

"네. 제 차는 저기 있어요." 피터가 말했다. 어깨 너머로 레이아를 돌아본 그는 한 번 더 그녀의 엷은 미소를 볼 수 있었다. 레이아는 피터를 향해 손을 흔들었다. 이윽고 피터는 바위에서 내려가며 차로 향했다.

30.
금요일

노예는 걸음을 멈추고 나서 떨리는 마음으로 몸을 숙이고 있었다. 정말 위험할 뻔 했던 순간이었다. 조금 더 조심할 필요가 있었다. 운 좋게도 저 젊은 여자 요원은 그를 보지 못했다. 노예는 나무 아래에 앉아 잠시 쉬고 있었다. 그의 계획은 생각했던 대로 진행되고 있지는 않았다. 지금까지 방해하는 사람이 너무 많았기 때문에 일이 제대로 마무리 되었는지조차 확신할 수가 없었다. 이제 남은 시신 부위를 마저 묻는 일도 더 이상 안전하지 않았다.

정오가 다가오자 노예는 어쩔 수 없이 코끼리 바위로 돌아가기로 했다. 하던 일을 마저 끝내야 할 것 같은 느낌 때문이었다. 그는 아난시가 더 이상 그를 노리지 않는지를 확인해야 했다. 그는 평소보다 일찍 직장을 빠져나왔다. 그는 운전을 하지 않는 대신 마을의 맨 끝까지 버스를 타고 간 뒤, 코끼리 바위로 몇 시간을 걸어갔다.

마침내 노예는 숲 근처에 도착했다. 그는 조심스럽게 경찰 테이프를 지나 소녀의 머리를 놓아두었던 곳으로 향했다. 그는 아난시를 위해 놓아 둔 미끼가 더 이상 그 자리에 없다는 사실에 실망을 금치 못했다. 노예는 아난시가 그것을 이미 봤는지 알 수가 없었다. 그리고 이제 무엇을 해야 할지도 도통 감을 잡을 수가 없었다.

노예는 자신의 실패가 가져올 결과를 곰곰이 생각하며 서 있었다. 그때 숲속에서 그를 향해 다가오는 발소리가 들려 왔다. 노예는 바위에서 얼마 떨어지지 않은 큰 나무 뒤로 황급히 몸을 숨기고 잔뜩 겁을 먹은 채 지켜보았다. 그는 혹시 아난시가 와서 화를 내며 실망하는 건 아닌지 걱정이 되었다. 놀랍게도 그의 눈에 들어온 것은 바위 꼭대기에 서 있는 익숙한 얼굴의 키 큰 백인 남자였다. 노예는 큰 소리로 웃음이 나올 뻔한 것을 겨우 참았다. 더 말할 것도 없이 그 남자는 절대 아난시가 아니었다. 그런데 피터가 대체 여기서 무얼 하는 거지?

그는 믿을 수 없는 눈으로 피터를 지켜보았다. 피터는 바위 꼭대기에서 내려오고 있었다. 노예는 피터와 충분히 거리를 두며 수풀과 나무 뒤에 숨어서 그의 뒤를 밟았다. 피터는 죽 늘어선 나무들을 따라 빈 터를 가로질러 갔다. 그리고는 종이 한 장을 꺼내 들더니 코끼리 바위를 처다보았다. 그때 갑자기 피터의 뒤에서 총을 들고 피터에게 접근하는 한 여자가 보였다. 노예는 재빨리 쪼그려 앉은 채 두 사람의 대화를 들어보려 했다. 하지만 정확히 알아듣기에는 두 사람과의 거리가 너무 멀었다.

노예는 소리 없이 그들을 향해 다가갔다. 그리고 멀지 않은 곳에서 나무 뒤에 몸을 숨겼다. 피터가 들고 있는 저 종이가 왜 그렇게 중요한 걸까? 노예는 그 종이에 무슨 내용이 있는지 볼 수 있었으면 좋겠다고 생각했다. 하지만 혹시라도 주변에 경찰이 눈치를 챌 만한 여지를 둘 수는 없었다.

피터와 여자는 어떤 어린 여자아이의 그림에 대해 이야기하고 있었다. 총을 든 여자는 경찰들이 코끼리 바위에서 발견한 여자아이의 살인범이 피터라고 생각하는 듯 했다. 노예는 둘의 대화를 정확히 들을 수가 없었다. 그는 두 사람이 있는 쪽으로 최대한 몸을 뻗은 채로 자세히 귀를 기울였다. 그러던 순간, 노예는 자갈길의 내리막에 발이 미끄러져 아래로 자빠지고 말았다. 정체가 드러나 버렸을지도 몰랐다. 그는 빨리 움직여야 했다. 아까 그 여자가 자신이 있는 방향으로 갑자기 빠르게 움직였다. 노예는 갑자기 혼란스러워졌다. 그는 혹시 여자가 따라오는지 확인할 겨를도 없이 뒤도 보지 않고 온 힘을 다해 숲속으로 달렸다.

노예는 이제 완전히 지쳐버렸다. 숨은 턱까지 차올랐다. 하지만 그는 그 여자보다는 훨씬 이 숲의 지리를 잘 알고 있었다. 어쩌면 그 누구보다도 이곳에 훤했다. 2분 정도 숨을 돌린 뒤, 노예는 천천히 더 먼 숲속으로 달렸다. 그는 어두워질 때까지 숨을만한 곳을 알고 있었다. 이윽고 노예는 찾고 있던 낮은 높이의 바위를 발견했다. 그는 그 아래 누워 주변의 통잎들을 끌어 모았다.

노예는 두 손의 손등을 바라보고 있었다. 양쪽 손에 작은 흠집만 제외하면 아주 깨끗한 피부였다. 그는 아직 실패한 것이 아니었다. 아마 아난시는 결국 화를 푼 것이 분명했다. 감사해요, 아난시. 제 기도를 들어줘서 정말 고마워요. 노예는 땅바닥에 누워 안심하는 마음으로 어두워지는 하늘을 바라보았다. 그는 귀를 잔뜩 기울였지만 누군가 따라오는 것 같은 기척은 들리지 않았다. 그는 안전하게 도망쳐왔다는 사실에 안도감이 들었다. 만약 붙잡혔다면 정말 큰 일이 아닐 수 없었다. 그는 두 눈을 감고 땅바닥에 편안히 머리를 기대며 누웠다. 하지만 그의 마음은 아직도 두근거리고 있었다. 혹시라도 경계심을 풀면 늘 그랬듯 아난시가 불쑥 나타날 것만 같았다.

아난시, 아난시, 아난시…. 그 이름은 마치 북소리 장단처럼 그의 머릿속에서 끊임없이 맴돌았다. 그가 지금까지 해온 모든 일의 중심에는 바로 그 이름이 있었다. 노예는 아난시의 기척을 다시는 듣지 않았으면 좋겠다는 생각을 했다. 그리고 그 바람은 곧 아난시가 아예 존재하지 않았으면 좋겠다는 마음이었다. 하지만 아난시는 실제로 존재했을 뿐 아니라 아주 강했다. 노예는 자신의 삶을 아난시에게 바치며 평생을 그의 노예로 살고 있었다.

그는 아난시를 만나기 전의 삶을 떠올려 보았다. 아난시를 만나기 전에 그는 노예가 아니라 한 소년이었다. 그는 작은 해안 마을에서 부모와 함께 소박한 삶을 살고 있었다. 소년의 아버지는 마을의 식당에서 요리사로 일을 했고, 어머니는 마을 시장에서 채소를 파는 일을 했다. 아버지는 거의 저녁에 일을 했고, 어머니는 주로 낮에 일을 했다. 그들은 아주 행복한 가정을 꾸려갔다. 소년은 자신이 두 사람의 하나뿐인 아들이라는 것이 행복했다. 소년의 아버지는 종종 아난시 얘기를 하면서 꾸며낸 말로 소년을 겁주곤 했었다.

하지만 소년은 항상 아버지보다는 어머니를 더 가깝게 생각했다. 아버지는 때때로 과음을 하고 돌아올 때면 소년과 어머니에게 소리를 지르곤 했기 때문이었다. 소년은 집에서 멀지 않은 학교에 다녔다. 그리고 어머니는 매일 시장에 가는 길에 소년을 학교에 데려다주었다. 어머니는 학교에 함께 걸어갈 때마다 소년에게 학교에서 열심히 공부하라고 격려를 해주었다. 소년은 어머니로 인해 좋은 성적을 받으면 좋은 삶을 살 수 있다는 믿음을 갖게 되었다.

세 시에 학교가 끝나고 나면 소년은 혼자 집으로 돌아왔다. 그리고 야간 근무를 나갈 준비를 하고 있는 아버지를 부르며 집에 들어갔다. 소년은 집에 들어오면 간식을 먹고 숙제를 마친 뒤, 다시 친구들과 놀러 밖으로 나가곤 했다.

소년이 다섯 살이 되던 해의 어느 무더운 여름 오후였다. 소년은 친구들과 놀다가 마른 목을 축일 생각으로 잠시 집으로 돌아왔다. 그리고는 부엌으로 가 도자기병에 든 차가운 물을 컵에 가득 따라 마셨다. 금세 물을 들이켠 소년은 컵을 테이블 아래에 놓아둔 뒤, 다시 친구들과 놀기 위해 뛰어 나가고 있었다. 그런데 집을 나서던 중에 침실에서 이리저리 서성이고 있는 아버지를 발견했다. 아버지는 무언가를 찾고 있는 듯 했다.

소년은 아버지가 물건을 찾는 일을 도와주고 싶은 마음에 침실 문가에 서 있었다. 그런데 갑자기 아버지가 소년에게 소리를 지르며 달려왔다. "어디 있어? 침대 옆에 있던 하얀 가루가 든 작은 봉지로 뭘 한 거야?"

"무슨 말씀을 하시는지 모르겠어요." 소년은 겁에 질린 목소리로 대답했다.

"거짓말 따위는 하지 않는 게 좋을 거야!" 소년의 아버지가 고함을 질렀다. 그는 소년의 셔츠를 잡고는 가까이 끌어당겼다. 아버지의 두 눈은 마치 덫에 걸린 동물처럼 제정신이 아니었다. 아버지의 뜨거운 숨에서 커피냄새가 났다. "나한테 거짓말을 하면 아난시가 널 산채로 잡아먹을 거야. 아난시는 네가 잠자는 밤에 찾아와서 네 팔 다리를 전부 찢어놓을 거라고."

그때 소년의 어머니가 집에 막 도착했다. 어머니는 소년의 아버지를 밀쳐내고는 그의 얼굴에 대고 소리쳤다. "내가 치웠어! 내가 그 가루를 치워버렸다고! 더 이상 그런 물건을 집에 들이지 않겠어."

그 말을 들은 소년의 아버지는 쿵쿵 거리며 집을 나가버렸다. 소년은 어머니의 품에 안겨 흐느꼈다. 지금까지 아버지와 어머니의 그런 모습은 본 적이 없었다. 어머니는 소년의 머리를 쓰다듬고 눈물을 닦아주며 위로했다.

"아버지가 왜 그렇게 저에게 화가 나신 걸까요?" 소년이 물었다.

"아버지는 화난 것이 아니란다, 아가." 소년의 어머니가 말했다. "아버지는 가끔 우울해지면 바보같이 굴거든." 소년의 어머니는 아들을 안아주며 마치 소년이 다시 어린아이가 된 것처럼 노래를 흥얼거리기 시작했다. "아버지는 좋은 분이야. 네가 이해해줘야 한단다."

다음 날 아침, 소년은 아버지가 어머니와 함께 침대에서 자고 있는 것을 보았다. 그리고 며칠이 지나자 소년의 가족은 평범한 일상으로 돌아갔다. 일 년이 지나고 소년은 그 일에 대해 잊게 되었다. 그러던 어느 날, 여섯 살이 된 소년은 12시가 되어 학교가 끝나자 곧바로 집으로 돌아가고 있었다. 그 날은 정치 집회가 예정되어 있었기 때문에 교장 선생님이 모든 수업을 일찍 마치게 했다.

소년은 학교에 가져갔던 책 한 권을 들고 집으로 걸어갔다. 소년의 얼굴 위로 상쾌한 바닷바람이 불어왔다. 학교에서 출발한 지 15분 정도가 지나고 보니 소년은 어느새 방이 두 개 딸린 판잣집 대문에 도착해 있었다. 소년은 대문을 열고 어머니가 자그마한 토마토를 심어둔 정원을 가로질러 안으로 걸어갔다. 아버지를 불렀지만 대답이 없었다. 소년은 아버지가 뒷마당에 있는지 확인하러 판잣집의 뒤쪽으로 걸어갔다. 하지만 그곳에도 아버지는 없었다. 그러자 소년은 집으로 들어갔다.

어머니가 일을 나가기 전에 점심으로 만들어놓은 카레 향이 집안에 가득했다. 부엌 겸 거실로 쓰던 큰 방에도 아버지는 보이지 않았다. 소년은 바닥에 책을 내려놓고 침실로 다가갔다. 침실 문은 닫혀 있었다. 소년이 막 문을 밀어 열려고 하던 순간, 방 안쪽에서 이상한 소리가 들려왔다. 소년은 아주 조금 문을 열어보았다. 그 좁은 틈을 통해 방 안을 들여다볼 수 있었다.

그런데 어머니와 아버지가 함께 쓰는 침대 위에 소년의 아버지가 다른 누군가의 위에 올라타 있는 것이었다. 아버지는 그 위에서 원을 그리듯 몸을 돌리고 있었다. 아버지 밑에는 어머니보다 밝은 색의 피부를 가진 여자가 있었다. 소년은 충격에 휩싸인 채 두 사람을 바라보고 있었다. 아버지와 여자는 규칙적으로 함께 몸을 흔들고 있었다. 갑자기 여자가 소리를 지르더니 두 손으로 소년의 아버지를 밀어내며 발버둥 쳤다. 아버지는 끙끙 대는 소리를 내더니, 여자의 목을 조르기 시작했다. 그리고는 여자의 위에서 계속 몸을 부딪쳤다. 잠시 후, 아버지 밑에 누워 있던 여자가 아무 소리도 내지 않고 조용해졌다. 그러자 소년의 아버지는 크게 소리를 질렀다. 그리고 소년을 발견하고 눈을 뚫어지게 바라보았다. 그의 두 눈은 붉게 충혈돼 있었다. 그리고 얼굴에서는 땀방울이 뚝뚝 떨어졌다.

공포에 질린 소년은 집 밖으로 나가 해변까지 달렸다. 해변 가에 도착한 소년은 따뜻한 모래 위에 주저앉아 버렸다.

그곳에 얼마나 누워 있었는지 알 수가 없었다. 소년이 알아챈 것은 해가 이미 져버렸고 주변이 어두워지고 있다는 것이었다. 소년의 몸에 밀물이 닿을락 말락 밀려오고 있었다. 소년은 누워 있던 자리에서 일어나 천천히 집으로 걸어갔다. 어머니가 소년을 기다리며 마당에 나와 있었다. 소년의 어머니는 너무도 걱정했지만 아들이 돌아오는 것을 보자 안심이 되었다.

"어디 있었니?" 어머니가 소년에게 물었다.

"학교가 일찍 끝나서 산책하러 갔었어요."

소년은 저녁 내내 말이 없었다. 소년은 집안을 둘러보았다. 집안 어디에서도 다른 여자가 있었던 흔적은 찾을 수 없었다. 저녁 식사가 끝나자 소년의 어머니는 거실에 있는 침대에 아이를 눕혔다. 어머니는 소년에게 안색이 좋지 않다며 휴식을 취하라고 말했다. 그리고는 불을 끄고 잠을 자러 다른 방으로 갔다.

소년은 침대에 누워 그 날 낮에 보았던 일을 떠올렸다. 마치 흉포한 짐승이 아버지를 집어삼킨 것 같았다. 아버지가 밤에 돌아올 때도 아버지 안에 그 괴물이 숨어 있을까? 아버지의 발소리를 기다리는 동안 시간은 아주 천천히 흘러갔다.

거의 자정 무렵이 되고나서야 소년은 설핏 잠이 들었다. 그때 소년은 얼굴 위로 느껴지는 따뜻한 바람에 잠을 깼다. 두 눈을 뜨자 아버지가 자신을 뚫어지게 쳐다보고 있었다. 아버지가 숨을 내쉴 때마다 지독한 술 냄새가 풍겼다. "깼니?" 또박또박 발음하며 아버지가 물었다.

소년은 아무 말도 하지 않았다. 온 몸이 공포에 떨리고 있었다. 아버지가 뭐라고 중얼거리며 서 있는 것이 보였다. 그때 아버지가 몸을 숙이더니 소년의 귓가에 속삭였다. "이 핏덩이 같은 자식아, 혹시라도 오늘 일을 엄마에게 말하면 아난시가 네 온몸을 조각내서 저녁으로 먹을 줄 알아. 똑똑히 들으라고, 이 악마 같은 녀석아, 알겠어? 듣고 있지? 거짓말이 아니야. 아난시가 널 죽여버릴 거야. 아난시가 죽이지 않는다면, 내가 죽어버리겠어."

소년은 고개를 끄덕이며 아버지가 멀어지는 것을 바라보았다. 아버지는 어머니가 자고 있는 방으로 걸어갔다. 온 몸이 사시나무처럼 떨려왔다. 소년은 방문이 닫히고 불이 꺼질 때까지 기다렸다. 그리고는 이불을 머리끝까지 뒤집어쓰고는 울기 시작했다. 소년은 그날 밤, 잠이 들 때까지 울음을 그치지 못했다.

다음 날, 소년을 제외한 가족들은 평소와 다름이 없었다. 아버지는 마치 전 날 밤에 아무 일도 없었다는 듯이 행동했다. 어제의 일을 모르는 어머니도 평상시와 같았다. 하지만 소년은 몇 달이 지나도록 그날 일을 떨쳐버릴 수가 없었다.

며칠이 지나고 몇 달이 지났다. 점점 그날의 일을 떠올리는 횟수가 적어졌다. 하지만 소년은 아난시에 대한 기억을 잊을 수가 없었다. 소년은 스스로를 지키기 위해 항상 경계해야 했다. 아난시는 착한지 잔인한지 도저히 예측할 수 없는 인물이었다. 아난시는 하늘에 살고 있으며 그곳에 있는 집에서 모든 사람을 내려다보고 있었다. 아난시는 모든 것을 보고 있었다. 소년의 마음속의 아난시는 붉게 충혈된 두 눈과 날카로운 이빨이 난 작은 입을 가지고 있었다. 분명 그 누구도 아난시와는 결코 얽히고 싶지 않을 것이다.

31.
금요일 저녁

레이아와 호세는 코끼리 바위 근처를 돌아보기로 했다. 혹시 누군가 몰래 주변을 서성이고 있는 것을 발견하지 않을까 하는 기대 때문이었다. 레이아는 누군가가 자갈에서 미끄러질 때 서 있던 것 같은 장소를 발견했다. 어쩌면 그 자리에서 발자국의 일부라도 발견할 수 있을지도 몰랐다. 호세는 경찰서에 있는 야간 근무조 경찰관에게 전화를 걸어 발자국을 조사할 팀을 꾸리도록 지시했다. 그리고는 차에서 경찰 테이프를 가져오더니 그 지점에 줄을 치기 시작했다.

한편 레이아는 그 자리에 서 있던 사람이 도망갔을 만한 방향을 따라 천천히 숲속을 걸어가고 있었다.

"잠깐만요." 호세가 말했다. "잠시 기다려요, 저도 함께 갈게요."

하지만 레이아는 도망간 사람의 흔적을 쫓는 데에 온통 몰입해 있었다. 여기저기 부러진 나뭇가지들과 꺾인 잔디들이 그 흔적을 말해주고 있었다. 레이아는 흔적들을 따라 숲속으로 점점 더 깊이 들어가고 있었다. 흔적의 주인은 아마 지금쯤 멀리 도망가 버렸을 것이다. 하지만 레이아는 혹시라도 흔적을 방치하다가 살인범을 체포할 기회를 놓치고 싶지 않았다.

30분 정도가 지나자 주변이 어두워졌다. 그러자 레이아는 문득 혼자 이렇게 멀리까지 돌아다닌 것이 후회가 되었다. 시간이 꽤 흘렀으니 몇 시간 뒤면 해가 져버릴 것이었다. 호세가 아마 그녀를 찾고 있을 것이 분명했다. 레이아가 큰 소리로 호세를 부르자 나무들 사이로 메아리가 쳤다. 레이아는 희미하게 호세가 대답하는 소리를 들을 수 있었다.

"이쪽이에요!" 레이아가 소리쳤다. "남동쪽이요!" 레이아는 숲속에서 서로 어긋나지 않도록 그 자리에서 호세를 기다렸다가 오늘 수사를 이쯤에서 마무리할 생각이었다. 어둠 속에서 뭔가를 찾으려는 것은 시간 낭비나 다름없기 때문이었다.

레이아는 다시 흔적을 조사하며 따라가고 있었다. 이윽고 경사진 길 아래로 걸어가다가 바위의 튀어나온 부분에 이르렀다. 레이아는 내리막길의 경사에 탄력을 받아 몇 미터를 더 걸어왔지만 흔적은 더 이상 찾을 수 없었다. 레이아는 몸을 돌렸다. 레이아는 도망치던 사람도 자신과 마찬가지로 분명 길을 되돌아갔을 것이라고 생각했다. 순간 레이아는 시야 밖에서 무언가가 그녀를 향해 휙 움직이는 것을 느꼈다. 갑자기 머리 옆에서 무언가가 몽둥이로 그녀의 머리를 강타했다. 팔을 들어 얼굴을 보호할 겨를조차 없었다. 나무들이 빙빙 돌기 시작했다. 머리와 목으로는 깨질듯한 통증이 퍼져오고 있었다. 레이아는 아직 소리를 들을 수 있었지만 시야는 완전히 까맣게 변해버렸다. 더 이상 두 다리가 지탱하지 못할 것 같았다. 레이아는 둔탁한 소리와 함께 땅바닥에 쓰러지고 말았다.

시간이 꽤 흐른 것 같았다. 레이아는 열 살 때로 돌아가 가장 좋아하는 삼촌과 산에서 낚시를 하고 있었다. 갑자기 검은 곰이 나타나더니 쌓여 있는 물고기 멀리로 레이아를 픽 하고 쳐냈다. 레이아의 몸은 마치 파리가 된 것처럼 공중으로 붕 떠버렸다. 잠시 후, 눈을 뜬 레이아는 수풀 너머로 골짜기의 거친 물소리가 들릴 거라고 반쯤 예상하고 있었다. 하지만 눈에 보이는 것은 온통 칠흑 같은 어둠뿐이었다. 코에서는 얼굴에 붙은 젖은 낙엽 냄새가 나고 있었다. 그 순간 레이아는 자신이 코끼리 바위에 있다는 것을 알 수 있었다.

어떤 남자가 그녀의 두 손을 잡고 등 뒤로 묶기 시작했다. 레이아는 몸부림을 쳤지만 마치 슬로우 모션으로 움직이는 기분이었다. 나는 어쩜 이렇게도 멍청하게 굴었던 걸까?

레이아의 머리를 가격한 남자는 레이아의 손을 완전히 묶고 나더니 점점 멀어졌다. 무슨 짓을 하려는 거지? 레이아는 크게 심호흡을 하고 상대방을 공격할 준비를 하며 기다렸다. 하지만 그의 발걸음은 점점 더 멀어졌다. 남자는 도망치고 있었다! 레이아는 잠시 정신을 가다듬었다. 마치 코끼리 바위가 머리 위에 얹어진 것 마냥 머리가 쾅쾅 울렸다.

"레이아 씨?" 호세의 목소리가 점점 가까이 들려왔다.

"호세 씨! 여기에요!" 레이아는 묶인 두 손을 풀어보려 안간힘을 썼다. 손을 묶고 있는 줄이 느슨해지진 않을까 하는 기대로 열심히 꿈틀거려 보기도 했다. 하지만 소용없는 일이었다. 레이아는 바닥에 등이 닿도록 몸을 뒤집었다. 위를 올려다보자 나뭇잎으로 된 덮개 같은 것이 보였다. 덮개 사이로 보이는 어두운 하늘에는 별들이 밝게 빛나고 있었다.

"레이아 씨?" 호세가 외쳤다. 이제 그의 목소리가 아주 가까이서 들렸다.

"저 여기 있어요!" 레이아가 목청껏 소리쳤다.

그때 호세의 손전등이 레이아의 얼굴을 비췄다. 그 빛에 눈이 부신 레이아는 두 눈을 질끈 감았다.

"여기서 뭐하시는 거예요?" 호세가 숨을 몰아쉬며 말했다. "떨어진 거예요? 괜찮아요?"

레이아는 잔뜩 당황한 목소리로 걱정하는 호세를 보자 웃음이 나올 뻔 했다.

"괜찮은 것 같아요." 레이아가 말했다. 호세는 레이아가 앉을 수 있도록 도와주었다. "어떤 남자가 제 쪽으로 다가와서 둔기로 가격하는 바람에 기절하고 말았어요. 아마 바로 저기 튀어나온 바위 밑에서 숨어 있던 것 같아요. 제 손 좀 풀어주시겠어요?"

"잠시만요." 호세가 말했다. "피가 나잖아요. 다치셨어요. 병원에 가봐야겠어요."

"전 정말로 괜찮아요. 머리가 조금 아픈 것뿐이에요." 머리가 두 동강날 것 같은 통증을 참으며 레이아가 말했다.

"그 남자가 반다나로 손을 묶었네요." 호세가 매듭을 풀며 말했다. "잠시만요… 매듭을 느슨하게 할 만한 도구가 필요해요." 레이아의 등 뒤로 열쇠가 짤랑거리는 소리가 들렸다. "그 남자 얼굴은 보셨나요?"

"아니요." 레이아가 말했다. "기습을 당했어요."

이윽고 레이아의 손이 자유로워졌다. 그녀는 가장 먼저 손목을 문지른 뒤, 조심스럽게 왼쪽 머리에 손을 얹었다. 손가락 끝에 피가 조금 묻어나왔다.

레이아는 권총집 안에 있는 권총이 생각났다. "그 남자가 제 총은 가져가지 않았네요." 권총을 톡톡 두드리며 레이아가 말했다.

"다행이네요." 호세가 말했다. 그는 굉장히 화가 나 있었다. "혹시 비닐 봉투 가지고 계신가요?" 호세가 가까이에 있던 반다나를 집어들며 말했다. 레이아는 주머니에서 작은 비닐 봉투를 찾아 그 안에 반다나를 넣고 봉투를 봉했다.

"그럼 그 남자가 거의 범인인 것 같네요." 호세가 말했다.

"아마도요. 제 생각에 그 남자는 뭔가 일을 마무리하려고 다시 돌아온 것 같아요. 그런데 우리가 방해가 된 거겠죠."

레이아와 호세가 차로 돌아가는 동안 레이아가 발견한 발자국을 채취할 경찰 한 팀이 도착했다. 그리고 전문가들의 손전등이 어두운 숲속에서 흔들리는 것이 보였다. 레이아는 차에 힘겹게 몸을 기댔다.

"치료를 받아야 해요." 호세가 말했다. "제가 병원까지 모셔다 드릴게요."

"차는 어떡하죠?"

"대원 중 한 명에게 차를 호텔로 가져다놓으라고 지시해두겠습니
다."

레이아는 운전할 수 없다는 것을 알고 있었지만 조금 망설여졌다.

"제 말 들으세요." 호세가 단호하게 말했다.

그는 레이아가 자신의 차에 탈 수 있도록 도와주었다. 이윽고 둘은
응급실로 향했다. 레이아는 창피함을 감추려고 애쓰고 있었다. 방어
도 하지 못한 상태로 그렇게 당한 것은 이번이 처음이었다. 살아 있
는 것이 다행일 정도였다.

32.
금요일, 자정이 되기 전

"이 사과들 좀 봐!" 나야가 잔뜩 들떠서 말했다. 나야는 신이 나서 사과나무들 사이를 빙글빙글 돌고 있었다. 나야는 이렇게 많은 사과나무들을 본 적이 없었다. 게다가 낮게 달려 있는 사과를 따먹을 수 있다는 생각에 너무나 설레었다.

나야 옆에는 제닛이 서 있었다. 제닛은 지난번에 봤을 때와는 조금 달라 보였다. 조각조각 분리됐던 제닛의 몸은 관절마다 끈으로 연결되어 있었다. 나야는 끈으로 연결한 부분이 불편할 것 같다는 생각이 들었다. 어쨌든 제닛은 큰 문제없이 자유롭게 움직일 수 있게 된 것 같았다.

나야는 사과를 하나 든 손을 쭉 뻗었다. "너도 하나 먹을래?" 나야가 물었다.

"나는 이제 사과가 싫어." 제닛이 말했다. "사과를 보면 너무 슬퍼져. 더 이상 엄마가 해주는 애플파이를 먹을 수 없거든."

"저런!" 나야가 말했다. 나야는 제닛의 말을 어떻게 해석해야 좋을지 몰랐다. 나야는 잠시 말을 멈추고는 물었다. "네 코끼리는 어디 있니?"

"저쪽에서 사과를 먹고 있어." 제닛이 가리켰다.

저 멀리서 코끼리같이 보이는 형체가 사과나무들 사이를 걷고 있는 것이 보였다. "혹시 남은 끈이 있니?" 나야가 물었다. 나야는 끈으로 몸을 연결하는 것이 과연 어떤 느낌일지 궁금했다. 그래서 제닛이 한 것처럼 자신도 해볼 수 있을지 알고 싶었다.

"아니, 없어." 제닛이 두 손을 바라보며 말했다. "전부 다 써버렸거든. 이쪽으로 와봐, 나야. 보여줄 게 있어." 제닛이 나야의 손을 잡았다.

제닛의 손은 이상할 정도로 차가웠지만 나야는 손을 뿌리치지 않았다. 나야는 제닛과 함께 사과나무들을 지나 쭉 걸어갔다. 높이 자란 잔디가 무릎을 부드럽게 간질였다. 과수원을 빠져나온 나야와 제닛은 어느새 커다란 빨간 창고 앞에 서 있었다. 창문도 하나 없는 그 창고에는 거대한 문 하나만이 버티고 있었다. 그 커다란 문에 들어서자 제닛의 몸 크기만 한 또 다른 문이 보였다.

"여기가 우리 집이야." 제닛이 자랑스럽게 말했다.

"들어가도 돼?" 나야가 흥분된 목소리로 제닛에게 물었다.

제닛은 조심스럽게 문고리를 잡아당기며 문을 열었다. 제닛이 문을 지나 안으로 걸어가자 나야가 그 뒤를 따랐다. 놀랍게도 그 창고 안에는 해바라기가 가득 심어진 들판이 펼쳐져 있었다. 지붕이나 벽 같은 것도 보이지 않았다. 그곳은 바깥 풍경과 마찬가지로 해가 밝게 비추고 있었고, 부드러운 바람도 멈추지 않고 불었다.

"우와." 나야가 말했다. "이 꽃들 좀 봐! 왜 이 꽃들은 한 쪽 방향을 향하고 있는 거야?"

"그 꽃들은 해를 따라 움직이거든." 제닛이 설명했다. "그래서 그 꽃들의 이름이 해바라기인 거야. 여기 좀 봐봐, 이게 내 침대야." 제닛이 나야를 해바라기들 사이로 데리고 갔다.

나야는 들판 한 가운데에 높게 들려 있는 받침대를 발견했다. 그 위에는 높은 침대가 하나 있었다. "다른 방은 어디 있어?" 나야가 호기심 가득한 목소리로 물었다.

"나도 잘 모르겠어." 제닛이 어깨를 으쓱했다. "그래도 여기서 놀면 돼." 나야는 침대 위로 올라간 뒤 나야를 끌어 당겼다.

"왜 이곳에 살아?" 나야가 물었다.

"그 나쁜 거인이 나를 여기에 버렸거든." 제닛이 슬프게 말했다.

"그 나쁜 거인이 지금도 여기에 있어?" 나야가 물었다. 나야는 제닛과 단둘이서만 이곳에 있다는 사실에 조금 무서웠다.

"아니, 없어. 그러니까 무서워하지 않아도 돼. 밖에 있는 제리가 우리를 지켜줄 거야." 제닛이 말했다. 나야는 기분이 조금 나아졌다.

갑자기 제닛의 말투가 변했다. "혹시 그 의사 선생님에게 말해봤니?"

"응, 아마도 그랬던 것 같아." 나야가 얼버무리며 대답했다. 나야는 피터에게 그림을 보여주었지만 제닛이 했던 이야기에 대해서는 말하지 않았다.

"의사 선생님이 뭐라고 하셨어?"

"글쎄, 기억이 잘 안 나." 나야는 불안한 마음으로 대답했다. 나야는 그람 선생님이 제닛에 대한 이야기를 과연 믿어줄지 확신이 들지 않아서 이야기를 하지 않았던 것이었다.

"기억을 못하는 거야? 아니면 그냥 나에게 말해주지 않는 거야?" 제닛이 갑자기 나야의 손목을 꽉 붙잡았다.

"선생님은 아마 내 말을 믿지 않을 거야, 제닛. 아무도 믿지 않을 거라고!" 나야가 울먹이며 말했다.

제닛이 나야의 손목을 놓아주었다. "선생님에게 하나만 물어봐. 그러면 믿으실 거야." 제닛이 마술사처럼 손을 흔들며 말했다.

"뭘 물어보는데?"

"이쪽으로 와봐, 말해줄게." 제닛이 나야를 좀 더 가까이 끌어당겼다. "'똑똑'하고 말해봐. 그때 선생님이 '누구세요?'하고 대답하면 이렇게 말하는 거야…." 제닛이 나야의 귓가에 대고 뭔가를 속삭였다.

"그게 누구야?" 나야가 물었다.

"나도 몰라." 제닛이 말했다. "그건 네가 알아맞혀야 해." 제닛은 갑자기 못 참겠다는 듯이 낄낄 웃어대기 시작했다.

따스한 햇살 아래 나야의 마음속에서는 공포심이 솟구쳐 올랐다. "하나도 재밌지 않아, 제닛."

"재미있는데." 제닛이 계속해서 웃으며 말했다. 제닛은 침대에 벌렁 드러눕더니 하늘을 향해 악을 쓰기 시작했다.

"집에 가고 싶어." 나야가 말했다. 나야는 주변을 둘러보며 나가는 문을 찾고 있었다.

"안 돼." 제닛이 여전히 웃는 채로 말했다. "안 보내줄 거야."

나야는 침대에서 뛰어 내려 문으로 달려갔다. 그리고 손잡이를 잡는 순간, 문고리가 돌려지지 않는다는 것을 깨달았다. 나야는 문을 세게 잡아당겼지만 문은 여전히 굳게 닫혀 열릴 생각을 안 했다.

"나가게 해줘! 제발 나가게 해줘! 여기 있고 싶지 않아!" 나야가 소리쳤다.

제닛은 여전히 해바라기 들판 가운데에서 침대에 앉아 미친 듯이 웃고 있었다. 나야는 두려움에 사로잡힌 채 비명을 질렀다. 그리고 몸을 덜덜 떨면서 문을 사정없이 두드렸다. 새파란 하늘과 해바라기 들판으로 이루어진 이 이상한 곳에서 도저히 나갈 방법이 없었다.

"엄마." 나야가 흐느끼며 문 앞에 주저앉았다. 나야는 여전히 문고리를 꼭 잡고 있었다. 나야의 심장이 귀에 울릴 정도로 쿵쾅대고 있었다. 나야는 머리가 아찔해지는 기분이 들었다. 그리고 결국 의식을 놓아버리고 말았다.

* * *

시탈 페이틀과 나머지 야간 근무 스태프들은 스트라우스 1동의 커다란 파란색 문 주변에서 나야 헤이스팅스 환자를 지켜보고 있었다.

지금껏 잠이 든 상태에서 이렇게 격한 행동을 보인 환자는 없었다. 나야는 커다란 파란색 문손잡이를 꼭 잡은 채 온힘을 다해 흔들고 있었다. 나야의 얼굴은 땀에 흠뻑 젖은 채 공포에 질려 상기되어 있었다. 나야는 두 눈을 크게 뜨고 있었지만 주변의 물건들을 인식하지 못하는 듯 했다. 시탈과 스태프들은 나야를 깨우기를 주저했다. 하지만 나야가 잠을 자고 있는 건지 깨어 있는 건지 확신할 수가 없었다. 시탈과 스태프들은 조금 더 지켜보다가 나야가 마침내 바닥에 쓰러져 곤히 잠이 들 때까지 기다렸다.

시탈은 나야를 품에 안아 들고 조심스럽게 흔들었다. 야간 근무조 간호사가 찬 물을 적신 스펀지를 가지고 왔다. 시탈은 나야의 땀이 마를 때까지 스펀지로 얼굴을 닦아주었다. 마침내 나야가 편안하게 잠든 모습을 확인한 시탈과 간호사는 나야를 침대로 옮겼다. 야간 관찰을 하고 있던 정신건강협회 스태프는 나야가 편안한 얼굴로 곤히 자고 있는 모습을 지켜보았다. 시탈은 불을 끄고 재빨리 간호사실로 향했다. 그녀는 가능한 한 방금 있었던 일을 자세히 기록하고 싶었다. 시탈은 나야의 일을 피터에게 말해주고 싶어 견딜 수가 없었다. 하지만 그녀는 일요일까지 기다려야 했다. 그렇지 않으면 피터가 계획을 취소할 것을 알고 있었기 때문이었다. 시탈과 그녀의 남자친구는 항상 지나치게 진지한 피터에게 충분히 즐길 수 있는 시간이 필요하다고 생각했다. 게다가 피터는 너무도 힘들었던 한 주를 이제 막 마치고 난 참이었다.

33.
금요일 자정

　노예가 집에 도착했을 때는 이미 자정이 다 되어 있었다. 그는 너무나도 지친 상태였다. 아파트로 돌아오는 일도 보통 쉬운 일이 아니었다. 이웃 사람들이 눈치 채지 않도록 쥐 죽은 듯 조용히 움직여야 했기 때문이었다. 집에 들어선 노예는 휑한 냉장고에서 반 정도 남은 샌드위치를 꺼내들었다. 그리고 차가운 맥주와 함께 샌드위치를 허겁지겁 먹어치웠다. 이제 잠을 좀 자야 했다. 그는 침실로 들어가서 침대 끝에 걸터앉았다. 그리고는 액자 속에 담겨진 어머니의 흑백 사진을 바라보았다.

　그 사진은 그가 갖고 있는 유일한 어머니의 사진이었다. 그가 어머니를 마지막으로 본 것은 12살의 어린 소년일 때였다. 아버지는 1년을 병으로 앓다가 이미 돌아가신 후였다. 아버지가 세상을 떠나고 1년이 지나 어머니마저 같은 병으로 고통스럽게 앓아눕게 되었다. 그 후로 어린 소년이었던 그는 조부모의 도움을 받으며 꽤 오랜 시간동안 어머니를 돌보며 지냈다. 조부모는 가까이에 살면서 음식을 갖다 주곤 했다. 소년은 할 수 있는 일은 뭐든지 했다. 그는 돈을 벌기 위해 수산시장에서 할 수 있는 자질구레한 일이란 일은 전부 해보려고 애썼다. 소년은 더 이상 학교를 다닐 수는 없었지만 늘 활기차고 밝은 아이었다. 어머니는 항상 그의 삶이 더 나아질 것이라고 얘기했었다. 의미 있는 삶을 이루기 위해 노력하는 소년의 앞에서는 그 어떤 것도 장해물이 될 수 없었다.

노예는 어머니의 임종을 지켜보았던 그날을 결코 잊을 수 없었다. 어머니는 어린 아들의 얼굴을 겨우 알아보았지만 서서히 의식을 잃어가고 있었다. 그렇게 힘들어하는 어머니의 모습을 보는 것은 매우 고통스러운 일이었다. 너무도 절망적인 심정이었던 소년은 그때까지 짊어지고 왔던 양심의 가책을 던져버리고 싶었다. 그리고 그는 아주 오랫동안 깊숙이 묻어둔 그 비밀을 드디어 털어놓게 되었다.

"아버지는 나쁜 사람이었어요." 소년이 어머니에게 말했다.

그러나 어머니는 희미하게 고개를 저었다. "아니야. 누구도 완벽할 수는 없어. 엄마는 아직도 아버지가 좋은 사람이었다고 생각한단다."

소년은 비밀을 폭로했다는 사실에 커다란 죄책감과 두려움이 밀려왔다. 아버지가 무덤 속에서 들은 것은 아닐까? 혹시 복수를 하려고 아난시를 보내지는 않을까? 아버지가 했던 그 말이 아직도 머릿속을 맴돌았다. '거짓말이 아니야. 아난시가 널 죽여 버릴 거야…' 그가 비밀을 말하고 나자 어머니의 의식은 더 빠르게 흐려졌다. 결국 비밀을 털어놓았기 때문에 어머니가 죽게 된 걸까?

장례식을 치른 후로 소년은 아난시가 자신을 죽일지도 모른다는 두려움에 잠을 이루지 못했다. 몇 달이 지났지만 그는 여전히 어머니를 잃은 우울함과 아난시에 대한 두려움으로 무기력해져 있었다. 조부모는 소년의 고통과 괴로움을 덜 수 있을 거란 기대로 그 마을에 사는 오비 마법사의 도움을 구했다. 조부모님은 오비 마법이 아이를 내면에서부터 치유해줄 수 있을 거라고 믿었다.

오비 마법사는 마치 신화에 나오는 거인처럼 소년의 앞에 서 있었다. 방안은 향료와 장뇌의 향으로 가득 차 있었다. 오비 마법사는 소년이 알아들을 수 없는 언어로 주문을 외웠다. 그는 마을 내 최고의 마법사였다. 소년을 둘러싸고 있던 방 안의 수백 개의 초는 숨이 막힐 정도로 뜨거운 열기를 내뿜었다. 그는 무슨 일이 일어날지 모른채 두려움에 휩싸여 땀을 흘리며 앉아 있었다. 오비 마법사는 소년이 어떤 방법을 따라야 할지 결정하기 위해 주사위를 던졌다.

"아난시가 너를 실제로 갈기갈기 찢었다고 생각하도록 속여야 돼. 그러려면 그 방법대로 새를 희생시켜야 하지. 그럼 너는 자유로워질 수 있을 거다." 마법사가 소년에게 말했다.

다음 날, 소년은 조부모의 판잣집 뒤에 나뭇단을 하나 준비했다. 그리고 마을의 정육점 도매상을 찾은 그는 날카로운 푸주칼과 다루기 쉬운 작은 생닭 한 마리를 샀다.

그 날 저녁, 소년을 괴롭히는 고통스러운 감정이 참을 수 없이 커지고 있었다. 도저히 내일까지 기다릴 수가 없었다. 내일이 오기도 전에 이 두려움으로 죽어버릴 것만 같았다. 귓가에 들리는 모든 소리는 아난시가 그를 조각내려고 다가오는 소리 같았다. 소년은 목욕을 하고 깨끗한 옷으로 갈아입었다. 그리고 더 깊게 생각할 것도 없이 닭의 목을 찌른 뒤에 순식간에 베어버렸다. 그는 죽은 닭의 발을 잡고 들어올렸다. 그러자 닭의 목에서 솟구쳐 나온 피가 소년의 옷과 피부 여기저기에 마구 튀었다. 닭이 울음을 멈추자 소년은 닭을 나뭇단 위에 내려놓고 사지를 각각 잘라냈다. 그리고 나서 새의 발을 더 잘게 자른 뒤, 작업을 마쳤다.

소년은 온 몸이 피로 뒤덮인 채 바들바들 떨며 앉아 있었다. 첫 번째 제물을 바치고 나자 너무도 큰 충격에 휩싸였다. 몸에서는 힘이 빠졌지만 소년은 마침내 아난시의 분노로부터 자유로워졌음을 느꼈다. 심장박동이 느려지면서 호흡도 조금씩 안정되었다. 소년은 남은 하루 동안 황홀한 자유를 만끽했다. 수산 시장에서 열심히 일도 하고, 어머니가 돌아가신 이후로 보지 않았던 친구들도 만났다.

그러나 그날 밤, 잠자리에 누운 소년은 결국 자신이 완전히 치유되지 않았다는 것을 깨달았다. 그는 마음속에서 여전히 아난시를 느낄 수 있었다. 마음 한구석에서 그를 기다리고 있는 그 존재를 말이다.

34.
토요일

아커스는 전화벨 소리에 잠에서 깼다. 마약 공급자의 전화였다. 분명 기분 좋은 일로 전화를 걸었을 리는 없었다. 아커스는 마약 공급자에게 2만 불 정도 빚을 지고 있었다. 그리고 이제 그 돈을 갚아야 할 때가 온 것이었다. 그 빚은 흥청망청 돈을 써버리는 에버슨에게 빌려준 것이 대부분이었다. 마약 공급자와의 전화를 끊자마자 아커스는 에버슨에게 전화를 걸었다.

에버슨은 아커스의 목소리를 듣는 것이 달갑지 않았다. "지금 병원에 있어." 에버슨이 불만 가득한 목소리로 조용히 말했다. "나중에 다시 전화할게."

"지금까지 빌려간 돈을 받아야겠어요." 아커스는 말을 마치며 전화를 끊었다.

물론 그 둘은 친구였다. 아커스가 지금까지 에버슨에게 돈을 빌려준 것도 그 때문이었다. 게다가 에버슨은 의사였기 때문에 당연히 충분한 돈을 갖고 있을 거라고 생각했다. 의사라면 틀림없이 현금을 긁어모을 테니 말이다. 하지만 비록 지금까지는 에버슨에게 꽤 너그럽게 돈을 빌려주었다고 해도, 더 이상은 아니었다. 에버슨이 그에게 부담을 넘어선 짐이 되기 전에 이제부터의 거래는 선불로 해야 할 것이다.

아커스는 샤워를 하고 옷을 입었다. 그는 에버슨이 사는 곳을 알고 있었다. 전에 같이 술집이나 오두막에 갈 때 몇 번 데리러 갔던 덕분이었다. 그러나 그것도 에버슨이 에벌린을 만나기 전 일이었다. 에벌린을 만난 후로 에버슨은 친구들 사이에서 얼굴을 비추는 일이 드물어졌다. 밤늦게 놀거나 더블데이트를 하는 일도 없었다. 에벌린은 에버슨을 꽤 구속하는 편이었다.

이제 곧 전화를 걸었던 공급자가 방문할 시간이었다. 아커스가 그 바닥에서 평판을 유지하려면 에버슨에게 빌려준 돈을 되받아야 했다. 그리고 무슨 수를 써서라도 받아내기로 결심했다. 이쪽 사업은 때때로 폭력을 동반하기도 했다. 그리고 아커스 역시 그런 부분에 있어서는 친구이든 아니든 간에 문제될 것이 없다고 생각했다. 그는 틀림없이 에버슨이 빚을 청산하도록 잘 설득할 수 있을 거라는 확신이 들었다.

아커스는 수 년 동안 마약 딜러로 일을 해왔다. 그는 14살 때 조부모와 함께 뉴베리에 오게 되었다. 이곳에서 그의 할아버지는 켄 가드너라는 전도유망한 사업가와 함께 일을 시작했다. 가드너는 '프레시 미트'라는 정육점의 주인이자 운영자였다. 아커스는 10대의 어린 나이에도 자주 가게에 나가서 일을 도왔다. 가드너는 그런 아커스를 좋아했고, 항상 아커스에게 정육점을 물려줄 것이라고 말하곤 했다.

그러던 어느 날, 아커스가 18살이 되던 해에 그의 조부모가 고속도로 빙판길에서 사고가 나고 말았다. 중앙선을 넘어 온 대형 화물차에 정면으로 치여 버린 것이다. 그의 조부모가 그렇게 세상을 떠나고 말았다. 아커스는 조부모의 죽음을 받아들이기가 너무도 힘들었다. 그는 도저히 헤어날 수 없는 슬픔에 빠져버렸다. 그 역시도 죽고 싶었다. 더 이상 일도 할 수가 없었다. 이윽고 가드너 씨는 그를 대학 병원의 정신과에 보내게 되었다.

그 후 아커스는 근처의 정신과 요양기관으로 옮겨졌다. 그곳에서 6개월을 지내고 나자 그는 조부모의 죽음으로 받은 충격을 조금씩 극복할 수 있게 되었다. 아커스는 뉴베리로 돌아와서 조부모로부터 물려받은 집에 살게 되었다. 그러나 가드너 씨의 가게로 돌아가서 전처럼 일을 할 수는 없었다.

아커스는 병원에 있을 때, 불법 마약상을 하던 어떤 젊은 청년과 마주친 적이 있었다. 그리고 그 사람은 곧 아커스의 롤모델이 되었다. 20살이 되던 무렵, 아커스는 뉴욕에서 코카인, 크랙, 메스와 같은 마약을 공급하는 사람을 알게 되었다. 이윽고 그는 뉴베리 병원과 대학에서 무궁무진한 마약 시장을 발견할 수 있었다.

아커스는 아직도 조부모를 생각할 때면 고통스러웠다. 분명 두 분이라면 이렇게 변한 자신의 모습을 좋아하지 않았을 것이다. 마약은 잠시나마 두 분을 실망시켰다는 사실을 잊게 해주었다. 조부모는 강한 분들이었지만, 그는 너무도 심약했다.

35.
토요일

토요일 아침이 되자 피터는 뉴욕을 향해 출발했다. 마침내 한가한 주말을 맞을 수 있어서 그는 기분이 좋았다. 코감기는 거의 다 나은 것 같았지만, 그는 만약의 경우에 대비해서 약간의 항히스타민제와 휴지를 가방 속에 챙겼다. 피터는 운전을 하는 동안 코끼리 바위에서 레이아를 만났던 때를 회상했다.

우여곡절을 겪었던 그 날, 피터는 밤에 술을 한 잔 걸치러 빅 조네 스포츠 바에 들렀었다. 그는 바에 도착해 스카치를 마시며 스포츠 채널을 보고 있었다. 15분 정도가 지나자 호세가 걸어 들어왔다. 호세도 분명 집에 가기 전에 긴장을 좀 풀 생각인 듯 했다.

호세가 너무도 반가웠던 피터는 그에게 술을 사기로 했다.

"아마 형사님이 아니었으면-" 피터가 우울한 목소리로 말했다. "저는 지금쯤 바가 아니라 감방에 있었겠네요. 만약 이모부가 절 보석시킬 일이라도 생겼다면 아주 난리를 치셨을 거예요. 지금 한창 선거운동 중이시잖아요. 이런 시점에는 분명 상대방들이 어떤 정보든 입수할 거라고요. 뭐든 자기들한테 유리하게 이용하려고 말이에요."

피터는 이모부에게 전화를 걸어 무슨 일이 있었는지 설명해야 한다는 생각이 들었다. 하지만 이미 너무 늦은 시간이었다. 이모부에게는 내일 전화해야 할 것 같았다.

피터와 호세는 피터가 지역 치안 유지 프로젝트에서 함께 일하던 때의 이야기를 나눴다. 하루는 호세가 가정폭력에 대한 보고를 받고 피터를 밤에 경찰서로 부른 적이 있었다. 정신적 충격이나 학대가 의심될 경우에는 정신보건 전문가가 경찰관들과 동반하는 것이 보통이었다. 때때로 어린이나 피해자들에게 응급 상담이 필요하기 때문이었다.

"그때 그 전화에 얼마나 긴장했는지 몰라요." 피터가 스카치를 홀짝이며 말했다.

"꽤 위험한 상황이긴 했지." 호세가 말했다. "그래서 내가 자네를 좋아하는 거야."

두 사람이 문제의 집에 도착했을 때, 그 집의 가족들은 안에서 나올 생각을 하지 않았다. 아버지가 각각 두 살, 네 살, 여섯 살의 세 아이들과 아내와 함께 문을 걸어 잠근 채 집 안에서 꼼짝 않고 있었던 것이다. 남자는 가족들을 죽이고 자살해버리겠다며 위협을 했다. 호세와 인질 협상가들이 한참을 설득한 후에야 남자는 가족들에게 해를 입히지 않고 마침내 항복했다. 피터는 그날 이후, 힘든 시간을 겪었을 아이들을 몇 주간 돌보게 되었다. 아이들이 정신적 충격으로부터 벗어날 수 있도록 도우기 위해서였다.

호세는 맥주잔을 비우며 자리에서 일어섰다. "어쨌든 오늘 일은 걱정할 필요 없어." 그가 피터를 안심시켰다.

피터는 눈썹을 치켜 올리며 궁금하다는 표정을 지었다.

"바인즈 요원은 아주 영리한 데다 항상 열린 생각을 갖고 있는 수사관이야. 그리고 감정보다 이성이 앞서는 사람이지. 게다가 우린 자네가 돌아가고 난 후에 숲속으로 도망가던 수상한 자도 거의 잡을 뻔했어. 레이아 씨가 자네에 대해 미리 알지 못했던 게 안타까울 뿐이야."

피터는 뉴베리에서 자라왔을 뿐 아니라, 유명한 이모부를 뒀기 때문에 시청 내 모든 부서 공무원들과 친했다. 그는 손목에 수갑이 채워졌던 그때를 다시 한 번 떠올려보았다. 다시 생각해도 꽤 기분 나쁜 느낌이었다.

"단서는 좀 찾았나요?"

"약간은…. 발자국이 부분적으로 채취됐을지도 몰라. 다른 상세한 것들은 말해줄 수가 없어. 자네가 이해해줘."

"그럼요. 그나저나 바인즈 요원은 어떤 사람이에요?" 피터가 물었다.

"레이아 씨는 이 분야에서 최고라고 할 수 있지." 호세는 뿌듯하다는 듯 말했다. "자네 그거 아나? 멕시코에서 메리 앤 핸더슨이라는 아이가 유괴된 사건이 있었잖아. 그 유괴범을 찾아낸 수사관들 중 한 명이 바로 레이아 바인즈 요원이었어."

"그 아이에 대한 얘기는 들은 적이 있어요." 피터가 말했다. "꽤 아슬아슬하게 아이를 발견했었다죠?"

호세는 고개를 끄덕였다. "레이아가 아니었다면 그 아이는 죽었을 지도 몰라."

"천생 여자처럼 보였는데 말이에요." 피터가 말했다.

"아주 여성스럽기도 해." 호세가 힘차게 고개를 끄덕거리며 말했다.

어느새 피터는 서쪽 고속도로에 거의 도착해 있었다. 그쪽으로는 이전에 몇 번 가본 적이 있었기에 피터는 뉴욕의 복잡한 도로에 익숙했다. 그는 '어퍼 웨스트사이드'로 가는 길을 찾아 그리로 향했다. 그곳은 뉴욕 상류층의 주 거주지로 이엔가 씨의 집이 있는 곳이었다. 이윽고 목적지에 도착한 피터는 몇 블록 떨어진 곳에 주차를 했다. 그는 세 블록 정도를 천천히 걸어가며 이엔가 씨가 거주하는 종합 단지로 향했다. 안내원이 인사를 하며 6층까지 타고 갈 엘리베이터로 그를 안내했다. 피터가 들어선 건물은 오래된 듯 했지만 매우 아름다웠다. 건물의 엘리베이터 천장마저도 마호가니 나무로 조각되어 있었고, 그의 발아래의 건물 바닥은 짙은 얼룩의 순수 목조로 이루어져 있었다. 6층에 도착한 피터는 현관 복도에 여러 개의 문이 있는 것을 발견할 수 있었다. 그 중 하나가 살짝 열려 있는 것이 보였다. 피터가 그 문으로 다가가자 키가 작은 한 인도인 여자가 문을 열어주었다. 40대 후반 정도로 보이는 여자는 밝은 색의 사리를 입고 있었다.

"이엔가 부인이신가요?" 피터가 손을 내밀며 물었다.

"안녕하세요, 피터 그람 선생님. 이쪽으로 들어오세요." 이엔가 부인이 그의 손끝을 살짝 잡으며 말했다. "신발은 저쪽에 벗어주시겠어요?" 그녀가 몇 켤레의 신발이 놓여 있는 구석을 가리키며 말했다.

피터는 나무 의자에 앉아 신발을 벗었다. 어디선가 갓 피운 향료냄새가 났다. 고급스럽게 장식된 거실에는 여러 개의 큰 창문이 보였다.

"인도인들의 그림이에요." 피터가 입구에 걸려 있는 그림을 관심 있게 바라보자, 이를 알아챈 이엔가 부인이 그에게 설명했다. "무굴 제국 시대의 사람들이죠."

피터는 이해했다는 듯이 고개를 끄덕였다. "정말 아름답네요."

"나야는 잘 지내나요?" 이엔가 부인이 물었다.

"아주 잘 있어요." 피터가 싱긋 웃으며 대답했다.

"저를 따라오세요. 남편이 기다리고 있어요." 부인은 거실 안쪽으로 안내하더니 열려 있는 문 앞에 멈춰 섰다. "마실 것 좀 드릴까요?"

"차 한 잔만 주시면 감사하겠어요." 피터가 말했다. 그는 인도식 레스토랑에서 마시던 차를 꽤 좋아하는 편이었다.

"들어가세요. 차를 가져다 드릴게요." 이엔가 부인이 말했다. 피터는 마치 본사처럼 생긴 곳으로 걸어 들어갔다. 방의 저 끝에 이엔가 씨가 보였다. 그는 마룻바닥보다 높은 나뭇단 위에 앉아 있었다. 이엔가 씨 앞에는 조금 낮은 높이의 진주색 테이블이 있었다. 그쪽으로 다가가던 피터는 그 테이블이 대리석으로 만들어졌다는 것을 알 수 있었다. 그 테이블 앞에는 피터가 있는 방향으로 큰 흰색 쿠션 두 개가 놓여 있었다.

"피터 그람 선생님, 기다리고 있었습니다. 들어와 앉으시지요." 이엔가 씨가 빈 쿠션을 가리켰다. 피터는 두 다리를 포개고 한 쪽 쿠션에 앉았다. 생각보다 꽤 편안한 쿠션이었다.

이엔가 씨와 피터는 테이블 너머로 악수를 나눴다. 그는 이엔가 부인보다는 훨씬 나이가 있어 보이는 당당한 풍채의 신사였다. 아마 50대 후반이나 60대 초반 정도 되는 것 같았다. 거의 벗겨진 머리는 회색 머리카락 몇 가닥으로 덮여 있었고, 코에 걸쳐진 동그란 안경 덕분에 그의 인상은 마치 학자 같았다. "우리 꼬마 공주는 잘 지내고 있나요? 나야에게 무슨 일이 생긴 겁니까?"

"지금은 아주 안전하게 잘 지내고 있어요. 다만 나야의 행동에 대한 원인이 무엇인지 확신할 수 없다는 것이 문제죠."

피터는 나야가 처음으로 응급실에 실려 오던 날, 나야의 부모님이 아이를 병원에 데리고 올 수밖에 없었던 그 꿈에 대해 설명했다. 그리고 나야에게 심리적 문제나 수면과 관계된 문제가 있는지 밝혀내기 위해 노력하고 있다고 덧붙였다.

"제가 선생님께 어떤 도움이 될 수 있을까요?"

"아이의 친부모에 관해 알고 싶습니다. 나야에게 효과적인 처방을 내리는 데에 도움이 될 거라고 생각했거든요."

"무엇을 알고 싶으신가요?"

"혹시 나야의 친모에게 정신적 문제가 있진 않았나요?"

이엔가 씨는 깊은 한숨을 내쉬며 이야기를 꺼냈다. "일단 저희 가족에 대한 얘기를 좀 더 들려드리죠. 아시다시피, 나야의 친모는 저희 세 남매 중 하나였어요."

피터는 헤이스팅스 부부로부터 나야의 생모가 세상을 떠났다는 사실을 알고 있었다. 그래서 이엔가 씨의 이야기를 듣던 중, 불쑥 끼어들며 물었다. "나야가 갓난아기였을 때 돌아가셨나요?"

"네, 나야의 친모, 그러니까 제 여동생이었던 미나는 나야가 태어나고 몇 달 되지 않아 숨을 거뒀어요. 제가 3남매 중 첫째고 미나가 둘째, 그리고 샬리니가 막내 여동생이에요. 저희 부모님은 뱅갈로 근처의 작은 마을에서 우리 세 남매를 기르셨죠. 어머니는 열여섯 살 때 저를 가지셨어요. 미나를 가졌을 때는 서른두 살, 샬리니를 가졌을 때는 서른네 살이셨죠. 그래서 보시는 바와 같이 저와 여동생들 사이에는 나이차가 꽤 있답니다."

"미국에는 언제 오시게 된 건가요?"

"제가 서른다섯 살 때였습니다. 가족들을 경제적으로 돕기 위해서 오게 됐죠."

"나야의 친어머니는 몇 살에 돌아가신 건가요?"

"미나는 서른 살에 세상과 작별했어요." 이엔가 씨가 대답했다. "미나는 하늘의 운을 타고난 아이였는데, 10대에 접어들면서부터 지독한 오해를 받게 됐어요. 그래서 20대가 되었을 때에는 집을 떠나 혼

261

자 살았죠. 스스로 가족들과 연을 끊은 거였어요. 저는 동생이 사람들의 미래를 예언하면서 거리를 떠돌아다닌다는 얘기를 듣게 됐어요. 미나가 한때 정신 나간 사람처럼 살던 시기가 있었는데, 제 생각에는 집을 나간 뒤로 나야의 친부를 만났던 그 몇 년 동안 그렇게 됐던 것 같아요."

"나야의 친부에 대해서 혹시 아는 것이 있으신가요?"

"안타깝지만 딱히 없어요. 나야의 친부는 떠돌이였어요. 유일하게 그를 봤던 건 미나의 장례식 때였죠. 심지어 그 이후로도 그 사람의 이름조차 알 수 없었어요. 나야의 친부는 나야에게 조금도 관심이 없는 사람이었어요. 아이의 삶의 일부가 되고 싶지도 않다는 얘기도 했고, 친권도 포기했으니까요. 장례식에서 만났을 때, 미나가 죽기 전에 저한테 썼던 편지를 전해주더군요."

"나야의 친어머니는 어떻게 돌아가셨나요?"

"뇌종양이 전이된 것이 원인이었어요."

"그렇게 젊은 나이에요?"

이엔가 씨가 힘없이 고개를 끄덕였다.

"나야의 친모가 생전에 어떤 방식으로라도 정신의학적 도움을 받으신 적은 없었나요?"

"그때 미나가 살던 마을에는 정신보건 기관이 없었어요." 이엔가 씨가 슬프게 대답했다.

"혹시 친척 중에 정신적 질환을 앓던 분은 없었나요?"

262

"제가 아는 바로는 없어요. 현재 20대인 제 두 딸들은 모두 더할 나위 없이 건강하고요. 제 여동생 샬리니의 두 아들 역시도 그 쪽과는 전혀 관계없는 건강한 10대들이에요."

"나야도 이런 이야기들을 알고 있나요?" 피터는 우연이라도 나야가 모르는 얘기는 어떤 것도 하고 싶지 않았다.

"나야가 알고 있는 건 친부모가 자신이 갓난아기 때 죽었다는 것, 그리고 친엄마가 자신이 좋은 미국인 가족에게 입양되기를 바랐다는 것뿐이에요. 저는 제 여동생을 너무나도 사랑하고 제 조카에게도 남다른 애정을 갖고 있답니다. 그래서 나야가 애정 넘치는 가족들 품에서 사랑받고 자라게 되는 것을 좀 더 확실히 해두고 싶었어요."

"왜 하필 미국인 가족이죠?" 피터가 궁금해 하며 물었다.

"미나는 나야가 자신의 특별한 능력을 물려받았다는 사실을 알고 있었어요. 그리고 자신이 마주쳐야 했던 시련들을 똑같이 겪는 것도, 자신처럼 부랑자로 인생을 끝내는 것도 바라지 않았죠. 미나는 나야가 서구 사회와 같이 보다 진보된 곳에선 훨씬 이해받기 쉬울 거라고 생각했어요. 그런 곳에선 더 좋은 기회를 얻고 정상적인 삶을 살아갈수 있을 테니까요."

"헤이스팅스 부부는 어떻게 해서 나야를 알게 된 건가요?" 피터가 물었다.

"저는 헤이스팅스와 친분이 있던 제 친구를 통해서 그분들에 대해 알게 됐어요. 헤이스팅스 부부는 인도 문화를 아주 좋아해서 인도인 아기를 입양하는 데에도 관심이 있었죠. 저희 가족은 그 부부가 정말로 좋은 사람들이라는 걸 알 수 있었어요. 또 저희와 꽤 가까운 곳에 살고 있었고요."

"나야와는 자주 만나시나요?" 피터가 물었다.

"그럼요. 나야는 특히나 인도 축제 때 우리와 휴일을 보내는 걸 좋아해요. 우리가 헤이스팅스 부부를 방문할 때에도 종종 보곤 하죠."

"아이와 계속 연락하신다니 마음이 흐뭇하네요. 나야가 이엔가 씨에 대해서 아주 좋게 얘기해줬거든요."

"나야가 입원해 있는 동안 보러 갈 수 있을까요?"

"당연하죠." 피터가 웃는 얼굴로 말했다. "언제 오실지만 말씀해주세요."

"내일이나 모레쯤 방문할 생각이에요." 이엔가 씨가 말했다. 그는 피터 뒤에 찻잔을 들고 서 있는 부인을 바라보았다.

"설탕은 어느 정도가 괜찮으세요?" 이엔가 부인이 깜짝 놀라는 피터를 보며 물었다. 피터는 그녀가 방에 들어오는 소리를 전혀 듣지 못했다. 확실히 나는 몰래 접근하기 쉬운 타입인가 보군. 피터는 전에도 레이아 바인즈 요원이 쥐도 새도 모르게 다가왔던 때가 떠올랐다.

"한 스푼이면 될 것 같아요." 이엔가 부인은 피터에게 컵을 건넸다. 찻잔을 입으로 가져가던 피터는 코를 가득 채우는 정향과 생강향을 맡을 수 있었다. 그는 깊이 숨을 들이마셨다.

"이엔가 씨는 어떤 일을 하시나요?" 피터는 질문을 이어갔다.

"전 외국어 학원에서 산스크리트어를 가르치는 교수에요. 혹시 산스크리트어를 아시나요?"

"아니요." 피터가 애처롭게 웃으며 대답했다. "저는 언어에는 영 재능이 없어서요."

"산스크리트어는 동방세계의 초기 언어 중 하나에요." 이엔가 씨가 말했다. "인도어의 대부분이 산스크리트어에서 파생되었죠."

피터의 시선은 방안을 죽 늘어선 선반을 향해 있었다. 선반들 안에는 족히 수백 권은 되어 보이는 책들이 진열되어 있었다.

"저 역시도 사람들의 운명을 예언한답니다." 이엔가 씨가 말했다.

순간 피터의 얼굴이 하얘졌다. 혹시 내가 잘못 들은 건 아닐까?

"운명이요?" 피터가 다소 바보 같은 말투로 물었다. 아마도 운명을 예언하는 일은 이엔가 씨 가족의 업보인 것 같았다.

36.
토요일

에버슨은 걱정스럽게 거실을 왔다갔다 하며 서성이고 있었다. 그는 창문 쪽으로 걸어가서 커튼 틈으로 아래를 내려다보았다. 익숙한 자동차 한 대가 그의 차 바로 옆에 주차되어 있었다. 에버슨은 병원에 있을 때 걸려온 아커스의 전화 이후로, 점점 커지는 공포심을 억누르려 갖은 애를 쓰고 있었다.

"제기랄, 제기랄, 제기랄." 에버슨이 혼잣말을 했다.

그때, 아파트 현관문 밖에서 발자국 소리가 들려오기 시작했다. 아직까지 아무 일도 없었지만, 그는 도망쳐도 소용없다는 것을 알고 있었다. 도망친다 한들 아커스가 조만간 그를 찾아낼 것이 뻔했다. 에버슨은 희미한 불빛이 비추는 방안에서 그저 그 문을 바라보며 가만히 서 있었다. 마침내 피할 수 없는 순간이 다가오고 말았다. 에버슨은 순간 문을 쿵쿵 두드리는 시끄러운 소리에 깜짝 놀랐다. 그는 팔등으로 이마에 흐르는 땀을 닦았다. 그는 어쩔 수 없이 아커스를 맞아야 했다.

"어쩐 일이야?" 에버슨은 아커스가 그를 무시하고 아파트로 성큼성큼 들어오자, 분위기를 바꿔보려는 듯 애쓰며 말했다. "맥주 좀 갖다 줄까?"

"내가 지금 돈이 필요하거든요. 그러니까 수표나 뭐라도 좀 써주는
게 어때요?"

"아커스, 미안하지만 그럴 수가 없어."

"그럴 수 없다니 그게 무슨 소리에요? 장난 그만하고 돈을 내놓으
라고!" 아커스가 언성을 높이며 위협적인 기세로 에버슨에게 다가갔
다.

소파 팔걸이 쪽으로 뒷걸음질 치던 에버슨은 거의 중심을 잃고 넘
어질 뻔했다. "이봐, 침착해… 여기서는 자네 맘대로 할 수 있잖아.
그러니까 진정하라고, 친구." 에버슨은 아커스에게 자신은 폭력을 쓸
의도가 전혀 없다는 뜻을 전하고 싶었다.

"대체 뭐가 문제요?" 아커스가 큰 소리로 외쳤다. "나는 지금 당장
그 돈이 전부 필요하다고!"

"하지만 나한테 미리 귀띔이라도 해줬어야지. 내가 지금 수중에 그
런 큰돈을 가지고 있을 리가 없잖아."

"내가 오늘 아침에 전화했잖아요." 아커스가 말했다.

에버슨은 소파에 앉아 두 손으로 머리를 짚었다. 이제 이런 연기 따
위도 집어치워야 하는 순간이 오고 말았다. 그는 언제부턴가 벌어들
이는 것 이상으로 돈을 쓰기 시작했다. 뿐만 아니라 이런 일이 상당
한 기간 동안 되풀이되고 있었다. 신용 카드는 이미 한도초과가 된
상태였고, 부동산 투자가 실패로 돌아가면서 빚더미로 남은 담보 대

출금도 한두 푼이 아니었다. 자동차 할부금과 아파트 집세도 간신히 해결하는 수준이었다.

"내 말 좀 들어봐. 나는 지금 돈이 없어, 아커스. 정말 한 푼도 없다고."

"내가 그 거짓말을 믿을 거라고 생각하는 거요? 당신이 의사인데 파산했다고? 그건 말이 안 되잖아!" 아커스는 주먹으로 싱크대를 쿵 내리쳤다. 에버슨은 깜짝 놀라 소파에서 벌떡 일어났다. 아커스는 빠른 걸음으로 에버슨을 향해 다가갔다.

"당신이 파산했다고 해도 나하곤 전혀 관계없는 일이야. 마약 공급자가 상관할 일도 아니고. 그러니 당장 돈을 구해와. 정확히 24시간 주겠어."

에버슨이 아커스와 눈을 마주치는 순간, 아커스는 에버슨의 팔을 뒤로 꺾더니 그의 배를 주먹으로 힘껏 가격했다. 갑작스런 타격에 중심을 잃은 에버슨은 고통스럽게 비틀거리며 소파 위로 쓰러졌다.

"그럴 필요도 없다니까." 에버슨은 잔뜩 목이 멨지만 힘들게 말을 이었다.

아커스는 그의 롱코트 안에서 기다란 쇠막대를 하나 꺼냈다. 그리고는 쇠막대를 든 손으로 반대쪽 손바닥을 몇 번 두드렸다.

"다음번에는 이걸로 손봐주지." 그가 말했다. "그 잘난 얼굴을 아주 엉망으로 만들 수도 있어." 아커스는 소파 옆에 있던 키 큰 스탠딩 램프를 향해 쇠지레를 휘둘렀다. 그러자 유리 전등갓과 전구가 깨지며 사방으로 흩어졌다. 에버슨은 깨진 유리가 그를 향해 날아들자 두 팔로 얼굴을 막았다. 아커스의 쇠막대는 어느 순간 에버슨의 뺨 아래에 떡하니 버티고 있었다. "잘 기억하시라고. 24시간이요."

"내가 그런 돈을 어디서 마련한단 말이야?" 에버슨이 물었다.

"구걸을 하던, 빌리던, 훔치던… 댁이 돈을 어떻게 마련하는지 나는 별로 관심 없어."

"시간이 좀 더 필요해." 에버슨이 사정했다.

"아마 제일 먼저 주변에 있는 부자 의사 친구들은 전부 찾아가보는 게 좋을 거요." 아커스가 에버슨을 향해 비웃었다.

"내 유일한 의사 친구는 피터뿐이야. 그런데 피터는 환자 때문에 바빠서 다른 데에는 시간을 낼 수도 없다고." 에버슨이 우는 소리를 내며 말했다. 그러나 이미 등을 돌린 채 멀어지던 아커스는 문을 쾅 닫으며 아파트를 나갔다.

에버슨은 배의 통증이 진정되기를 기다리면서 소파에 몇 분간 앉아 있었다. 그는 무엇을 해야 할지 몰랐다. 돈을 구하려면 어디로 가야 하지? 그에게는 가족이 없었다. 지금 이대로 가만히 있으면, 직업도 위태해질 뿐더러 그의 삶 자체도 심각한 위험에 처할 것이 분명했다.

그리고 설령 그냥 이대로 가만히 기다린다 해도 누가 그를 도와주겠는가?

37.
토요일

"네, 운명이요." 이엔가 씨가 밝은 목소리로 온화하게 말했다. "피터 그람 선생님은 운명을 믿으시나요?"

"무슨 말씀이신지 잘 모르겠습니다." 피터가 어리둥절해하며 대답했다.

"몇몇 힌두인들은 우리가 정해진 삶을 갖고 태어났고, 앞으로 일어날 일이 미리 예언되고 예정되어 있다고 믿어요. 그런데 문제가 하나 있다면, 우리가 그 앞으로의 일이 무엇인지 알지 못한다는 거예요. 그렇기 때문에 우리는 매일 매일을 최선을 다해 살아야 하는 것이지요."

피터는 이엔가 씨의 이야기가 굉장히 흥미롭다고 생각했다.

"수세기 전에―" 이엔가 씨가 말을 이었다. "예언력을 가진 현인들끼리 만들었던 작은 모임이 있었어요. 이들은 일명 '구해지는 자'라고 알려졌었죠. 구해지는 자들은 몇 개의 선택받은 혈통에 대해서 경전의 형태로 된 예언서를 썼답니다. 시간이 지나면서 이들은 인도 전역으로 흩어지게 됐죠. 자신에게 선택된 가족 집단들의 미래가 적힌 경전을 각자 한손에 든 채로 말이죠. 구해지는 자들은 모두 경전을 해독하고 미래를 예언하는 능력을 갖고 있었어요. 그리고 그들 모두가 반드시 해야 하는 일이 있었어요. 그것은 바로 '구하는 자'라고 알려진 사람을 만나기 위해 기다리는 일이었죠."

"구하는 자는 인생의 특정한 시점에 구해지는 자들과 마주친다고 미리 예정되어 있었어요. 하지만 그러기에는 사람의 인생이 너무도 짧았죠. 그래서 구해지는 자들은 구하는 자에게 자신들의 예언을 다른 방식으로 전하기 시작했어요. 바로 그 경전들을 특별히 선택된 제자들에게 전해주는 방법이었죠. 그 제자들은 경전을 해독할 능력을 가진 사람들에 한해 선택됐어요. 그렇게 하면 그 경전이 행여 다른 사람 손에 전해지더라도 안전하게 보존될 수 있었죠. 해독할 수 있는 사람이 없으면 그 경전도 의미 없는 것이 될 테니까요."

"이엔가 씨는 구해지는 자인가요?" 피터가 물었다.

"네, 그렇습니다." 이엔가 씨가 대답했다.

"그럼 제 운명에 대해서도 얘기해주실 수 있는 건가요?" 피터가 다시 물었다.

이엔가 씨는 대답했다. "아니요. 앞서 말씀드린 것처럼 구해지는 자는 오직 몇 개의 선택된 혈통을 위해서만 그 정보를 사용하지요. 그리고 그람 선생님은 본인의 운명을 알기 위해 이곳에 오신 것이 아니잖아요."

"그렇죠." 피터가 말했다.

"저에게 선택된 혈통 중 하나는 바로 우리 가족이었어요. 그리고 더 자세하게는 나야의 운명도 포함되었죠. 제 생각에는 그람 선생님도 역시 이 경전에 예언된 대로 나야 운명의 일부인 것 같네요."

"제가요?"

"그렇습니다. 조금 더 설명해드리죠." 이엔가 씨가 일어서며 말했다. "경전에는 제가 나야의 인생에서 어린 시절에 중요한 역할을 한다고 적혀 있었어요. 무슨 생각을 하시는지 저도 이해합니다. 저는 미국에 있었고 제 여동생은 인도에 있었다고 했었죠. 이렇게 서로 다른 공간에 있는 동안 제가 어떻게 중요한 역할을 할 수 있었겠어요? 미나는 죽기 전에 저에게 부탁을 하나 했었어요. 바로 나야가 미국인 부부에게 입양될 수 있게 해달라는 것이었죠. 나야가 미국에 머무르게 되겠지만, 우리 가족과 지내지는 않게 될 것을 예견했던 거죠. 우리는 그런 식으로 서로 다른 시간 속에 길이 엇갈려 있었던 거예요. 그리고 바로 그것이 운명의 힘이랍니다. 구하는 자와 구해지는 자 사이의 거리가 얼마가 되던 간에, 예언대로 그들의 길은 엇갈려 있을 테니까요."

"그럼 정확히 어느 시점에 제가 들어가 있나요?" 피터가 여전히 미심쩍은 얼굴로 물었다.

"나야의 운명에 선생님의 존재가 어떻게 적혀있는지 말씀드리죠."

이엔가 씨는 훌륭하게 조각된 고대 풍의 백단 금고 앞으로 걸어가더니 작은 열쇠로 금고를 열었다. 경첩이 삐걱거리는 소리를 내며 금고의 뚜껑이 열렸다. 그는 샤프란 공단 천에 싸여진 물건을 조심스럽게 꺼내고는 대리석 테이블 위에 내려놓았다.

이엔가 씨가 조심스레 천을 벗겨내자 그 안에서 고대 풍의 타원형 나뭇잎들이 나타났다. 피터는 잔뜩 부풀어 오른 기대감을 안고 그 모습을 바라보고 있었다.

"그 당시에는" 이엔가 씨가 말했다. "아주 특별한 식물의 마른 잎에 정보를 기록했답니다."

이엔가 씨는 피터의 존재에 대한 예언이 적힌 것을 찾기 위해 나뭇잎들을 하나씩 살폈다. 마침내 찾고 있던 것을 발견한 이엔가 씨가 나뭇잎의 내용을 큰 소리로 읽기 시작했다. 그것은 피터가 살면서 단한 번도 들어보지 못한 아름다운 곡조의 언어였다. 피터는 이엔가 씨의 말을 하나도 알아들을 수 없었지만, 단지 그 소리에 최면이 걸린듯 사로잡혔다.

이엔가 씨는 읽던 것을 잠시 멈추더니, 방금까지의 내용을 영어로 요약했다. "여기에는 나야가 6살이 되면 불안한 시기를 겪게 될 거라고 적혀 있어요. 그리고 그 시기는 이후로도 계속되며, 미래에 대한 계획과 불확실성으로 혼란을 일으킨다는 내용이 이어져요. 그 뒤의 내용은 나야가 자신을 도우려는 키 큰 백인 의사에게 도움을 주고 나서야 이 혼란의 시기가 끝을 맺게 된다고 적혀 있어요."

"그게 전부인가요?" 피터가 실망하며 물었다. 그는 나야의 다른 운명을 들을 수 있을 거라고 잔뜩 기대하고 있었다.

"제가 선생님께 말씀드릴 수 있는 것은 이게 다예요. 나머지는 나야가 자신의 운명을 찾으러 올 때를 위한 것입니다." 피터가 다소 실망했다는 것을 눈치 챈 이엔가 씨가 부드러운 목소리로 말했다.

"하지만 나야가 저에게 도움을 준다고 말씀하신 건 무슨 의미죠?"

"저도 잘 모르겠지만, 예언서에 적힌 대로 말씀드린 거예요. 아마 선생님께서 그 뜻을 이해하기까지는 시간이 좀 걸리겠지요."

"하지만 도움을 주려고 애를 써야 할 사람은 바로 저예요. 나야가 아니라고요."

"아마도 그 생각을 바꿔야 할 겁니다." 이엔가 씨가 제안했다.

"하지만 저는 지금 그 누구의 도움도 필요하지가 않아요. 더군다나 겨우 7살인 제 환자에게 받는 도움이라면 더더욱 필요 없는 걸요!"

"모든 일은 시간이 지나면서 점차 맞아들게 될 거예요. 그리고 그 것이 전부 선생님의 운명에 쓰여 있다는 것도 확인하게 되겠죠." 이 엔가 씨가 말했다. 그는 다시 나뭇잎을 모아 조심스럽게 공단 천에 싸고 원래 있던 상자에 넣었다.

피터는 이엔가 씨가 한 말을 이해할 수 없었다. 그는 이엔가 씨라면 나야의 문제에 대한 답을 찾는 데에 큰 도움이 될 거라는 원대한 희망을 가지고 있었다. 하지만 이제는 오히려 그 답에서 훨씬 더 멀어진 것만 같았다. 피터는 이제 돌아갈 시간이 됐다는 것을 깨달았다.

"언제 병원에 방문하실지 알려주세요. 그래야 나야에게 기쁜 소식을 전해줄 수 있으니까요." 피터가 말했다. 자리에서 일어선 그는 거의 무감각해질 뻔했던 두 발에 피가 통하는 것이 느껴졌다. 그는 방

바닥에 인도식 자세로 앉아 있는 것이 영 익숙지 않았다.

피터는 이엔가 부부가 이렇게 향기로운 차를 대접해줬을 뿐 아니라 갑작스런 통보에도 방문을 허락해줬다는 사실이 고마웠다. 피터는 차로 향하는 동안 이엔가 씨가 했던 말을 생각하지 않으려고 애썼지만 마음대로 되지 않았다.

사실 피터는 운명 같은 것을 믿고 있었다. 우스운 것은 피터 스스로가 그런 이야기들을 믿고 싶어 했다는 점이었다.

피터는 차를 타고 브로드웨이로 향하던 중, 연극이 시작되기 전에 간단하게 뭐라도 좀 먹어야겠다는 생각이 들었다. 방금 막 이엔가 씨 네 집을 떠나왔다는 걸 생각하면, 그가 발리우드 뮤지컬인 '봄베이 드림즈'의 티켓을 구매한 일도 참 이상하게 딱 들어맞는 것 같았다. 그 뮤지컬은 꽤나 호응을 얻고 있었고, 시탈과 그녀의 남자친구가 아주 적극 추천하던 것이었다. (시탈은 그 어느 때보다도 명랑하게 얘기하려고 애쓰며 말했다. "피터, 심지어 데이트를 할 수도 있다고!" 마치 그 생각만으로도 우울함이 날아간다는 듯 말이다.)

피터는 뮤지컬을 보는 동안만이라도 이 복잡한 생각에서 벗어날 수 있기를 바라는 마음이었다.

38.
토요일

관할 경찰서에는 레이아가 호세와 스티븐과 함께 커다란 원형 테이블에 앉아 있었다. 테이블은 제닛 트로이 사건에 대한 자료로 잔뜩 어질러져 있었다. 레이아는 두 사람에게 캐롤 프라이즈 박사의 사전 보고서에 대해 설명했다.

"프라이즈 박사가 실험실 연구 결과를 바탕으로 피해자의 사망 시각을 추정했어요. 추정 사망 시각은 프라이즈 박사가 처음 얘기했던 대로 시신 발견 9일 전 경입니다."

"사망 유형은요?" 호세가 뜨거운 커피를 식히며 물었다.

"법의병리학자인 제이슨 켈리 박사의 의견으로 제닛의 사망 유형은 과다출혈이에요. 피해자의 목에서 목 졸림의 흔적은 발견되지 않았습니다. 피해자는 몸이 절단된 직후 사망했고요."

"시신에서 나온 DNA 결과는 어떤가요?" 호세가 물었다.

레이아는 보고서 뭉치를 살펴보다가 FBI의 DNA 실험실 결과자료 중 하나를 발견했다. FBI의 DNA 실험실은 세계에서 가장 큰 곳 중 하나였다. 그 실험실에는 DNA 분석 유닛1과 유닛2라는 두 가지 프로그램이 있었다. DNA 분석 유닛1은 혈청과 DNA 테스트 결과를 수많은 기관으로 제공하는 프로그램이었고, DNA 분석 유닛2는 3가지의 주요 프로그램으로 소분류 되는 프로그램이었다. 그 3가지 프로그램들은 미토콘드리아 DNA 사건 프로그램, 실종자 프로그램, 그리고 연방 유죄판정자 프로그램이었다. 레이아도 DNA 분석 유닛 2에 이전에 자신을 폭행했던 남자의 반다나를 감정 의뢰한 상태였다. 폭행범의 모발을 채취해서 미토콘드리아 DNA 결과를 분석할 수 있을 거라는 기대에서였다. 아마 반다나에서 채취한 데이터를 처리하기 전까지는 며칠이 더 걸릴 것 같았다.

"피해자 시신에서 발견된 DNA 분자 단편의 분석 결과, 희생자의 혈액 외에 다른 것은 발견되지 않았습니다." 레이아가 내용을 요약하며 말했다.

"제길!" 호세가 말했다.

"피해자의 시신에서 사후에 생긴 개의 이빨자국이 발견되었는데, 아마 야생동물들이 시신을 물었던 흔적으로 보입니다." 레이아가 커피를 홀짝이며 말했다.

"지금 우리가 아주 전문적인 살인범의 사건을 맡고 있다는 거군." 스티븐이 진저리를 치며 말했다.

"살인범의 유전자 물질은 발견된 게 없나요?" 호세가 물었다.

"제닛의 손톱 밑에서 머리카락과 피부 조직이 발견되긴 했지만 코디스(CODIS, Combined DNA Index System: DNA종합지표시스템)에서 일치하는 것을 찾지 못했어요," 레이아가 대답했다. 코디스는 법의과학과 컴퓨터 기술이 융합된 프로그램의 첫 글자를 딴 단어였다. 그 거대한 데이터베이스에는 수많은 지역에서 참여한 실험실들로부터 얻은 자료들이 통합되어 있었다. 코디스는 법의학 지표와 가해자 지표라는 두 가지 지표들을 사용하여 단서를 찾아내는 시스템이었다. 법의학 지표에는 범죄 현장에서 발견된 DNA 프로필이 포함되어 있었고, 가해자 지표에는 성폭행이나 폭행 범죄로 유죄 판결을 받은 범인들의 DNA 프로필이 포함되어 있었다. 이 데이터베이스는 데이터로 기록된 연쇄 범죄자들과 범죄 현장을 비교 분석하는 데에 이용된 것이었다.

"이번 사건 범인은 기록에 없다는 말이군." 호세가 말했다.

"데비 샌더스 사건 외에는 조금이라도 유사한 사건은 없었어." 스티븐이 말했다.

호세는 절망적인 심정으로 머리를 움켜쥐었다. "다른 것보다도 만약 사건의 범인이 연쇄 살인범이 아니라면 대체 왜 그렇게 오랜 세월이 지난 후에 다시 이런 일을 저지른 거지?"

"어쩌면 제닛이 때마침 그곳을 지나간 건 아닐까요?" 레이아가 말했다.

세 사람은 이번 사건으로 거의 두 시간 내내 머리를 싸매고 있었다. 그러는 동안, 어느새 커피 잔도 다 비워버렸다. 셋은 아무래도 한계에 다다랐다고 느끼고 있었다. 더 이상의 단서가 없기 때문이었다.

"결론적으로 우리가 가진 범인의 프로필은 1967년 이전에 태어났고 외과 수술 기술을 가지고 있으며 이 지역에 익숙한 사람이라는 거예요." 레이아가 요약하며 말했다. "그리고 그것도 두 사건이 연관되어 있다는 전제 하에요. 혹시 이번 사건이 대대로 전해 내려오는 가족적인 의식은 아닐까요?"

"제 생각에 범인은 이미 한 번 범죄 수사망을 벗어난 적이 있기 때문에, 또 한 번 범죄를 저지를 수 있다고 생각한 것 같아요." 호세가 말했다. 그는 두 사건이 필히 연관되어 있기를 간절히 바라는 듯했다.

"누구 좋은 대안 있어요?" 스티븐이 물었다.

"제일 먼저 외과 수술 분야에서 일하는 모든 전문가들의 DNA 샘플을 채취해야 할 것 같아요. 그리고 그 중에 우리가 가진 샘플과 일치하는 것이 있는지 확인하는 거죠." 호세가 다소 위축된 기세로 말했다. 그 역시도 자신이 제안한 방법이 전혀 간단하지 않다는 사실을 분명 인식하고 있었다.

스티븐은 자리에서 일어서더니 두 손으로 불만스럽게 테이블을 쿵 내리쳤다. "그건 불가능해!" 그가 소리쳤다. "생각해 봐. 용의자도 아닌 사람들한테 어떻게 DNA 조사를 부탁한다는 거야."

"DNA 샘플을 채취하기 전에 우선 판사 명령을 받아야겠죠. 그리고 용의자로 의심되는 사람들에게 통지하는 겁니다." 호세가 단호하게 말했다.

"판사가 제정신이 아닌 이상 그런 일을 허가하겠어? 그것도 주말에 말이야." 스티븐이 흥분하며 말했다.

"제 생각에도 그 방법은 힘들 것 같아요. 아마 시간이 너무 오래 걸릴 테니까요." 레이아가 지적했다. "다르게 접근할 방법을 찾아야 해요."

"그때 그 의사는 어때?" 스티븐이 전 날 일을 떠올리며 말했다. "그 의사는 범죄 현장에서 발견됐으니 유력한 용의자가 될 수도 있다고. 그리고 의원인 이모부네 목장에도 쉽게 접근할 수 있을뿐더러 그쪽에 꽤 오래 머물렀잖아."

"피터 씨요? 저도 그 사람이 꽤 의심은 가지만" 레이아가 대답했다. "범인이라고 하기엔 나이가 너무 어려요."

"범인이 요리사이거나 수의사일지도 모르죠."

"하지만 그 추측으로는 공연히 일만 더 벌이는 꼴이 될 거야. 이 마을에서 칼을 다루는 사람을 전부 쫓아다닐 수는 없으니까." 스티븐이 대답했다.

"맞아요." 레이아가 말했다. "목장에서는 좀 알아낸 게 있나요?" 레이아가 물었다.

"인부들 중 몇 명이 밀입국 노동자더군요." 호세가 말했다. "출입국 관리당국에 보고해야 할지 아직 모르겠어요."

"그 부분은 베일리 의원의 입장도 있으니 지금은 일단 보류하도록 해요." 레이아가 이마를 문지르며 말했다. 레이아는 그저 더디기만 한 수사에 좌절감만 들 뿐이었다.

39.
토요일

　나야는 꽤 늦게 잠에서 깼지만 왠지 제대로 쉬지 못한 기분이었다. 스태프들은 나야가 양치질을 하고 곧바로 방에서 식사를 할 수 있도록 점심이 담긴 쟁반을 가져다놓았다.

　토요일이라 학교에는 수업이 없었다. 주말 외박을 허락받은 몇몇 아이들은 가족과 함께 아침 일찍 병동을 나가고 없었다. 나야의 부모님은 오후 늦게 오겠다고 얘기했었기 때문에, 시간이 더 지나야 볼 수 있었다. 나야는 잠옷을 입고 책상 앞에 앉았다. 그리고 치즈와 토스트를 겨우 몇 입 베어 물었다. 병원 음식은 영 별로였다. 나야는 엄마와 떨어져 지낸 지 겨우 이틀밖에 되지 않았지만, 벌써부터 엄마가 해주던 음식이 그리워졌다. 나야는 옆에 놓인 쟁반에 채 다 먹지도 않은 접시를 도로 올려놨다. 순간 어젯밤의 꿈이 기억났다. 그리고 동시에 제일 먼저 떠오른 생각은 그 꿈이 실제로도 무서웠다는 것이었다. 꿈이 너무도 생생해서 거의 실제로 일어난 일처럼 느껴질 정도였다. 나야는 지금 병원에 있어서 안전한 상태고, 또 자는 동안에도 보살핌을 받는다고 생각하니 마음이 편안해졌다.

　꿈속에 똑같은 사람이 또 나타난 것은 이번이 처음이었다. 나야는 꿈을 종이에 그려서 그람 선생님에게 보여줘야겠다고 생각했다. 혹시나 월요일까지 선생님을 못 보게 될까봐 조금 걱정되었다. 꿈에서 겪은 일을 다른 사람에게 얘기하는 일은 왠지 마음이 불편했다.

나야는 어젯밤의 꿈을 아주 섬세한 솜씨로 그리고 있었다. 그때 사샤가 노크도 하지 않고 방으로 뛰어 들어왔다.

"나야, 나야!" 사샤가 부르는 소리에 나야는 깜짝 놀랐다. "뭐하고 있어?"

"아무것도 안 해." 나야가 그림을 덮으면서 대답했다. 나야는 사샤에게 그림을 보여주고 싶지 않았다.

"거짓말 마." 사샤가 나야의 어깨 너머로 허리를 숙이며 말했다. "뭔가 감추는 걸 다 봤어."

"아니야." 나야는 엉겁결에 방어적으로 말했다. 나야는 사샤가 방에 들어온 것이 싫었다. 사샤가 나가주기를 바랐다. 하지만 그렇게 말하는 것은 꽤 무례한 일이었다. 나야는 무례한 사람이 되고 싶지 않았다.

사샤는 나야 뒤로 손을 뻗으며 종이를 한 장 뺏으려 했다. "나도 그 그림 좀 보자!" 사샤가 말했다.

"아니." 나야가 말했다. 나야는 종이를 잡으려는 사샤의 팔을 누르며 종이를 가져가지 못하도록 막았다. "개인적인 거야." 나야는 조금씩 사샤에게 화가 나기 시작했다. 스태프들이 항상 사샤에게 개인적인 공간을 지켜야 한다고 말했던 것이 떠올랐다. 그리고 사샤가 지금 그 말을 좀 지켰으면 좋겠다고 생각했다.

사샤가 다시 그림을 잡으려고 하자, 나야는 의자에서 일어나 사샤를 밀쳐냈다.

사샤는 저속한 욕설을 내뱉으며 소리쳤다. "그럼 다시는 너랑 놀지 않을 거야! 절대로!"

나야는 사샤의 화난 목소리와 욕설에 놀라 주춤했다.

나야는 화가 나서 대답했다. "그럼 나도 너랑 놀지 않을 거야!"

그 말에 사샤는 나야의 얼굴을 향해 주먹을 휘둘렀다. 하지만 사샤의 주먹은 나야의 얼굴을 빗겨갔다. 공포에 질린 나야는 뒷걸음질 치며 큰 소리로 도움을 청했다. 그러자 남자 스태프 한 명이 방으로 달려왔다.

"사샤, 넌 네 방에 있어야지." 남자가 사샤를 꾸짖었다. "여기에 들어와도 된다고 허락받은 적 없잖아."

"그런 거 상관없어!" 사샤가 소리쳤다. 사샤는 다시 한 번 나야를 때리려고 손을 들었지만 스태프가 사샤의 손목을 꽉 잡았다.

사샤는 그를 향해 돌아서서 남자의 발을 밟으려고 했다. 그는 사샤의 발을 피해 뒤로 물러서면서 사샤를 끌어당겼다. 그러자 사샤는 남자의 무릎을 발로 차버렸다. 스태프는 잠시 주춤하다가 실수로 잡고 있던 사샤의 손목을 놓치고 말았다.

"여기 도움이 더 필요해요!" 남자가 소리쳤다.

나야는 방 모퉁이에 우두커니 서 있었다. 이윽고 다른 직원이 방으로 뛰어 들어오는 것이 보였고, 동시에 사샤는 화를 주체하지 못하고 폭발해버렸다. 어쩌면 사샤에게 그림을 보여줬어야 했다는 생각이 들었다. 그랬다면 이런 일이 일어나지 않았을 지도 몰랐다. 스태프 두 명이 사샤를 구석으로 몰았다. 사샤는 구석에서 먹이를 덮치려는 야생동물처럼 웅크리고 앉아 있었다.

"허튼 생각 하지 마." 두 번째로 온 스태프가 사샤에게 경고했다.

어느새 두 스태프는 목이 터져라 소리치며 발길질을 하는 사샤를 밖으로 데려가고 있었다. 나야는 멀찍이서 그 뒤를 따라갔다. 나야는 스태프들이 사샤를 침묵의 방으로 데려가는 모습을 바라보며 덜덜 떨고 있었다.

스태프 중 한 명이 간호사를 부르는 소리가 들렸다. "약이 필요해요!"

그러나 사샤의 비명에 스태프의 목소리가 묻히고 말았다. 나야는 간호사실로 뛰어갔다. 간호사실 뒤쪽에서 제니퍼가 일을 하고 있는 것이 보였다. 아무래도 스태프들이 도움을 요청하는 소리를 듣지 못한 것 같았다.

나야가 간호사실 유리창을 탕탕 두드리자 제니퍼가 문을 열었다.

"저쪽에 도움이 필요해요." 나야가 복도를 가리키면서 말했다.

제니퍼는 사투를 벌이고 있는 두 스태프를 돕기 위해 그곳으로 곧장 뛰어갔다. 그러나 제니퍼가 도착했을 때, 사샤는 이미 스태프들의 손을 빠져나와 자신의 방으로 달려가고 있었다. 사샤는 방안에서 계속 욕을 퍼부었다. 그리고 가구들을 부술 기세로 쾅쾅 때리며 난동을 피우고 있었다. 제니퍼는 사샤가 방에서 다시 나가지 못하도록 팔 다리를 뻗은 채 문을 막고 서 있었다.

제니퍼가 스태프 한 명에게 말했다. "시탈 페이틀 선생님한테 연락해주세요." 그리고는 사샤를 향해 말했다. "진정하고 당장 옷 입어, 사샤."

"싫어요." 분노에 가득 찬 사샤의 비명 소리가 나야의 귓가에 울려 퍼졌다.

그때 시탈이 바쁜 걸음으로 나야의 앞을 지나쳤다. 그러자 나야는 방문에서 물러섰다.

"베나드릴 IM 25밀리그램 주사요, 즉시요." 방안으로 들어오던 시탈이 제니퍼에게 지시했다. 제니퍼는 주사할 약을 가지러 간호사실로 다시 달려갔다.

"사샤, 선생님이랑 얘기해보자. 뭐 때문에 그렇게 화가 났니?" 시탈은 사샤의 방안으로 몇 걸음 걸어 들어오며 부드러운 목소리로 말했다.

사샤가 또 다시 욕설을 내질렀다. "쟤가 그림을 안 보여주잖아요!"

"어떤 그림을 말하는 거니?"

"나야한테 물어보세요." 사샤가 말했다.

순간 나야는 머리끝에서 발끝까지 온 몸이 수치심으로 뒤덮이는 것만 같았다.

"그래. 일단 네가 진정하면 물어보도록 할게." 시탈이 말했다.

"거짓말. 안 물어볼 거잖아요." 사샤가 날카롭게 받아쳤다.

그 뒤로 사샤가 침 뱉는 것 같은 소리가 들렸다. 시탈은 문가로 걸음을 옮겼다.

"사샤, 네가 스스로를 통제하지 못하면 너를 꽁꽁 붙잡고 약을 주사할 수밖에 없어. 어떻게 할래?"

"상관없어, 상관없다고!"

그때 제니퍼가 주사기를 가지고 돌아왔다. 시탈과 다른 스태프 한 명도 함께 사샤의 방에 들어섰다.

사샤는 소리를 질러댔다. "싫어! IM은 싫어, IM은 싫단 말이야!"

1분이 채 되지 않아서 스태프들이 복도로 나왔다. 그리고 사샤는 너무나도 억울한 듯 엉엉 울기 시작했다.

나야는 사샤에게 미안한 마음이 들었다. 그리고 지금까지 아무도 사샤를 방문한 사람이 없었다는 사실이 떠올랐다. 나야는 비록 사샤와 다시는 놀지 않겠다고 말했었지만, 다시 한 번 사샤와 잘 지내고 싶었다.

"좀 더 지켜보다가 사샤가 진정이 되면 방에서 점심을 먹게 해주세요." 시탈이 스태프에게 말했다.

나야는 자신을 향해 다가오는 페이틀 선생님을 바라보았다. 나야는 사샤에게 그림을 보여주지 않았던 것 때문에 혼날까봐 두려웠다. 그러나 시탈은 나야를 향해 미소를 짓고 있었다. 덕분에 나야는 마음이 놓였다.

"나야, 무슨 일이 있었는지 말해줄 수 있겠니?" 시탈이 물었다. 시탈은 꽤 긴 머리카락과 빛나는 눈을 가지고 있었다.

"제가 그림을 그렸는데 사샤가 그걸 보고 싶어 했어요. 그런데 제가 안 된다고 했더니 저를 때리려고 했어요." 나야가 대답했다.

"사샤는 가끔 특별한 이유 없이 매우 화를 낼 때가 있어." 시탈이 나야의 머리를 쓰다듬으며 말했다. "싫으면 사샤에게 말을 걸지 않아도 돼."

나야는 마음이 편안해지고 안심이 되었지만, 동시에 슬퍼졌다. 사샤에게 미안하긴 했지만 더 이상 사샤와 얘기하고 싶지 않은 것은 사실이었다. 무엇보다도 나야는 이 병원을 떠나고 싶었다. 여기는 확실히 나야가 있을 곳이 아니었다. 나야는 엄마와 아빠가 도착하면 당장 집에 데려가 달라고 말해야겠다고 다짐했다.

40.
토요일

　토머스 베일리 의원은 사무실에 앉아서 스티븐이 알려준 정보에 대해 곰곰이 생각하고 있었다. 그는 지금 수사의 진행 상황이 전혀 마음에 들지 않았다. 아니, 어쩌면 전혀 진행되고 있지 않다고 말하는 게 맞을 것이다. 그는 지금 당장 범인이 잡히기를 바랐다.

　그리고 이제는 그 바보 같은 조카 녀석까지 사건을 더욱 혼잡하게 만들어버렸다. 수사관들은 피터가 사건과 아무 관련이 없다고 생각하고 있었다. 하지만 그 연관성은 언제든지 생길 수 있는 것이었다. 게다가 만일 이 시기에 그런 불미스러운 일이 벌어진다면 그의 선거를 완전히 망치게 될지도 몰랐다.

　"젠장, 피터 녀석." 토머스는 큰 소리로 욕설을 내뱉었다. 그는 사무실에서 나와 거실에서 잡지를 읽고 있던 부인에게 다가갔다.

　"네, 여보." 그가 입을 열기도 전에 베스가 먼저 말했다.

　"당신 조카가 스스로 복잡한 상황을 만들고 말았어." 토머스가 짜증 섞인 말투로 얘기했다.

　베스는 잡지를 내려놓았다. "무슨 말이에요?" 베스가 차분한 눈으로 물었다. 토머스는 그 표정에서 그녀가 무슨 생각을 하는지 알 수 있었다. 베스는 항상 그녀가 가장 좋아하는 조카를 든든하게 변호해 주었다. 그리고 지금까지 그랬던 것처럼, 이번에도 그녀의 조카를 변호하기 위해 잔뜩 준비하고 있는 것 같았다.

"방금 스티븐 앤드류 부서장한테서 들은 얘기야. 수사관들이 피터가 어제 범죄 현장 주변을 어슬렁거리는 걸 발견했다는군."

"뭐라고요?" 베스는 충격 받은 표정으로 물었다. "피터가 왜 그런 일을 한 거지? 체포된 건 아니죠?"

"다행히도 체포는 면했어. 경찰이 갖고 있는 증거로는 범인이 피터보다 훨씬 나이가 많다더군."

"아, 정말 다행이네요." 베스가 만족스러워 하며 말했다.

"의사 일을 하고 있어야 할 녀석이 어째서 살인사건에 연루된 건지 도통 이해할 수가 없다니까." 토머스가 얼굴을 찌푸리며 말했다.

"섣불리 단정 짓기 전에 피터와 먼저 얘기해보도록 해요." 베스가 말했다.

"그럼 당신이 피터에게 오늘 밤에 좀 들르라고 하는 게 어때? 무슨 일인지 들어보자고."

"그래요, 여보. 그게 좋겠네요." 베스는 말을 마치더니 자리에서 일어서서 거실 구석에 있는 작은 테이블 위의 전화기로 걸어갔다. 베스는 피터의 번호로 전화를 걸었다. 다섯 번의 신호음이 울리고 난 뒤, 전화는 음성 사서함으로 연결되었다.

"피터, 베스 이모란다. 이 메시지를 받는 대로 집에 들르거나 전화해줄 수 있겠니? 너와 상의할 중요한 일이 있단다. 그럼 이만 끊을게."

토머스는 피터가 집에 없다는 사실에 실망했다. 그는 이 문제가 하루빨리 해결됐으면 하는 바람이었다. 피터는 이번 선거가 끝날 때까지는 조용히 지낼 필요가 있었다. 그게 뭐가 그렇게 어려운 일이란 말인가?

"피터한테 연락받는 대로 알려줄게요." 베스가 부드러운 미소를 지으며 말했다. "걱정하지 말아요. 당신은 하던 일을 마저 하는 게 어때요?"

토머스는 낮은 목소리로 투덜거리며 사무실로 돌아갔다. 베스는 항상 그녀의 가족들을 책임감 있게 돌봤다. 토머스는 베스의 가족들 중 유독 그녀에게 의지하고 기댔던 그녀의 동생이 못마땅스러웠다. 그는 오래 전의 그 겨울밤 일을 떠올렸다. 그날은 베스의 여동생 샐리가 그의 집에 찾아온 날이었다. 문을 열자, 샐리가 어린 아들과 함께 문 앞에 서 있었다. 꽤 추운 겨울이었는데도 여덟 살짜리 꼬마는 잠옷 한 장만 달랑 걸치고 있었고, 샐리의 목에는 누군가 목을 조른 손자국이 선명히 나 있었다. 토머스는 샐리의 표정에서 그녀가 이곳을 찾아온 이유를 알 수 있었다. 샐리는 험난하기만 했던 결혼생활을 끝내기로 마음먹은 것이었다.

당시 샐리는 꽤 성공한 엘리트 투자 은행가와 결혼 생활을 이어가고 있었다. 그 남자는 굉장히 다혈질이었을 뿐 아니라, 알코올 중독

초기 증상까지 보였다. 부부는 피터가 태어나기 전에 약 2년 동안 결혼 생활을 했었지만, 둘의 문제는 사실 처음 만났을 때부터 시작되었다. 샐리는 항상 베스에게 울면서 전화를 걸곤 했다. 그리고 천사같이 상냥한 베스는 항상 같은 자리를 지키며 동생을 위로해주었다.

피터가 네 살이 되었을 때, 피터의 친부는 외도를 하기 시작했다. 샐리가 그에게 불만을 표시하자 그는 정신적, 육체적으로 그녀를 학대했다. 베스는 그런 샐리에게 헤어지거나, 최소한 피터만이라도 다른 곳에 있게 하라고 애원하다시피 말했다. 하지만 샐리는 그대로 가만히 있을 뿐이었다. 샐리는 언젠가 좋아질 것이라는 희망을 가지고 있었다.

피터는 점점 더 많은 시간을 베스와 토머스와 함께 보내게 되었다. 그리고 결국 그 겨울밤, 샐리는 아들에게 자리를 잡게 되면 다시 돌아오겠다는 희망만을 심어둔 채 떠나버렸다. 그 뒤로 10년 동안 그녀를 볼 수 없었다. 그리고 바로 그 점이 토머스가 가장 화가 나고 불만스러운 부분이었다. 그는 피터를 좋아했다. 하지만 아이의 어머니라는 사람이 단 하나뿐인 아들을 버리고 떠났다는 생각을 하면 도저히 참을 수가 없었다. 그는 피터를 볼 때마다 피터의 엄마가 아이에게 한 짓이 떠올랐다.

베스는 너무도 쉽게 피터에게 마음을 열어주었다. 그리고 아이가 마치 늘 가족의 일원이었던 것처럼 받아들였다. 베스는 피터를 다소 편애하는 경향이 있었고, 토머스는 그 때문에 꽤 감정이 쌓여 있었다. 그리고 이것 역시 그가 화나는 부분이었다.

그때 전화벨이 울리고 베스의 말소리가 작게 들렸다. 잠시 후, 베스가 사무실 문가로 다가왔다.

"피터가 시내에서 돌아오는 길이래요. 연극도 봤대요! 멋지지 않아요? 아무튼 집에 가는 길에 들르겠대요. 한 시간 정도 걸릴 거예요. 뭐 필요하신 건 없어요, 여보? 배는 안 고파요?"

41.
토요일

에버슨은 약속한대로 7시 정각에 에벌린을 데리러 갔다. 그는 에벌린이 가장 좋아하는 회색 정장과 넥타이, 그리고 연한 청색 셔츠를 입고 있었다. 문을 열고 나온 에벌린은 볼륨 있는 몸매를 한층 돋보이게 하는 예쁜 꽃무늬 드레스를 입고 있었다. 검고 굵은 머리카락은 하나로 높이 묶여 있었고, 루비 같은 입술이 그녀의 드레스를 한층 빛내주었다.

"어쩜. 당신 오늘 너무 멋진걸." 에벌린이 말했다. 그녀는 새하얀 이를 드러내며 예쁘게 웃어보였다. 에벌린이 칭찬할 때마다 자주 짓는 아름다운 미소였다.

"당신은 나쁜 편은 아니네." 에버슨이 농담하며 말했다. 그러자 에벌린은 매니큐어가 칠해진 주먹을 둥글게 말더니 그를 때렸다.

"아 알았어, 알았어." 에버슨이 말했다. "당신은 나한테 과분할 정도로 예뻐."

"스스로를 과소평가하지 말아요." 에벌린이 말했다. "당신도 오늘 정말 멋있어."

에버슨은 사실 그다지 기쁘지 않았지만 그런 척 했다. 에벌린의 아름다운 얼굴을 볼 때마다 죄책감과 두려움이 그를 짓눌렀다. 지금까지 망쳐버린 이 모든 일을 어떻게 해결해야 좋을까? 그는 냉정하고 강하면서, 또 자유로운 그런 남자가 되고 싶었다. 그런데 이제 그는 전보다도 훨씬 약해진 것만 같았다. 그의 다리가 무릎에서부터 바들바들 떨려왔다.

두 사람이 차에 오르자, 에벌린이 에버슨에게 기대왔다. 그녀는 키스를 하려고 입술을 내밀며 눈을 감았다. 에버슨은 그런 그녀의 뺨에 드리워진 긴 속눈썹을 바라보았다. 내가 대체 무슨 짓을 한 거지? 그는 몸을 기울여 에벌린에게 키스해주었다. 평소처럼 허세를 부리거나 거만하게 굴지 않는, 부드러운 키스였다.

에벌린은 몸을 바로 세우더니 에버슨의 얼굴을 살폈다. 그의 파란색 BMW의 선루프 사이로 들어온 달빛이 에버슨의 얼굴을 비추고 있었다.

"당신 괜찮아? 오늘 뭔가 좀… 달라 보여."

에버슨은 싱긋 웃으며 그녀의 무릎으로 손을 가져갔다. "아하, 그런가?"

그녀는 꺅 소리를 지르며 손을 쳐냈다. "아니, 착각한 것 같아. 너무 배고프다. 저녁 먹으러 어디로 갈 거야?"

"물론 새로 생긴 이탈리안 레스토랑이지."

"어머! 신나라. 분명 굉장할 거야."

"나도 그렇게 생각해." 에버슨이 말했다. 그리고 속으로 '물론 내

카드가 거절당하지 않는다면 말이야…' 하고 생각했다.

에벌린은 다시 한 번 에버슨을 쳐다보았다. "당신, 정말 괜찮은 거지?"

에버슨은 그녀의 손에 키스를 해준 뒤, 차에 기어를 넣었다. "더 괜찮을 수 없을 정도야." 에버슨이 애써 침을 삼키며 대답했다. 왠지 오늘따라 긴 밤이 될 것 같았다.

42.
토요일

피터는 휴대전화를 끊고 휴대전화 이어폰을 꽂았다. 혹시 집까지 운전하는 동안 또 전화를 받게 될지도 모른다는 생각 때문이었다. 그는 좀 전에 보고 온 뮤지컬의 활기 넘치는 노래에 다소 심취한 채, 노래를 흥얼거렸다.

붐 샤카라카… 머릿속으로 떠올리던 노랫소리가 마치 망가진 레코드처럼 버벅댔다.

피터는 베스 이모의 전화에 조금 놀랐다. 그리고 혹시 어머니에게 무슨 일이 생긴 건 아닐까 하는 생각이 스쳤다. 그러나 문득 잊고 있던 일이 떠올랐다. 이모와 이모부에게 해야 할 이야기가 있었던 것이다. 바로 범죄현장에서 경찰과 마주쳤던 이야기였다. 피터는 이제 두 분에게 그 별난 이야기가 전부 사실이라는 것을 납득시켜야 했다. 한 치의 상식이라도 가진 사람이라면 분명 믿지 않을 테지만 말이다. 피터는 갑자기 긴장이 되기 시작했다.

그는 이모에게 할 이야기를 미리 연습이라도 해야 할 판이었다. 솔직히 이모부에게는 무슨 말을 하더라도 큰 의미가 없었다. 피터가 2 더하기 2는 4라고 해도 이모부는 그것을 가지고 따지고 들 만한 분이었다.

　피터의 사촌 브래드와 리처드는 피터에 대해서 불평할 때면 늘 베스 이모보다 이모부를 찾았다. 베스 이모는 항상 피터의 편을 들었지만, 이모부는 결코 그렇지 않다는 사실을 알고 있기 때문이었다. 가끔 두 사촌들은 피터가 했을 법한 일들에 대해 거짓말을 하곤 했다. 피터에게 불만이었던 것들을 이모부가 대신해서 질책해주기 때문이었다. 피터는 이모부가 자신을 믿지 않는다는 사실에 상처를 받았다. 하지만 베스 이모는 그런 피터에게 항상 무조건적인 사랑과 지원을 아끼지 않았고, 그런 이모의 애정이 피터의 아픈 마음을 채워주었다.

　하지만 지금까지 자라온 날들을 되돌아보면 이모와 이모부는 항상 금전적으로, 그리고 정신적으로 피터를 도와주었다. 그리고 그는 그런 두 분에게 언제나 감사한 마음을 갖고 있었다. 그의 어린 시절은 좋은 기억들뿐이었다. 그 중 하나는 아주 어렸던 몇 년 동안 부모님과 함께 뉴욕의 아파트에서 살던 기억이었다. 피터는 외아들이었던 탓에 부모님에게서 아낌없는 사랑을 받았다. 심지어 그의 아버지는 바쁜 은행 일에도 불구하고, 여름이 되면 피터를 데리고 센트럴파크의 동물원에 함께 놀러가곤 했다.

　그러나 피터가 5살이 되던 해부터 어느 샌가 아버지의 외박이 잦아지기 시작했다. 피터는 학교가 끝난 후 대부분의 시간을 보모와 어머니와 함께 보내게 되었다. 그러다 아주 드물게 피터가 잠들기 전에 아버지가 집에 돌아올 때가 있었다. 하지만 그때마다 어머니에게 말하는 아버지의 목소리는 차갑고 잔뜩 화난 목소리였다. 그래도 어머니는 늘 집을 이리저리 돌아다니며 아버지에게 모든 것을 맞추려고 노력했다. 어머니는 그렇게 하면 아버지가 집에 머무를 수 있을 거라고 생각했다. 가끔씩 부모님은 서로 큰 소리를 내며 심하게 싸우기도 했다. 그때 어머니는 늘 소리를 지르며 울고 있었고, 아버지는 어머니에게 고함을 쳤다. 피터는 조금씩 자신의 방에서 혼자만의 세계를 만들어갔다. 그렇게 그는 문 밖에서 일어나고 있는 일을 외면하려 애를 썼다. 그리고 장난감들로 가득한 자신만의 세상 속에 살아가기 시작했다.

피터는 아직도 그 날 밤을 기억하고 있었다. 어머니의 비명 소리에 잠을 깼던 날 밤이었다.

"안 돼!" 어머니가 말했다. "그만해요, 그만!"

피터는 재빨리 침대에서 빠져나왔다. 그리고는 복도를 지나서 부모님이 있는 방으로 향했다. 이윽고 복도 화장실에 가까워질수록 문가에서 코를 찌를 듯 지독한 술 냄새를 풍겨왔다. 게다가 문 앞은 토사물로 잔뜩 지저분해져 있었다. 누가 아팠던 건가?

피터는 침실 문을 열어보았다. 창문으로 들어온 달빛이 방안을 어슴푸레 비추고 있었다. 그 달빛 속에서 아버지가 어머니를 주먹으로 때리고 있는 것이 보였다. 어머니는 맞을 때마다 침대로 쓰러지면서 흐느껴 울었다. 어머니가 몸을 일으켜서 기어 도망가려고 하면 아버지는 어머니를 붙잡고 다시 주먹으로 때렸다. 아버지는 아무 말도 하지 않고 으르렁거릴 뿐이었다. 피터는 공포에 휩싸인 채 그저 그 모습을 바라보고 있었다. 아버지는 어머니의 얼굴을 제외하고 배, 등, 팔과 다리를 때리고 있었다.

피터는 문가에 얼어붙은 채 서 있었다. 공포심과 불안함에 온 몸이 마비된 것만 같았다. 만약 어머니를 도우려 했다면 아버지는 자신에게도 주먹을 휘둘렀을 것이 분명했다. 전에 어머니가 피터에게 말했었다. "아버지한테서 멀리 떨어져 있으렴, 피터. 착하지, 우리 아가."

피터는 살금살금 자신의 방으로 돌아가서 문을 닫고 난방기 옆에 앉았다. 그는 울어야 할지 말아야 할지 몰랐다. 아버지가 언제까지 어머니를 때릴지도 알 수 없었다. 어머니가 죽을 때까지 때리려는 걸까? 그는 춥고 무감각해졌다. 더 이상 자기 자신이 아닌 것만 같았다.

피터는 앉아 있던 그 자리에서 밤을 지새웠다. 몇 번 잠들기도 했다. 아침이 되자 그는 무슨 일이 벌어질지 짐작할 수가 없었다. 그래서 방을 나서기를 주저하고 있었다. 그렇게 피터는 문을 두드리는 소리가 들릴 때까지 그곳에 계속 앉아 있었다. 노크 소리는 바로 어머니였다. 학교에 갈 시간이 되자 어머니가 깨우러 온 것이었다. 피터는 침대로 뛰어가 담요 밑에 웅크리고 누웠다. 그리고 어머니가 들어올 때까지 자는 척을 했다.

"피터, 일어날 시간이야." 어머니의 부드러운 목소리가 들렸다. 어머니는 피터가 얼굴까지 덮은 담요를 밑으로 잡아 당겼다.

어머니는 여느 아침과 똑같은 모습이었다. 아마도 약간은 더 피곤해 보였던 것 같았다. 어머니의 두 눈은 밤새 울었던 탓에 퉁퉁 부어 있었다. 그리고 어머니는 어젯밤에 생긴 온 몸의 멍 자국을 옷으로 가리고 있었다.

피터는 침대에서 내려와 어머니를 따라 거실로 갔다. 그는 아버지도 여느 때처럼 신문을 읽고 있는지 둘러보았다. 다행히도 어머니는 아버지가 일찍 출근을 했다고 알려주었다. 피터는 옆에 있는 주방에서 그를 위해 아침을 준비하고 있는 어머니를 바라보았다. 어머니는 아무 일도 없었던 것처럼 그를 향해 미소를 짓고 있었다. 화장실로 향하던 피터는 순간 어젯밤의 악취가 떠올랐다. 그는 잠시 문가에서 멈칫했지만 서둘러 화장실로 들어갔다. 문을 열고 들어선 화장실에서는 향긋한 꽃향기만 가득했다. 마치 어젯밤 일이 모두 꿈인 것만 같았다. 하지만 사실 피터는 자기가 깨기 전에 어머니가 미리 화장실을 치워놨다는 것을 알고 있었다.

피터가 여덟 살이 되었을 때, 피터는 언제 아버지가 술에 취해서 돌아오는지를 예상할 수 있게 되었다. 운이 좋은 날에는 아버지가 아예 집에 돌아오지 않기도 했다. 피터는 학교 공부를 열심히 했다. 그리고 사촌들과 함께 뉴베리 목장에서 많은 시간을 보내기도 했다.

그러던 어느 날, 어머니가 갑자기 방문을 벌컥 열며 피터의 방으로 뛰어 들어왔다. 불쑥 방안으로 들어온 어머니는 잠옷 차림의 그를 데리고 집을 뛰쳐나갔다. 차 안에서 본 어머니의 목 주위로는 보라색 손자국이 둘러져 있었다. 그날 밤 이후로 피터는 10년 동안 어머니를 볼 수 없었다.

그때부터 피터는 목장에서 베스 이모와 함께 살게 되었다. 그리고 차차 나이를 먹어가면서, 이제는 어머니가 돌아올 거라는 기대를 접을 때가 됐다고 느꼈다. 그는 목장에서 자신의 삶을 스스로 꾸려가야 했다. 피터는 학교에서 더 열심히 공부하기 시작했고, 코끼리 바위와 윌로우 호수를 돌아다니며 여가시간을 보냈다. 고등학교를 졸업 한 이후, 그는 목장을 떠나 대학에 입학했다. 그리고 뒤이어 의학대학원에도 가게 되었다. 피터가 친구들에게 '집'에 간다고 하는 것은 목장에 간다는 뜻이었다. 그는 여름방학이나 공휴일마다 꼬박꼬박 목장에 들르곤 했다.

피터는 어머니를 다시 보게 되었던 날을 아직도 생생히 기억하고 있었다. 그 날은 그의 고등학교 졸업식이었다. 그는 어머니가 자신을 사랑하고 있다는 것을 느낄 수 있었다. 어머니는 해마다 그의 생일을 기념하는 생일카드를 보내주었기 때문이었다. 그는 어머니가 자신을 떠나야만 했던 이유를 이해할 수 있었다. 어머니에게는 상처받은 마음을 추스르기 위한 혼자만의 시간이 필요했던 것이다. 그리고 어머니가 마음을 정리하면, 곧 그의 삶에 다시 찾아와줄 것이라고 생각했다. 피터는 졸업을 할 때 쯤, 아버지가 마을을 떠났고 부모님이 이혼했다는 사실을 알게 되었다.

그 후로 몇 년 동안 피터는 부모님과의 관계를 각각 회복하며 시간을 보냈다. 그는 결코 두 분을 함께 볼 수는 없었다. 그리고 오히려 그

편이 더 좋다고 생각했다. 이모와 이모부는 그에게 부모님과 같은 존재였다. 피터는 두 분을 마음 속 깊이 존경하고 사랑하고 있었다. 그러나 아버지가 어머니에게 했던 일들이 항상 그의 기억 속에 남아 있었다. 특히나 유난히 스트레스를 받을 때는 그 기억이 더욱 심하게 그를 괴롭혔다. 피터는 술을 거의 입에 대지 않았고, 여자를 만나는 일도 피하게 됐다. 왠지 그날 밤에 봤던 아버지의 모습처럼, 자신의 내면에도 괴물이 자리 잡고 있을 것만 같았다.

그렇게 한참 옛날 생각에 푹 빠져있는 동안, 피터는 어느새 이모네 목장에 도착했다는 사실에 깜짝 놀랐다. 그는 정문을 지나 진입로로 들어갔다. 이윽고 피터가 차에서 내리자, 시골의 고요함이 한껏 그를 반겼다. 목장의 조용한 분위기는 그가 이곳을 얼마나 사랑했는지를 떠올리게끔 했다. 이 목장에 오지 않은 지 아마 몇 주는 된 것 같았다. 전임의 프로그램으로 너무 바빴던 나머지 여기 올 시간을 내지 못한 탓이었다.

피터가 초인종을 누르기도 전에 문이 활짝 열렸다. 그 앞에는 베스 이모가 따뜻한 미소를 지으며 그를 반기고 있었다. 베스 이모는 달걀형 얼굴과 밝은 푸른색 눈을 가지고 있었다. 그리고 웨이브 진 금발 머리의 키가 크고 아름다우며 기품 있는 여자였다. 어머니와 베스 이모는 놀라울 정도로 닮은 편이었다. 피터의 푸른 눈동자 역시 어머니로부터 물려받은 것이었다.

피터는 베스 이모가 자신을 보게 되어 매우 기뻐하고 있다는 것을 알 수 있었다. 하지만 이모의 얼굴에는 다소 걱정하는 기색이 보였다.

"베스 이모, 안녕하셨어요." 피터가 말했다. 그는 이모와 포옹을 한 뒤, 현관으로 들어갔다.

"이렇게 와줘서 고맙다."

"이모 부탁인데 못할 게 뭐가 있겠어요," 피터가 씩 웃으며 말했다. 그는 이모를 따라 거실로 향했다. 그리고 재킷을 벗은 후 소파에 앉았다. 초콜릿색의 가죽 소파는 꽤 부드러웠다.

"이모부는요?"

베스는 피터 옆에 앉아서 그의 머리카락을 쓰다듬었다. "사무실에 계시단다. 곧 여기로 오실 거야."

"그 동안 잘 지내셨어요? 선거운동은 어때요?"

"아, 우리 다 너무 바빴어. 설상가상으로 그 가엾은 아이가 살해된 채로 발견되었다는구나."

"저도 들었어요." 피터가 말했다. "정말 슬픈 일이에요. 사실 그 일에 관해서 드리고 싶은 말씀이 있어요. 믿지 않으시겠지만…."

"무엇을 믿지 않는다는 거냐?" 토머스가 거실로 걸어오며 말했다.

"코끼리 바위에서 발견된 제닛 트로이라는 피해자에 관한 이야기에요."

"네가 그런 게 아니었으면 좋겠구나." 토머스가 웃음기 없는 얼굴로 말했다.

그 순간, 피터는 이모부가 한 말의 속뜻을 알아챌 수 있었다. 이모와 이모부는 어제 저녁 그가 어디 있었는지 이미 알고 있었던 것이다. 결국 그날 코끼리 바위로 향하기 전에 두 분의 입장을 먼저 생각했어야만 했다. 딴에는 이모와 이모부가 모를 거라고 판단했던 자신이 어리석었다. 그의 이모부는 이 마을에서 그 누구보다도 많은 사람과 관련되어 있는 정치인이었다.

"좋아요. 들어주세요. 차근차근 설명할게요." 피터는 둘 중 누구라도 먼저 입을 열기 전에 미리 강조했다.

"어서 얘기해봐, 들어볼 테니. 좋은 얘기라면 더 좋겠지만 말이야." 토머스가 냉소적으로 말했다.

피터는 이모를 바라보았다. 베스 이모는 남편이 들어온 뒤로 아무 말 없이 조용히 앉아 있었다. 이번에 그의 편은 온전히 그 자신뿐이었다. 그는 이모가 그가 한 일에 대해 충격 받지 않았으면 하는 바람이었다.

"그러니까, 꽤 복잡해요. 어디서부터 말해야 할지 잘 모르겠네요." 피터는 두 사람에게 나야와 나야가 자신의 꿈을 그린 그림에 대한 이야기를 해주었다. 그리고 그 이야기를 비밀리에 하기 위해 나야의 이름은 생략했다.

"그래서 그게 너와 무슨 상관이 있다는 거야? 코끼리 바위에서는 왜 수사관한테 발견된 거고?" 토머스가 끼어들었다.

"여보, 일단 말을 자르지 말고 피터가 하고 싶은 말을 할 수 있게 해주지 않겠어요?" 베스가 피터의 편을 들며 말을 했다.

"신기하게도" 피터는 이모부가 낮게 불평하는 소리를 들으며 말을 계속했다. "그 환자는 살인사건 뉴스가 나기 전날 밤에 꿈을 꿨어요. 환자는 그 꿈에서 뭔가 말로는 설명할 수 없는 일을 겪었어요. 그리고 다음날에 그 환자가 꿈을 그린 그림을 저한테 보여줬어요. 그런데 놀랍게도 그 그림은 코끼리 바위였어요."

"그 그림을 경찰에게 먼저 가져갔어야지." 토머스가 말했다.

"어제 코끼리 바위에 가서 한 일은 그 그림을 코끼리 바위와 비교해 본 것뿐이었어요."

"그림을 비교하러 혼자 범죄 현장을 찾아간다고? 허락도 받지 않은 상태에서 말이냐?" 토머스가 언성을 조금 높이며 물었다.

"그때는 꼭 가야 한다는 느낌이 들었어요. 두 분께 미리 말씀드리지 않은 점은 정말 죄송해요. 하지만 그 환자가 제닛 트로이에 관해 알 수 있는 방법은 아무 것도 없었어요. 그 사건은 환자가 한 번도 보지 못한 신문에 실린 내용이었거든요. 그리고 그 아이는 코끼리 바위에도 가본 적이 없어요. 저는 단지 그 환자의 그림이 정말 살인 현장이었는지 직접 보고 확인하고 싶었어요." 이모부가 점점 더 못마땅하다는 듯 눈살을 찌푸리자, 피터의 좌절감이 더욱 커졌다. "어쨌든 그게 큰 문제가 되는 건가요? 경찰이 저를 체포 한다든지 교도소에 집어넣는다든지 한 건 아니었어요. 그러니까 그런 일로 상원 의원 조카가 전국 신문 헤드라인을 장식하는 일도 없을 거라고요."

토머스는 피터를 바라보더니 한숨을 쉬었다. "경찰이 우리 목장에서 피해자의 가방을 찾아냈어. 만약 경찰이 우리 가족과 그 사건을 관련시켰다면, 심지어 추측만 했더라도 내 선거를 망칠 수 있었다고. 내 일도, 내 인생도 좀 내버려둬라."

피터는 충격을 받았다. 그것은 그가 가장 원하지 않았던 일이었다. 그는 사랑하고 존경하는 사람들을 위험에 빠트리고 싶은 생각이 추호도 없었다. "정말 죄송합니다, 이모부." 피터가 진심을 다해 말했다. "저는 몰랐어요. 그런 줄 알았다면 이런 일이 벌이지게 하지도 않았을 거예요. 그때는 문득 그런 이상한 생각이 들었어요. 그리고 제가 뭔가 중요한 일을 한다고 생각했어요. 뭔가 사건을 도울 수 있는 일이요."

베스 이모가 피터의 손을 가져가더니 꽉 잡았다.

"이해한다." 마침내 토머스가 말했다. 피터가 스스로의 행동을 정당화해야 한다는 압박에 더 시달리게 하고 싶지 않기 때문이었다. 그리고 여전히 피터를 아끼고 있다는 마음을 전하고 싶었다.

"사건에 관해 더 할 말이 있으면 사건을 담당하는 FBI 요원에게 연락하도록 해." 토머스가 말했다.

"바인즈 요원을 말씀하시는 건가요?" 피터는 이모부의 표정이 조금씩 누그러지는 것을 볼 수 있었다.

"벌써 그 요원을 만났구나." 베스 이모가 덧붙였다.

"네. 제가 어제 코끼리 바위를 조사하고 다닐 때 저를 발견한 게 바로 그 요원이에요." 피터가 대답했다. 그는 그때의 수치스러웠던 일들에 대해 더 얘기하고 싶지 않았다.

"그래, 그렇다면 다행이구나." 베스 이모가 말했다. 피터는 눈 하나 깜빡하지 않고 자신의 말을 믿어주는 베스 이모가 고마웠다.

"그럼 이제 저녁 먹을까, 피터? 네가 가장 좋아하는 걸로 준비했단다."

피터는 베스 이모를 향해 씩 웃었다. 베스 이모는 항상 그보다 한발 앞서 있었다. 마치 그의 마음을 읽을 수 있는 것만 같았다.

"물론이죠." 피터가 일어서며 말했다. 베스 이모의 정성이 듬뿍 담긴 맛있는 식사를 거르고 싶을 리 없었다.

"맥주 한 잔 하지 않겠니?" 토머스 이모부가 옅은 미소를 띠며 물었다.

"저, 맥주는 별로 좋아하지 않잖아요." 피터가 씩 웃었다. "하지만 얼음을 넣은 위스키 한 잔 정도는 마다하지 않을게요."

43.
토요일

"안녕히 가세요." 작은 의료품 가게에서 나가는 노예를 향해 점원이 큰 소리로 인사했다.

"안녕히 계세요." 노예도 살짝 고개를 끄덕이며 인사를 했다.

주차장에 도착한 그는 새로운 도구들로 트렁크를 가득 채웠다. 그리고 마을 밖으로 나가 숲을 향해 차를 몰았다. 그곳에는 새로이 작업할 프로젝트가 그를 기다리고 있었다. 노예는 창문을 내려 신선한 바람을 맞았다. 해는 거의 다 지고 있었다. 목적지에 다다를 때쯤이면 아마 어두워질 것 같았다. 황량한 작업 환경을 만들기에는 어두운 분위기가 제격이었다.

이윽고 목적지에 다다른 노예는 차에서 내렸다. 그리고 나무들에 둘러싸인 어둠 속으로 향했다. 귀뚜라미가 우는 소리와 수풀 아래서 쥐들이 바스락거리는 소리가 한데 섞여 밤 분위기를 내고 있었다. 그는 트렁크에서 손전등과 캠핑가방을 꺼냈다. 이윽고 노예는 사슴의 머리가 놓여 있던 흔적을 발견했다. 그는 혹시 최근에 야생동물이 활동한 흔적이 없는지 살폈다. 그리고는 사슴 머리의 자취를 따라 그가 미리 덫을 설치해둔 쪽을 향해 숲속으로 들어갔다. 얼마 후, 노예는 동물의 배설물을 발견했다. 그리고 그 근처에 약간 길고 좁은 발자국이 보였다. 여우의 발자국이었다.

수풀을 지나 걸어가던 노예는 전에 설치했던 덫이 있는 곳에 다다랐다. 그는 우리에 갇혀 있을 포상을 기대하며 덫이 있는 방향으로 손전등을 비추었다. 그곳에는 여우 한 마리가 있었다. 길쭉한 코와 길고 뾰족한 귀를 가진 근사한 빨간 여우였다. 노예는 여우를 향해 가까이 다가갔다. 여우의 오렌지 빛 털과 그 특유의 흰색 꼬리를 바라보고 있자니, 감탄을 금할 수가 없었다. 여우는 도망갈 곳을 찾아 주변을 두리번거리고 있었다. 노예가 가까이 다가올수록 여우는 더욱 안절부절 못하다가 마침내 공포심에 얼어붙었다.

그러나 노예는 별 어려움 없이 여우에게 고기를 먹일 수 있었다. 그 고기에는 천천히 마비를 일으키는 독미나리의 독을 미리 발라 두었다. 고기를 먹은 여우는 잠시 후 바들바들 떨다가 결국 쓰러지고 말았다. 그러자 노예는 꼬리를 잡고 여우를 덫에서 꺼낸 뒤, 어깨에 들쳐 멨다.

노예는 약 한 시간에 걸쳐 윌로우 호숫가에 자리한 보트 창고에 도착했다. 그리고 그 날 밤에 그는 또 하나의 제물을 바쳤다. 그러나 이번에 바친 제물은 아주 미미한 안도감만 안겨주었다. 노예는 아난시에게 제물을 바칠 때야 비로소 걱정이 조금씩 잦아들었다. 그럴 때면 아난시가 뒤로 물러서서 그에게 시간을 조금 더 주는 것 같았다.

노예는 테이블 위에 피와 액체 화학물질에 젖은 장비들을 올려두었다. 그의 두 손은 능숙한 작업 솜씨와 연습 덕분에 빠르게 움직였다. 테이블은 이미 그 자체로도 더러운 상태였지만, 노예는 테이블을 어지럽히는 것이 두려웠다. 왠지 신성함을 침해하는 것 같았기 때문이었다. 그리고 아난시를 화나게 하는 것은 그가 가장 원하지 않는 일이었다.

노예는 테이블에 놓여 있는 더러운 도구들 때문에 다소 부담이 되었다. 하지만 어쨌든 10년 동안은 아무 문제도 없었다. 보트 창고는 불운이나 저주, 혹은 누군가의 염탐으로부터 안전한 곳이었다.

그는 보트 창고를 나와 호숫가 주변을 걸으며 숲으로 향했다. 맑은 하늘이 반짝이는 별들로 빛나고 있었다. 노예는 혹시 아난시를 보게 되지 않을까 하는 호기심에 하늘을 올려다보며 걸었다. 별을 바라보기에 더할 나위 없이 좋은 밤이었다. 하늘은 달이나 빛으로 망가지지 않은 채 너무도 깨끗한 모습이었다.

숲속 깊숙이 들어온 노예는 주변을 둘러보다가 제물을 바치기에 적합한 장소를 발견했다. 이윽고 아난시를 위한 여우의 사체를 보기 쉽게 펼쳐놓은 후에야 만족감이 밀려왔다. 걱정스러웠던 마음도 어느 정도 진정이 되었다. 이제 집에 돌아갈 수 있었다. 노예는 숲을 떠나기 전에 다시 한 번 자신의 전시품을 돌아보며 모든 것이 완벽하게 배치되었는지 확인했다. 거의 자정이 가까워지자 그도 완전히 녹초가 되어버렸다.

노예는 천천히 숲을 빠져나와 차로 돌아갔다. 그는 얼른 차에 올라

탄 뒤, 마을로 향했다. 그의 마음은 평안을 되찾았지만, 왠지 궁지에
몰린 것만 같은 기분이었다.

44.
토요일

11시에 가까운 시각, 시탈은 병동을 한 바퀴 돌고 있었다. 모든 아이들은 금세 곯아 떨어졌다. 시탈이 복도를 걸어 갈 때마다 그녀의 발자국 소리가 조용한 병동을 울렸다. 야간 근무 조인 간호사는 간호사실에서 잡지를 읽느라 바빴고, 남아 있는 다른 스태프들은 수면관찰을 위해 환자들을 살피고 있었다. 이 시각에 병동에서는 단 2명의 아이들만이 수면관찰 대상이었고, 그중 한 명이 바로 나야였다.

시탈은 나야의 방으로 걸어가서 문 옆에 앉아 있는 스태프 옆에 섰다. 시탈은 그렇게 잠시 동안 소리 없이 서 있었다. 스태프는 나야가 지금까지 잘 자고 있는 것을 깨닫고 조용히 미소 지었다. 두 사람은 그런 나야를 깨우게 될까 걱정스런 마음에 말 한마디 꺼내지 않았다.

시탈이 문을 막 나서려던 찰나, 나야가 몸을 일으켜 침대에 앉는 것이 보였다. 그러자 나야를 관찰하던 스태프가 본능적으로 일어섰다.

시탈이 스태프에게 속삭였다. "괜찮아요." 그리고 방으로 들어가려는 스태프를 멈춰 세웠다. "뭘 하는지 잠시 지켜보기로 해요." 그녀는 부드럽게 속삭였다. 수면 이상 현상을 직접 볼 수 있는 절호의 기회였다.

시탈과 스태프는 움직이지 않고 서서 나야를 지켜보았다. 나야는 침대에 똑바로 앉은 채로 약 1분 동안 정면을 응시하고 있었다. 그러고 나서 갑자기 휙 돌더니 자리에서 일어섰다. 그리고는 침대 옆에 있는 창문을 쳐다보며 쭈그려 앉았다. 반쯤 열린 블라인드를 통해 바깥 거리의 노란 가로등 불빛이 새어 들어왔다.

시탈은 계속 같은 자리에 서서 나야의 얼굴을 바라보았다. 노란 불빛이 나야의 얼굴을 비추자 아이의 얼굴이 금빛으로 빛나고 있었다. 나야는 마치 인도의 작은 공주 같았다.

시탈은 발끝을 세우고 조용히 문을 지나치며 나야에게 조금 더 가까이 다가갔다. 나야는 마치 누군가와 대화를 하는 것처럼 말하고 있었다.

시탈은 나야의 침대 바로 옆까지 다가갔다. 그러자 나야가 하는 말이 좀 더 분명하게 들려왔다. 시탈은 귀를 바짝 세우며 나야가 하는 말을 듣기 위해 더 가까이 몸을 구부렸다. 시탈은 나야의 얼굴 앞에 손을 흔들어 보였지만 나야는 아무 반응이 없었다. 나야는 시탈의 손 동작을 인식하지 못하는 것이 분명했다.

시탈은 믿지 못하겠다는 눈으로 나야를 빤히 쳐다보았다. 잠을 자면서 그렇게 깨어 있는 것 같은 환자는 처음이었다. 나야의 두 눈은 시탈을 향해 있었지만, 나야는 시탈을 쳐다보고 있는 것이 아니었다. 다른 누군가를 보고 있었다. 순간 시탈의 팔에 닭살이 돋았다. 나야는 오늘 이 곳에서 대체 누굴 보고 있는 걸까?

"여기가 네 방이니?" 그때 나야가 그 누군가에게 말했다.

"밖에 네 코끼리가 보여."

"네 침대 너무 좋다. 정말 부드러워."

"당연하지. 네 방에서 꽃 냄새가 나."

"제닛, 네가 원하는 게 뭐야?"

"내가 뭘 도와줄 수 있을까?"

"나쁜 거인이 누군데?"

"어떤 일?"

"왜 안 돼? 그건 불공평해."

"난 무서워하지 않을 거야."

"그래."

이윽고 나야는 다시 침대에 누웠다. 나야는 여전히 말을 하고 있는 것 같았지만 시탈은 더 이상 나야의 말은 제대로 들을 수 없었다. 오늘 나야는 어젯밤보다 훨씬 차분했다.

스태프는 나야의 방문 옆에서 자리를 지켰다. 시탈은 서둘러 간호사실로 돌아갔다. 방금 들은 나야의 대화를 잊어버리기 전에 빨리 기록해두기 위해서였다. 피터도 이 중요한 정보에 고마워할 것이 분명했다. 시탈은 이 병동에서 교대 근무를 하는 동안 많은 환자들과 마주쳤지만, 나야는 그 중에 가장 흥미로운 아이였다.

* * *

　나야는 주변이 온통 보라색으로 뒤덮인 방 안에 혼자 있었다. 그때 나야의 눈에 시트가 알록달록한 침대 옆에 제닛이 서 있는 것이 보였다. 나야는 침대로 걸어가서 그 위에 웅크리고 앉았다. 시트는 매우 부드러운 느낌이었다.

　제닛은 조용히 나야를 쳐다보며 서 있었다. 그러자 나야는 조금 불편해졌다. 나야는 대화를 걸어야겠다고 생각했다.

　"여기가 네 방이야?" 나야가 제닛에게 물었다.

　"응." 제닛이 평이하게 대답했다.

　"밖에 네 코끼리가 보여." 나야가 침대 옆에 있는 창문 밖을 유심히 쳐다보며 말했다.

　"나는 내가 가는 곳이 어디든지 내 코끼리와 함께 다녀." 제닛이 대답했다.

　"네 침대 너무 좋다. 정말 부드러워." 나야가 벨벳 느낌이 나는 시트를 만지며 말했다. 제닛의 침대 시트를 보자 나야는 집에 있는 침대 시트가 떠올랐다. 병원 시트는 그렇게 부드럽지 않았다.

　"네 옆에 앉아도 돼?" 제닛이 물었다.

　"당연하지. 네 방에서 꽃 냄새가 나." 나야가 이전에 제닛을 만났던 때를 회상하며 말했다.

　제닛은 침대에 올라 나야 옆에 앉았다. 두 사람은 잠시 동안 창밖을 쳐다보았다.

"제닛, 네가 원하는 게 뭐야?" 나야가 호기심에 가득 찬 목소리로 물었다.

"너는 내 친구지, 나야? 그래서 말인데, 네가 나를 좀 도와줬으면 좋겠어." 제닛이 진지하게 말했다.

"내가 뭘 도와줄 수 있을까?" 나야는 무엇을 어떻게 도와줘야 할지 알 수가 없었다.

"그 의사 선생님에게 나쁜 거인에 대해 얘기해줘."

"나쁜 거인이 누군데?"

"나도 잘 몰라." 제닛이 고개를 저으며 말했다. "하지만 그 나쁜 거인은 나쁜 짓을 많이 했어.""어떤 일?"

"말할 수 없어." 제닛이 내키지 않는다는 듯 말했다.

"왜 안 돼? 그건 불공평해." 나야가 칭얼대며 말했다.

"왜냐면 아주 무서운 일을 했거든." 제닛이 말했다.

"난 무서워하지 않을 거야." 나야가 강한 모습을 보이려고 애쓰며 말했다. "내 옆에 누울래?" 제닛이 주제를 바꾸며 말했다.

"그래." 나야가 대답했다.

두 소녀는 나란히 누웠다. 나야는 제닛이 왜 그람 선생님의 도움만 받으려고 하는지가 궁금했다. 하지만 제닛에게 묻기가 조금 두려웠다.

"왜 하필 그 의사 선생님이야?" 나야가 제닛의 귀에 속삭였다.

"왜냐하면 그 선생님은 나쁜 거인이 한 짓을 알고 있거든." 제닛이
나야에게 속삭이며 대답했다.

45.
일요일

　피터는 새벽녘에 잠에서 깼다. 그의 방은 아직 어두웠다. 피터는 일요일마다 충분히 늦잠을 자야겠다고 생각했다. 하지만 그 놈의 습관 덕분에 일찍 잠에서 깨버렸고, 이제는 다시 잠을 청할 수도 없게 되었다. 그는 지난 3일 동안 일어났던 일을 생각하며 누워 있었다. 피터는 지금까지 심리적 현상에 대해 매우 간단한 방법으로만 생각했었다. 그는 만약 나야가 지금까지 밤마다 그런 꿈들을 꿔왔다면, 대체 어떻게 견딜 수 있었던 건지 알 수가 없었다. 그런 생각이 들자 그는 반사적으로 침대에서 내려왔다. 시탈은 당직 중이었기 때문에 아마도 지금 깨어 있을지 몰랐다. 피터는 전화기를 들려고 불을 켰다가 다시 마음을 돌렸다. 그는 먼저 나갈 준비를 하고 아침을 먹은 후, 병원에 가기 전에 시탈에게 전화를 해야겠다고 생각했다. 나야와 개인적으로 만날 필요가 있었다.

　피터는 면도를 하고 샤워를 했다. 그는 일요일인데다 비번인 날에 병원에 가는 거라 청바지와 캐주얼한 스웨터를 입기로 했다. 그는 거울 앞에 서서 잔뜩 엉킨 숱 많은 곱슬머리를 정돈하느라 시간을 조금 끌었다. 약품 창고에 비친 날카로운 그의 파란 두 눈은 다소 피곤해

보였다.

피터는 부엌으로 가서 냉장고를 열었다. 하지만 냉장고에는 지난주에 먹다 남은 음식만 조금 있을 뿐이었다. 슈퍼에 가야했지만 일단 병동에 들르는 것이 먼저였다.

그는 전화기에 시탈의 호출기 번호를 누르고 기다렸다.

"시탈, 나야, 피터."

"알고 있지." 시탈이 대답했다.

"바빠?"

"아주 많이. 일단 끊어. 물론 장난이야." 시탈이 농담을 했다.

피터는 바로 본론으로 들어갔다. "나야에게 특별한 일 없었어?"

"아, 할 말이 아주 많을 정도야." 시탈이 이번에는 빈정대지 않고 대답했다.

"곧 그리로 갈게. 아침은 먹었어?" 피터가 물었다.

"아니, 아직 안 먹었어."

"30분 후에 구내식당에서 봐."

"이따 봐."

식당에 도착한 피터는 테이블에 앉아서 벌써 음식을 먹고 있는 시탈을 발견했다. "뭐야, 나 좀 기다려주면 안 돼?" 그가 농담을 했다.

"배고파서 죽을 뻔 했다고." 그녀는 미소를 지으면서 말했다.

피터는 쟁반을 들고 뷔페 줄에 섰다. 그리고 사과, 시리얼 한 그릇, 오렌지 주스 한잔을 가져왔다.

"저녁은 어땠어?" 피터가 자리에 앉자마자 시탈이 열성적으로 물었다. "뮤지컬이 마음에 들었으면 좋겠는데."

"아주 좋았어. 정말 볼만 하더라고." 피터가 크게 씩 웃으며 대답했다. "추천해줘서 고마워."

"여자는 좀 만났어?" 시탈이 음흉하게 물었다.

"만났을까, 안 만났을까?" 피터가 대답했다. 그러자 시탈은 엄청난 실망감에 빠졌다.

"피터! 너, 그러다 정말 외로운 노인으로 늙어 죽을 거야."

"그래, 하지만 정신 질환을 겪는 수천 명의 불쌍한 영혼을 살린 의로운 노인으로 죽겠지. 그건 의미 있는 일이잖아, 안 그래?"

"흠…." 시탈은 시리얼을 부수면서 생각에 잠겼다. 시탈은 침을 꿀꺽 삼키더니 마침내 말을 꺼냈다. "그래, 만약 너 자신의 정신병을 고칠 수 없다면, 적어도 다른 사람들은 기꺼이 도와야지."

"하 하 하!" 피터가 말했다. "아무튼 화제를 바꾸자고. 병동에서 무슨 일이 있었어?" 피터는 괜히 시탈의 주의를 돌리려고 한 것이 아니었다. 그는 정말 너무나도 궁금했었다.

"정말 끔찍한 환자를 뒀더군. 나를 밤새 잠도 못 자게 만들었으니 말이야."

"계속 얘기해 봐." 피터가 참지 못하고 끼어들었다.

"우선 금요일 밤에 일어났던 일부터 말해줄게." 시탈은 그날 있었던 일을 쭉 설명했다.

"나야가 다음 날 아침에 무슨 말 안했어?" 피터가 말했다.

"너한테 보여주고 싶다면서 그림을 몇 장 그렸어. 다른 사람에게는 보여주기 싫어하더라고. 그리고 어젯밤에는 또 다른 꿈을 꾸었지. 그런데 어제는 많이 차분했어." 시탈이 커피를 후루룩 마시며 말했다.

"어젯밤에는 나야가 하는 대화를 좀 들었어." 시탈이 씩 웃으며 말했다. 피터가 그 내용을 알고 싶어 죽으려고 할 것이 분명했다.

"그래서 어떻게 됐는데?" 피터는 호기심을 감출 수가 없었다. 시탈은 마치 뇌물을 달라는 듯이 손을 내밀었다. "농담이야." 시탈이 웃으며 말했다. 이윽고 그녀는 지난밤에 본 일을 설명하기 시작했다. 시탈은 바지 주머니에서 어제 적은 관찰 일지 복사본을 꺼냈다. "여기, 직접 한 번 봐." 시탈이 피터에게 종이를 건네며 말했다.

피터는 종이에 적힌 일방적인 대화 내용을 큰 소리로 읽었다. "굉장히 흥미로운데." 그가 말했다.

시탈이 종이를 보려고 테이블로 몸을 굽혔다. "넌 이해가 돼?"

"아마도 조금은. 하지만 나야랑 얘기해봐야 완전히 이해할 수 있을 것 같아."

"지금 그 아이를 보러 갈 거야?"

"맞아, 정답이야. 이거 내가 갖고 있어도 돼?" 피터가 종이를 접으며 말했다.

시탈은 고개를 끄덕였다. "그건 복사본이야. 맘대로 해도 돼."

"넌 정말 최고의 동료야." 피터가 고마워하며 말했다. 그는 시탈과 팀이 됐을 때 얼마나 기뻤는지를 다시 한 번 떠올렸다. 시탈은 어디에서든 보탬이 되는 훌륭한 인재였다.

"피터…." 시탈이 잠시 말을 멈추었다. "정상적인 건 아니지? 그 환자한테 일어난 일말이야." 시탈은 손목 길이의 장식용 수술 밑 부분을 만지작거렸다. 피터는 시탈의 긴장한 모습에 깜짝 놀랐다.

"맞아." 그가 조용히 말했다. "정상적인 건 절대 아니라고 생각해."

"그런 건 정말 처음 봤어." 시탈이 말을 이었다. "그 아이… 그러니까, 이상하게 들리겠지만, 그 아이가 정말로 누군가와 이야기를 하고 있다고 생각했어. 꿈이 어떻게 그렇게 생생할 수 있겠어?"

"꿈이, 꿈이 아닐 때가 언제일까?" 피터가 옅은 미소를 지으면서 수사적으로 물었다.

"꿈이… 눈에 보이는 것일 때?" 시탈은 상황에 맞도록 결정적인 구절로 바꾸려고 애썼다.

"맞는 답이야." 피터가 말했다. "솔직히 나도 아직 못 믿겠지만 말이야."

피터는 다시 병동으로 걸어가는 길에 이엔가 씨를 방문한 일에 대해 얘기했다.

"구해지는 자에 대해 들어본 적 있어?" 피터가 시탈에게 물었다. 그는 미리 예정된 운명이라는 개념에 한껏 심취해 있었다.

"들어본 것 같아. 예언은 모든 종류로도 존재한대. 손금이나 점성술 같은 것처럼 말이야."

"넌 그런 개념에 대해서 어떻게 생각해?"

"인도에서는 꽤 많은 사람들이 그런 정보에 근거를 두고 인생을 살아가거나 중요한 결정을 내리곤 해. 그 예로 내 친구가 해준 얘기를 하나 해줄게. 친구네 마을에 어떤 유명한 정치인이 있었는데, 예언가가 그의 아들이 다음 수상이 될 거라고 했다는 거야. 그 말만 듣고 그 정치인은 자기 아들을 정치인으로 키웠어. 불쌍하게도 아들은 파일럿이 되려고 했던 꿈을 전부 버려야 했지."

"나는 이엔가 씨가 했던 말이 무슨 뜻인지 잘 모르겠어."

"기다려봐야 할 거야. 그걸 말해줄 수 있는 건 시간뿐이니까. 네가 40살이 되기 전에 데이트를 할 수 있는지는 알려주지 않았니?"

피터는 평소처럼 그녀의 친근한 장난을 무시했다. "점쟁이한테 가본 적 있어?" 그는 호기심에 가득 차서 물었다.

시탈은 웃음을 터뜨렸다. "딱 한 번. 내 별점이 내 남자친구랑 잘 맞는지 알아보려고 가봤었어."

피터가 미소 지었다. "이엔가 씨가 곧 나야를 만나러 오겠다고 했어. 이엔가 씨 부부가 오면 나한테 말해줘. 그분들과 한 번 더 얘기해 보고 싶어."

"알겠어." 시탈이 말했다. 그리고는 병동에 들어가기 위해 신분증 카드를 긁었다. "나야랑 얘기하고 나면 나한테도 말해줘. 그리고 혹시 오늘 못 보게 되면, 내일 보자고."

피터와 시탈은 간호사실로 향하는 길에 헤어졌다. 시탈은 차트 기록의 문서화 작업을 끝내야 했다. 피터는 나야의 방을 향해 걸어갔다. 그는 나야가 제닛과 있었던 가장 최근의 일들 중에서 어떤 이야기를 해줄지 궁금해졌다.

에버슨은 머리가 깨질 듯한 두통으로 잠에서 깼다. 전 날 밤, 이런 저런 골치 아픈 일들을 잊어버리고 싶은 마음에 마지막 코카인을 다 써버렸다. 이제 그는 끊임없이 조여 오는 압박감에 갇혀버린 것 같았다. 에버슨은 아커스에게 큰돈을 빚지고 있는 상황이었다. 그런데도 더 이상 부담하지도 못하는 코카인을 필요로 했다. 그는 자신의 들쑥날쑥한 감정을 조절해야만 했다.

에버슨은 에벌린과 이야기를 하고 싶었다. 단지 그녀의 목소리만이라도 듣기 위해서였다. 에벌린은 항상 그의 기분을 나아지게 해주었다. 그는 에벌린의 전화번호를 눌렀다.

"여보세요." 에벌린의 깊게 울리는 목소리가 그를 반겼다. 그녀의 상냥한 말투는 이미 전화를 건 사람이 누구인지 확인했음을 말해주고 있었다.

"안녕, 에벌린." 에버슨은 억지로 깊은 숨을 들이마셨다.

"무슨 일 있어?" 에벌린이 물었다. "당신, 목소리가 이상해. 어젯밤부터 말이야."

"아니, 아냐. 괜찮아. 난 그저… 벌써 당신이 보고 싶어서… 그게 다야."

수화기 너머로 에벌린의 웃음소리가 전해져왔다. "그래. 나도 보고 싶어."

에버슨은 참지 못하고 기진맥진한 한숨을 내뱉었다. "정말 너무 사랑해."

"나도 사랑해." 에벌린이 말했다. "그런데 솔직히 말해야겠어. 당신 정말 놀랄 만큼 이상하다고. 진짜 아무 일도 없는 거 맞아? 당신도 알잖아, 난 당신이 나에 대해 어떻게 생각하는지 말해주는 거 정말 좋아해. 하지만 뭔가 문제가 있다는 건 알 수 있다고. 당신이 원한다면 나한테 거짓말해도 좋아. 하지만 나한테 숨길 수는 없어."

에버슨은 심장이 목까지 튀어 오르는 것 같았지만 억지로 웃었다. "아, 알겠어. 완전히 들켰네. 아무래도 피터한테서 망할 감기가 옮은 것 같아." 그는 에벌린이 가장 믿기 쉬운 방법으로 코를 훌쩍거리는 소리를 냈다. "왜 그 녀석이랑 붙어 있었는지 모르겠어."

"아하, 감기에 걸린 거구나." 에벌린이 놀리듯이 말했다. "그래서 당신 전용 치킨 수프 요리사가 아양을 좀 떨어주는지 확인해보려던 거구나? 어쩐지 당신이 뭔가 바라는 것 같더라니!"

에버슨은 수화기 너머의 에벌린과 키득거리며 웃었다. 비록 지금까지 살아오면서 가장 웃고 싶지 않은 기분이었지만 말이다. "도저히 당신을 속일 수가 없다니까. 내가 왜 속이려고 했는지도 모르겠네. 그래서 당신 생각은 어때? 나 좀 돌봐줄 거야? 그러니까 내가 피터한테 지독한 병균을 옮아왔다고 해도?"

"바보 같은 소리 마. 내가 당연히 그럴 거라는 걸 알잖아." 에벌린
이 약속하며 말했다. "당신이 필요한 게 뭐가 됐든 말이야. 그러니까
혹시라도 나한테 잘 보이려고 애쓰지 않아도 돼."

에버슨은 절망스러운 심정으로 얼굴을 문질렀다. "고마워, 에벌
린." 그가 수화기에 대고 속삭였다.

"응, 뭐라고?"

"아무것도 아니야. 그냥 기침 소리였어. 목이 슬슬 아파오는 것 같
아. 이제 끊어야겠어."

"필요한 게 있으면 전화해. 뭐든지." 에벌린이 강조했다.

"그렇게." 에버슨이 거짓말을 했다. 마치 인간쓰레기가 된 것 같은
기분이었다.

전화를 끊은 후에도 그는 몇 분 동안 전화기만 쳐다보고 있었다. 아
마 이 다음에 할 통화는 결코 유쾌하지 않을 것이 분명했다. 게다가
에벌린과는 달리, 동정심이라고는 눈곱만큼도 찾아볼 수 없는 사람
과의 통화였다.

그는 아커스에게 전화를 걸었다.

"또 뭐요?" 아커스가 퉁명스럽게 물었다.

"시간이 좀 더 필요해." 에버슨이 대답했다.

"그건 안 되지."

"제발, 이렇게 부탁할게. 정말 뭘 해야 할지 모르겠다고." 에버슨은

가슴이 조여 오는 것만 같았다. 참 우습게도 그가 가장 먼저 했던 생각은 아커스를 만나서 욕구를 좀 해결할 거리를 사는 일이었다. 오래된 습관은 잘 없어지지 않는 법이라더니…. 에버슨이 씁쓸하게 생각했다. 그렇지만 중독은 훨씬 더 쉽게 없어진다던데. 아, 신이시여. 제발 저 좀 도와주소서.

"못 도와줄 것 같은데." 아커스가 말했다.

"이건 미친 짓이야!" 언성이 높아진 에버슨은 욕설을 내뱉었다.

"하루만 더 주지. 그 이상은 안 돼."

에버슨은 안도의 한숨을 쉬었다. "어떻게 돈을 구할지 좋은 생각 있으면 좀 얘기해 줘."

"그런 것까지는 기대하지 말라고." 아커스가 차갑게 말했다.

"그래, 고맙군." 에버슨은 냉소적으로 말을 마치며 전화를 끊었다.

에버슨은 머리를 부여잡고 앉아 있었다. 머리는 더욱 심하게 울리기만 했다. 여자 친구에게 부탁하기에는 너무 창피했다. 게다가 그런 부탁을 한다면 아마 에벌린과의 관계는 그걸로 끝나버릴 것이 분명했다. 피터에게 도움을 요청할 수밖에 없었다. 만약 피터가 돈을 빌려줄 수 없다면, 아마 그의 상원의원 이모부한테 얻어서라도 빌려줄 수 있을 것이다. 에버슨은 이 괴로운 두통이 나아지길 바라며, 욕실에 있는 진통제 몇 알을 입 안에 털어 넣었다. 그는 피터를 찾아야만 했다. 일분일초가 급한 상황이었다.

47.
일요일

방 안에 있던 나야는 누군가가 문을 두드리는 소리에 고개를 돌렸다. 그곳에는 피터가 서 있었다. 나야는 반갑게 놀라며 소리를 질렀다. 그리고는 당장 의자에서 내려와 피터에게 달려갔다. "내일까지 안 오시는 줄 알았어요!" 나야가 기쁘게 소리쳤다.

문가에 서 있던 피터는 나야의 밝고 생기 있는 모습을 보자 기분이 좋아졌다. "사실 원래대로라면 선생님은 오늘 병원에 안 오는 날이야. 그렇지만 나야가 어떻게 지내는지 확인하려고 이렇게 왔지." 피터가 대답했다.

나야는 피터의 손을 잡고 방안으로 이끌었다. "선생님께 보여주고 싶은 게 있어요." 나야가 눈을 반짝이며 말했다.

피터는 나야를 따라 아이의 책상으로 향했다. 나야는 책상 의자에 앉았다. 책상 위에는 대문자로 나야의 이름이 쓰인 폴더가 있었다. 폴더 위의 잉크가 햇빛에 반짝였다.

"이제 나야의 폴더가 생겼구나." 피터가 폴더를 가리키며 말했다.

"네. 이제 한곳에 그림을 다 모아놓을 수 있어요." 나야가 자랑스럽게 대답했다.

"그러고 보니 생각나네. 선생님이 아직도 나야 그림 하나를 가지고 있었지? 그런데 나야 그림을 그만 집에 두고 와버렸어." 피터는 나야가 그림을 빨리 받고 싶어 하지 않길 바라며 말했다.

"내일 가져다주서도 되요." 나야가 상냥하게 말했다.

"아주 착하구나, 나야. 이해해줘서 고마워." 피터가 약간의 죄책감을 느끼며 말했다. 그는 나야의 그림을 깜빡하고 가져오지 못한 것을 자책하고 있었다.

나야는 수줍게 미소를 지었다. 피터의 고맙다는 말에 기분이 좋아진 것 같았다.

"새로 그린 그림이 있니, 나야?" 피터가 물었다.

"제가 보여드리고 싶었던 게 그거에요." 나야가 흥분하여 말했다. 나야는 항상 피터가 자신의 그림을 좋아하는 것을 자랑스러워했다.

"어디 한 번 봐도 될까?" 피터는 나야의 침대에 앉아 누들을 조심스럽게 치우며 물었다.

나야는 피터에게 그림 폴더를 건네며 침대로 뛰어 올라 피터 옆에 앉았다. 나야가 폴더를 열자 그 안에 종이 몇 장이 보였다.

피터는 반쯤 열린 폴더 안을 슬쩍 보았다. "와, 나야! 한 장이 아니구나. 열심히 그렸는걸." 그가 말했다. 나야는 활짝 웃으며 여러 장의 종이 속으로 작은 손가락을 꼼지락거렸다. "이걸 보여드리고 싶었어요." 나야는 아주 다채로운 색으로 그려진 그림을 꺼내 무릎 위에 올려놓았다.

"이 그림은 뭐에 관한 거야?"

"이건 제닛의 집이에요. 집 주변에는 키가 크고 푸른 잔디가 있어요." 나야가 설명했다.

"제닛은 혼자 사는 거야?"

"네, 맞아요." 나야가 커다란 빨간색 집을 가리키며 말했다. 그림 속의 집에는 문이 단 하나뿐이었고 창문은 하나도 없었다.

"이 꿈은 언제 꾼 거야?" 피터가 물었다.

"아마… 금요일 밤이었던 것 같아요." 나야가 정확한 날을 기억하려고 애쓰며 말했다.

피터는 그림 속의 빨간 건물이 집보다는 오히려 헛간 같다고 생각했다.

"집 안은 어떤지 궁금한걸." 피터가 나야의 눈을 마주보며 여유롭게 말했다.

"그 그림도 있어요!" 나야가 폴더에서 다른 종이 한 장을 꺼내며 말했다.

나야가 새로 꺼낸 그림 속에는 다소 높은 곳에 위치한 침대가 꽃으로 뒤덮인 들판 정 중앙에 자리하고 있었다. 그림의 한쪽 끝에는 크고 빨간 문과 함께 빨간색의 벽이 그려져 있었다.

"음, 아주 재미있는 그림이구나. 집 안에 꽃이 아주 많네." 피터가 말했다.

"제닛이 말해줬는데 그 꽃들은 해바라기래요."

"침대에는 누가 앉아 있는 거야?" 피터가 그림 속의 두 사람을 바라보며 물었다.

나야는 오른쪽에 앉아 있는 사람을 손가락으로 가리켰다. "이건 저에요." 그리고 그 옆에 있는 사람 쪽으로 손가락을 움직였다. "이건 제닛이고요."

"제닛과 무슨 얘기를 했니?" 피터가 부드럽게 물었다.

나야는 갑자기 우울해졌다. "제닛이 거기에 자기를 혼자 버리고 간 나쁜 거인에 대해서 얘기해줬어요."

"무서웠겠구나," 피터가 공감하며 말했다.

그는 나야를 달래기 위해 그렇게 말하는 것이 아니었다. 단지 그런 꿈을 꾼다면 틀림없이 무서울 것 같다고 생각했다.

"제닛이 저한테 부탁을 했어요. 선생님한테 뭘 물어봐 달라고요." 나야가 말했다. 피터는 그 말에 조금 놀랐다.

"어떤 걸 물어보라고 부탁했는데?"

"똑, 똑."

"누구세요?" 피터가 물었다.

나야는 피터 쪽으로 몸을 기울이더니 그의 귀에 속삭였다.

"그게 누군데?" 피터가 물었다.

나야가 어깨를 으쓱했다. "제닛이 그러는데 제가 선생님한테 이 얘기를 하면 선생님이 저를 믿을 거래요." 나야의 목소리에는 미심쩍은 기색이 역력했다.

"내가 나야의 어떤 말을-"

"제가 제닛을 도우려고 하는 얘기요."

"어떻게 도울 건데?" "잘 모르겠어요." 나야는 다시 어깨를 으쓱하며 말했다.

그때 피터는 나야의 심리가 변하는 것을 두 눈으로 확인할 수 있었다. 나야는 약간 두려워하며 손톱을 물어뜯고 있었다.

"제닛이 널 무섭게 했니?" 피터가 부드럽게 물었다.

"네…. 저를 그곳에서 보내주지 않으려고 했어요." 나야가 슬프게 말했다. "하지만 어제는 그때보다 친절했어요."

"또 제닛의 꿈을 꾼 거야?"

"어젯밤에요. 조금 기억이 나요."

"어제는 무슨 얘기를 했어?"

"제닛이 선생님한테 나쁜 거인에 대해 얘기해달라고 부탁했어요."

"제닛은 그 나쁜 거인이 누구인지 알고 있어?"

나야는 양쪽으로 머리를 세차게 흔들었다. "하지만 선생님은 나쁜 거인이 무슨 일을 했는지 알고 있다고 했어요."

"내가?" 피터가 놀라서 물었다.

나야는 조용히 앉아 있었다. 피터는 나야가 감정적으로 힘들어 한다는 것을 알 수 있었다. 하지만 나야는 또래 아이들에 비하면 훨씬 성숙한 태도로 이 문제에 대해서 의논하고 있었다.

"다른 그림도 좀 볼 수 있을까?" 피터가 말했다. 그는 제닛의 이야기에서 화제를 돌려야겠다고 생각했다.

"그럼요. 보실래요?" 나야는 다른 그림들을 꺼내더니 그 그림들에 대해서 몇 분 동안 설명했다. 피터는 나야의 설명을 차분하게 들어주었다. 피터의 장점은 항상 인내심이 많다는 것이었다. 아이들과 지내는 것은 강한 인내심이 필요로 하는 일이었다.

"선생님이 이 그림들을 좀 가져가도 될까?" 피터가 그림들을 가리키면서 물었다. "안전하게 보관했다가 집에 놓고 온 그림까지 한꺼번에 돌려줄게."

나야는 망설임 없이 그에게 그림들을 건네줬다. 나야는 피터가 분명히 자신을 도와줄 수 있을 거라고 굳게 믿고 있었다. 피터는 나야가 자신을 믿어주는 것에 감격했지만, 동시에 어떻게 도와줄 수 있을지 걱정스러운 마음이었다.

"점심시간이에요. 모두 줄 서세요." 그때 복도에서 스태프들이 점심시간을 알리는 목소리가 들렸다. 나야는 폴더를 책상에 도로 갖다 놓았다. 피터는 나야를 밖으로 데리고 나가서 다른 아이들과 함께 줄을 세웠다.

피터는 나야를 점심 식사 줄에 세운 뒤, 간호사실로 향했다. 그는 혼자 앉아서 나야가 그린 그림을 바라보았다. 이 그림들은 나야의 꿈을 꽤 자세하게 보여주고 있었다. 하지만 그렇게 섬세하게 묘사된 그림인데도 도대체 무슨 내용인지 알 수가 없었다. 도저히 이해가 되지 않았다. 나야는 왜 그 죽은 아이에 대한 꿈을 꾼 걸까? 제닛은 왜 하필 내가 그 나쁜 거인이 한 짓을 알 거라고 생각한 걸까? 신문 기사를 읽은 사람이라면 누구라도 범인이 한 짓을 분명히 알 수 있었다. 왠지 제닛은 뭔가 다른 것에 대해 말하고 있는 것 같았다.

"왜 그 죽은 소녀가 내 도움을 필요로 하는 걸까?" 피터가 혼잣말을 했다. *내가 이런 얘기를 하면 사람들은 내가 미쳤다고 생각하겠지.*

피터는 더 혼란스러워지기 전에 레이아 바인즈 요원에게 전화를 하기로 했다. 그가 전화기를 꺼내서 번호를 누르기도 전에 전화가 걸려왔다. 전화를 건 사람은 바로 에버슨이었다.

"네, 피터입니다."

"오늘 시간 좀 있어?" 에버슨이 물었다.

"아마도 조금 있다가요." 피터가 시계를 보며 대답했다.

"좋아, 언제쯤?"

"오후에 커피 한 잔 정도 할 시간은 있어요. 에벌린하고 무슨 문제 있어요?" 피터가 물었다.

"만나서 얘기할게." 에버슨이 다소 조급하게 말했다.

피터는 에버슨과의 전화를 끊고 레이아가 적어준 번호로 전화를 걸었다. *바인즈 요원이라면 이 사건에 대한 단서를 갖고 있을 거야. 손해볼 건 없어.*

"피터 그랩입니다. 드릴 말씀이 있어서요. 가능하면 빠른 시간 내에 만났으면 해요. 이 메시지를 받는 대로 전화주세요. 고맙습니다."

피터는 레이아에게 음성메시지를 남겼다.

이제 그가 할 일은 기다리는 것뿐이었다.

48.
일요일

레이아는 병원 커피숍에 앉아 피터를 기다리고 있었다. 그녀는 피터가 그렇게 급한 메시지를 남긴 것에 조금 놀란 동시에 궁금해졌다. 그래서 그를 당장 만나보기로 결심했다.

레이아가 피터를 기다린 지 얼마 지나지 않아 곧 그가 모습을 드러냈다. 레이아는 일어서서 피터와 악수를 한 뒤, 자리에 앉았다.

"이전보다 훨씬 나은 곳에서 만나게 되어 다행이네요." 피터는 창피한 마음에 어색하리만큼 밝은 미소를 지으며 말했다. "이번에도 수갑을 가져오신 건 아니죠?"

"언제 어디든지 항상 갖고 다니죠." 레이아가 말했다. "하지만 이번에는 피터 씨 말을 믿을 수 있을 것 같아요. 하신다는 얘기는 뭐죠?"

피터는 FBI 요원에게는 거두절미하고 요점부터 얘기해야 할 것만 같았다. 그는 마치 레이아가 단도직입적으로 질문하는 거대한 취조실 조명같이 느껴졌다.

"굉장히 복잡해요. 어디서부터 얘기를 꺼내야 할지 모르겠군요." 피터가 말했다.

"가장 덜 복잡한 데부터 시작하세요." 레이아가 제안했다.

"지난번에 코끼리 바위에서 제가 말씀드렸던 그 환자 기억하세요? 그 아이 이름이 나야인데… 기억나요?"

"네. 그림을 그렸다는 아이요."

"그 아이가 다른 꿈을 꿨어요." 피터가 주머니에서 그림을 꺼내며 말했다. 그는 앞에 있는 테이블 위에 첫 번째 그림을 올려놓은 뒤, 레이아가 볼 수 있도록 펼쳐두었다. 그리고 레이아의 반응을 살폈다. 그림을 향해 몸을 숙인 레이아는 궁금함에 입술은 오므렸다.

"그런데요?" 레이아가 마침내 물었다.

"이 그림이 나야가 꿈에서 제닛을 만난 곳을 그린 거예요."

"잠시만요." 레이아가 두 눈을 가늘게 떴다. "나야가 제닛의 이름을 구체적으로 말했나요?"

피터가 고개를 끄덕였다. "네. 물론 나야가 제닛의 이름을 저절로 알게 됐다고 생각한다면 미친 거겠죠. 하지만 정말 그랬다니까요. 나야가 꿈을 꿨을 때는 신문이 아직 배달도 안 된 상태였어요."

레이아는 여전히 미심쩍은 표정이었지만 피터는 이미 그런 반응을 예상하고 있었다. 레이아는 아마도 나야가 어디서 제닛의 정보를 알게 됐는지를 고민하는 듯 했다. 하지만 아마도 그건 중요하지 않았다. 어쩌면 나야가 제닛의 정보를 알고 있다는 사실 자체만으로도 충분히 의미가 있었다. 그리고 레이아에게도 분명 그렇기를 바라고 있었다.

피터는 계속해서 말을 이었다. "나야는 이게 제닛의 집이라고 했어요. 하지만 나야처럼 똑똑한 아이가 창문도 없고 큰 문만 달랑 하나 있는 집을 그렸다는 게 조금 이상해요."

피터는 불편한 마음으로 레이아의 반응을 관찰했다. 나야를 둘러싼 모든 일들은 이제 현대 정신의학 밖의 문제라는 것이 확실해지고 있었다. 나야는 이번 사건에 대해 아주 세부적인 정보까지 알고 있었다. 하지만 나야가 대체 무슨 수로 알 수 있었는지는 그 어떤 의학적인 방법으로도 설명이 불가능했다. 그 점은 피터 역시도 인정하는 부분이었다. 그는 그저 레이아가 그 의학적인 설명 중 하나라도 묻지 않길 바라는 마음이었다. "집이라기보다는 헛간에 가까워 보이는데요." 레이아가 지적했다.

"저도 처음에 그렇게 생각했어요." 피터가 말했다. "혹시 나야의 꿈이 실제로도 뭔가를 의미할 수 있다고 생각하세요?"

"불가능할 건 없어요." 레이아가 대답했다. "물론 비정상처럼 들리겠지만, 지금까지 제가 맡았던 사건 중에서 이렇게 이상한 일이 일어난 것은 처음이 아니에요. 지금은 어떤 가능성도 배제하지 않는 게 최선이에요."

"그렇다면—" 피터는 아름다운 여인에게 정신 나간 듯한 얘기는 하고 싶지 않았다. 하지만 늘 그랬듯, 진실을 찾고자 하는 마음이 더 간절했다. "그렇다면 나야의 꿈이 실제로도 뭔가 연관이 있을지도 모른다고도 생각하시나요? 그러니까 뭔가 감춰진 진실을 아이가 목격한다고 말이에요. 범인이 그 빨간색 헛간과 어떤 관련이 있지 않을까

요?"

"그거 재미있는 해석이네요." 레이아가 나야의 빨간 집 그림을 보면서 말했다. 그러더니 레이아는 고개를 저으며 웃었다. 피터가 그 웃음의 의미를 이해하는 데에는 그의 심리학적 지식조차도 필요 없었다. 그건 분명 즐거운 웃음이 아니라, 이건 말도 안 된다는 웃음이었다. "왜요, 가능성은 다 따져보자면서요, 안 그래요? 범인이 살인을 저지를 때 분명 그런 장소를 이용했을 수도 있다고요."

"이것도 나야가 그린 다른 그림이에요." 피터가 의문투성이의 또 다른 근거를 내밀며 말했다.

"이번에도 헛간 그림이군요. 온통 키 큰 잔디로 뒤덮여 있네요." 레이아가 말했다. 그녀는 테이블에서 멀리 떨어지며 뒤로 기대어 앉았다. 잠시 동안 레이아와 피터는 그저 서로를 멀뚱히 바라보고만 있었다. 피터는 방금 레이아에게 보여준 그림들이 범죄 소추와는 거리가 멀다는 것을 알고 있었다. 그런 생각을 하자 그는 조금 긴장이 되었지만 괜히 움찔하지 않으려고 노력했다. 그는 차분하게 평소와 같은 모습을 유지해야 했다. 그건 피터 스스로를 위해서가 아니라, 자신들의 목소리를 대변해줄 사람이 필요한 두 소녀를 위해서였다. 레이아도 피터와 마찬가지로 감정을 절제하며 그를 바라보고 있었다. 피터는 그런 그녀의 구릿빛 머리카락과 옅은 갈색 눈동자에서 뿜어져 나오는 아름다움에 수백 번이나 눈길이 쏠리고 있었다.

레이아가 먼저 입을 열었다. "뭐가 됐든 간에." 레이아가 유감스럽다는 듯 천천히 말했다. "이건 우리가 가지고 있는 유일한 단서예요. 뭐, 몽유병 환자의 그림 몇 장을 단서라고 말할 수 있다면 말이죠. 사실, 제가 이곳에 꼬마 아이의 그림을 조사하는 일로 비행기까지 타고 왔다는 게 믿기지는 않네요. 하지만 만약 코끼리 바위 근처 어디에서라도 그런 건물을 실제로 발견할 수 있다면, 그것만으로도 분명 가치 있는 일이에요." 레이아는 고개를 좌우로 젓더니 다시 한 번 건조하게 웃었다. "피터 씨는 전혀 모르시나요? 혹시 그런 건물을 본 적 없어요? 피터 씨는 이곳 지리를 잘 아시잖아요."

"빨간색 헛간만 달랑요? 그런 건물은 본 적 없는 것 같아요. 하지만 코끼리 바위 주위에는 굉장히 큰 부지들이 꽤 많아요. 어린아이가 그 주변을 돌아다니다가 바라본 시점에서라면, 그렇게 보일 수도 있겠네요."

레이아는 잠시 동안 그녀의 길고 섬세한 손가락으로 코끝을 톡톡 두드렸다. 그녀는 피터가 펼쳐 놓은 그림들을 보며 고심하고 있었다.

"어쩌면 다소 무리해서 결론에 이르는 건지도 몰라요." 레이아가 말했다. "하지만 항공사진을 한 번 더 찍는 것도 도움이 되긴 할 것 같네요. 제가 그 헛간 그림을 잠시 가져가도 될까요?"

피터는 나야의 그림을 주기가 망설여졌지만, 그래야 한다는 것을 알고 있었다. "내일 아침 병원에 출근하기 전까지는 돌려주셔야 해요. 나야에게 돌려주겠다고 약속을 했거든요. 그리고 제 환자로서 그 아이의 믿음을 저버리고 싶지 않아요."

레이아는 그림을 가져가며 말했다. "아침에 제일 먼저 피터 씨를 만나도록 할게요. 괜찮으시다면 7시 30분에 보는 걸로 해요." 레이아는 피터의 근심 가득한 얼굴에 미소를 지었다. "걱정하지 말아요. 그림은 잘 보관할게요." 레이아가 약속을 하며 말했다.

피터는 스스로를 안심시키고 그녀에게 미소를 지어보였다. "알겠어요. 혹시 단서를 찾게 되면 저에게도 알려주세요, 아셨죠? 제가 헛소리를 한 건 아닌지 확실히 알고 싶어요."

레이아가 씩 웃었다. "글쎄, 그건 모르는 거죠. 이번에는 그 헛소리가 운 좋게 들어맞은 걸 수도 있잖아요." 레이아가 놀리는 투로 말했다. 하지만 그녀의 목소리는 놀랄 만큼 순식간에 진지하게 바뀌었다. 그녀는 순간 지나치게 개인적인 모습을 보였다는 사실을 깨닫고 당황스러워 하는 것 같았다. "어쨌거나 또 다른 정보로 연락하게 될지도 모르니 제 번호를 잊지 마세요." 그녀는 재킷 주머니 속으로 그림을 접어 넣었다. "그리고 피터 씨…"

"네?"

"좋은 정보 고마워요." 레이아가 다시 미소를 지으며 인사했다. 차에 올라탄 레이아는 호세를 만나 경찰 헬기를 타기 위해 경찰서로 향했다. 또 다시 헬기를 타게 된 것이다. 하지만 이번에는 전체적인 풍경을 새로운 시각에서 바라봐야 했다. 레이아의 머릿속은 온통 어린 아이의 그림을 고려해야 한다는 생각뿐이었다. 사실 레이아는 겨우 일곱 살짜리 꼬마의 그림에 근거해서 움직여야 한다는 사실이 영 내키지 않았다. 하지만 그럴수록 더 좋은 결과를 기대하려고 애썼다. *게다가….* 레이아는 우울한 마음으로 생각했다. *이제 더 조사해볼 만한 것도 없으니까!* 그녀는 이제 더 잃을 것이 없다고 생각했다. 물론 헬리콥터 탑승 비용만 제외하면 말이다. 하지만 그 정도는 아동 살인 사건을 해결할 기회를 위해서라면 감수할 만한 대가였다.

레이아는 확실하진 않지만 왠지 좋은 예감에 사로잡혔다. 그녀는 더욱 세게 가속 페달을 내밟았다.

49.
일요일

호세와 레이아는 헬리콥터에 올라타며 안전벨트를 맸다. 호세는 조종사의 어깨를 툭 치며 준비가 되었음을 알렸다. 엔진이 윙윙 소리를 내며 시동이 걸리기 시작했다. 이윽고 채 몇 분이 지나지 않아 레이아는 또 다시 범죄 현장 위에서 공중을 맴돌고 있었다.

레이아는 피터가 준 그림을 든 채, 고개를 숙이고 코끼리 바위 주변을 열심히 살폈다. 그녀는 한 채의 빨간색 헛간을 닮은 건물이라면 뭐든 찾아내기 위해 애를 쓰고 있었다. 코끼리 바위가 발아래로 지나간 뒤, 조종사는 두 군데의 부지 쪽으로 방향을 틀었다. 그곳은 지난 번에 헬기를 탔을 때에는 아무도 주의 깊게 살피지 않았던 부지들이었다. 그러나 레이아는 두 부지 위를 지나는 동안 쓸 만한 정보를 전혀 발견하지 못했다. 레이아의 기대는 실망감으로 무참히 날아가버렸고, 이루 말할 수 없는 민망한 마음만 뒤따랐다. 이제는 스스로가 너무 어리석었다는 생각마저 들기 시작했다. 한 손에는 정신 병원에 갇혀 있는 꼬마 아이의 그림 한 장을 들고, 하늘만 빙빙 돌아다니면서, 대체 내가 지금 뭘 하는 거지?

뇌 검사나 받아봐야겠다. 레이아는 혼자 실실 웃으며 생각했다.

헬기는 이제 베일리 의원의 목장과 근방의 큰 헛간 위로 날고 있었다. 그 헛간들 중에 빨간색은 하나도 없었다. 그 뒤로도 몇 분 동안 인접 지역을 돌아본 결과, 레이아는 베일리 의원 소유의 헛간은 다 확인했다고 결론지었다.

저 멀리 아래에서 잔물결을 일고 있는 윌로우 호수가 레이아의 눈길을 끌었다. *저런 호수 앞에 자리 잡은 사유지를 갖고 있다면 정말 근사하겠지. 여름에는 여기서 보트도 탈 수 있겠는걸.* 아니나 다를까, 레이아의 눈에 멀찍이 위치한 보트 창고 몇 채가 보였다. 레이아는 좀 더 똑바로 일어나 앉았다. 전에는 미처 생각하지 못하고 있었다. 어떤 각도에서 보면 보트 창고가 헛간처럼 보일 수도 있다는 사실을 말이다. 레이아는 즉시 조종사에게 윌로우 호수를 한 바퀴 돌라고 지시했다. 호숫가를 따라 위치한 저 몇 채의 보트 창고 중에 나야의 꿈에 나타난 건물이 있을지도 몰랐다. 분명 충분히 가능성 있는 일이었다. 호수를 한 바퀴 돌아본 후, 레이아와 호세는 그림에 묘사된 건축적, 장식적인 부분들을 기준으로 몇 채의 건물을 배제시켰다.

최종적으로 두 채의 보트 창고가 나야의 그림 속 건물과 매우 흡사했다. 하나는 사과 과수원에 위치해 있었고 다른 것은 조금 더 작은 목장에 위치해 있었다. 호세는 마을 지도에 이 두 군데를 표시해두었고, 조종사에게 기지로 돌아가자고 지시했다.

추리의 일부이건 아니건 간에, 호세와 레이아는 절실하게 휴식이 필요했다. 도저히 잔뜩 흥분된 이 기분을 추스를 수가 없었기 때문이었다. 레이아와 호세는 헬리콥터 밖으로 내리면서 말 그대로 땅이 부서져라 달려갔다. 서둘러서 스티븐 앤드류 부서장에게 그들이 발견한 것을 알려주기 위해서였다. 스티븐은 두 사람이 발견한 중요한 단서가 아이의 꿈에서 비롯되었다는 사실에 별로 만족스럽지 않아 보였다. 하지만 어쨌거나 그것이 지금 손에 넣은 유일한 단서라는 것쯤은 그도 알고 있었다.

"그래, 아무렴 어때?" 스티븐이 스피커폰 너머로 물었다. 레이아는 그가 손을 들어 올리며 어깨를 으쓱하는 모습이 눈에 선했다. "하루 동안 뭘 더 할 수 있지? 오늘 남은 시간 동안 속도위반 딱지나 떼고 있을 순 없어."

스티븐은 레이아와 호세를 데리러 갈 부대 두 팀을 헬기 이착륙장으로 파견했다. 한 팀은 과수원에 있는 보트 창고로 레이아를 데려다 주었고, 다른 한 팀은 목장에 있는 보트 창고로 호세를 태워 갔다.

레이아는 수사 첫날 코끼리 바위에서 만났던 제레미 경관, 그리고 토니 경관과 함께 차에 올랐다. 두 경찰관은 경찰차가 시내를 지나는 동안 레이아에게 과수원의 주인에 대해서 간단히 설명해줬다.

경찰차는 꽤 느린 속도로 여러 개의 대문을 통과했다. 레이아는 경찰차가 좁고 구불구불한 길을 따라 달리는 동안 창밖을 바라보았다. 그 길은 마침내 순환 진입로로 이어지며 흰 색의 작은 오두막집 앞으로 차를 안내했다. 레이아와 두 경관은 경찰차에서 내렸다. 레이아는 그 오두막집에 누가 있든 간에 제레미와 토니에게 차 안에 있으라고 지시했다. 물론 오두막집에는 집주인인 디드 씨가 있겠지만 말이다.

레이아는 오두막집으로 걸어가서 현관 계단을 올라 문 앞에 섰다. 그녀는 현관 초인종을 누르고 잠시 기다렸다. 레이아가 다시 한 번 초인종을 누르려고 손을 들었을 때, 현관문의 잠금장치가 돌아가는 소리가 들렸다. 이윽고 문이 열리자, 80대 후반 정도로 보이는 허약한 노인이 앞에 서 있었다.

"안녕하세요, 혹시 디드 씨 되시나요?" 레이아가 물었다.

"글쎄요, 행여 내가 디드 씨가 아니었어도, 지금은 꼭 디드 씨였으면 좋겠다는 생각이 드는군요."

디드 씨는 레이아의 방문에 조금 놀란 듯 했지만, 활기차게 농담을 건넸다. "이렇게 예쁜 아가씨가 어쩐 일로 우리 집에 찾아 오셨나?"

레이아는 디드 씨가 두꺼운 안경 너머로 눈을 가늘게 뜨고 있다는 것을 알아챘다. 디드 씨는 레이아 뒤로 누가 서 있는지 열심히 확인하고 있었다. 이윽고 그는 레이아와 그리 멀지 않은 곳에 두 남자를 확인할 수 있었다. 그러자 그의 말투는 레이아를 처음 봤을 때보다 다소 정중해졌다. 레이아를 방금과는 다른 눈으로 보게 된 것이었다. 디드 씨는 어깨를 앞으로 조금 숙이며 말했다.

"아, 형사님들 일인가?" 디드 씨가 말했다. "이런, 사과드리지요."

레이아는 여성을 대상화하는 것에 참을 수 없이 짜증이 났지만, 이 노인에게만큼은 결코 화를 낼 수가 없었다. 그는 단지 정말로 친절한 노인일 수도 있었다. 그러나 레이아는 디드 씨를 유심히 살폈다.

"저는 FBI의 레이아 바인즈 요원입니다." 레이아는 뒤쪽을 가리켰다. "그리고 저 사람들은 제 동료들이에요." 그녀는 디드 씨를 안심시키기 위해 빙긋 웃으며 배지를 보여주었다. 디드 씨는 옅은 미소를 지으며 손을 내밀고는 두 경찰관을 바라보았다. "안으로 좀 들겠어요?" 그는 레이아를 안내했다. "난 안에서 얘기하는 편을 더 좋아해서 말이요. 서 있는 것만으로도 지치거든. 예쁜 아가씨도 무릎 관리 잘 하시라고. 안 그러면 후회해요, 정말이라니까." 디드 씨는 레이아의 주변을 살펴보았다. "남자친구들도 함께 와도 괜찮아요."

"네, 고맙습니다." 레이아는 어느 때보다도 전문 경찰다운 딱딱한 어투로 말했다. "그런데 동료들은 뒤에 두고 오는 게 좋겠네요. 하지만 초대해주신 건 감사드립니다." 디드 씨가 레이아에게 따라오라고 손짓했다. 디드 씨는 지팡이에 의지한 채 절뚝거리면서 천천히 복도를 지나 거실로 향했다.

"아가씨도 차 한 잔 하시겠소? 방금 내 잔을 따르는 참이었소만…" 디드 씨는 약간 갈라진 목소리로 물었다.

"물론, 주신다면 감사히 마시겠습니다." 레이아가 말했다. 그녀는 굉장히 편안해 보이는 낡은 소파에 앉았다. 오두막의 따뜻함과 안락한 분위기가 꽤 마음에 들었다. 레이아가 앉은 자리 건너편에는 멋지게 조각된 돌난로가 보였다. 난로 속에는 작은 불꽃이 마치 리듬에 맞춰 춤을 추듯 멋지게 흩날리고 있었다. 집안의 벽은 군데군데 조금씩 벗거진 꽃모양 벽지로 화려하게 장식 되어 있었다.

"혼자 사시나요?" 레이아는 벽에서 외로움의 흔적을 느낄 수 있었다.

"지금까지 15년 동안 혼자 살았소." 디드 씨는 갓 끓인 차를 레이아의 잔에 따르면서 대답했다. "그러니 내가 좀 전에 조금 지나쳤다면 이해해줘요. 하지만 시도는 해볼 수 있는 거잖우. 나이가 네 배나 많은 남자이긴 하지만요, 안 그래요?" 디드 씨가 껄껄 웃었다. 레이아는 자신도 웃고 싶어진다는 사실을 깨닫자 약간 짜증이 났다. 신기하게도 레이아는 최근 들어 꽤 유해지고 있었다. "그나저나 내가 어떻게 도와드리면 되려나?" 마침내 디드 씨가 물었다.

"최근에 뉴스 보셨어요?"

"내가 나이가 꽤 많지만 노망난 건 아니라오." 디드 씨가 웃음을 지으며 말했다. "사실 늙었다고 해서 꼭 그렇다는 건 아니지만…."

"코끼리 바위에서 일어난 살인사건에 대해 들어보셨나요?"

"그럼. 신문에서 읽었지요."

"저희 수사팀에서 살인범이 빨간 헛간이나 보트 창고를 사용했을지도 모른다는 단서를 얻게 됐어요. 그래서 코끼리 바위 근처를 둘러보다가 꽤 가능성 있는 두 군데를 발견했죠."

"그럼 나는 어디에 연관되는 건가요? 내가 용의자가 되는 건가?" 디드 씨가 농담을 했다.

레이아는 순간 웃고 싶은 충동이 들었다. 하지만 애써 눈을 굴려 억지로 참으며 급하게 차를 들이켰다. 그러자 강한 아로마 향이 코를 간질였다. "디드 씨가 소유하신 보트 창고가 우리 추측과 일치하는 건물 중 하나에요."

"그 오래된 보트 창고가…. 알겠소." 디드 씨가 고개를 끄덕이며 대답했다. "저 다 썩어가는 낡은 창고는 지금까지 30년도 넘도록 손도 대지 않았다오."

"혹시 다른 사람이 사용하진 않았나요?"

"만약 그랬다면 꽤 비열한 놈이겠지요. 수십 년 동안 잠겨 있었는데 말이오."

"괜찮으시다면 창고 안을 좀 볼 수 있을까요?"

"물론이죠. 사건에 도움이 되신다면…."

"호의에 감사드립니다." 레이아가 말했다. 그리고는 탁자로 쓰이는 나무 상자 위에 빈 찻잔을 올려놓았다.

"보트 창고로 가는 길을 찾을 수 있겠소?" 디드 씨가 물었다. "내가 안내해드려야 하는데, 이렇게 느긋하게 차 마시는 중에 일어나는 걸 워낙 싫어해서 말이요. 우리 늙은이들은 늘 해오던 대로 지내는 편을 좋아하거든." 그는 윙크를 했다.

레이아는 의자에서 일어섰다. "물론 갈 수 있죠. 어떻게 가는지만 알려주세요."

"그냥 이 집 주변을 걷다가 호수가 보일 때까지 사과나무들 사이로 쭉 걸어가면 되요." 디드 씨가 방향을 알려주며 말했다.

"창고는 잠겨 있나요?"

"그럴 거요…. 그런데 키가 통 어디 있는지 기억이 안 나는 구려. 뭐 하루 이틀 일도 아니지. 농담이 아니라, 정말 10분 전 일도 기억이 잘 나지 않으니 말이요."

"디드 씨가 괜찮으시다면 저희가 자물쇠를 부숴서 문을 열어야 할 지도 몰라요, 물론 새 것으로 바꿔드리겠지만요."

"난 괜찮소. 그럼 적어도 새 열쇠가 생기겠군요." 디드 씨가 새로 따른 차를 홀짝이며 말했다.

레이아는 그에게 다시 한 번 고맙다는 인사를 한 뒤, 밖에서 기다리 던 두 경찰관들과 합류했다. "혹시 쇠지레 같은 것 있어요?" 레이아 가 토니에게 물었다.

"아마 있을 거예요." 토니가 조금 지나치다 싶을 만큼 열성적으로 대답했다. 레이아가 디드 씨를 만나고 오는 동안 두 경찰관은 꽤 따 분했던 모양이었다. 토니는 곧바로 경찰차 트렁크를 열어, 만일에 대 비해 항상 휴대하는 여러 장비들을 샅샅이 뒤졌다.

"여기요." 토니기 강철로 된 쇠지레를 들고 말했다.

두 경찰관은 레이아를 따라 숲속으로 향했다. 호수에 가까이 다가 간 세 사람은 보트 창고 하나를 발견했다. 세 사람은 창고에서 몇 미 터 떨어진 곳에서 잠시 걸음을 멈췄다. 희미하지만 고약한 냄새가 주 변 공기를 메우고 있었다. 보트 창고는 나야가 그린 그림과 거의 일 치했다. 하지만 그림에서처럼 주변에 키 큰 잔디가 자라고 있지는 않 았다.

레이아가 예상했던 대로 창고 문은 잠겨 있었다. 자물쇠는 30년이나 되어 보이지 않았고, 분명 최근까지도 사용된 것 같았다.

"부숴서 열어요, 토니 씨." 레이아가 말했다.

토니는 쇠지레의 한쪽 끝을 자물쇠 고리에 넣은 뒤, 자물쇠를 부숴 버렸다. 부서진 자물쇠는 땅으로 힘없이 떨어졌다. 그는 부서진 조각들을 옆으로 걷어찬 뒤, 조금 열려진 문을 잡아 당겼다.

레이아는 총집에서 총을 꺼내며 토니에게 문을 더 열라는 신호를 보냈다. 그러자 토니는 문을 완전히 젖혔다. 그러자 시야가 흐릿하던 창고 내부에 충분한 빛이 비춰졌다.

레이아는 토니에게는 문을 지키라고 지시하고, 제레미에게는 뒤를 따라 오라며 손짓했다.

레이아는 살금살금 앞으로 다가갔다. 안쪽에서부터 시체 썩는 냄새가 숨 막힐 듯 고약하게 풍기고 있었다. 레이아는 토할 것 같은 속을 부여잡으며 본능적으로 손으로 입을 틀어막았다.

그 냄새는 언제나 그녀를 쫓아다니던 그 악몽의 냄새였다. 그것은 산호세에서 일어났던 그 미해결 사건의 냄새였으며, 쥐 떼와 피와 고통의 냄새였다. 구역질이 날 때마다 그때의 아픈 기억들도 같이 꾸역꾸역 올라왔다.

이번엔 그때와 달라. 레이아는 속으로 다짐했다. *그땐 네가 할 수 있는 일이 없었잖아. 그때는 잊어버리고 지금 일에 집중하라고!*

레이아는 마음을 다잡고 주변을 샅샅이 살피며 천천히 앞으로 나아갔다. 켜켜이 앉은 먼지와 거미줄로 보아, 오랫동안 이 창고는 청소되지 않은 것이 분명했다.

그러나 레이아는 먼지가 잔뜩 쌓인 마룻바닥에서 사람의 발자국과 무언가가 끌려간 흔적을 발견했다.

최근까지 여기에 사람이 있었어. 악취가 나는 이유도 그 때문이었군. 레이아는 햇빛이 스며드는 다 썩어빠진 창고 벽에 다른 흔적이 없는지 살폈다. 그녀는 보트를 대는 곳을 지나 창고의 끝까지 걸어갔다.

"이것 좀 봐요." 레이아가 제레미에게 속삭였다. 두 사람은 걸음을 멈추고 커다란 나뭇단을 조사했다. 나뭇단의 표면에는 점 같이 생긴 흔적들이 보였다. 그것은 바로 썩은 살 조각이었다. 붉은 색과 갈색의 지저분한 얼룩들은 나뭇단의 윗부분과 옆면을 전부 뒤덮고 마룻바닥까지 이어지고 있었다.

"젠장!" 제레미가 소리쳤다. "대체 여기서 무슨 일이 있었던 거야?"

"안색이 안 좋아 보여요." 레이아가 말했다. "밖에서 바람 좀 쐬도록 해요."

"네." 제레미는 서둘러 말을 내뱉으며 밖으로 달려갔다. 제레미는 분명 디드 씨네 사과나무 아래서 속을 게워내고 있을 게 분명했다. 레이아는 굳이 그를 따라가지 않았다. 그가 점심에 뭘 먹었는지까지 확인할 필요는 없었다.

레이아는 총집에 총을 다시 넣은 뒤, 라텍스 고무장갑을 꺼냈다. 아마도 이곳은 제물을 바치는 방으로 쓰였던 것 같았다. 그때 레이아는 테이블 위에서 수술용 칼을 한 무더기 발견했다. 칼들은 전부 마른 피로 뒤덮여 있었다. 살인범이 꽤 최근에도 이 도구들을 사용한 것이 분명했다.

"정말 미친 짓이군." 레이아가 말했다. 이윽고 토니가 다가오는 소리가 들렸다.

"성급하게 결론 내리고 싶진 않지만." 그녀가 건조하게 말했다. "감히 추측컨대, 우리가 지금 범인의 은신처를 발견한 것 같아요." 레이아가 코와 입을 손수건으로 막고 있던 탓에, 그녀의 말투는 조금 덜 차갑게 들렸다.

"이 칼들 좀 보세요. 이건 완전히 전문가인데요." 토니가 말했다.

레이아는 철로 만들어진 칼 하나를 들고 햇빛이 비치는 통로로 갔다.

연마된 칼끝이 햇빛에 번쩍 빛났다. 분명 굉장히 질이 좋은 도구였지만 손잡이에 이름은 새겨져 있지 않았다. 레이아는 만에 하나 범인이 전화카드 같은 것이라도 남길 마음이 있었다면 너무도 고마울 것 같았다. 물론 조금도 기대하지는 않았지만 말이다. 레이아는 칼을 제자리에 갖다 놓고 다른 물건들을 살펴보았다. 그러던 중, 의식에 쓰이는 작은 나무 의자와 여러 개의 정교한 동물 조각상들을 발견했다.

"사자, 코끼리, 기린… 이럴 수가…." 레이아가 말했다. "토니, 여기서 무슨 일이 일어난 것 같아요?"

토니는 대답이 너무도 빤한 그녀의 질문에 아무 말도 하지 않았다. 하지만 두 사람 모두 이 어두컴컴한 보트 창고에서 지금까지 어떤 끔찍한 일이 있었는지 잘 알 수 있을 것 같았다. 창고의 한 쪽 구석에는 철물점에서나 볼 수 있는 금속 갈고리가 두어 개 놓여 있었다.

이제 레이아는 더 이상 악취를 참을 수 없게 되었다. 레이아는 토니에게 창고에서 나가자는 신호를 보냈다. 토니 역시도 더 말할 필요 없이 그곳에서 당장 나가길 바라고 있었다. 그는 왜 제레미가 수풀에서 속을 게워내고 있었는지 그제서야 이해할 수 있었다.

밖으로 나온 레이아와 토니는 맑은 공기를 쭉 들이켰다. 제레미는 자신이 구토했다는 사실이 민망했는지 근처에 조용히 서 있었다.

"아무한테도 말 안할게." 토니가 제레미에게 장난치며 말했다. "나도 아까 먹은 쿠키를 쏟아낼 뻔 했으니까."

"아무래도 잠시 숨어서 잠복하는 게 좋겠어요. 살인범이 나타나는지 지켜봐야 할 듯해요." 레이아가 코앞의 가장 중요한 화제로 얘기를 돌렸다.

두 경찰관은 잠시 서로를 바라보더니, 알겠다며 고개를 끄덕였다.

레이아와 토니는 속이 좀 진정되자 다시 창고 안으로 들어갔다. 그리고 또 다른 단서를 살펴보기로 했다. 레이아는 이번엔 마루에 붙어 있는 동물의 털 몇 가닥을 발견했다. "범인이 동물도 죽였군요." 레이아가 지적하며 말했다. "역시 내가 생각했던 대로 뭔가 의식을 치룬 것 같아요."

"법의학 팀은 어때요? 전화해볼까요?"

"잠깐 기다리기로 해요. 호세 씨한테 DNA 검사를 의뢰할 샘플을 몇 개 보내겠다고 전해주세요." 레이아는 작은 동물상 공예품들과 칼들을 비닐 봉투에 넣었다.

레이아는 지금까지 수집을 마친 모든 증거물을 토니에게 건네주었다. "지금은 일단 맡아주세요. 저는 디드 씨와 얘기를 좀 더 나누면서 보트 창고를 사용한 사람에 대해 알고 있는지 물어볼게요."

레이아는 오두막으로 돌아가면서 휴대전화를 꺼냈다. "호세 씨, 저에요." 레이아가 전화에 대고 말했다. "우리 생각이 적중한 것 같아요."

"정말 반가운 얘기네요. 아무래도 우리 쪽은 아닌 것 같거든요." 호세가 대답했다. "지금 그리로 갈게요."

"곧 뵈요." 레이아는 말을 마치며 전화를 끊었다.

레이아는 잠시 걸음을 멈추고 숨을 돌렸다. 그녀는 겨우 지난 몇 분 사이에 발견한 모든 것들이 너무도 당황스러웠다. 어떻게 그 꼬마의 꿈 하나로 여기까지 올 수 있던 걸까? 레이아는 피터가 이런 중요한 정보를 제공해줬다는 사실에 고마웠다. 사실 그녀는 마음속으로 갈등하고 있었다. 나야의 꿈이 가진 이상한 통찰력과 현실에 입각한 그녀의 논리를 도저히 조화시키기가 힘들었기 때문이었다.

어떻게 그 어린아이가 잠자는 동안 이 괴물의 은신처를 찾아낼 수 있었던 걸까? 레이아는 당장 수사를 진행해서 이 사건의 진실을 파

헤치고 싶은 충동이 들기 시작했다.

50.
일요일

에버슨은 서점 커피숍에 앉아서 초조하게 피터를 기다리고 있었다. 잠시 후, 마침내 피터가 커피숍에 도착했다. 그는 피곤한 기색이 역력한 채, 에버슨의 건너편 의자에 풀썩 앉았다.

"오늘 정말 바빴어요." 피터가 한숨을 쉬었다. "아직 집에 먹을거리도 못 샀어요."

"무슨 일인데?" 에버슨이 평소처럼 보이려고 애쓰며 물었다. 그는 속에서 터질듯 요동치는 심장 소리를 피터가 알아채지 못하기만을 바랐다.

피터는 나야가 꾼 꿈에 대해 얘기해줬다.

"그거 참 이상한 일인걸." 에버슨이 말했다. "그 꼬마 얘기는 그냥 만화 같다고. 혹시 가족들이 돈만 많고 베베 꼬인 거 아냐?"

"돈이 좀 많은지도 모르겠지만 확실히 그렇게 꼬인 사람들은 아니에요." 피터가 말했다. 그 말을 하는 피터에게서 다소 방어적인 느낌이 들었다.

"그 환자는 병원에 얼마나 있을 거래?"

"그렇게 오래 있진 않을 거예요. 아마 곧 퇴원할 것 같아요. 그게 내

일일 수도 있고요." 피터가 주제를 마치며 말했다. "아무튼, 일 얘기는 이쯤 해두고. 오늘은 또 무슨 일이에요? 에벌린 문제에요?"

"아니." 에버슨이 주저하지 않고 말했다. "내가 돈이 좀 필요해서 말이야. 내가 좀 곤란한 상황에 처했어."

피터는 잠시 말을 멈추었다. 그의 표정에서 약간 경계하는 기색이 보였다. "얼마 정도요?"

"글쎄, 왜 처음에 빚이 좀 생겼을 때는 금방 벌어서 갚을 수 있을 것 같잖아. 그런데 그게 갑자기 눈덩이처럼 불어―"

"얼만데요?" 피터가 다시 물었다.

"2만 불 정도야." 에버슨이 약간 움츠러들며 고개를 숙인 채 말했다.

"2천 불도 아니고 2만 불이라고요? 6개월 전에도 내게 5천 불을 빌려 갔잖아요?"

"금방 갚을게, 이자까지 쳐서 말이야." 에버슨이 계속해서 요구하며 말했다.

피터는 몇 초 간 머뭇거렸다. "형님, 그런 돈은 나도 없다고요. 형님도 알다시피 나는 학자금 대출까지 받은 상태잖아요. 아니 그리고 어떻게 나보다 빚이 더 많을 수가 있어요? 형님은 학자금 대출도 몇 년 전에 다 갚았을 거 아네요!" 피터는 도저히 목소리에 짜증을 감출 수가 없었다.

에버슨이 피터의 눈을 보며 말했다. "넌 네 돈을 다 써버리는 여자

친구가 없잖아. 그리고… 그러니까, 이건 말하기 창피하지만—"

피터는 에버슨이 무슨 얘기를 할지 기다리며 그를 바라보았다.

"내가 몇 군데 투자했던 게 전부 실패했어." 에버슨이 자신 없이 말을 마쳤다.

"미안해요. 이번엔 안 되겠어요." 피터가 단호하게 말했다. "나도 이런 말하고 싶지 않아요. 하지만 형님도 내게 그런 큰 돈이 없다는 걸 잘 알잖아요."

에버슨의 얼굴이 빨갛게 달아올랐다. 그리고 그는 그의 까무잡잡한 피부가 그의 수치심과 두려움을 가려준다는 사실이 다행이라고 생각했다. "아… 그래, 좋아. 어쨌든 얘기 들어줘서 고마워." 에버슨이 말했다. 그의 맥박은 훨씬 더 빠르게 요동치고 있었다. 이제 어떻게 해야 하지?

"난 그럼 식료품 가게나 가볼게요." 피터가 의자에서 일어서며 말했다.

"내일 병원에서 보자고." 에버슨이 당황스러운 기색을 감추려고 애쓰면서 말했다.

"그래요." 그렇게 말을 마친 피터는 곧 나가버렸다.

51.
일요일

노예는 서점에서부터 근처 식료품점까지 피터의 뒤를 밟았다. 그는 피터가 FBI 요원과 함께 숲속에 있던 것을 본 이후로 피터가 뭘 알고 있는지 궁금했다. 노예는 피터와 조금 떨어진 곳에서 피터를 지켜보았다. 피터는 물건을 사고 가게에서 걸어 나오고 있었다. 심장이 두 근두근 뛰는 동시에 손에 땀이 나기 시작했다. 노예는 잠시 기다린 후, 곧장 그의 목표물을 쫓으며 걸어갔다. 이런 식으로 미행하는 것은 위험한 일이었지만, 노예는 FBI 요원이 피터와 접촉하는지 확인할 필요가 있었다.

노예는 한 블록을 빙 둘러 달려간 뒤, 피터가 시야에 들어오는지 보기 위해 모퉁이 근처를 슬쩍 살폈다. 그는 피터가 한 블록 앞에 있는 것을 확인하고는 안심하며 천천히 걸어갔다. 이제 그는 안전한 거리에서 그를 따라갈 수 있었다.

노예는 집으로 향하는 피터의 뒤를 계속 따라갔다. 피터는 도중에 가게 안의 진열장에 이것저것을 구경하며 걸어갔다.

노예는 멀찍이 떨어져서 피터가 아파트 단지로 들어가는 것을 지켜보았다. 노예가 집으로 향하는 피터를 쫓는 내내, 피터는 아무와도 마주치지 않았다. 그 사실에 노예는 실망을 해야 할지 안심을 해야 할지 갈피를 잡을 수가 없었다. 그는 지금 아무 일도 진행되지 않는 이 상황을 받아들일 수가 없었다. 그의 몸은 더욱 긴장되기 시작했다. 그저 답을 알고 싶다는 절실한 마음만 끓어오를 뿐이었다.

아마도 경찰은 아주 조심스러운 방법으로 피터와 연락을 하고 있는 것 같았다.

노예는 피터가 분명 아침에 출근할 것이라고 예상했다. 그리고는 피터가 병원에서 바쁘게 일하는 사이, 피터의 작은 아파트에 들어가 보기로 결심했다. 어쩌면 노예가 찾던 답은 피터의 아파트에 있을지도 몰랐다.

52.
일요일

헤이스팅스 부부는 가족 면회실에서 나야와 함께 앉아 있었다. 부부는 나야가 병동 생활에 잘 적응하고 있다는 것이 다행스러웠다. 하지만 나야가 밤마다 겪는 일에 대해서는 여전히 걱정이 되었다. 언제쯤이면 나야가 꿈에서 자유로워질 수 있을까?

"엄마아, 나 집에 가고 싶어요, 네에? 엄마." 나야가 자신을 위로해주는 엄마 무릎에 앉아서 투정을 부렸다.

"금방 갈 거란다, 아가." 제인이 눈물을 글썽이며 말했다. 아무리 강한 부모라 할지라도 아이의 그런 모습에 눈물 한 방울 흘리지 않을 부모는 없었다. 아름다운 모습의 제인은 여느 때 보다도 더 창백해보였다. 그녀는 목에 걸린 고풍스러운 진주 목걸이를 초조하게 만지작거리고 있었다.

"엄마, 나 여기 더 있기 싫어요. 부탁이에요. 왜 제가 여기 있어야 해요? 난 아무데도 이상한 곳이 없단 말이에요!"

제인은 딸이 겪는 심리적 고통과 좌절감을 더 이상 보고 있기 힘들었다. 나야의 검사 결과도 나야의 입원 이유를 명쾌하게 설명해주지 못했다. 그러자 제인은 자신이 괜한 일로 딸을 괴롭히고 있을지도 모른다는 생각에 우울해졌다.

제인은 남편을 향해 몸을 기대며 그의 귀에 조용히 말했다. "이제 어떻게 하죠? 나야를 여기에 데려왔을 때와 달라진 게 없잖아요. 나야가 왜 이런 일을 겪는지 조금도 알아내지 못했다고요. 여기에 평생 나야를 머무르게 할 순 없는 노릇이에요. 그건 우리 둘 다 죽이는 거나 마찬가지예요!"

"당신이 결정하도록 해." 프레드가 결정을 미루며 말했다. 그 역시도 나야를 정신 병원에 입원시킨 일로 내심 괴로워하고 있었다. 이번 일이 나야의 미래에 어떤 영향을 미치게 될까? 그는 나야가 꼭 의학적으로 필요한 것 이외에는 더 이상의 고통을 겪지 않길 바랐다.

제인은 나야가 프레드와 함께 간식을 먹으며 앉아 있는 동안, 자리에서 일어나 가족면회실에서 나왔다. 그리고 간호사실로 걸어가서 병동 간호사에게 의사 선생님과 통화할 수 있는지를 물었다. 간호사는 의사 선생님을 호출해주겠다며 잠시 기다려 달라고 말했다.

제인은 간호사실 근처 복도에 서서 의사 선생님이 도착하기를 기다렸다. 이윽고 젊은 인도인 여자 한 명이 제인을 향해 다가왔다. 그 여자는 자신이 호출을 받은 의사라고 소개했다.

"안녕하세요. 저는 시탈 페이틀입니다. 뭘 도와드릴까요?"

"나야의 사례에 대해 잘 알고 계신가요?" 제인이 긴장하여 물었다.

"네, 그렇습니다."

"오늘 우리 아이를 집에 데려가도 될까요? 검사 결과도 결국 아무 이상 없다고 나왔잖아요."

"아, 오늘 퇴원을 원하시는 건가요?" 시탈이 놀라며 되물었다. 그녀는 잠시 생각에 잠겼다. 피터가 돌아오기 전에 나야를 퇴원시킨다면, 그가 별로 좋아하지 않을 것이 분명했다. 하지만 시탈은 환자의 부모가 원하는 것에 반대할 수는 없었다.

"왜 오늘 데려가고 싶으신가요?" 시탈이 물었다. 순간 그녀는 더 이상 아무 말도 할 수 없었다. 이미 답은 너무도 뻔했다. 아이를 퇴원시키고 싶지 않은 부모가 세상에 어디 있겠는가?

제인은 밤에 딸을 편히 해줄 수 없다는 사실에 너무도 무력하게 느끼고 있다고 말했다. 더 간단히 말해서, 제인은 딸을 끔찍하게 그리워하고 있었다.

"무력하고 슬프다고 느끼시는 건 당연한 일이에요. 많은 부모님들이 그러시거든요." 시탈은 제인을 감정적으로 이해한다는 뜻을 전했지만, 전혀 도움이 되지 않는다는 것을 알 수 있었다.

"우리 아이를 데려가도 될까요?" 제인이 눈물을 닦으며 되물었다.

"그렇게 하시면 의사의 조언에 반하는 행동일 수 있어요. 아직 나야를 관찰하는 중이니까요. 저희도 부인과 마찬가지로 아이를 이곳에 더 머물게 하고 싶은 생각은 없어요. 또 최대한 빨리 나야가 퇴원할 수 있도록 최선을 다 하는 중이고요. 저는 지금 시점에 나야를 데려가시는 것은 그다지 추천해드리고 싶지 않네요."

제인은 시탈의 말에 납득하지 못한 것 같았다. "저희는 다른 아이들이 나야에게 어떤 짓을 할지도 염려스러워요." 제인은 사샤가 이성을 잃고 나야에게 폭력적인 행동을 보였던 사건을 언급했다.

"바로 그런 일들 때문에 많은 스태프들이 환자들을 지켜보고 안전하게 보호하도록 노력하고 있어요." 시탈이 애를 쓰며 말했다.

제인은 말없이 그 자리에 서 있었다. 그녀의 감정이 북받쳐 오르고 있었다.

"오늘 그람 선생님과 얘기를 좀 나눴는데요." 순간 피터의 얘기가 떠오른 시탈이 입을 열었다. "그람 선생님이 주말에 이엔가 씨 댁에 다녀왔거든요. 그곳에서 나야의 친가족에 대한 정보를 좀 얻은 것 같아요. 아마 나야의 치료에 도움이 될지도 몰라요." 시탈은 잠시 말을 멈추었다. 그녀는 이 새로운 정보에 대한 얘기로 제인의 혼란스러운 감정이 진정되길 바라고 있었다.

"어떤 정보인가요?" 제인이 물었다.

"확실하진 않지만 내일 이엔가 씨가 나야의 병문안 차 이곳에 오신다고 하더군요. 그람 선생님과 이야기도 나눌 겸 해서요." 시탈의 말에 제인은 호기심 어린 표정을 지었다. 시탈은 자신의 바람대로 제인의 마음이 차분해졌다는 것을 알 수 있었다. 어쩌면 제인을 설득할 수도 있을 것 같았다.

"그람 선생님이 그렇게 말씀하셨나요?"

"네, 그뿐 아니라 아까는 이엔가 씨가 직접 병원으로 전화하셔서 지령 통화도 했답니다. 나야가 안전하게 잘 지내고 있다는 얘기를 들고 굉장히 기뻐하셨어요."

"몇 시쯤 오시기로 했나요?"

"아마 오전에 방문하실 거예요." 시탈이 대답했다. "부인께서도 괜찮으시면 내일 함께 방문하셔도 좋아요. 어찌됐든 간에 그람 선생님이 내일 부인과 남편 분께 이런 저런 얘기를 해드리겠지만요. 그람 선생님이 새로 알게 된 정보에 대해서 간략하게 설명해드릴 거예요. 또 그 정보에 근거해서 앞으로의 계획도 얘기할 거고요."

제인은 턱을 약간 내밀며 잠깐 동안 생각에 잠겨 있었다. 시탈은 제인의 표정에서 그녀가 힘든 결정을 내렸음을 알 수 있었다. "그러면 내일은 집에 갈 수 있는 거죠?" 제인의 말투는 거의 질문과는 거리가 멀어 보였다.

"네. 아마 그럴 수 있으실 거예요. 하지만 그람 선생님과는 상의하셔야 해요."

"오늘 밤은요? 오늘 밤에 제가 나야와 여기 같이 있어도 될까요?" 제인이 물었다.

"면회시간이 지나고 조금 더 계시는 것은 괜찮지만, 죄송해요. 여기서 주무실 수는 없어요. 그건 제 소관이 아니라 병원 방침이라서 어쩔 수가 없네요."

제인은 시탈과 이야기를 나누고 나자 어느 정도 마음에 진정을 되찾은 것 같았다. 그리고 피터가 새로 알게 되었다는 정보에도 호기심이 생겼다.

"나야에게 하루 더 있어야 한다고 얘기하기가 곤란하시면, 제가 언제든 도와드릴게요."

"고맙습니다. 하지만 제가 직접 얘기하도록 할게요. 나야는 아마 내일 외삼촌과 외숙모가 병문안을 오신다는 걸로도 충분히 기뻐할 거예요."

"다른 궁금한 점이 있으시거나 우려되는 부분이 있으시면 주저 말고 말씀해주세요. 저는 오늘 밤 내내 여기 있을 테니까요." 시탈이 미소를 머금고 말했다.

제인은 악수를 하고 복도 끝을 향해 급히 걸어가는 시탈을 바라보았다. 그곳에는 또 다른 가족이 그녀를 기다리고 있었다. 제인은 나야가 간식을 먹고 있는 면회실로 돌아갔다.

나야는 엄마가 돌아오는 것을 보자 의자에서 폴짝 뛰어내렸다. "오늘 집에 갈 수 있어요?" 나야가 입 안 가득 쿠키를 물고 말했다.

"아마 내일 의사 선생님과 얘기하고 나면 집에 갈 수 있을 거야." 제인이 딸의 머리카락을 쓸어 넘기며 말했다. "삼촌과 숙모가 내일 나야를 보러 오신다던데, 알고 있었니?"

"정말요!" 나야가 기뻐서 소리를 질렀다. "장난감도 사다주실까요?"

"그러실 것 같구나. 하지만 그 대신에 나야가 오늘 여기서 자야 해."

"잘 게요, 잘 게요!" 나야는 신나서 폴짝 폴짝 뛰었다. 나야는 인도인 친척들이 쏟아주는 관심과 사랑이 너무나 좋았다.

53.
일요일

디드 씨네 부지는 사람들로 북적거리고 있었다. 이번 수사는 제닛의 시신이 발견된 이후로 가장 큰 조사 활동이었다. 경찰관들은 단서를 찾기 위해 주변을 모두 샅샅이 조사했다. 한바탕 수사가 진행되는 동안, 레이아는 조금 떨어진 곳에서 호세와 스티븐과 함께 다음 계획에 대해 논의했다.

디드 씨네 부지는 레이아에게 단서에 대한 희망을 준 곳이었다. 레이아는 바로 이곳을 바라보던 도중, 나야의 그림 속 헛간이 보트 창고일 수도 있다는 생각을 떠올렸기 때문이었다. 덕분에 디드 씨네 부지는 수사 진행을 맡은 경찰관들로 가득했다. "이건 정말 말도 안 되는 일이야." 스티븐이 말했다. 그는 정신병원에 있는 꼬마 덕분에 이렇게 갑작스럽게 수사가 진행되고 있다는 사실을 받아들이지 못하고 있었다.

"믿는 게 좋을 거예요." 레이아가 단호하게 말했다. 사실 레이아 역시도 어떻게 나야의 꿈이 그런 예지력을 가질 수 있는지는 정확히 이해할 수 없었다. 하지만 어쨌든 가장 중요한 사실은 결코 변함이 없었다. 경찰은 니야 덕분에 이번 사건에서 가장 큰 진전을 이루게 된 것이다.

손목시계를 보던 레이아는 어느새 밤 10시가 다 되었다는 사실을 깨달았다. 그녀는 좀 전에 논의하던 용의자 이야기에 다시 집중했다. "한 가지 가능성은 살인범이 외과 의사라는 거예요."

"어쩌면 아닐지도 몰라요." 호세가 말했다. "그저 비슷한 기술을 가진 다른 사람일 수도 있죠."

레이아는 의도와 다르게 그의 말을 무시해버렸다. 혼자서 깊은 생각에 잠겨 있던 탓이었다. "아마" 레이아가 골똘히 생각하며 말했다. "마을 외과 의사들의 목록이 저장되어 있는 의사 데이터베이스를 확인해봐야 할 거예요."

"좋은 생각이군요." 스티븐이 말했다.

"그 사이에 확실한 증거를 찾을 수도 있어요." 호세가 고개를 끄덕이며 말했다.

"지금까지 발견된 지문은 없나요?" 레이아가 스티븐에게 물었다.

"있긴 한데, 우리가 가진 데이터베이스에서는 지문과 일치하는 용의자를 찾지 못했습니다."

"출입국 관리당국 데이터베이스도 보셨어요?" 호세가 물었다.

"확인해봐야겠군." 스티븐이 말했다. 그는 잠시 옆으로 비켜서더니 무전기에 대고 말을 전했다. "아마 지금 바로 확인할 겁니다." 스티븐이 호세와 레이아를 향해 돌아서며 말했다.

"창고 안에 제단처럼 사용된 곳에서 발견된 공예품들은 자메이카

장식품이에요. 이걸로 범인이 일종의 자메이카인의 의식을 치렀다고 볼 수 있어요." 레이아가 새로 찍은 보트 창고 내부 사진을 보며 말했다. "아마 범인이 캐리비안 출신일지도 몰라요."

"그럼 이제 자메이카인 외과 의사를 찾는 건가요?" 호세가 물었다.

"응, 그래야 할 것 같네." 스티븐이 대답했다.

레이아도 동의하며 고개를 끄덕였다. "용의자 범위를 좁힐 방법이 될 수 있겠네요." 레이아는 보트 창고 전체를 샅샅이 조사하면 더 많은 단서를 찾을 거라고 기대하고 있었다. 게다가 운이 좋으면 유죄를 증명할 DNA 샘플도 얻을 수 있을지도 몰랐다. "근처 병원에서 근무하는 자메이카인 외과 의사를 전부 찾아보도록 하죠."

"그럽시다." 스티븐이 대답했다. "디드 씨가 해준 얘기 중에 혹시 도움이 될 만한 건 없었나요?"

"아니요." 레이아가 말했다. "디드 씨는 지금 이 모든 일 자체로도 꽤 충격 받은 상태에요. 그분 말로는 30년 넘게 이 보트 창고를 사용한 적이 없다더군요. 그리고 전 그 말을 믿어요."

그때 레이아의 배에서 모두 들을 수 있을 만큼 크게 꼬르륵 소리가 났다. "여기 와서 아무것도 못 먹었네요." 호세가 걱정스러운 눈으로 말했다.

"네, 제 배가 이제 밥 먹을 시간이라고 알려주는 것 같네요." 레이아가 대답했다. "부서장님도 함께 가실래요?"

"말씀은 고맙지만 지금은 여기 남을 게요." 스티븐이 대답했다.

"그럼 죄송하지만 부탁 하나만 해도 될까요? 사회복지부에 전화 좀 해주셨으면 해서요. 분명 디드 씨에게 도움이 필요할 거예요. 보호해드릴 필요도 있고요." 레이아가 호세와 함께 차로 가면서 스티븐을 향해 큰 소리로 외쳤다. "살인범이 그 나이든 분까지 해칠지도 모르니까요. 그렇게 두고 싶지는 않아요."

스티븐은 알았다며 손을 흔든 뒤, 동료들을 돕기 위해 보트 창고로 돌아갔다.

* * *

노예는 조금 떨어진 곳에서 계속 지켜보고 있었다. 그는 피터의 아파트 단지를 나온 후, 코끼리 바위 주변을 돌아다녔다. 점점 커져오는 불안감 때문에 지금까지의 만족감은 모두 날아가 버렸다. 그는 보트 창고로 돌아가서 작업한 흔적을 치우고 도구를 챙겨 오기로 했다. 그 특별한 제단을 치우는 일은 의도치 않게 제단을 훼손시키는 일이었다. 하지만 그것이 신에 대한 모독이라 해도 어쩔 수 없었다. 그러나 보트 창고로 돌아간 그는 실망을 감출 수가 없었다. 그의 눈에 띈 것은 보트 창고 앞에 진을 치고 있는 바글바글한 경찰들뿐이었다. 노예는 그 경찰들 중에서 익숙한 얼굴을 발견했다. 전에 보트 창고 근처에서 봤던 그 여자 요원이었다. 그 여자는 다른 경찰들과 함께 서 있었다. 그러자 그는 자신도 모르게 몸을 움찔하고 말았다.

노예는 너무나 놀란 동시에 큰 충격을 받았다. 그는 지금껏 누구에게도 들키지 않고 그의 비밀을 잘 지켜왔었다. 그런데 이 경찰들이 대체 무슨 수로 그의 비밀을 알아낸 건지 이해할 수가 없었다. 그가 처음으로 사람을 제물로 바쳤던 날 이후로, 경찰은 그에 대해 조금도 알아내지 못했다. 심지어 그 사건의 수사 역시 수 년에 걸쳐 진행되었다.

그때, 갑자기 코끼리 바위 근처에서 피터와 레이아를 보았던 날이 문득 그의 뇌리를 스쳤다. 피터가 경찰에게 정보를 주고 있는 것이 틀림없었다. 하지만 대체 무슨 수로 말인가?

"개자식." 노예는 혼잣말을 했다. "그 자식이 알고 있는 거였어. 어떻게든 알고 있던 거라고." 전날 밤에 제물을 바칠 때 뭔가 잘못됐을 가능성도 있었다. 혹시 새로운 저주에 걸린 건가?

노예는 더 가까이 다가가기 두려운 마음에 나무 뒤에 서 있었다. 그는 돌아 서서 가능한 한 빠른 속도로 숲속을 향해 달렸다. 세상이 무너져 내리는 것만 같았다. 노예는 정신없이 눈을 굴리며 혹시 누군가 따라오지 않는지 사방을 살폈다. 누군가가 날 쫓고 있는 건 아닐까?

그는 혼란과 공포에 휩싸였다. 머리가 핑핑 돌기 시작했다. 너무 어지러워서 기절할 것 같은 기분이 들 정도였다. 그러다 땅에 떨어져 있던 나뭇가지에 발이 걸려 넘어지고 말았다. 점점 감당할 수 없는 빚을 진 것 같은 기분이 들기 시작했다. 당장 뭐라도 해야 할 것 같았다. 지금까지 저지른 모든 비밀이 밝혀지는 것도 이제 시간문제였다.

게다가 더 이상 숨을 곳도 없었다.

노예는 그대로 의식을 잃고 말았다.

54.
월요일 아침

피터는 병원 커피숍에서 레이아를 다시 만났다. 그가 막 도착했을 때는 커피숍 직원이 그녀의 컵에 커피를 따르고 있었다.

"안녕하세요, 그람 선생님."

"바인즈 요원님." 피터는 오렌지 주스를 테이블 위에 올려놓으며 그녀의 맞은편 의자를 뺐다.

"지난번 만났을 때보다 좋아 보이시네요." 레이아가 말했다.

"아, 그게… 어젯밤에 일찍 잠들었거든요." 피터가 부끄러워하며 대답했다. 레이아는 재미있다는 듯 눈썹을 위로 씰룩거렸다. "그나저나 나야의 그림은 도움이 되셨나요?" 피터가 물었다.

레이아는 피터를 향해 테이블 위로 몸을 기울였다. 잔뜩 흥분한 그녀의 눈빛이 반짝였다. "정말 이상한 일이 일어났어요." 레이아가 말했다. "그림 속의 빨간 건물과 정확히 일치하는 실제 건물을 찾아냈거든요. 믿어져요?"

"정말 놀랍네요!" 피터가 의자에 등을 기대며 소리쳤다. 그는 잠시 멈칫하더니 다소 궁금하다는 듯 고개를 흔들었다. "그렇지만… 뭐가 됐든 저한테는 그리 놀랄만한 일이 아니에요. 인정하기 힘들지만 오히려 다음엔 무슨 일이 일어날지 궁금해지네요. 이번엔 부두교 마법 같은 건 아닐까요?"

레이아는 그의 농담을 가볍게 무시했다. 대신에 늘 그래왔듯 당장 눈앞에 있는 일에 집중했다. *오늘 내 꼴이 레이아 씨에게 별로였나 보군.* 피터가 마음속으로 생각했다. *내가 레이아 씨처럼 멋진 모습이었다면 레이아 씨도 가끔은 다른 얘기를 해줄 텐데!* "그 그림 덕분에 꽤 중요한 단서를 발견할 수 있게 된 것 같아요." 레이아가 조급하게 말했다. 그리고 이어서 보트 창고에서 발견한 것을 설명해주었다.

"그럼 누가 제닛 트로이를 죽였다고 생각하시나요?"

"음… 우리가 알고 있는 건 범인이 요리나 외과 쪽에 대한 기술을 갖고 있다는 거예요." 레이아가 말했다. "그리고 코카인 흔적이 있는 봉지도 발견했어요. 창고 안에는 이전에도 몇 번 사용된 것으로 추정되는 제단 같은 것도 있었고요. 범인은 제닛 트로이만 죽인 게 아니라 다른 야생동물도 죽인 것 같아요. 나머지는 아마 하늘만 알고 있겠죠. 그 외에 조각상들을 비롯한 여러 흔적들도 발견됐어요. 그 중 거들로 봐서, 범인은 유독 자메이카인의 의식적 살인에 매료되어 있는 것 같아요."

"특히 의심 가는 용의자가 있나요?" 피터가 레이아의 설명을 듣다가 깜짝 놀라 물었다. 순간 에버슨의 얼굴이 번쩍 떠올랐다.

"여기 병원의 인사과에서 자메이카 출신이거나 그쪽 조상이 있는 외과의사에 대해 알아보고 있어요." 레이아가 피터를 날카롭게 바라보았다. "혹시 방금 말한 조건에 들어맞는 사람을 알고 계세요? 인종에 대한 질문을 할 때는 워낙 조심해야 하거든요. 저한테 정보를 좀 주실 수 있다면 큰 도움이 될 거예요. 병원 관계자들에게 질문할 때, 최대한 상대방 마음을 상하지 않게 할 수 있을 테니까요."

피터는 친구의 이름을 밝히고 싶지 않았다. 하지만 레이아가 결국 알아낼 것이 분명했다. 피터는 그녀가 자신을 믿게 만들고 싶었다.

"알고 계신 분이 있나요?" 레이아가 다시 물었다.

"있어요."

"누구죠?"

"에버슨 헌터라는 사람이에요."

"그 분을 잘 아세요?"

"네."

"지금 병원에 계실까요?"

"그럴 거예요." 피터가 시계를 보며 대답했다.

"최근에 조금이라도 이상하게 행동한 적 있나요?"

"그렇지는 않았어요." 피터는 잠시 주저했다. "저한테 큰돈을 빌려 달라고 부탁한 것만 빼면요." 그는 에버슨이 얼마나 혼란스러워 했는 지를 떠올렸다. "에버슨은 빚이 꽤 많다고 했어요. 아마 투자 쪽 문제 라고 했던 것 같아요. 그 부분에 대한 설명은 굉장히 애매모호했어 요. 사실 모든 상황이 조금 이상하기도 했고요."

"솔직하게 말씀해주셔서 고마워요." 레이아가 말했다.

"음, 분명히 말씀드리지만, 저는 제 친구가 살인사건의 용의자라는 얘기는 믿기 힘드네요." 피터가 불안해하며 믿을 수 없다는 듯 말했다.

"그 사람이 용의자라고 말한 적은 없어요. 우리는 단지 외과 수술 분야의 기술을 가진 자메이카인을 찾고 있는 것뿐이에요. 병원 내에 그런 조건을 가진 사람이 더 있을 수도 있고요."

피터는 레이아가 커피를 마시는 동안 뭔가 생각하고 있었다.

"데비 샌더스가 누군가요?" 그가 불쑥 물었다.

그의 말에 레이아는 깜짝 놀란 것 같았다. 피터는 그녀가 그런 식으로 방심한 것을 본 건 처음이었다. 그리고 그 사실이 피터를 조금 무섭게 했다. 대체 그 이름이 왜 그렇게 중요한 거지?

"그 이름 어디서 들으셨어요?" 레이아가 단호하게 물었다. "그건 기밀 정보라고요."

"나야가 말해줬어요." 피터가 말했다. 그러자 레이아는 깜짝 놀라 입이 벌어졌다. "꿈 얘기를 할 때 말해줬어요. 제닛이 저한테 데비 샌더스가 누구인지 물어보라고 했다더군요."

"제가, 제가 지금 피터 씨 말을 믿어야 할지 말아야 할지 모르겠네요." 레이아가 말했다. "도저히 납득할 수가 없어요." 레이아는 순간 평정심을 잃은 듯 했다. 하지만 피터는 사실 그 편이 좀 더 편했다. 늘 단호하고 빈틈없던 그녀 역시도 결국 사람이었던 것이다.

"저도 마찬가지에요." 피터가 말했다. "나야는 제닛을 통해서 누구보다도 이 사건에 대해 잘 알고 있는 것 같아요. 제닛이 했던 말은 제가 데비 샌더스에 대해 알아내라는 뜻이었어요. 데비 샌더스라는 사람이 제닛하고 어떤 관련이 있나요?"

레이아는 깊은 한숨을 내쉬었다. "데비 샌더스가 누구였는지 말하면 믿지 않으실 거예요."

"누구였다니요? 지금 과거의 사람이었다는 거예요?"

"데비 샌더스는 약 30년 전에 코끼리 바위에서 시신으로 발견 된 살인사건 피해자였어요. 데비 샌더스의 시신도 모두 조각나 있었죠."

"레이아 씨가 찾고 있는 그 사람이 이미 예전에 죽었단 말이에요?"

"두 살인사건이 굉장히 유사해요. 달리 생각하기 힘들 정도였죠." 레이아가 말했다. "데비 샌더스의 사망 날짜로 추정되는 날은 1967년 10월 11일이에요."

"정말인가요?" 피터가 넋을 잃고 말했다.

"네?" 레이아가 되물었다.

"아, 아무것도 아니에요." 피터가 말했다. "나야가 이 모든 것을 알고 있다는 사실이 아직 받아들여지지 않는군요. 꿈을 통해서 죽은 소녀와 의사소통을 하는 게 가능한 일일까요?"

레이아는 어깨를 으쓱하며 한숨을 쉬었다. "저도 인정하기가 어렵네요. 하지만 수사관으로 일하면서 알게 된 것이 있다면, 이해할 수 없는 일들은 언제나 일어나고 있다는 거예요. 우리는 그걸 완전히 설명하기 위해서 수많은 시간과 에너지를 쏟곤 하죠. 그런데 이번 경우는 그럴 수 있다고 생각되지 않네요."

"죽은 사람과 이야기를 하는 현상은 정신 의학적으로도 진단할 수 없어요. 그 사실만은 확실히 알고 있어요!"

레이아는 그의 말에 소리 내며 웃었다. 그녀의 웃음소리에 기분이 좋아진 피터도 그녀를 따라 함께 웃었다. 레이아의 뺨은 즐거움으로 약간 홍조를 띠었다. 반면에 피터는 붉어진 뺨을 가라앉히느라 몇 분간 냅킨을 바라봐야 했다. 그는 다소 짜증스러운 마음으로 혼자 생각했다. *대체 뭐야, 초등학생도 아니고. 레이아는 FBI 요원이라고. 네 친구가 아니란 말이야. 정신 차려!*

레이아는 피터에게 봉투를 하나 건넸다. "제가 빌려갔던 그림이에요."

"기억해줘서 고마워요." 피터가 말했다.

레이아는 뒤로 기대앉으며 한숨을 쉬었다.

"왜 그래요?" 피터가 물었다.

"그게…." 레이아가 잠시 말을 멈추었다. 이윽고 그녀는 가느다란 팔을 휘저으며 말했다. "그러니까 그냥 이 그림들 전부 말이에요. 일하면서 정말 말도 안 되는 상황을 많이 겪어봤지만, 이건…." 레이아가 앞으로 몸을 기울이자 그녀의 갈색 눈동자가 살짝 반짝였다. "우리가 이 범인을 잡아야 해요, 피터 씨. 저는 그 그림들 중에 하나라도 이 현실과 관련이 있는지 알아내야만 해요."

피터는 레이아가 "우리"라는 단어를 사용했다는 사실에 괜히 설레었다. 그는 마치 남학생의 첫사랑 같은 감정이 들면서 순간 멍해졌다. 그는 곧 고개를 끄덕였다. "꼭 잡도록 해요." 그가 말했다. "제 능력 안에서 어떻게든 레이아 씨를 돕도록 노력할게요."

그의 진실함이 레이아의 마음을 조금 기울인 것 같았다. "음… 고마워요." 레이아가 귀 뒤로 붉은 머리칼을 넘기며 어색하게 말했다. 잠시 후, 피터는 두 손으로 무릎을 탁 쳤다.

피터는 갑자기 허리를 세워 앉더니 시계를 한번 보고는 투덜거렸다. "가봐야 할 시간이네요. 늘 이렇죠, 뭐." 그가 말했다.

레이아는 자리에서 일어서더니 다 알고 있다는 듯이 그를 쳐다보았다. "제가 늘 하는 말이 있어요. '당신은 저랑 잘 맞는 사람인 것 같네요.' 하지만 어쨌든 좋은 의사 선생님이 되시는 데 방해가 될 생각은 없어요. 저 역시도 하루를 시작해야 하니까요."

둘은 악수를 한 뒤, 사건이 새롭게 진척될 경우 서로 알려주기로 약속했다.

피터는 병원 잔디밭을 가로질러 스트라우스 1동으로 향했다. 좀 더 서두르지 않으면 오전 회의를 놓칠 것이 분명했다. 그는 어젯밤부터 나야의 수면 행동에 대해 듣고 싶어 안달이 난 상태였다. 피터는 에버슨이 이 혼란스러운 일에 연루될지도 모른다는 걱정이 들었다. 피터는 데비 샌더스라는 이름을 가진 소녀에 대한 얘기로도 너무나 혼란스러웠다.

일단, 이엔가 씨와 얘기를 해볼 필요가 있었다.

55.
월요일

에버슨은 아침 일찍부터 병원에서 피터를 찾아다녔다. 그는 피터에게 한 번 더 돈을 빌려달라고 부탁하기로 결심했다. 더 지체할 시간이 없었다. 그는 이미 신용 대출을 새로 신청해봤지만 소용이 없었다. 정말 은행을 털지 않는 한은 달리 방법도 없었다.

돈이 필요한 이유를 솔직하게 말해봐야겠다. 에버슨은 속으로 생각했다.

에버슨은 유리창 너머로 피터가 병원 커피숍에 앉아 있는 것을 보았다. 그는 유리창에 좀 더 가까이 다가갔다. 그러자 피터가 에버슨이 한 번도 본 적 없는 여자와 이야기를 나누고 있는 것이 보였다. 에버슨은 커피숍 입구에서 서서 그 여자가 갈 때까지 기다렸다. 화가 나고 불안한 마음이 온 몸에 뻗쳐오르고 있었다. 그는 지금 당장 피터와 얘기하고 싶었다.

피터는 문을 등지고 앉아 있었다. 에버슨은 피터가 앉아 있던 테이블 옆까지 다가갔다. 그는 피터가 알아봐주기를 기대하고 있었다. 그러나 피터와 그 여자는 대화에 몰입한 나머지 그를 전혀 눈치 채지 못했다.

피터가 정말 여자 친구가 생긴 건가? 그런 거라면 피터에게 정말 보는 눈이 있다고 칭찬해줄 만 했다. 그는 여자를 더 자세히 보기 위해 몸을 기울였다. *굉장한걸. 피터가 왜 저 여자에게 반했는지 충분히 이해가 되는군.*

에버슨은 두 사람의 대화를 얼핏 들을 수 있었다. 그리고 그 대화는 순간 그를 그 자리에 얼어붙게 만들었다.

"외과 쪽에 대한 기술을 갖고 있다는 거예요." 그 여자가 말했다. "그리고 코카인 흔적이 있는 봉지도 발견했어요."

에버슨은 그 자리에서 급히 몸을 피했다. 그는 피터가 데이트를 하는 게 아니었다는 것을 눈치 챘어야만 했다. 그 여자는 분명히 경찰이었다. *마약 단속반인가?* 그는 궁금해서 견딜 수가 없었다. 혹시 병원 내에 그가 마약을 한다는 것을 아는 사람이 있었나? 아커스가 전부 불어버린 건가?

에버슨은 빠르게 커피숍을 나와서 외과 회의실로 들어갔다.

그는 여자가 피터에게 건네준 봉투 안에 뭐가 들어 있는지 알고 싶었다. 시간이 많지 않았다. 그는 아커스가 다시 찾아오기 전에 앞으로 뭘 해야 할지 궁리를 해야만 했다.

56.
월요일

피터는 스트라우스 1동 건물의 입구에 서서 재킷 주머니 안을 뒤지고 있었다. 그의 신분증 카드를 찾아야 했기 때문이었다. 신분증 카드에는 병동을 출입할 수 있는 열쇠 기능이 있었기 때문에, 그 카드가 없으면 병동에 들어갈 수도 없었다. 그는 재킷 주머니에서 신분증 카드를 찾지 못하자 다른 주머니도 뒤져보았다. 그리고는 손목시계를 한 번 내려다봤다. 신분증 카드를 곧 찾지 못하면 오전 회의에 늦을 게 뻔했다. "젠장." 그는 나야의 그림을 또 집에 두고 왔다는 사실을 깨닫고 혼잣말을 했다. 출근에 늦지 않으려고 문 밖에서 허둥대다가 깜빡했던 것이다. 결국 또 의미 없는 일이었군!

피터는 한숨을 쉬고 방문객 전용 버튼을 눌렀다. 그는 잠시 체념한 채 스피커에서 목소리가 들리기를 기다렸다. "또 열쇠를 잊으셨군요?" 안내원 수지가 말했다. 마치 아들을 나무라는 부모님 같은 말투였다.

"맞아요." 피터는 숨겨진 감시 카메라를 쳐다보며 말했다. 그는 문이 채 다 열리기도 전에 안으로 뛰어 들어갔다. "수지 씨도 나중에 병동에 들어올 때 날 불러요." 피터는 수지가 앉아 있는 데스크를 지나치며 큰 소리로 말했다.

피터는 곧장 간호사실로 향했지만 회의가 모두 끝난 후였고, 이미 다들 흩어지고 있었다. 그는 잔뜩 짜증이 나서 으르렁댔지만 시탈을 보자 금세 기분이 나아졌다. 시탈은 꽤 길었던 주말 당직을 끝내고 집으로 돌아가기 위해 짐을 챙기고 있었다.

"안녕, 피터." 시탈이 간호사실로 들어오는 피터를 보며 인사했다.

"당직은 어땠어?" 피터가 물었다.

"꽤 괜찮았어. 조용하고. 어젯밤에는 수면관찰이 좀 있었어."

"나야는 어땠어?"

"여기 오고 나서 처음으로 가장 잘 잔 것 같아." 시탈이 말했다. "스태프 말로는 나야가 자는 동안 좀 뒤척이긴 했지만 별 이상은 없었다고 했어."

피터는 안심하여 미소를 지었다. "다행이다. 요즘 워낙 이런저런 일이 많았잖아."

"아마 이엔가 씨가 곧 오실 거야." 시탈이 피터에게 말했다. 그녀의 말이 떨어지자마자 스피커에서 수지가 호출하는 소리가 들렸다.

"오셨나본데." 피터가 말했다. "나 좀 밖에 데려다줄래? 오늘 아침에 신분증을 두고 왔어."

피터는 시탈을 따라 병동 밖으로 나왔다. 시탈은 집으로 돌아가기 전에 그에게 인사를 건넸다. 대기실로 향한 피터는 자신을 기다리고 있는 이엔가 씨 부부를 발견했다. 서로 다정하게 서 있던 부부가 따뜻한 미소로 그를 반겼다.

"저희에게 시간을 내주셔서 감사합니다, 피터 그람 선생님. 우리 꼬마 공주님은 잘 지내나요?" 이엔가 씨가 흐뭇한 표정으로 물었다.

"밤에 꿈을 좀 꾸는 것만 빼면 아주 잘 지내고 있어요."

"지금 볼 수 있을까요?" 이엔가 부인이 물었다.

"네, 병동으로 들어가시죠. 나야가 두 분을 보면 아주 좋아할 거예요."

"이 장난감들을 줘도 괜찮은가요?" 이엔가 부인이 바닥에 있는 가방을 가리키며 물었다.

"간호사가 병원 안전 규정에 맞는다고 확인하면 그렇게 하셔도 되요. 혹시 맞지 않더라도 나야가 퇴원할 때는 전부 가져갈 수 있으니까요." 피터가 병동 문으로 부부를 안내하며 말했다.

피터는 카메라를 통해 수지에게 다시 한 번 문을 열어달라는 손짓을 보냈다. 그는 병동 열쇠가 없는 자신이 무력하게 느껴지면서 얼굴이 빨갛게 달아올랐다. 수지는 원격으로 파란색 자동문을 열어주었다. 그리고 피터는 이엔가 씨 부부를 병동의 가족면회실로 안내했다.

"가서 나야를 데려 올게요. 아침이라 학교에 있을 거예요."

"여기에도 학교가 있나요? 그런 얘기는 들어보지 못했는데." 이엔가 부인이 말했다.

"네, 병동 내의 모든 아이들은 여기 있는 학교를 다녀요. 그게 딱히 특혜라고 생각하지 않는 아이들도 있지만요." 피터는 웃으며 학교로 향했다.

학교 수업은 매주 월요일에 같은 방식으로 진행되었다. 덕분에 피터는 나야가 어디 있는지 잘 알고 있었다. 그는 열려 있는 교실 문 앞에 서 있다가 정중하게 노크를 했다. 교실의 모든 아이들이 뒤를 돌아 그를 바라보았다. "방해해서 미안해요." 이 학교의 선생님들은 이런 상황이 익숙해 있었다. 하지만 피터는 정중히 말했다. "제가 나야를 좀 데려갈 수 있을까요? 면회가 있어서요."

나야는 책상에서 빠져나와 눈 깜짝할 새에 피터 옆으로 다가왔다. 나야가 너무도 순식간에 다가온 나머지, 피터는 순간 나야가 순간이동 능력까지 가지고 있는지 의심스러울 정도였다. 나야는 피터의 손을 잡았다. "삼촌이 오신 거예요?" 나야가 잔뜩 들떠서 물었다. 아침내내 이 순간만을 기다리고 있던 것이 분명했다. 나야는 몸에 딱 맞는 핑크색 스웨터와 모직 치마를 예쁘게 차려입고 있었다.

"응, 나야의 삼촌과 숙모가 오셨어." 피터가 말했다. "두 분을 만날 생각을 하니 아주 신나는구나?"

"네, 네!" 나야가 기뻐서 소리쳤다. 피터는 잔뜩 안달이 난 나야를 보니 웃음이 났다. 나야는 간신히 흥분을 가라앉혔다. "누들도 삼촌하고 숙모를 엄청 그리워했다니까요." 나야가 말했다. "누들도 데려가도 되죠?"

피터는 미소를 지었다. "음, 누들이 얌전히 있겠다고 약속한다면."

"누들은 그냥 인형 강아지래노요." 나야가 한심하다는 듯 말했다.

피터는 혹시나 나야가 상처를 받을까봐 애써 웃음이 나는 것을 꾹 참았다. "그래, 그래. 당연하지." 그가 진지하게 말했다. "나야 말이 맞아. 내가 대체 무슨 생각을 하고 있던 건지 모르겠네."

그는 나야와 함께 가족면회실로 걸어갔다. 나야는 소리를 지르며 피터의 손을 뿌리치고 그렇게도 보고 싶어 하던 삼촌의 품으로 달려갔다. 이엔가 씨는 아이를 꼭 안아주고 아주 사랑스럽다는 듯 키스를 퍼부었다. 그리고 나야는 숙모에게도 달려가더니 품에 쏙 안겼다. 부인은 이엔가 씨와 똑같이 나야를 반겨주었다.

"나야, 선생님이 삼촌과 잠시 할 얘기가 있단다." 피터가 말했다. "그 동안 숙모와 얘기를 좀 나누고 있으렴. 아마 나야에게 보여줄 게 많으실 거야." 피터는 이엔가 씨와 단둘이 얘기를 나눌 필요가 있었다.

나야는 숙모가 가져온 가방에 온통 신경이 쏠린 탓에 피터의 말을 듣지 못한 것 같았다. 나야는 안에 무엇이 들었는지 보려고 가방을 끌어당겼다. "진정하렴, 아가." 이엔가 부인은 나야에게 가방을 건네며 부드러운 목소리로 달랬다. 나야는 방 안을 폴짝 폴짝 뛰어다니더니 잔뜩 신나서 선물을 샅샅이 뒤졌다.

아마도 나야는 잠시 동안 그 선물 가방에 열중해 있을 것 같았다. 그러자 피터는 이엔가 씨에게 잠시 시간을 내달라는 손짓을 보냈다. 그리고는 다른 전임의 몇 명과 함께 사용하고 있는 사무실로 그를 안내했다.

"여기 앉으세요." 피터는 방 끝에 있는 소파를 가리키며 말했다. 이엔가 씨가 자리에 앉자 피터는 그의 앞으로 의자를 끌고 왔다.

"나야를 보러 와주셔서 정말 기뻐요." 피터는 다시 한 번 이엔가 씨에게 고마움을 전했다. "하지만 오늘은 나야보다 제가 더 뵙고 싶었어요. 나야가 최근에 겪은 일들을 좀 더 분명히 해야 할 것 같아요. 또 이엔가 씨에게 전체적인 이야기를 다 말씀드리고 싶었습니다."

피터는 나야가 입원했을 때부터 지금까지의 일을 쭉 이야기했다. 그리고 나야의 사례를 정신 의학적 측면에서 설명하기 위해 의료진들이 고전하고 있다는 말도 덧붙였다. "혹시 최근 이 마을에서 살해된 소녀에 대해서 들어보셨나요?" 피터가 물었다.

"아니요. 듣지 못했어요." 이엔가 씨가 대답했다. "끔찍한 일이군요."

피터는 이엔가 씨에게 이번 살인사건의 잔인무도한 내용에 대해 자세한 설명을 이어갔다.

"그런데 그게 나야와 무슨 관계가 있나요?" 이엔가 씨가 물었다. 그는 당연히도 당황한 표정이었다.

피터는 깊은 한숨을 내쉬었다. 그는 이엔가 씨가 자신이 꺼낼 이야기에 어떻게 반응할지 짐작할 수가 없었다. "말씀드리기가 참 어렵군요. 하지만 제 생각에 제닛이라는 그 죽은 아이가 나야와 꿈속에서 뭔가 의사소통을 하려고 하는 것 같습니다."

피터는 말을 멈추며 걱정스런 눈으로 이엔가 씨의 반응을 살폈다.

이엔가 씨의 얼굴이 서서히 창백해지고 있었다. 그 표정은 불신감이 아니었다. 그는 마치 예전에도 이런 일을 겪었음을 인정하는 듯한 얼굴이었다. 두 사람은 침묵한 채 그저 서로를 바라보고만 있었다.

"괜찮으세요?" 피터가 침묵을 깨며 물었다.

이엔가 씨는 헛기침을 하며 괜찮다고 대답했다.

피터는 이엔가 씨의 눈에 눈물이 맺히는 것을 볼 수 있었다. 왠지 피터가 예상했던 것보다 훨씬 어려운 상황이 벌어지고 있었다.

"진실을 말씀드려야 할 것 같네요." 이엔가 씨가 마음을 추스르며 말했다. "나야의 친모에 대해 드릴 말씀이 있습니다."

피터는 이엔가 씨의 반응에 깜짝 놀랐다. 그는 분명 조롱이나 비웃음이 돌아올 것을 예상하고 있었다. 그래서 헛소리나 지껄이는 실없는 사람이라고 비난을 받을 수도 있다고 스스로를 달랬다. 피터는 이엔가 씨의 예상치 못한 이상한 반응에 호기심이 생기기 시작했다. 그리고는 이엔가 씨가 하려는 이야기에 귀를 기울였다.

"제 여동생이 나야의 나이 정도 됐을 때였어요. 그때 미나는 그람 선생님이 말씀하신 것과 비슷한 경험을 하기 시작했죠. 사람들이 그 아이의 꿈에 나타나서 이야기를 하곤 했어요. 미나는 우리에게 그 꿈 이야기를 해줬지요. 모든 가족들과 친구들은 미나가 얘기했던 사람들이 이미 죽었다는 것을 알게 됐어요. 가족들은 그 악몽에서 벗어나게 도와달라는 미나의 부탁을 무시했어요. 미나가 스스로의 힘으로 그 문제를 해결하도록 키울 생각에서였죠. 시간이 조금 지나자 미나는 결국 더 이상 그런 이야기를 하지 않았어요. 하지만 제 생각에는 미나가 몇 년 동안 그런 일들을 계속해서 겪었던 것 같아요."

"그 이후로 여동생 분은 더 이상 그런 꿈을 꾸지 않게 되었나요?" 피터가 물었다. 그는 나야의 미래가 조금 걱정되기 시작했다.

"그건 아무도 모른답니다." 이엔가 씨가 슬프게 대답했다.

피터는 주머니에서 봉투를 하나 꺼냈다. 이엔가 씨에게 레이아가 돌려준 나야의 보트 창고 그림을 보여주기 위해서였다. 그는 그림을 무릎에서 펼친 채 이엔가 씨에게 내밀었다. 피터는 그림이 무엇을 묘사하고 있는지 설명하며 그에 대한 심리학적 해석을 덧붙였다.

"나야는 항상 그림을 잘 그렸어요. 제 엄마처럼 말이죠." 이엔가 씨가 그림을 보며 말했다.

"제가 이해할 수 없는 것이 하나 더 있어요." 피터가 계속했다. "나야의 꿈속에서 제닛이 데비 샌더스라는 이름의 또 다른 소녀에 대해 얘기를 한 적이 있어요. 그리고 저는 바로 오늘 데비 샌더스가 누군지를 확인하게 됐죠. 데비는 제닛과 같은 방법으로 살해를 당한 피해자였어요. 그리고 아마도 동일인의 소행인 것 같다고 하더군요. 하지만 그 일은 수십 년이 지난 일이에요. 그런데 제가 충격을 받은 부분은 그 아이가 죽은 날짜에 대한 부분이었어요."

"그게 언젠데요?"

"1967년 10월 11일이에요. 그건 제가 태어난 날이거든요."

피터가 말했다. 그는 자신이 한 말에 긴장해서 몸을 떨고 있었다.

"그렇군요." 이엔가 씨가 입술을 오므리며 말했다.

"혹시 무슨 관련이 있는 걸까요?"

"손을 좀 보여주세요." 이엔가 씨가 말했다.

피터는 자신에게 일어나는 모든 일들이 이제는 호기심을 넘어선 문제라고 느꼈다. 그는 바로 이엔가 씨에게 손을 내밀었다.

"되도록 소매를 끝까지 걷어보세요."

이엔가 씨는 또 다시 조금 이상한 부탁을 했지만, 피터는 그의 말을 따랐다.

그러자 이엔가 씨는 피터의 손바닥을 잡은 채로 손목을 앞뒤로 돌렸다. "여기 관절마다 나 있는 자국들이 보이시죠?"

"네, 그럼요." 피터가 말했다. 그는 온 몸의 관절마다 나 있는 이 이상한 선들을 늘 의식하고 있었다. 이 자국들은 손가락이나 발가락에도 가늘게 나 있었고, 팔과 무릎 주변에 가장 두드러졌다. 이 선들은 그가 태어날 때부터 있던 것이었다. 피터는 그 자국들을 가리기 위해 항상 긴소매나 긴 바지를 입었다. 그런데 이엔가 씨가 바로 그 자국을 쳐다보고 있었다. 그러자 피터는 당황스러워 하며 헛기침을 했다.

"이건 영혼의 표시예요."

"영혼, 뭐라고요?" 피터가 물었다. 그는 지금까지 믿을 수 없던 일들을 이제 막 이해하기 시작하던 참이었다. 그런데 또 다시 시험에 든 것만 같은 기분이었다.

"영혼의 표시요. 그럼 선생님의 전생에서 비롯된 흔적들이라고 할 수 있죠. 다시 말하면 그럼 선생님의 전생의 아트만, 그러니까 전생의 영혼이 선생님의 몸에 깃든 걸 수도 있다는 뜻이에요. 그럼 선생님이 태어난 날에 죽은 그 여자아이 말이에요."

피터는 입을 떡 벌린 채 말없이 그를 바라보았다. 그리고는 그물에 잡힌 물고기처럼 입을 뻐끔거렸다. 확실히 이런 충격이나 불신을 많이 겪어온 이엔가 씨는 그저 담담했다. 그는 피터가 진정할 때까지 온화한 얼굴로 피터를 바라보고 있었다.

"그러니까 지금… 제가 전생에 데비 샌더스였다는 말씀이신가요?" 피터가 겨우 말을 꺼냈다. "지금 그렇게 말씀하신 거예요?"

"믿을 수 없는 얘기겠지만 맞아요. 적어도 저는 그렇게 생각합니다. 그 때문에 그럼 선생님이 나야와 만나게 될 운명이었던 것 같네요. 두 사람의 특별한 인연만이 범인을 막을 수 있는 유일한 방법일지도 몰라요."

피터는 그의 귀를 믿을 수가 없었다. 게다가 이엔가 씨의 얘기가 완전하게 이해되지도 않았다. 하지만 그는 그 믿을 수 없는 일들을 이해하고 싶은 마음도 없었다. *대체 나한테 무슨 일이 일어났던 거야?* 피터는 믿지 못하겠다는 듯 속으로 생각했다. *이상한 일은 지금까지도 충분히 겪은 게 아니었나? 이번 주에 일어난 일들을 도저히 하나도 믿을 수가 없어!*

"그러니까, 제가 이해하는 게 맞는지 확실히 해야겠어요." 피터가 다소 반항적인 목소리로 말했다. "이 선들이 제가 전생에 관절마다 조각나서 살해된 흔적이란 말씀이시죠?"

"그래요." 이엔가 씨는 완전히 확신하는 투로 말했다. "데비 샌더스의 영혼은 피터 그람으로 다시 태어났지만 전생의 흔적이 남게 된 거죠. 그 자국들은 그람 선생님이 전생에 생을 마감하기 직전의 순간에 몸에 생긴 흔적일 거예요." 이엔가 씨가 명확하게 설명했다.

"정말 하나도 이해가 되지 않네요." 피터가 무엇을 믿어야 할지 잔뜩 고뇌하며 말했다.

"가끔은 우리가 이해할 수 있는 수준을 넘어선 일들이 벌어지게 마련이죠. 그리고 그 원인에 의심을 품지 말고 받아들여야만 할 때가 있답니다." 이엔가 씨가 조심스럽게 피터의 손을 놓아주며 말했다.

피터는 숱 많은 머리카락 속에 두 손을 파묻어버렸다. 덕분에 그의 머리는 평소보다 더 헝클어지고 말았다. "나야의 부모님에게는 이것들을 전부 어떻게 말씀 드려야 하죠?"

"그러실 필요는 없어요. 이 얘기를 한다고 해서 나야의 미래가 바뀌는 건 아니니까요. 아마도 그 죽은 소녀가 원하는 것을 이루고 나면 나야도 방해받지 않고 편히 잘 수 있을 겁니다."

"나야를 위해서도 꼭 그랬으면 좋겠어요." 환자를 아끼는 피터의 마음이 그의 얼굴에서 여실히 드러났다. "그 동안에는 나야를 안전하게 보호하고 늘 가까이서 지켜봐야겠네요."

"치료 과정 중에 나야에게 이런 현상을 설명해야 할 때가 올 거예요. 그러면 나야가 훨씬 큰 인생의 굴레에서 자신의 역할을 이해하도록 도울 수 있겠지요." 이엔가 씨가 말했다.

마침내 피터는 자리에서 일어섰다. "나야가 기다리고 있겠네요." 피터가 이엔가 씨에게 말했다. 그러자 이엔가 씨도 그의 말에 고개를 끄덕였다. 두 사람은 면회실로 돌아갔다. 그리고 각자 전에는 생각해 보지 않았던 문제들로 깊은 생각에 잠겼다.

* * *

에버슨은 피터와 여자 경찰이 나누던 대화의 일부를 엿들은 이후로 불안감에 휩싸였다. 머릿속이 정신없이 돌아가면서 온갖 생각들이 미친 듯이 떠올랐다. 만약 피터가 그의 마약 중독과 그가 저지른 불법적인 일들을 알고 있으면 어쩌지? 정말 소문이 난 건지도 몰랐다. 그리고 피터가 그런 말을 들은 거라면, 돈을 빌려주지 않으려고 했던 것도 설명이 되었다. 에버슨은 체포당하거나 살해당하는 생각을 하자 온 몸에 힘이 빠져버리는 것만 같았다.

에버슨은 도저히 마음을 진정시킬 수가 없었다. 그는 피터와 직접 만나 이야기를 해야만 했다. 그는 신분증 카드를 사용해서 병원 내의 아동 정신과 병동으로 들어갔다. 병동 안의 간호사들은 피터가 환자의 가족들과 함께 있느라 바쁜 관계로 그를 만날 수 없다고 말했다.

에버슨은 이제 뭘 해야 할지 생각하던 도중에 매트와 인도인 여자 아이가 근처에 서 있는 것을 발견했다. 아이는 그를 한번 쳐다보고는 재빨리 다른 곳으로 시선을 돌렸다.

"무슨 일로 오셨어요, 헌터 선생님?" 매트가 악수를 건네며 에버슨에게 물었다.

"피터한테 내가 좀 찾고 있다고 전해주겠어?" 에버슨이 물었다. 이윽고 그의 눈은 아래로 향하며 나야를 바라보았다.

"나야, 헌터 선생님께 인사해야지." 매트가 말했다.

"이 꼬마가 피터가 제일 좋아한다던 아이구나." 에버슨이 말했다. 그는 피터와 함께 헬스클럽에 함께 갔을 때 인도인 여자아이에 대한 얘기를 들었던 것이 떠올랐다.

나야는 희미한 목소리로 인사를 하며 에버슨에게 미소를 지었다. 그리고는 뒤로 돌아서 매트와 이야기를 계속했다.

에버슨은 한 발 한 발 무거운 걸음을 옮겼다. 이러고 있을 시간이 없었다. 그는 목숨이 위태로운 상황에 처해 있었다. 에버슨은 간호사실을 뒤로 한 채 건물 밖으로 나왔다. 그는 차에 올라탄 뒤, 속도를 높여 서둘러 달렸다.

57.
월요일

노예는 어젯밤 경찰들이 자신의 보트 창고에 침입한 일로 여전히 충격에 빠져 있었다. 그 일을 다시 회상하는 것만으로도 자율신경이 자극되면서 심장이 마구 뛰었다. 그는 그때 그곳을 빠져나와 숲 속으로 도망쳤던 것이 생각났다. 정강이가 시려올 때마다 의식을 잃기 전에 심하게 넘어졌던 일이 머릿속에 떠올랐다. 하지만 그때 그곳에서 얼마나 있었는지 알 수 없었다. 그때 정신을 잃은 뒤로 오늘 아침 해가 막 뜨고 나서야 의식을 되찾았다. 정신을 차린 노예는 일어나 앉으며 머리 위의 나무들을 바라보았다. 그는 몸의 먼지를 털어낸 뒤, 비틀거리며 일어섰다. 그리고는 고통을 참아가며 최대한 빨리 집으로 돌아가기 위해 안간힘을 썼다. 가능한 한 늦지 않게 출근해야 했기 때문이었다.

이제 노예는 차를 끌고 피터의 아파트로 향하고 있었다. 손목시계는 아침 11시 30분을 가리키고 있었다. "망할 경찰관들 같으니." 그는 혼잣말을 했다. 노예는 전날 밤부터 온 몸이 쑤셔왔다. 경찰이 그가 저지른 일들을 바짝 뒤쫓고 있었다. 빨리 무슨 조치를 취해야 했다. 그렇지 않으면 얼마 못가서 경찰들이 쳐놓은 덫에 걸리게 될 것이고, 경찰은 그를 영영 우리 안에 가둬버릴 게 뻔했다. 지금은 우선 피터의 아파트를 조사해야 했다. 운이 좋으면 피터가 뭘 알고 있고, 또 얼마나 알고 있는지를 알아낼 수 있을지도 몰랐다.

노예는 길가를 따라 운전하면서 주차할 곳을 찾고 있었다. 다행히도 피터의 아파트에서 한 블록 떨어진 곳에 주차를 할 수 있었다.

노예는 시동을 끈 뒤, 앞좌석의 사물함을 열고 내용물들을 손으로 더듬거렸다. 마침내 찾던 것을 발견한 그는 기뻐하며 낮은 탄성을 질렀다. "아하." 그는 대대로 전해 내려오는 정교하게 다듬어진 잭나이프를 집어 올렸다. 노예는 그 무기를 보며 감탄을 자아내고 있었다. 그리고는 아버지에게서 그 칼을 받고 뿌듯해했던 지난날을 떠올렸다. 상아 손잡이가 달린 잭나이프에서는 위풍당당한 기상이 뿜어져 나왔다.

노예는 다음으로 만일에 대비해 가지고 있던 작은 바퀴살을 찾았다. 사실 그는 여러 개의 훌륭한 나이프만으로도 충분히 놀라운 기술을 발휘할 수 있었다. 하지만 가끔은 거친 도구가 필요할 때도 있게 마련이었다.

노예는 그가 가장 좋아하는 칼 한 자루와 금속 바퀴살을 확실히 챙기고 차에서 내렸다. 그는 도구들을 재킷 주머니에 넣은 뒤, 혹시 보이지는 않는지 다시 한 번 확인했다. 이윽고 노예는 아파트 입구로 천천히 걸어가서 누가 보고 있지는 않은지 주변을 둘러보았다. 그리고는 로비에서 엘리베이터까지 전속력으로 뛰어갔다. 그는 엘리베이터 버튼을 두세 번 거칠게 누르며 낮게 욕설을 내뱉었다. 잠시 후, 초조하게 엘리베이터를 기다리던 그의 양 옆으로 두 개의 엘리베이터 문이 동시에 열렸다. 노예는 문이 열리자마자 급히 안으로 들어갔다. 다행히 엘리베이터 안에는 아무도 없었다. 덕분에 수상하게 보일지도 모른다는 걱정을 떨칠 수 있었다. 그는 엘리베이터가 8층에 멈춰 설 때까지 차분히 기다렸다.

노예는 문이 열리는 즉시 긴 복도를 따라 달려갔다. 그는 바닥에 깔린 카펫을 사뿐히 밟으며 피터의 집 앞에 도착했다. 노예는 눈을 이리 저리 돌리며 주위에 아무도 없는지 확인했다. 그리고는 피터가 집에 없다는 것을 확실히 해두기 위해 초인종을 눌렀다. 안에서 아무 대답이 없자, 그는 숨겨둔 바퀴살을 휙 꺼내서 열쇠 구멍에 끼워 넣었다. 열쇠 구멍은 딱 맞는 열쇠가 들어가면 돌아가게 되어 있는 원통형 모양이었다. 그래서 도구만 잘 이용하면 얼마든지 열 수 있었다. 노예가 바퀴살을 신중히 밀어 넣자 곧 첫 번째 핀이 움직이는 것이 느껴졌다. 그는 다른 손으로 잭나이프를 눌러 칼날을 꺼낸 뒤, 열쇠 구멍에 넣었다. 모든 핀들이 서로 일직선을 이루게 되자, 노예는 열쇠를 다루듯 바퀴살을 움직였다. 바로 그 순간, 잭나이프를 함께 돌리자 아주 쉽게 문이 열렸다.

노예는 피터의 아파트로 들어가 조용히 문을 닫았다. 커튼이 쳐진 거실은 약간 어둑했다. 노예는 조심스럽게 주변을 둘러보았다. 피터의 아파트는 전 날 밤의 음식 냄새로 가득 차 있었다. 그는 최대한 조심스럽게 움직이면서 아무 것도 건드리지 않으려고 노력했다. 노예는 뭘 찾아야 할지도 모르는 채, 다시 한 번 거실을 두리번거렸다. 피터의 집은 먼지 하나 없이 깨끗했다. 아마 물건 하나라도 손을 댄다면 피터가 금세 알아챌 수 있을 정도였다.

노예는 아침 햇살이 어슴푸레 스며들고 있는 침실로 들어갔다. 피터의 침실은 다른 곳처럼 그리 깨끗하지 않았다. 침대는 정리가 되어 있지도 않았다. 침대 시트는 무더기로 엉킨 채 매트리스에서 떨어지기 직전이었다. 노예는 침실용 탁자 쪽으로 다가갔다. 그는 그 근처에서 피터의 신분증을 발견하고는 깜짝 놀랐다. 노예는 잔뜩 당황한 채로 피터가 사실은 집에 있었던 건 아닌지 의심이 들기 시작했다. 어쩌면 세탁실에 있었던 건지도 몰랐다.

침착해. 노예가 스스로를 위로하며 생각했다. *피터가 건망증이 심한 것뿐이야. 병원밖에 모르는 꽤 성실한 의사잖아. 근무 시간을 빼먹었을 리 없어.* 피터의 신분증 아래에는 종이 몇 장이 놓여 있었다. 그 종이들은 어린아이의 그림인 것 같았다. 그는 신분증을 옆으로 치우고 종이를 집어 들었다. 그리고 첫 번째 그림을 본 노예는 등골이 오싹해짐을 느꼈다. 그는 무릎에 힘이 풀려버렸다. 그는 종이를 잡고 있지 않은 손으로 옆에 있던 매트리스를 부여잡았다.

노예의 앞에 놓인 그림 속에는 온 몸이 조각난 소녀가 그려져 있었다. 소녀의 몸이 조각난 방법은 그가 썼던 방법과 놀라울 정도로 흡사했다. 그 다음 그림은 더욱 충격적이었다. 그것은 수 년 동안 그가 그렇게도 안전하게 지켜온 보트 창고의 그림이었다. 이건 말도 안 되는 일이었다. 아난시와의 거래는 혼자만이 알고 있는 아주 작은 비밀이었다. 지금까지 아난시와 거래해온 것을 본 사람은 아무도 없었다. 노예는 분명 그렇게 확신하고 있었다. 정신을 못 차릴 정도로 머리가 복잡해지기 시작했다. 어쩌면 이건 아난시가 그를 놀리려고 하는 장난인지도 몰랐다.

노예는 그림을 그린 사람의 이름을 찾아 그림을 훑어보았다. "나야." 정적 속에 그의 목소리가 크게 울려 퍼졌다. 그리고 그 조차도 자신의 목소리에 흠칫 놀랐다. 노예는 그 이름을 몇 번씩 되새기며 머릿속에 더욱 선명하게 새기려고 애썼다. 그는 그림을 손에 들고 침대에 앉아서 허공을 바라보았다. 아무 생각도 할 수가 없었다. 그의 마음속은 그저 지금껏 지켜온 세계가 순식간에 무너져 내릴 것 같은 두려움으로 가득했다. 노예는 앞으로 뭘 해야 할지 갈피를 잡지 못한 채, 공포심에 얼어붙어 있었다.

58.
월요일

피터는 전임의 사무실에서 전화기 앞에 앉아 있었다. 나야의 보험사측 전화를 기다려야 했기 때문이었다. 월요일이 되자 보험사에서는 입원 업데이트 문제로 곧바로 전화를 걸어왔다. 피터는 더 이상의 협상은 불가능하다는 것을 잘 알고 있었다. 나야의 증상이 생명을 위협하는 정도도 아니었고, 지금까지의 정밀 검사에서도 나야가 정상이라는 결과가 나왔기 때문이었다. 그가 좋든 싫든, 어느새 나야를 퇴원시켜야 할 시간이 다가오고 있었다.

"네." 피터가 동의하며 말했다. "외래 환자 후속 조치 일정만 잡으면 오늘 오후에 나야를 퇴원시키도록 하겠습니다." 나야의 입원기간을 며칠만 더 연장하려던 그의 계획은 예상대로 실패했다. 피터는 아직도 개인적으로 궁금한 것이 있었다. 게다가 그의 궁금증은 해결되지 못한 채 찝찝하게 남아 있었다. 하지만 의학적으로 말해서 나야는 필요한 검사를 모두 마친 상태였기 때문에 피터도 받아들일 수밖에 없었다.

피터는 나야의 차트를 열고 제인의 연락처를 찾았다. 제인은 업무 시간에 연락이 필요할 경우를 위해 전에 미리 번호를 남겨준 적이 있었다. 피터는 그녀의 전화번호를 누르고 잠시 기다렸다. 피터는 전화가 연결되자 제인의 아름다운 목소리를 바로 알아차릴 수 있었다.

"안녕하세요, 부인. 병원에서 전화 드렸어요. 저는 피터 그람입니다. 좋은 소식이 있어 연락드리게 됐습니다."

"나야가 집에 돌아오는 거예요?" 제인이 기쁜 목소리로 물었다.

"네, 그렇습니다. 오늘 집으로 데려가셔도 됩니다."

"더 이상 다른 검사는 안 해도 되는 건가요?"

"그렇습니다."

"너무 다행이네요." 제인이 말했다. "그럼 나야는 어떤 진단을 받은 건가요?"

"나야는 시간이 지나면 자연히 해결될 수 있는 수면 관련 악몽 장애가 있는 걸로 판단됩니다. 심각한 정신과적 진단을 받거나 한 것은 아니에요."

"다행이에요, 정말 감사합니다."

제인이 안도의 한숨을 내쉬자, 피터는 미소를 지었다.

"몇 시에 데리러 가면 될까요?" 제인은 도저히 흥분을 감출 수 없는 모양이었다.

"오후에 편하실 때 오시면 됩니다." 피터가 시계를 보며 대답했다.

"늦어도 2시 30분까지는 가도록 할게요." 제인이 말했다.

"좋습니다. 그럼 그때 뵙죠."

"그럼 박사님."

"네?"

"그 동안 여러모로 도와주셔서 진심으로 감사드려요." 제인이 울먹이는 목소리로 말했다.

"별 말씀을요." 피터가 대답했다.

피터는 제인과의 전화를 끊고 나서 매트에게 다시 전화를 걸었다. 그는 매트에게 나야의 퇴원에 대한 주의사항을 몇 가지 전달해주었다.

"저 이제 집에 가요. 집에 간다고요!" 피터가 병동으로 걸어 들어오는 것을 발견한 나야가 기뻐하며 소리쳤다. 나야는 매트와 함께 병실 복도에 서 있었다. 매트는 나야에게 퇴원해도 된다는 기쁜 소식을 전하고 나서 나야가 짐을 쌀 수 있도록 도와주고 있었다. 나야는 피터에게 달려가더니 그의 품에 안겼다.

"포옹을 하기 전에는 상대방에게 먼저 물어봐야지, 나야." 피터가 사적인 공간의 개념을 다시 한 번 일러 주며 말했다. 물론 말은 그렇게 했지만 나야는 당연히 예외였다. 피터는 다정한 포옹으로 나야에게 답례해주었다. 그는 나야가 퇴원 소식에 기뻐하는 모습을 보자 덩달아 기분이 좋아졌다. 그리고 매트가 나야의 퇴원 준비를 도와준 것에 고마운 마음이 들었다.

"짐은 다 쌌니?" 피터가 나야에게 물었다.

"네. 저기요." 나야는 방바닥에 놓여 있는 큰 가방 두 개를 가리켰다.

"그림도 다 챙겼어?"

"선생님께 빌려드린 것만 빼면요." 나야가 예의바르게 말했다.

"그렇지, 참. 지금 당장 집에 가서 가지고 와야겠다."

"우리 엄마 아빠도 오늘 오시나요?" 나야가 걱정스러운 목소리로 물었다. 피터는 웃음이 절로 나왔다. 나야는 집에 가고 싶어 안달이 나 있었다.

피터는 시계를 한 번 보더니 나야를 안심시키며 말했다. "곧 도착하실 거야."

"빨리 집에 가고 싶어요, 집에요!" 나야가 안절부절 못하며 말했다.

"오셨나보다." 피터가 안내데스크에서 온 호출을 받으며 말했다. "나야가 퇴원하기 전에 선생님이 부모님과 잠시 얘기를 좀 나눌게."

"저도 따라가도 되요?" 나야가 물었다.

"어른들끼리 먼저 얘기를 좀 해야 할 것 같아. 얘기가 끝나면 나야를 데리러 올게." 피터가 나야에게 약속했다. "매트, 나야의 부모님과 얘기를 나누는 동안 나야랑 같이 좀 있어 줄래요?"

"물론이죠." 매트가 대답했다. 그리고 그는 나야에게 간호사실에 같이 앉아 기다리자고 말했다.

피터는 황급히 안내데스크로 향했다. 그는 나야 만큼이나 기분 좋아 보이는 제인과 인사를 나누었다. 그는 프레드를 찾았으나 그는 보이지 않았다.

"프레드는 직장에 있어요. 여기 오지 못해서 얼마나 속상해 했는지 몰라요. 하지만 그이도 어쩔 수 없었을 거예요. 지금 회사에서 중요한 프로젝트를 맡고 있어서 너무 바쁘거든요. 어쨌든 남편은 집에 돌아오는 대로 나야를 보게 될 거예요. 그리고 오는 길에 나야에게 줄 특별 선물을 사온다고 했어요." 제인이 미소 띤 얼굴로 말했다.

"나야가 퇴원을 하기 전에 할 일이 한 가지 더 있어요."

"알겠어요. 오래 걸리나요?" 제인이 물었다. 그녀는 당장 병원을 떠나고 싶어 하는 기색이 역력했다.

"아니요, 전혀 오래 걸리지 않아요." 피터가 말했다. 그리고는 제인에게 자리를 권했다. "통원 치료 계획에 대해 얘기를 좀 드려야 해서요." 피터는 제인이 분명 나야의 퇴원 이후 계획을 잘 모르고 있을 거라고 예상했다.

"그게 뭐죠?" 제인이 물었다.

피터는 자리에 앉으며 통원 치료에 대해 설명했다. 나야가 퇴원 후에는 외래 환자로 분류되겠지만, 나야의 증상에 대한 계속적인 관찰이 필요하다는 내용이었다. "나야는 병원에서 개별 치료를 받아야 해요. 초기에는 일주일에 한 번 정도 들르면 될 거예요. 통원 치료를 통해서 제가 나야의 증상을 지속적으로 관찰할 수 있거든요. 또 나야가 가장 적합한 치료를 받고 있는지도 확인할 수 있고요."

제인은 잠시 말을 멈추고 고개를 끄덕였다. "나야가 저희와 함께 집에서 지낼 수만 있다면 통원 치료는 아무래도 좋아요."

"그럼 다음 주로 내원 일정을 잡아놓을 게요. 그 이후에도 추후 치료 일정이 있을 거예요. 나야에게 더 이상의 치료가 필요 없다고 판단될 때까지요."

피터는 이어서 설명을 덧붙였다. "나야에게도 퇴원 후에 병원을 지속적으로 방문해야 한다고 말씀하시는 게 좋을 거예요. 병동에 가서 나야에게 같이 설명해주도록 하죠."

"그래요." 제인이 대답했다.

"한 가지가 더 있어요." 피터가 약간 주저하며 말했다. 그는 나야가 겪고 있는 초자연적 현상에 대해 어떻게 설명을 해야 할지 갈피를 잡지 못하고 있었다.

제인은 피터의 생각을 알아챈 듯 했다. "이엔가 씨를 만나셨군요."

"네." 피터가 대답했다. 그는 제인이 나야의 문제에 대해 먼저 입을 열어준 것이 고마웠다. "이엔가 씨 말씀으로는 나야의 친모께서도 나야 또래였을 때 비슷한 일을 겪으셨다더군요."

"나야의 친모도요?" 제인이 약간 놀라며 대답했다.

"초자연적 현상에 대해서 알고 계신가요?" 피터는 스스로가 정신 의학과 먼 이야기를 하고 있다는 사실을 이미 의식하고 있었다.

"비현실적인 일들을 겪는 사람들에 대해서는 들어본 적 있어요. 나야도 그런 일을 겪고 있는 건가요?"

"일단 좋은 소식은 나야의 증상에 맞는 정신 의학이나 의학적인 병은 없다는 거예요. 그리고 의학적으로 설명할 수 없는 유일한 부분이 바로 초자연적 현상들이에요." 피터가 말했다. "이엔가 씨는 나야의 친모가 가진 특별한 능력이 바로 꿈을 통해서—."

"죽은 사람들과 의사소통을 하는 것이죠." 제인이 피터의 말을 대신 마쳤다.

깜짝 놀란 피터가 말했다. "제가 무슨 말을 할지 알고 계셨군요."

"저희가 말씀드리지 않은 것이 하나 있어요, 그랩 선생님. 분명 미친 소리로 들릴 것 같았거든요. 아마 믿지 않으실 거라고 생각했어요." 제인이 털어놓았다. "그래서 이 얘기를 하면 왠지 못미더운 부모로 여겨질 것 같았어요. 그렇게 되면 나야의 치료에 영향을 미칠지도 모른다는 생각에 두려웠죠. 하지만… 나야가 발코니에서 뛰어내리려고 했던 일로 이곳에 온 날을 기억하시나요?"

"네." 피터는 대답하고 나서 잠시 말을 멈추었다.

"그 일이 있은 이후에 저희는 이웃의 비둘기들이 바이러스성 질병으로 모두 죽었다는 사실을 알게 됐어요. 그런데 나야가 응급실에 있는 동안 그림을 그리더군요. 저희는 그 그림을 보고 나서 그 날 나야가 정말로 그 비둘기들과 날아가려고 했던 건지 의문이 생겼어요. 그러니까 어찌됐든 그 죽은 새들이 꿈에서 나야에게 말을 걸었던 건가 하는 생각이 들더군요." 제인이 다소 안도하며 말했다.

피터는 어안이 벙벙해졌다. 그는 도무지 무슨 말을 해야 할지 알 수가 없었다. 그는 제인이 자신의 말에 그렇게 기꺼이 호응해줄 거라고는 기대도 하지 않고 있었다. 덕분에 나야가 겪는 초자연적 현상에 대한 이야기는 생각보다 훨씬 쉽게 진행되고 있었다.

"아마도 나야는 그런 꿈들을 여러 차례 꾸고 있는 것 같아요." 피터가 말했다. "그러니 앞으로도 나야를 주의 깊게 지켜볼 필요가 있어요. 다시는 꿈을 꾸는 동안 다치지 않도록 말이죠."

"맞는 말씀이에요. 저 역시도 다시는 그런 일이 일어나지 않게 해달라고 늘 기도하고 있어요." 제인이 꽤 신앙심에 가득 찬 표정으로 말했다. 이윽고 제인은 딸을 집으로 데려가고 싶은 마음에 자리에서 일어났다.

피터는 병동의 파란 문을 지나 제인을 안내했다. 그는 제닛의 살인 사건에 대한 FBI 수사에 나야도 관계됐다는 사실을 말해야 할지 고민이 되었다. 그리고는 일단 정보를 더 얻을 때까지 보류하기로 했다. 피터는 나야의 그림이 정확한 근거로서 범인을 잡는 데에 도움이 된다는 것을 확실히 하고 싶었다.

나야는 엄마를 보자마자 간호사실에서 달려 나왔다. 나야는 기뻐서 폴짝 뛰며 엄마의 목에 팔을 감았다. "아빠는요?" 나야가 물었다.

"회사에 계신단다, 아가. 집에 가면 볼 수 있을 거야." 제인이 미소를 지으며 말했다.

제인은 딸을 꼭 안아주었다. 나야가 조금 흥분을 가라앉히자 나야는 아이에게 검사를 위해서 일주일에 한 번씩 피터를 보러 와야 한다고 설명했다. 나야는 엄마의 말을 이해하는 것보다 집에 돌아간다는 사실에 너무 집중하고 있었다.

"집에 가서 다시 설명해주도록 할게요." 제인이 피터에게 고개를 숙여 인사며 말했다.

피터는 간호사실로 전화를 걸었다. 그리고는 매트에게 잠시 나갔다 올 테니 자신이 필요하면 호출해달라고 말했다. 그는 신분증 카드를 가지러 집에 간다고 덧붙이며, 나야에게 작별인사를 하러 금방 돌아오겠다고 말했다. 피터는 매트에게 퇴원 절차를 완료하도록 제인을 행정 사무실로 안내하도록 지시했다. 그는 재킷을 집어 들고 사무실을 나와 주차장으로 달려갔다.

피터는 차에 올라탄 뒤, 속도를 높여 아파트로 향했다. 그는 나야가 이제 퇴원한다는 생각이 들자 왠지 조금 슬퍼졌다. 그리고 아마 개인적으로도 나야를 항상 그리워할 것 같았다. 하지만 다른 한편으로는 나야가 건강하다는 검사결과가 나온 것이 기뻤다. 또 통원 치료 일로 외래 병동에서 나야를 계속 볼 수 있었다. 피터는 그렇게 스스로 위안을 삼고 나자 웃음이 지어졌다.

낮에는 교통이 복잡하지 않은 덕분에 피터는 평소보다 몇 분 빨리 아파트에 도착했다. 그는 차에서 내려서 중앙 입구로 곧장 달려갔다. 그리고 엘리베이터에 오른 뒤, 8층에 도착할 때까지 초조하게 기다렸다. 이윽고 엘리베이터 문이 열리자 피터는 재빨리 엘리베이터에서 내렸다. 그는 주머니에서 열쇠 뭉치를 꺼내며 급하게 복도를 달렸다. 아파트 문 앞에 도착한 피터는 맞는 열쇠를 찾기 위해 열쇠 뭉치를 뒤졌다.

피터는 아파트 문을 열고 곧바로 침실로 들어갔다. 그는 분명 침실용 탁자 옆에 신분증 카드를 두고 온 것을 확실히 기억하고 있었다. 역시나 바로 그 자리에 신분증 카드가 보였다. 그는 신분증을 집어 들고 재킷에 고정시켰다. 그때 신분증 카드 밑에 나야의 그림을 놓아 두었던 것이 뚜렷하게 떠올랐다. 그는 같은 자리에서 나야의 그림을 찾았지만 그 자리엔 아무것도 없었다.

피터는 텅 비어 있는 침실용 탁자를 바라보았다. 그는 고요한 정적 속에 잔뜩 당황한 채 서 있었다. 갑자기 등 뒤로 이상한 한기가 감돌았다. 굉장히 기분 나쁘고 강렬한 느낌이었다. 그 불쾌한 한기가 그의 등줄기를 타고 흘렀다. 그러자 피터는 몸이 떨려오면서 머리털이 쭈뼛 서는 것 같았다. 그는 본능적으로 주위를 둘러보며 누군가가 자신을 쳐다보고 있는 건 아닌지 살폈다. 피터는 이상한 느낌을 떨쳐버리며 좀 전의 바보 같은 생각을 접었다. 방금 느낀 한기는 분명 방 안의 공기가 냉랭해서 그랬던 것 같았다. 피터는 침대를 훑어보다가 침대 가운데에 나야의 그림이 놓여 있는 것을 발견했다. *아, 여기 있었네.* 그는 침대에 무릎을 기대며 종이를 집으려고 팔을 뻗었다.

피터는 나야의 그림을 안전하게 주머니에 넣고 아파트를 나왔다. 그는 나야에게 작별인사를 하려면 되도록 빨리 병원으로 돌아가야만 했다.

59.
월요일

노예는 문 밖에서 나는 찰랑거리는 열쇠 소리에 깜짝 놀랐다. 멍하니 넋을 잃고 있던 그는 정신을 차려 고개를 똑바로 세웠다. 노예는 허둥지둥 하며 들고 있던 그림을 침대 위에 던져놓았다. 그리고는 방금 들린 소리의 정체를 확인하기 위해 거실로 달려갔다. 그때, 철컥하는 소리가 거실에 울려 퍼지는 동시에 문이 열렸다. 노예는 공포에 질린 채 침실로 급히 도망가서 숨을 곳을 찾았다. 그는 방을 재빨리 훑어보다가 구석에서 큰 벽장을 발견했다. 그는 곧장 그 안으로 뛰어 들어간 뒤, 문을 반쯤 닫았다.

노예는 방금 들어온 불청객이 얼른 떠나기를 기다리며 숨을 죽인 채 어둠 속에 서 있었다. 먼지 때문에 코가 씰룩거렸다. 앞이마에서는 굵은 땀방울이 흘러내렸다. 그의 심장이 미친 듯이 쿵쾅 거리고 있었다. 피터는 지금 직장에 있어야 하는 게 아닌가? 하지만 지금 집에 들어온 사람이 피터가 아니라면 대체 누구지?

그때, 그 불청객의 발자국 소리가 들렸다. 이윽고 그림자 하나가 방 안으로 들어와 침실용 탁자 앞에서 멈추는 것이 보였다. 노예는 그 그림자의 주인이 누구인지 슬쩍 확인하기 위해 몸을 기울였다. 놀랍게도 그곳엔 피터가 서 있었다. 피터는 신분증 카드를 집어 재킷에 고정시켰다. 그리고는 잠시 동안 가만히 서 있었다. 그러더니 침대에 기대며 노예가 떨어뜨린 종이를 집어 들었다.

피터는 순식간에 나가버렸다. 노예는 문이 닫히는 소리를 듣고 옷장 밖으로 나왔다. 손은 아직도 떨리고 있었지만 조금씩 기분이 나아졌다. 옷장이 너무 꽉 막혔던 탓에 거의 들킬 뻔했지만, 다행히도 겨우겨우 몸을 숨길 수 있었다. 노예는 거실로 가서 커튼 사이로 창밖을 엿보았다. 이윽고 피터가 주차장에 세워 둔 빨간색 지프차로 달려가는 것이 보였다. 노예는 피터가 멀어질 때까지 기다렸다.

피터가 시야에서 사라지자 노예는 아파트를 급히 나와서 복도를 지나 엘리베이터로 향했다. 엘리베이터는 아직도 1층에 있었다. 그는 엘리베이터를 기다릴 시간이 없었다. 노예는 곧장 비상계단으로 뛰어 내려갔다. 마음이 급했던 그는 한 번에 두 계단씩 내려가고 있었다. 순식간에 아파트 단지를 뛰어 나온 노예는 빨간색 지프차가 멀어지고 있는 것을 볼 수 있었다.

노예는 깊은 한숨을 내쉬었다. 정말 위험한 순간이었다. 그는 당장 나야를 만나야 했다.

노예는 주차장으로 부리나케 달려가 차에 뛰어올랐다.

***

피터는 시내를 지나 병원으로 차를 몰았다. 그는 앞으로 나야를 꽤 그리워할 것 같다는 생각이 들었다. 그 동안 나야와 정이 많이 든 모양이었다. 나야는 피터에게 그의 정체성에 대한 것뿐 아니라 삶과 죽음에 대해서도 새로운 의미를 알게 해준 아이였다. 나야의 그림이 없었다면 제닛의 살인사건에 대한 경찰의 수사도 진전이 없었을 것이다. 아마도 이번 사건은 나야의 특별한 능력 덕분에 이모부의 선거일이 다가오기 전에 해결될 수 있을 것으로 보였다. 피터는 코끼리 바위에서의 일로 이모부가 크게 화를 냈던 것이 늘 마음에 걸렸었다. 하지만 이제 피터는 숨통이 좀 트이는 것 같았다. 그의 결백이 확실하게 증명됐기 때문이었다.

피터는 서둘러야 하는 상황에도 불구하고 당연한 일인 듯 선물 가게에 들렀다. 나야에게 줄 선물을 사기 위해서였다. 그가 가게 근처에 주차할 곳을 찾는 동안 시간이 조금 걸렸다. 차에서 내린 피터는 시간이 지체됐다는 사실을 깨달았다. 아마 병원에는 좀 늦을 것 같았다. 그는 휴대전화를 꺼내더니 번호를 눌렀다. "매트, 피터에요."

"곧 도착하세요?"

"네, 그런데 최대 20분 정도 늦어질 것 같아요. 나야와 가족 분들한테 제가 곧 도착할 거라고 전해줄래요?"

"그럼요! 얼른 오세요."

피터는 통화를 끝내고 가게로 들어갔다. 그는 나야에게 괜찮을 만한 선물을 찾았다. 끝도 없이 진열된 카드와 액세서리들 사이에도 그

다지 그의 눈길을 끄는 물건은 없었다. 그는 통로 끝까지 걸어가서 동물 인형이 진열된 곳을 찾았다. 아무래도 곰인형이 가장 좋을 것 같았다. 누들에게도 좋은 친구를 만들어줄 수 있었다.

피터는 부드럽게 곱슬거리는 금빛 갈색 곰인형을 집어 들었다. 나야가 분명 좋아할 것 같았다. 계산대에서 기다리던 피터는 자신의 차례가 되자 껌 한 통을 같이 올렸다. 그리고는 거스름돈을 받고 차로 돌아갔다. 피터는 나야에게 당장 곰인형을 전해주고 싶은 마음뿐이었다.

60.
월요일

"이제 뭘 해야 하죠?" 스티븐이 베일리 의원에게 물었다. 스티븐은 마을의 외과 분야 전문가들에게서 무작위로 DNA 샘플을 채취하자고 제안했다. 그는 한 시라도 빨리 살인범을 체포해야 했지만, 범인에 대한 유력한 단서를 조금도 찾지 못한 상태였다.

"유감이지만 용의자를 찾으려면 다른 방법이 필요할 것 같군요." 전화기 너머로 베일리가 대답했다.

스티븐은 베일리 의원에게 가장 최근의 수사 결과에 대해 간략히 보고했다. "현재 두 팀이 이 용의자에 대한 조사로 현장에 나가 있습니다." 스티븐이 말했다. 베일리는 그에게 행운을 빌어주었다. "고맙습니다." 스티븐이 대답하며 전화를 끊었다.

스티븐은 베일리 의원의 격려가 진심으로 고마웠다. 모을 수 있는 행운은 전부 끌어 모아야 했기 때문이었다. 스티븐은 밀려오는 긴장감에 손목시계를 한 번 쳐다보았다. 지금쯤이면 레이아와 호세가 목적지에 도착했을 시간이었다.

* * *

"집에는 없네요." 레이아가 에버슨의 아파트로 걸어가며 말했다. 뉴베리 병원의 자메이카인 남자 외과 의사는 에버슨 한 명 뿐이었다. 게다가 레이아가 병원에서 수집한 개인 정보까지 고려하면 에버슨은 용의자의 조건에 딱 들어맞는 인물이었다.

"음, 여기 좀 보세요." 호세가 구겨진 알루미늄 호일 조각을 집어 올리며 말했다. "우리가 찾고 있는 의사 선생이 아무래도 마약을 하는 것 같군요." 호일에는 흰 가루가 조금 묻어 있었다. "꽤 비싼 코카인인데요."

"빚을 못 갚는 이유가 있었네요." 레이아가 말했다.

"혹시 다른 범죄도 저질렀는지 궁금해지는걸요." 호세가 말했다. 그는 에버슨이 지금까지 찾던 범인일지도 모른다는 가능성을 염두에 두고 있었다. "확실히 외과 의사에게 요구되는 도덕적 윤리는 그다지 신경 쓰지 않는 것 같네요."

레이아는 더 많은 정보를 찾기 위해 두리번거렸다. 집안은 정리도, 관리도 제대로 되어 있지 않은 상태였다. 레이아는 냉장고에 붙어 있는 작은 자석 액자 쪽으로 걸어갔다. "이 사진이 에버슨인 것 같네요."

호세는 레이아가 있는 곳으로 걸어갔다. 두 사람은 에버슨의 모습이 찍힌 사진을 바라보았다. 사진의 밑 부분에는 작은 글씨로 날짜가 쓰여 있었다.

"꽤 최근 사진이네요." 레이아가 말했다. "좋아."

그때 갑자기 누군가가 아파트 문을 두드렸다.

레이아가 손가락을 입술에 갖다 대자 호세는 고개를 끄덕였다. 레이아는 문으로 걸어가서 작은 구멍을 통해 밖을 내다보았다. "여자에요." 레이아가 낮게 속삭였다. 그녀가 문을 열자, 가정부가 문 앞에 양동이를 들고 서 있었다.

"누구시죠?" 가정부가 물었다.

레이아가 FBI 배지를 보여주자 가정부는 깜짝 놀라며 당황스러워했다.

"이 집 주인 양반이 무슨 잘못을 했나요?" 가정부가 긴장하며 레이아에게 물었다.

"몇 가지 물어볼게 있어서 온 겁니다. 여기까지 밖에 말씀드릴 수 없네요." 레이아가 단호하게 말했다.

"주, 주인 양반은 병원에서 일하고 있어요." 가정부가 더듬거리면서 말했다.

"청소는 나중에 하러 오시는 게 어떠세요?" 레이아가 부탁 아닌 부탁을 하며 말했다.

"그럴게요." 가정부는 짧게 말을 마치고 복도를 지나 서둘러 걸어갔다.

"병원으로 사람을 보내죠." 레이아가 호세에게 말했다. 그녀는 아침에 피터와 만난 후로 에버슨을 쫓을 시간이 없었다. "에버슨의 차를 포함해서 이 사람에 대한 모든 정보를 알아봐야겠어요." 레이아가 말을 이었다.

"알겠습니다, 즉시 알아보도록 하죠." 호세가 대답했다.

레이아는 호세에게 범죄과학 수사팀을 투입해달라고 지시했다. 범죄과학 수사팀은 에버슨의 아파트에서 지문과 DNA 샘플을 채취해 갈 예정이었다.

61.
월요일 오후

에버슨은 이제 뭘 해야 할지 결정하지 못한 채, 급하게 차를 몰고 있었다. 그가 이런 저런 생각을 하던 도중, 그의 휴대전화 벨소리가 울렸다. "네?" 에버슨이 전화를 받으며 말했다. 그 전화로 그의 불안 감은 더욱 커졌다. 더 이상 일이 복잡해지지 않는다고 해도 의미가 없었다. 그는 지금도 충분히 초조한 심정이었다. 에버슨은 전화를 건 사람이 누군지 바로 알 수 있었다.

"이봐, 의사 양반, 내가 지금 꽤 중요한 일이 있는데 좀 도와줘야겠어. 그 일을 할 수 있는 사람은 의사 선생뿐이거든. 물론 선택권도 없지만 말이야." 에버슨은 전화 건너편에서 요구사항을 얘기하는 동안 가만히 앉아 있었다. 그리고 그가 해야 할 일의 자세한 내용을 듣고 나자 그는 얼굴이 하얗게 질려버렸다.

"난 못해. 그런 짓은 하지 않겠어!"

"내 말을 듣지 않으면 당신에게 무슨 일이 생길지 잘 알 텐데…. 아니면 그쪽 여자 친구에게 말이야." 전화를 건 사람이 에버슨을 협박했다. "빚더미에서 빠져나왔으면 하잖아? 잘 생각해보라고. 결정하기까지 2초를 주겠어. 나한테 꽤 큰돈을 빌렸다는 걸 잊지 말라고. 여자 친구 목숨이 위험하다는 것도!"

"2초라고?"

"1초, 0초. 좋아. 그럼 난─"

"잠깐! 알겠어. 할게."

전화를 끊은 후, 수백 가지 생각들이 에버슨의 머릿속을 스쳐갔다. 하지만 그 중에서도 가장 마지막에 떠오른 것은 꽃무늬 드레스를 입고 있던 아름답고 매혹적인 그만의 여인이었다. 에벌린,… 어떻게 에벌린에게 무슨 일이 생기도록 놔둘 수 있겠는가? 그는 언제나 에벌린을 안전하게 지키기 위해서라면 무슨 일이든 할 각오가 되어 있었다. 그리고 이제 그의 다짐이 시험에 든 것이다.

"이건 미친 짓이야." 에버슨이 혼잣말을 했다. 그는 차바퀴에서 끼익 소리가 날 만큼 거칠게 자동차 방향을 틀었다. 당장 아동 정신과 병동으로 돌아가야만 했다.

그는 15분 만에 병동 주차장에 도착했다. 그는 차에서 서둘러 뛰어내리며 곧장 병동의 간호사실로 갔다. "피터 못 봤어요?" 그가 바빠 보이는 스태프 한 명에게 물었다.

"좀 전에 병동에서 나가신 후로 아직 안 돌아오셨어요." 스태프가 대답했다.

에버슨은 혼자 복도를 지나면서 모든 방안을 살폈다. 그러던 중, 찾고 있던 방을 발견했다. 그는 방문 앞에 멈춰 서서 고개를 두리번거리며 주위에 아무도 없는지 확인했다.

"안녕." 에버슨이 등을 돌린 채 침대 옆에 서 있는 나야를 향해 말했다.

나야는 누군가가 인사하는 목소리에 뒤를 돌아섰다. 그리고는 미소를 지어보였다. 문 앞에는 전에 한 번 본 적이 있는 의사 선생님이 서 있었다. "그람 선생님의 친구 분이시군요." 나야가 말했다.

"그래, 맞아."

"혹시 그람 선생님이 어디 계신지 아세요?" 나야가 물었다.

"그럼. 널 데리고 와달라고 나에게 부탁했어. 나랑 같이 갈래?"

"알겠어요." 나야가 대답했다. "근데 저희 엄마는요? 여기서 엄마를 기다리고 있었는데."

"잠깐이면 돼. 그람 선생님이 나야한테 특별한 걸 보여주고 싶다고 했거든. 그런데 여기로 가져올 수가 없어서 널 데려와 달라고 하더라고." 에버슨은 거짓말을 했다. "이 그림들도 가져가도 되요?" 나야가 테이블에서 폴더를 집어 들며 물었다.

"응, 그래도 돼."

"좋아요. 가요." 나야는 조금도 의심하지 않고 에버슨의 말을 믿고 있었다. 그런 나야의 목소리를 듣고 있자니 에버슨은 죄책감에 구역질이 났다.

나야는 에버슨에게 다가오더니 그 작은 손으로 에버슨의 손을 잡았다. 에버슨은 나야의 손을 꽉 잡고 말했다. "자, 그럼 이제 가볼까." 에버슨은 간호사실의 스태프들이 약품을 확인하느라 정신이 없는 사이, 재빨리 나야와 함께 복도를 빠져나왔다. 나야는 아무것도 눈치 채지 못하고 있는 스태프를 향해 손을 흔들어 보였다. 하지만 에버슨은 아무도 그를 보지 않길 간절히 바라면서 곧장 앞만 보고 걸어갔다. 접수처 안내원은 이미 에버슨이 보낸 가짜 쪽지로 헛걸음을 하느라 자리를 비운 상태였다. 에버슨은 가능한 빠르게 건물 밖으로 걸음을 옮겼다.

나야는 조용히 주차장을 지나 그를 따라갔다.

"그럼 선생님은 어디 계세요?" 나야가 물었다.

"내 차 근처에 있어."

"그럼 선생님은 안 보이는데요."

"조급하게 생각할 것 없어."

에버슨은 그의 파란색 BMW 앞에 멈췄다. "차에 타렴. 내가 그람 선생님을 데리고 올게."

"감사하지만, 괜찮아요, 그냥 여기서 기다릴래요." 나야는 꽤 예의 바르게 대답했지만 걱정스런 마음을 숨기지는 못했다. 나야는 피터를 보고 싶은 만큼이나 병원을 떠나고 싶지 않았다.

"당장 타라고, 이 생쥐 같은 꼬마야!" 에버슨이 나야에게 소리쳤다. 그는 문을 열고 나야를 뒷자리에 밀어 넣었다.

나야는 차의 뒷좌석 시트에 얼굴을 박고 말았다. 나야의 손에서 그림 폴더가 미끄러지면서 안에 있던 그림들이 아스팔트 위로 흩어졌다. 에버슨은 나야의 다리를 잡고 차 안으로 밀어 넣은 다음 문을 닫았다. 나야는 문이 닫히는 소리를 들을 수 있었다. 이제 유괴범이 된 에버슨은 운전석에 앉아 시동을 걸었다. 나야는 일어나 앉으며 문을 열려고 애썼지만 차 문은 아이들이 열지 못하게 되어 있었고 안에서도 열리지 않는 문이었다. 나야는 큰 충격에 휩싸인 채 아무 반응도 할 수 없었다.

에버슨은 기어를 바꾼 뒤, 병원 밖으로 차를 몰았다. 이미 새로운 계획을 실행에 옮긴 이상, 다른 생각은 하나도 머리에 들어오지 않았다. 그는 백미러를 들여다보며 방금 전의 일을 본 사람이 없는지 확인했다. 주차장은 그가 처음 도착했을 때만큼이나 매우 조용했다.

그는 당장의 일에만 집중했다. 너무나 간단한 일이었다. 그저 오두막으로 아이를 데려가기만 하면 됐다. 그리고 나면 평범한 일상으로 돌아갈 수 있었다. 이제 자유로워지는 것이다. 앞으로 걱정 없이 살게 될 생각을 하니, 그의 얼굴에 미소가 절로 피었다.

62.
월요일

피터가 병동에 막 도착했을 때, 간호사실 쪽에서 비명소리가 울려 퍼지고 있었다. 한바탕 소동이 일어난 것 같았다. 그는 곧장 간호사실로 달려갔다. 그곳에는 제인이 두 팔을 마구 흔들며 미친 듯이 흐느끼고 있었다. 그녀의 도자기 같은 피부는 붉게 달아올라 얼룩덜룩했고, 매끄러운 금발머리는 마구 헝클어져 있었다. 그는 나야의 곰인형을 넣어둔 가방을 바닥에 떨어뜨리고 말았다.

"부인, 무슨 일이에요?" 피터는 공포에 떨고 있는 제인을 보면서 당황한 목소리로 물었다.

"나야가 안 보여요. 우리 딸이 안 보인다고요! 병동도 전부 뒤져봤어요. 스태프들도 나야가 어디 있는지 모른대요. 나야에게 무슨 일이 생긴 것 같아요, 끔찍한 일이요! 전 그저 사무실에 잠깐 갔던 것뿐인데, 돌아와 보니 우리 나야가 없어졌어요."

"뭐라고요?" 피터는 제인의 말에 큰 충격을 받았다. 그는 나야가 어디 있을지 전혀 짐작할 수가 없었다. 그는 병동을 돌아다니며 모든 스태프들에게 나야를 보지 못했냐고 물었다. 나야를 본 사람은 아무도 없었다.

"아무 이유도 없이 사라졌을 리 없어요." 피터가 말했다. "열쇠도 없이 어떻게 저 철문을 나갔겠어요? 그리고 나야는 길을 헤맬 아이도 아니라고요."

병동의 모든 직원들은 제인을 바라보며 주위에 서 있었다. 그녀는 완전히 공황 상태에 빠진 채로 숨이 멎을 듯 훌쩍이고 있었다.

"전 나야가 어떻게 나갔는지 알아요." 그때 작은 목소리로 누군가가 말했다.

모든 직원들이 뒤를 돌아 복도 쪽을 쳐다보았다. 그 곳에는 사샤가 서 있었다.

사샤는 도움이 될 수 있다는 생각에 기분 좋은 미소를 짓고 있었다. "선생님 친구가 데리고 갔어요." 사샤가 피터에게 말했다. "그 사람은 제가 못 본 줄 알고 있어요. 하지만 난 다 봤어요. 그 사람은 키가 무지 큰 대머리 아저씨였어요."

"에버슨…." 피터는 깜짝 놀랐다. *대체 나야한테 원하는 게 뭐지?* *그가 정말 살인자가 아니라면….* "이럴 수가, 에버슨이 나야를 납치한 것 같아." 피터가 큰 소리로 혼잣말을 했다. 그는 제인이 괜찮은지 확인하기 위해 다시 간호사실로 달려갔다.

"누가 좀 도와줘요." 제인이 울부짖으며 말했다. 그녀는 다시 눈물을 펑펑 흘리며 바닥에 주저앉아 버렸다.

"그가 아이를 건물 밖으로 데리고 간 것 같아요." 피터가 간호사실의 유리창 너머로 병동의 파란색 철문을 바라보며 말했다.

제인은 피터를 쳐다보려고 했지만 고개를 들 수조차 없었다. "성인 응급실에서 구조대원들을 좀 불러주세요. 부인의 의식이 흐려지고 있어요." 피터가 매트에게 큰 소리로 말했다. 매트는 다른 스태프들과 함께 곧장 복도를 따라 달려왔다. 잠시 후, 매트가 옆으로 다가오자마자, 피터는 매트의 손에 제인의 머리를 조심스레 올려놓았다. "나는 나야를 찾아볼게요." 그가 매트에게 말했다.

피터는 이제 에버슨이 살인범이라고 확신하게 되었다. 레이아의 추측이 맞았던 것이다. 에버슨은 왜 나야를 병동 밖으로 데려갔을까? 나야가 이번 사건의 수사 과정에 도움이 되었다는 사실은 살인범이 분명 격분할 만한 일이었다. 그럼 대체 에버슨 외에 누가 그 사실을 알고 있단 말인가? 그는 당황하지 않으려고 애를 쓰면서 주차장을 향해 달려갔다. 그는 주차된 자동차들 사이를 샅샅이 뒤져봤지만 속이 울렁거리면서 불안한 느낌이 들기 시작했다. 역시나 예상대로 나야는 아무데도 없었다. 그때, 텅 빈 주차 공간 옆에 친숙한 폴더가 떨어져 있는 것이 보였다. 그리고 아스팔트 바닥 위에는 종이들이 흩어져 있었다. 그는 재빨리 달려가서 떨리는 손으로 종이를 주워 모았다.

피터는 나야의 그림들을 멍하니 내려다보았다. 그는 나야의 그림을 하나하나씩 바라보며 폴더 안에 집어넣었다. 순간 그는 전에 본 적이 없었던 그림을 하나 발견했다.

피터는 그 충격적인 그림을 보는 동안 뒤통수를 얻어맞은 것 같은 것만 같았다. 걷잡을 수 없는 공포심이 그를 사로잡고 있었다. 그림 속에는 어떤 거대한 남자가 꽁꽁 묶인 채 누워 있는 나야를 칼로 찌르고 있었다. 그림 속 나야의 몸에서는 마치 분수처럼 핏물이 솟아오르고 있었다. 나야의 그림은 온통 빨간색 크레용으로 범벅이 되어 있었다. 그림에는 제목도, 나야의 이름도 쓰여 있지 않았다.

순간 피터는 나야가 위험해졌다는 것을 알 수 있었다. 끔찍한 생각이었지만 그는 확신할 수 있었다. 피터는 나야가 왜 이 그림만 보여주지 않았는지 이해할 수가 없었다. 아마도 나야는 이 그림을 보여주면 집으로 돌아갈 수 없을까봐 두려웠던 것 같았다. 그는 그림을 폴더에 다시 넣고 병동으로 돌아갔다.

"나야가 납치를 당했어요." 피터가 떨리는 목소리로 매트에게 말했다. "다 내 잘못이에요!"

"뭐라고요? 납치요?" 매트는 무슨 일이 일어나고 있는지 아직도 혼란스러웠다. "헌터 선생님도 관련된 거예요?"

"나중에 설명할게요." 피터는 말을 마치며 재빨리 몸을 돌렸다.

"어디가세요?" 매트가 그에게 소리쳤다.

"내 환자를 찾아야죠!" 피터가 차를 향해 달려가면서 어깨 너머로 소리쳤다.

피터는 지프차에 오른 뒤, 휴대전화를 열었다. 그는 레이아의 번호가 아직 남아 있기를 바라면서 발신번호를 찾았다. 이윽고 피터는 레이아의 번호를 찾자마자 통화버튼을 눌렀다. 잠시 후, 건너편에서 레이아가 전화를 받았다.

"피터예요. 에버슨이 나야를 납치한 것 같아요." 그는 에버슨의 이름을 강조하며 다시 한 번 말했다.

"언제쯤이요?" 레이아는 항상 재빨리 문제의 요점을 짚어냈다. 그녀는 관련 없는 질문을 하는 일이 없었다.

"몇 분전에 바로 이 병원에서요."

잠깐 동안의 침묵이 흐른 후, 레이아가 입을 열었다. "나야를 납치한 사람이 당신 친구 에버슨이라고 확신할 수 있어요?"

"하루 종일 에버슨을 보지 못했어요. 그리고 분명 에버슨이 그랬을 거라는 생각이 들어요. 나야를 마지막으로 본 사람은 사샤라는 환자였어요. 그런데 사샤 말로는 나야가 에버슨과 함께 병원에서 나갔다고 했어요."

"우리도 그 사람이 연루되어 있다고 생각하고 있어요."

"난 에버슨 짓이라고 확신해요." 피터가 단호하게 말했다. "가장 가능성 있는 추측으로는 에버슨이 나야를 코끼리 바위로 데려가는 거예요. 만약 에버슨이 또 살인을 저지를 생각이라면 분명 그곳으로 갔을 거예요. 지금 에버슨을 쫓을 참이에요."

"아니, 안돼요." 레이아가 놀라서 말했다. "그건 지금 피터 씨에게 최악의 선택이에요. 아마 에버슨은 무장된 상태일 테니 위험할 수 있어요. 우리가 조치를 취할게요. 피터 씨는 코끼리 바위 근처에서 기다리세요. 저는 피터 씨가, 아니 그러니까 그 누구도 다치는 걸 원치 않아요."

"알겠어요." 피터가 대답했다. 그는 레이아의 관심에 꽤 기분이 좋았다. 물론 이 기분 나쁜 상황을 생각하면 참 어리석은 생각이었다. 피터는 무슨 일이 있더라도 반드시 나야를 찾아내겠다고 다짐했다. 그 누구도, 그 무엇도 그의 결심을 막을 순 없었다. 심지어 총을 들고 있는 미모의 여인이라 해도 말이다.

피터는 나야의 유괴범을 쫓기 위해 속도를 높이며 병원을 나섰다. 그는 이런 일이 벌어진 것이 모두 자신의 탓이라며 스스로를 자책했다. 그가 신분증을 두고 오지만 않았어도, 나야를 조금만 더 빨리 퇴원시켰어도 이런 일은 일어나지 않았을 것이다. 피터는 이런저런 생각을 접어두고 최대한 빨리 코끼리 바위로 가기 위해 엑셀을 밟았다.

* * *

레이아는 에버슨의 아파트 앞에 주차해둔 차로 달려갔다. 그때, 한 경찰관이 그녀의 차에 주차 금지 위반 딱지를 떼고 있었다. 그러자 레이아는 그 경찰관에게 다가가며 FBI 배지를 보여주었다.

"FBI에요. 이건 내 차고요!" 그녀가 소리쳤다. 경찰관은 레이아의 차에서 물러섰다. 그리고 경찰관이 입을 열기도 전에 레이아는 운전석에서 안전벨트를 매고 있었다.

"비상 상황이에요." 레이아가 경찰관에게 소리쳤다. 경찰관은 그 자리에 얼어붙은 채 그녀를 바라보고 있었다. 레이아는 아직 손에 딱지를 들고 있는 경찰관 옆을 지나치며 아파트 단지 밖으로 향했다. 그녀는 호세에게 에버슨의 아파트를 지키도록 지시한 뒤, 스티븐에게 지금 막 일어난 비상사태에 대해 알렸다. 레이아는 경찰 한 팀을 병원으로 보내서 에버슨이 그곳에 없는지 확인하도록 했다. 그리고는 피터의 추측이 들어맞기를 바라며 다른 한 팀을 코끼리 바위로 파견했다. 만약 그의 예상이 빗나간 것이라면 나야의 목숨은 훨씬 더 위험한 상황에 놓여 있었다.

63.
월요일

매트와 다른 직원들은 여전히 제인을 돌보고 있었다.

"무슨 일이 일어난 거예요?" 제인이 조용히 우는 목소리로 말했다. "나야는 어디 있죠?" 그녀는 딸이 병원 어디에도 없다는 사실을 조금씩 깨닫고 있었다.

"어떻게 말씀드려야 할지 잘 모르겠지만… 그럼 박사님 말로는 누가 나야를 납치한 것 같대요." 매트가 조용히 말했다.

"이럴수가… 안 돼요." 매트를 바라보던 제인이 눈을 크게 뜨며 말했다. "안 된다고요! 대체 우리 딸을 왜 납치한단 말이에요? 방금 전까지도 우리 나야가 여기 있었는데…. 제발 우리 딸을 찾아주세요." 제인은 알아들을 수 없는 말을 몇 마디 더 하더니, 곧 바로 정신을 잃었다.

"혹시 경찰한테 전화했나요?" 매트가 가까이에 있는 스태프에게 물었다.

"네, 제가 했어요." 그 스태프가 대답했다.

채 5분도 지나지 않아서 스트라우스 1동에 구급차가 도착했다. 다행히도 응급 치료 요청을 했을 때에 구급차는 병원의 응급실 앞에 주차되어 있었다. 덕분에 구급차는 지체 없이 스트라우스 1동까지 곧바로 투입될 수 있었다. 매트는 응급 구조대원들이 제인을 들것에 실어 나른 뒤, 산소마스크를 씌우는 것을 지켜보았다. 그는 구급차에 올라 구조대원들과 함께 응급실로 향했다.

***

스티븐은 병원으로 가던 도중, 호세한테서 나야가 납치됐다는 전화를 받았다. 그의 차는 병원에 도착하자마자 곧장 응급실로 향했다. 차에서 내린 스티븐은 접수대에서 제인 헤이스팅스 부인에 대해 물었다. 잠시 후, 그는 고속 검사실로 안내를 받았다. 그곳에는 공황 발작으로 정신을 잃은 제인이 조금씩 기력을 회복하고 있었다. 아니 어쩌면 찢어질 듯한 마음을 추스르고 있는지도 몰랐다. 그녀는 여전히 혼란스러워 보였지만 의식을 회복한 상태였다.

괴로워하는 제인 옆에는 그녀의 남편이 서 있었다. 스티븐은 그에게 자기소개를 했다.

"나야가 어디 있는지 아십니까?" 프레드가 지나치게 흥분하며 물었다. 그는 딸이 사라진 사실과 아내의 공황 발작 얘기를 듣자마자 직장에서 곧장 응급실로 달려왔다.

"지금 유괴범을 찾고 있습니다." 스티븐이 대답했다. 그는 프레드에게 모든 일이 잘 해결될 것이라며 안심시키려고 애썼다. "부인과 이야기를 좀 해도 될까요?" 스티븐이 물었다.

프레드는 제인을 향해 돌아섰다. "당신 괜찮겠어?" 그가 물었다.

"네, 여보. 나야를 위해서라면…" 제인이 힘없이 말했다.

스티븐은 무슨 일이 일어났는지에 대해 가능한 많은 정보를 얻으려고 노력했다. 하지만 제인이 알고 있는 것은 딸이 사라졌다는 것뿐이었다.

"우리 딸을 찾을 수 있을까요?" 제인이 다시 눈물을 훌쩍이며 물었다.

"꼭 찾을 겁니다, 꼭이요." 스티븐이 대답했다. *대체 이 사건은 언제쯤 끝이 날까? 왜 평화롭기만 했던 예전으로 돌아갈 수 없는 거지?* 그는 헤이스팅스 부부에게 감사인사를 건네고 동료들과 함께 순찰차로 돌아왔다.

스티븐은 에버슨을 찾으러 병원 본관으로 향했다. 그는 에버슨이 병원에 있는지 확인해봐야 했다. 그러나 오래 지나지 않아 에버슨이 병원 어디에도 없다는 사실이 분명해졌다. 에버슨은 몇 번의 호출에도 응답하지 않았고 누구도 그를 본 사람이 없었다. 스티븐은 더 말할 것도 없이 에버슨이 범인이라고 확신하고 있었다.

64.
월요일

나야는 손과 발이 묶여 있었다. 똑바로 앉아 보려고 했지만 움직일 수가 없었다. 나야는 묶여 있는 두 손을 풀려고 애쓰며 꿈틀거렸다. 소리를 지르려고 했지만 입도 막혀 있었다. 주변은 그저 어둠뿐이었다. 나야는 공포심에 휩싸였다. 전혀 덥지 않았는데도 몸에서 땀이 나고 있었다. 오히려 냉장고 앞에 있는 것처럼 공기는 차갑기만 했다.

한참 발버둥 치던 나야는 완전히 지쳐버린 채 조용히 누워 있었다. 나야는 틀림없이 나쁜 거인이 자신을 여기로 데려온 것이라고 생각했다. 나야는 자신을 지켜주겠다는 약속을 지키지 않은 제닛에게 화가 났다. 그리고 절망스러운 마음에 눈물이 났다. 엄마가 너무 보고 싶었다.

그때 문이 열리면서 성냥불을 켜는 소리가 들렸다. 나야는 발이 있는 쪽을 보려고 애를 쓰며 겨우 고개를 들었다. 그러자 흐릿하게 촛불이 보였다. 그 촛불은 공중을 떠다니는 것 같았다. 하지만 촛불이 가까이 다가오자, 초를 들고 있는 괴물이 눈에 들어왔다.

나야의 시선은 촛불을 향하고 있었다. 초를 들고 있던 사람이 나야 옆에 멈춰 섰다. 그 사람의 뒤로 커다란 그림자가 벽에 비치고 있었다. 그리고 나야는 그 사람이 나쁜 거인이라는 것을 알 수 있었다. 초의 불빛 때문에 거인의 얼굴은 자세히 보이지가 않았다.

거인은 나야의 머리 뒤쪽으로 초를 놓아두었다. 그러자 나야는 조금씩 머리에 온기가 느껴지기 시작했다. 머리는 몸보다도 훨씬 더 따뜻해지고 있었다. 나야는 거인이 자기 뒤에 서서 뭘 하고 있는지 알 수가 없었다. 단지 쇳덩이를 치고 깎는 소리만 들릴 뿐이었다. 나야는 머리를 뒤로 젖히려고 애를 쓰며 최대한 몸을 뒤쪽으로 구부려 보았다. 하지만 아무 소용이 없었다.

거인은 거칠게 숨을 쉬며 나야의 옆으로 다가와 섰다. 나야는 촛불에 비치는 거인의 흰자위밖에 볼 수 없었다. 잠시 후, 거인이 묶여 있던 나야의 팔을 풀어주었다. 그러더니 기도하는 것 같은 소리로 뭔가 웅얼거리면서 나야의 오른팔을 공중으로 잡아 올렸다. 그리고는 나야의 얼굴 위로 그의 손을 들어 올렸다. 나야는 그 손에서 날카롭고 뾰족한 칼을 발견했다. 날카로운 칼날이 나야의 뒤에 있는 촛불에 번쩍이고 있었다. 이윽고 거인이 들고 있던 칼이 아래로 향했다. 나야는 한 쪽 팔에 날카로운 칼끝이 닿는 것이 느껴졌다. 소리를 지르고 싶었지만 그럴 수가 없었다. 칼날이 조금씩 연약한 피부를 찌르며 뚫고 들어왔다.

나야는 처절하게 울고 있었지만 그 울음소리는 누구에게도 들리지 않았다. 비명소리는 머릿속에서만 울려 퍼질 뿐이었다.

* * *

"소리 지르지 마." 에버슨의 말소리가 들렸다. 나야는 그의 날카로운 목소리에 흠칫 놀랐다. 나야는 힘겹게 눈을 뜨며 목소리가 났던 쪽으로 고개를 돌렸다. 두 손과 발은 묶여 있지 않았다. 나야는 조금 혼란스러웠다. 순간 나야는 방금 전의 일이 모두 어젯밤 꿈이었다는 사실을 깨달았다. 간밤의 꿈을 또 다시 꾼 것이다. 나야는 아무에게도 그 꿈에 대해 얘기하지 않았다. 심지어 그람 선생님도 모르고 있었다.

"아저씨가 그 나쁜 거인이에요?" 잠시 충격에 멍해 있던 나야가 에버슨에게 물었다.

"너한테는 나쁜 거인이지." 에버슨은 나야를 조용히 하고 싶은 마음에 참지 못하고 말했다. "더 이상 입도 뻥긋하지 마!" 그는 한술 더 떠서 나야를 향해 크게 소리쳤다. 한창 적당한 계획을 생각 중인데, 나야 때문에 집중하는 데에 방해가 됐기 때문이었다.

나야는 말없이 앉아 있었다. 나야는 너무 무서웠지만 동시에 용감해져야 한다고 스스로를 다독였다.

나야는 한 번 더 용기를 내서 말을 꺼냈다. "저를 어디로 데려가는 거죠?"

"보면 알아." 에버슨이 빈정대며 말했다.

나야는 울기 시작했다.

"입 다물지 못해!" 에버슨이 소리쳤다. 그는 나야의 울음소리 때문에 미쳐버릴 것만 같았다.

나야는 소매로 눈물을 훔쳤다. 나야는 정말 두려웠다. 제닛과 코끼리는 왜 이 나쁜 거인에게서 날 지켜주지 않은 걸까? 나야는 배신감을 느꼈다.

에버슨은 시내를 벗어나 숲으로 차를 몰았다. 차가 마침내 길이 끝나는 곳까지 다다르자 더 이상 앞으로 나아가지 않고 멈춰 섰다.

에버슨은 차에서 내려 나야가 앉아 있는 곳으로 다가갔다. 그는 문을 열고 거친 손으로 나야의 어깨를 부여잡았다. "나와!" 그가 거칠게 명령하듯 말했다.

나야는 그를 더 화나게 하고 싶지 않았기에 차에서 빨리 내렸다. 주변에는 여러 그루의 키 큰 나무들이 하늘을 향해 뻗어 있었다. 에버슨은 나야의 팔을 세게 잡아당기며 숲을 향해 걸어갔다.

에버슨은 계속해서 숲속 깊숙한 곳으로 나야를 데리고 갔다. 이곳은 전에도 왔었던 곳이었다. 나야는 저항하기 시작했다. 하지만 그는 너무도 강했다. 게다가 필요한 경우엔 나야를 덤불 사이로 끌고 가는 일도 마다하지 않았다. 그럴 때면 덤불이 연약한 나야의 피부를 마구 파고들었다. 나야는 공포심과 극심한 고통에 휩싸인 채, 점점 더 큰 소리로 울었다. 하지만 불행히도 나야의 울음소리를 들을 수 있는 사람은 그 누구도 보이지 않았다. 이것은 꿈이 아니었다. 이건 분명 현실이었을 뿐 아니라, 나야의 인생에서 가장 무서운 순간이었다.

65.
월요일

피터는 코끼리 바위 뒤에 항상 주차하던 곳에 차를 세웠다. 그는 서둘러 지프차에서 내리다가 하마터면 넘어질 뻔 했다. 피터는 코끼리 바위로 달려간 뒤, 익숙하게 바위를 기어 올라갔다. 정상까지 닿는 데는 몇 분밖에 걸리지 않았다. 그는 정상에 서서 앞에 펼쳐진 숲을 훑어보며 주변을 두리번거렸다. 숲의 이곳저곳은 여전히 노란 경찰 테이프로 둘러싸여 있었다. 그 현장들은 그가 마지막으로 왔던 때 이후로 아무도 손 댄 흔적 없이 잘 보존되어 있었다. 피터는 주위에 혹시 조금이라도 이상한 소리가 나진 않는지 잔뜩 귀를 기울였다. 하지만 빠르게 요동치는 그의 심장 소리만이 고막을 울리고 있을 뿐이었다.

피터는 바위 끝까지 걸어간 뒤, 그 근처를 다시 한 번 훑어보았다. 주변에는 아무도 보이지 않았다. 그는 혹시 미처 놓친 부분이 있었는지 곰곰이 생각하며 바위 위에 웅크리고 앉았다. *에버슨이 나야를 데리고 올 때가 됐는데….*

피터는 바위 꼭대기에서 초조하게 기다렸다. 이 코끼리 바위는 그에게 꽤 의미 있는 곳이었다. 그리고 그 의미가 지금까지 어떻게 변해왔는지 생각해보면 참 신기했다. 한때는 혼란스러웠던 가정을 벗어나 안정을 찾기 위해 이곳을 찾곤 했다. 그런데 이제는 적을 만나기 위해 여기에 와 있었다. 그는 범인에게 직접 맞설 각오로 이 바위를 찾아온 것이다. 이제 더 이상은 도망치지 않을 것이다.

피터는 벌떡 일어서서 가만있지 못하고 이리저리 서성거렸다. 그는 주먹을 불끈 쥔 채, 이를 갈고 있었다. 시간이 얼마나 지났는지 보기 위해 시계를 처다보기도 했다. 이제 겨우 3분이 지났지만 그 짧은 시간은 마치 끝이 없는 듯 너무도 길게만 느껴졌다. 피터는 아직도 에버슨의 낌새를 발견하지 못하고 있었다. 자리에서 일어선 피터는 바위를 내려가며 지프차가 있는 곳으로 향했다. 그는 휴대전화로 레이아에게 전화를 걸어보려고 했지만 무선 통신 신호가 잡히지 않았다. 그는 재빨리 전화를 넣고 그의 지프차로 걸음을 서둘렀다. 불안하고 무력한 마음이 더욱 커지고 있었다. 피터는 차 문을 열고 운전석에 앉았다. 그리고 옆 좌석에 놓인 폴더를 열어보았다. 피터는 다시 한 번 나야의 그림을 모두 훑어보았다. 그러다가 나야가 얘기해주지 않았던 그 무시무시한 그림에서 시선을 멈췄다. 그는 그림을 자세히 살피며 혹시 지나치고 못 본 부분이 있는지 확인해보기로 했다.

피터는 그림 속에 거대한 몸집의 남자를 열심히 들여다보았다. 분명 그가 이전에 어딘가에서 보았던 얼굴인 것 같았지만 그게 에버슨인지 확신할 수가 없었다. 순간 피터는 등골이 오싹해지면서 손바닥에 땀이 흥건해졌다. 이건 그가 전에도 한 번 경험했던 적이 있는 무시무시한 기분이었다. 그 느낌은 말로 설명할 수 없었지만 틀림없이 나야의 그림과 관련이 있는 것 같았다. 그는 이 끔찍한 기분을 느꼈던 때를 떠올리기 위해 열심히 머리를 굴렸다. 그때, 문득 그 날이 생각났다.

6개월 전의 어느 날이었다. 피터는 윌로우 호수를 따라 걷고 있었다. 그는 꽤 오래 걸었던 탓에 목이 마르기 시작했다. 그때의 갈증은 아직까지도 생생하게 떠올랐다. 피터는 물통을 꺼내 물을 몇 모금 마셨다. 그러다 잠시 길을 벗어나서 호수 쪽으로 걸어갔다. 그리고 얼굴에 물을 좀 축이려고 허리를 숙였다.

그의 얼굴이 호수 물에 선명히 비치고 있었다. 손가락으로 물을 튕기자마자, 갑자기 이상한 기운이 온몸으로 빠르게 느껴졌다. 그는 두려운 마음에 얼른 걸음을 옮겼다. 피터는 그때 왜 그런 느낌이 들었는지 알 수가 없었다. 갑자기 그런 이상한 기분이 들 만한 이유가 전혀 없었기 때문이었다. 그는 서둘러 길가로 돌아왔다. 그리고 더 이상은 호수 근처로 가고 싶지 않았다.

그런데 지금 또 한 번 그 이상한 느낌이 그를 덮친 것이다. 피터는 윌로우 호수에서의 그 날을 회상하던 중, 문득 에버슨이 오두막으로 나야를 데려갔을 거라는 생각이 번뜩 떠올랐다. 그곳은 경찰이 쉽게 알아낼 수 없는 안전한 곳이었다. 피터는 곧장 지프차에 시동을 걸고 나무 아래에 세워둔 차를 서둘러 뒤로 뺐다. 그리고는 길가에 잠시 멈춰서 기어를 전진으로 바꿔 넣었다. 순간 레이아가 곧 도착하겠다고 했던 말이 기억났다. 그는 휴대전화를 찾았지만 보이지 않았다.

"제길, 어딘가에 떨어뜨렸나보군." 피터가 안타까워하며 혼잣말을 했다. 하지만 휴대전화를 찾으러 갈 시간이 없었다.

전화가 없이는 레이아에게 연락할 길이 없었다. 하지만 피터는 말로 다 할 수 없을 만큼 너무도 긴박한 심정이었다. 그는 당장 오두막으로 출발해야 했다. 그게 지금 순간에 그가 할 수 있는 최선인 것 같았다. 그러지 않으면 나야가 제닛과 같은 불행을 겪게 될 것이 분명했다. 그는 레이아를 기다리고 있을 수 없었다. 한시가 급한 상황이었다.

피터는 브레이크에서 발을 떼고 최대한 빠른 속도로 비포장도로를 따라 차를 달렸다. 약 3킬로미터 정도만 더 가면 윌로우 호숫가에 도착할 수 있었다.

* * *

레이아는 피터의 다급한 전화를 받은 지 8분 만에 코끼리 바위에 도착했다. 여기까지 오는 동안 차에 장착된 GPS에 의존할 수밖에 없었다. 도착 시간도 의도했던 것보다 조금 늦어지고 말았다. 레이아는 숲에 이르자마자 비포장 도로변에 차를 세워두었다. 그리고 차에서 내리며 코끼리 바위로 향했다. 바위로 가는 길은 수사 현장들 때문에 온통 노란색 경찰 테이프가 둘러져 있었다. 레이아는 어디선가 피터를 발견할 수 있을 거란 기대를 하며 거대한 코끼리 바위의 정상을 바라보았다.

그 주변은 최근에 사람이 오간 흔적도 없이 신기할 만큼 조용했다. 레이아는 문득 피터가 코끼리 바위로 올라갔던 길이 기억났다. 그리고는 그 길로 곧장 달려가 바위를 오르기 시작했다. 정상에 다다른 레이아는 주변을 둘러보았다. 그녀는 피터의 빨간색 지프차를 찾기 위해 바위 뒤쪽으로 걸어갔다. 지난번에 피터가 바위 반대편에 주차해둔 것이 생각났기 때문이었다. 그러나 그의 차는 어디에도 보이지 않았다. 레이아는 바위에서 내려오며 피터가 이전에 주차를 했었던 곳으로 향했다. 그리고 그곳에서 뭔가 반짝이고 있는 것을 발견할 수 있었다. 휴대전화였다. 전화의 액정 화면에는 피터의 이름이 적혀있었다. 이제 피터에게 연락할 방법은 아무것도 없었다.

레이아는 다시 바위를 타고 올라간 뒤, 그 위에서 초조하게 3~4분 가량 기다렸다. 차가워진 두 손에서는 식은땀이 나고 있었다. 레이아는 차갑게 식은 두 손을 얼굴에다 갖다 댔다.

그때와 똑같은 일이 더 이상 일어나서는 안됐다. 레이아의 기억은 의지와 상관없이 다시 옛날로 돌아가고 있었다. 이윽고 산호세에서 쥐 떼에게 얼굴을 파 먹힌 그 작은 소년의 얼굴이 떠올랐다. 이제는 그 아이를 구할 수 없었다. 그리고 또 다시 그때와 같은 일이 반복되고 있었다. 레이아는 앞으로 뭘 해야 할지 갈피를 잡을 수가 없었다. 그리고 어쩌면 피터 역시 저 멀리 어딘가에서 위험에 처해 있는지도 몰랐다.

믿고 싶지 않은 두려움이 밀려오자, 레이아의 두 눈이 따끔거리기 시작했다.

허튼 생각 하지 마. 정신 똑바로 차려, 기운 내라고! 레이아는 호되게 스스로를 타일렀다. *지금은 절대 포기할 때가 아냐. 너는 살인범을 쫓는 FBI 요원이잖아. 스쿨버스에서 놀림 받는 어린애가 아니란 말이야. 피터나 그 누군가가 널 절실히 필요로 하는 순간에 쓸 데 없이 긴장해서 일을 망쳐선 안 돼. 그거야 말로 네가 가장 슬퍼할 일이잖아, 안 그래?* 레이아는 호흡을 가다듬고 어깨에 잔뜩 힘을 주면서 마음을 진정시켰다. *좋아. 이제 뭘 해야 하는지 잘 생각해봐. 넌 지금 뭘 해야 하지?*

그때, 갑자기 앞쪽에서 발자국 소리가 들려왔다. 레이아는 급히 일어서며 총집에서 총을 꺼내들었다. 레이아는 숨을 깊이 들이마시며 과연 누가 나타날지 기다리고 있었다. 팔을 앞으로 뻗는 그녀의 손이 조금씩 떨렸다. "쏘지 말아요, 저예요." 레이아는 자신에게 소리치는 그 목소리가 꽤 친숙했다. 그녀는 안심한 동시에 조금 실망하면서 호세가 걸어오는 것을 바라보았다.

"제가 에버슨인 줄 안 거예요?" 총을 거두는 레이아를 보며 호세가 큰소리로 말했다. 레이아는 바위를 기어올라 호세가 서 있는 곳으로 걸어갔다. 불안감은 모두 사라져버렸다. 그녀는 호세를 보자 반가운 마음이 들었다.

"그 아파트는 다른 경관들이 조사하고 있어요. 무전으로 레이아 씨가 이곳에 온다는 얘기를 들었거든요."

"에버슨은 여기 없어요." 레이아가 그녀답지 않게 절망하며 말했다. 그녀는 꽤 지쳐 있었다.

"피터가 여기에도 없다면 대체 어디로 간 걸까요?" 호세가 말했다.

"모르겠어요. 여기로 오겠다고 했는데 말이에요." 레이아가 걱정스럽게 말했다. "그런데 땅바닥에 휴대전화가 떨어져 있더라고요. 피터는 범인이 아이를 여기로 다시 데려올 거라고 생각했던 것 같은데… 아마 그의 예상이 틀린 것 같아요."

"어쩌면 피터도 그걸 깨닫고 다른 곳을 가보기로 했겠죠." 호세가 추측하며 말했다.

"하지만 어디로요?" 레이아가 큰 소리로 말했다.

두 사람은 잔뜩 혼란스러워하며 서로를 바라보고 서 있었다.

레이아와 호세는 빠르게 움직여야 했지만 뭘 해야 할지 도무지 알 수가 없었다.

그때, 레이아는 좋은 생각이 떠올랐다. "항공팀에게 이 근방에서 빨간 지프차를 찾아달라고 부탁해요." 피터의 차가 쉽게 발견될 수 있는 밝은 색이라는 사실을 깨달은 것이다.

"에버슨의 차는 파란색 BMW에요." 호세가 덧붙였다. "바로 오늘 알게 된 정보에 의하면요."

레이아와 호세는 걸음을 돌려 호세의 차로 향했다. 그의 차는 레이아의 차 바로 옆에 주차되어 있었다. 호세는 차에 올라타면서 안에 설치된 무전기로 연락을 취했다. "부서장님, 범인은 여기에 없습니다."

"무슨 소리야?" 치직거리는 스피커를 통해 잔뜩 화난 스티븐의 목소리가 들렸다. "젠장, 정말 맘에 안 드는군!"

"저도 동감이에요." 호세가 말했다. "하지만 우선 제 얘기를 들어주세요. 지금 항공팀에게 코끼리 바위와 호수 주변지역을 정찰하도록 해주세요. 이 근처에서 빨간색 지프차와 파란색 BMW를 찾아내야 합니다."

"알겠어." 스티븐이 무전을 마치며 말했다.

"여기서 추후 정보를 전달받을 때까지 기다려야겠네요." 호세가 어깨를 으쓱하며 말했다. 지금 당장 따를 수 있는 지시사항은 아무것도 없었다. 병원에서도, 아파트에서도, 여기 코끼리 바위에서도 에버슨을 찾을 수 없었다. 두 사람은 그가 있을 만한 곳에 대한 단서도 갖고 있지 않았다. 가장 좋은 방법은 피터를 따라가는 것이었다. 지금 이 순간에 유일한 희망은 피터뿐이었다.

66.
월요일

스티븐은 경찰차를 타고 코끼리 바위를 향해 달렸다. 그의 차 뒤로도 여러 대의 경찰차들이 따라오고 있었다. 경찰차들은 그 부근을 모두 에워싸며 갓길을 달리고 있었다. 스티븐은 절망적이고 걱정스러운 마음이 들었다. 그는 모든 경찰대원들에게 이렇다 할 목적 없이 코끼리 바위 부근을 배회하도록 지시했다. 그리고 이것은 분명 좋은 신호는 아니었다. 이제 호세는 에버슨도 피터도 코끼리 바위에 없다는 말을 해야 했다.

"지금 당장 헬기를 파견해." 스티븐이 무전기를 통해 우렁찬 목소리로 명령했다. 그는 차를 타고 사이렌을 울리며 코끼리 바위로 향했다. 이윽고 도로변에 주차되어 있는 두 대의 차를 발견한 스티븐은 바로 그 뒤에 차를 세웠다.

스티븐은 동료 경관들에게 새로운 정보를 기다리며 차에서 대기하라고 지시했다. 그는 한 쪽 차 옆에 서 있던 레이아와 호세 쪽으로 걸어갔다. 그는 두 사람이 들을 수 있을 만큼 큰 소리로 욕을 하고 있었다.

"새로운 정보가 있나요?" 레이아가 스티븐에게 물었다.

"특별한 건 없습니다." 스티븐이 대답했다.

레이아는 호세와 스티븐의 도움을 받고 있다는 사실을 알고 있었지만, 여전히 긴장되고 불안했다.

"항공팀이 에버슨의 차를 찾아야 해요." 스티븐이 말했다.

"제 생각에는 피터 씨의 차가 더 찾기 쉬울 것 같아요. 피터 씨의 지프차가 빨간 색이라서 아마 더 쉽게 눈에 띌 거예요." 레이아가 말했다. "피터 씨는 에버슨이 나야를 어디로 데리고 갔는지 알고 있는 것 같아요."

스티븐과 함께 출동했던 경찰관 한 명이 천천히 달려왔다. "부서장님." 그가 말했다. "방금 항공팀에서 빨간색 지프차를 발견했다는 연락이 왔습니다. 지프차는 여기서 약 7킬로미터 떨어진 남쪽 호수로 향하고 있다고 합니다. 그리고 그 호수 쪽에서 파란색 BMW도 발견됐다고 합니다. BMW는 통나무 오두막집에서 약 500미터 떨어진 곳에 주차되어 있답니다."

스티븐은 다시 차로 돌아가서 지형도를 잡았다. "아마 여기일거에요." 그가 지도를 가리키며 말했다. 오두막은 지금 경찰들이 수색하고 있는 범위 밖에 있었다.

"제가 거기까지 가는 방법을 알고 있어요." 호세가 단호한 목소리로 말했다. 그는 오두막이 있는 곳을 알고 있었다. "부서장님께서 이곳을 지키는 동안 제가 레이아 씨와 다녀오겠습니다."

레이아와 호세는 지체하지 않고 즉시 움직였다. 두 사람이 탄 차는 뒤로 거대한 먼지 구름을 일으키며 빠른 속도로 멀어졌다. 스티븐은 레이아와 호세의 노력이 헛되지 않길 바라며 그 차를 바라보았다. 지금 그가 할 수 있는 것은 별로 없었다. 그저 모든 일이 잘 해결되기만을 바랄 뿐이었다.

67.
월요일

에버슨은 오두막으로 나 있는 진흙탕 길로 나야를 끌고 갔다. 그 오두막은 그가 피터와 함께 휴식을 취하곤 했던 곳이었다. 에버슨은 피터 몰래 여기서 아커스와 몇 번 만난 적이 있었다. 그때마다 그는 아커스와 금지된 거래를 했었다.

나야는 자신의 팔을 단단히 잡고 있는 에버슨의 손아귀를 벗어나려고 안간힘을 썼다. 동시에 에버슨의 걸음속도를 따라가려고 애쓰고 있었다. 그러는 도중, 몇 번씩 넘어지면서 바닥에 질질 끌려가기도 했다. 에버슨은 길을 따라 걸어가는 내내 나야의 팔을 힘껏 잡아당겼다. 그 때문에 나야는 팔에서 느껴지는 극심한 통증으로 너무나 고통스러웠다.

에버슨은 통나무 오두막 앞에서 잠시 걸음을 멈췄다. 오두막의 앞부분에는 큰 창문 이 하나 있었고, 양쪽 가장자리에 작은 창문 두 개가 있었다. 주위에 있는 수많은 관목들이 오두막을 둘러싸고 있었다. 그 중 몇 줄기의 덩굴은 지붕 선까지 닿아 있었다. 에버슨은 오두막 안에서 새어나오는 빛을 볼 수 있었다.

에버슨이 문을 두드렸다. "들어와." 안쪽에서 쿵 울리는 소리가 들려왔다. 에버슨은 주저 없이 그 말을 따랐다. 그는 여자 친구의 목숨을 구하기 위해 나야를 대신 건네주는 것이라고 스스로의 마음을 굳게 다져둔 상태였다.

에버슨은 문을 열고 안으로 들어갔다. 그는 뒤에 있던 나야를 잡아당기며 앞으로 밀었다.

"여기 네가 원하던 꼬마다." 에버슨은 그를 등지고 서 있는 남자를 향해 잔뜩 화가 나서 말했다.

"이제 아이를 여기 두고 나가." 남자가 명령했다.

에버슨은 만약 에벌린에게 끔찍한 일이 생긴다면 자신이 저지른 일들을 뼈저리게 후회할 것이라고 생각했다. 하지만 더 이상의 위험을 자처할 수는 없었다. 그는 훨씬 전에 해결했어야 할 문제에서 여전히 헤어 나오지 못하고 있었다. 에버슨은 나야를 오두막 안으로 밀어 넣고 문 밖으로 걸어 나왔다. 그는 문을 향해 몸을 돌리다가 작은 테이블 위에 한 뭉치의 칼이 놓여 있는 것을 발견했다. 그는 등 뒤로 문을 닫고 오두막에서 멀어져갔다. 그가 몇 미터 정도 걸어갔을 때, 오두막 안에서 소름끼치는 비명소리가 들렸다. "안 돼!"

에버슨은 비명소리에 잔뜩 겁이 났다. 사실 그는 그 자가 나야에게서 무얼 원하고 있는지는 짐작하고 있었다. 하지만 그 칼들을 발견했을 때, 갑자기 모든 상황들이 너무도 생생하게 와 닿았다.

에버슨은 자신의 삶, 그리고 여자 친구의 삶을 망쳐버릴까 봐 걱정이 되었다. 그는 너무나 소중한 그의 직업, 사랑, 자유, 이 모든 것을 잃는 게 두려웠다. 그러나 지금 오두막 문 뒤로 끔찍한 일이 벌어지려 하고 있었다. 그가 막아야만 했다. 저 작은 아이를 위험 속에 몰아놓고 혼자만 살려고 발버둥 치는 것은 분명 잘못된 일이었다. 그는 걸음을 돌려 오두막으로 향했다. 그리고 아직 열려 있는 문을 밀어 활짝 열었다. 나야는 오두막 구석에 자리한 간이침대에 앉아 있다. 그 자가 나야의 손을 테이프로 묶으려 하고 있었다. 그때, 그 자가 한 손에 총을 들고 에버슨을 향해 돌아섰다.

순식간에 그 자가 쏜 총알이 에버슨의 어깨를 관통했다. 에버슨은 순간 고통에 움찔하면서 총을 맞은 충격으로 오두막 바깥으로 내팽개쳐 졌다. 바닥에 쓰러진 그는 어깨를 붙들고 고통스럽게 나뒹굴었다. 어깨에서 피가 쏟아져 나오자 엄청난 통증이 뒤따랐다. 그는 풀밭 위에서 고통 속에 몸부림쳤다. 그렇게 무력해진 몸으로 그는 누구도 구할 수 없었다. 심지어 그 자신조차도 구하지 못하고 있었다.

* * *

노예의 계획이 맞아 들어가고 있었다. 그는 에버슨에게 나야를 데려오도록 협박해두었다. 그리고 에버슨이 그 협박에 따를 것이라고 확신하고 있었다. 그 의사 양반은 무슨 수를 써서라도 반드시 그 꼬맹이를 데려올 것이다! 사람들은 늘 자신의 행복을 지키려고 노력했다. 그리고 그 행복을 지키기 위해 무슨 짓이든 하는 것을 보면 참 놀라웠다. 행복할 자격이 있든 없든, 그건 상관없는 문제였다. 오늘은 정말 재수가 좋은 날인 것이다! 이제 노예는 그 골칫덩어리 꼬마를 처리할 수 있었다. 그의 유죄를 증명하는 그림을 그려낸 바로 그 꼬마를 말이다. 노예는 한때 작은 동물만을 제물로 사용하곤 했었다. 그러나 시간이 지날수록, 그를 대신하는 그 작은 동물들을 바쳐도, 도저히 두려움에서 벗어날 수가 없었다. 노예는 코끼리 바위가 있는 동네에서 4년을 지내면서 바위와 그 근처의 지리까지 훤히 알게 되었다. 그는 또 다른 작은 동물들을 사냥하기 시작했다. 그리고 아무도 사용하지 않는 디드 씨의 보트 창고에서 동물들의 시체로 작업을 하게 되었다. 이윽고 그 보트 창고는 비밀 제단이 되었다. 그곳에서 그는 아난시를 속여 가며 거래를 위한 작업을 해나갈 수 있었다.

전략을 바꿨는데도 불구하고 노예는 조금도 만족하지 못했다. 그는 조금씩 개와 고양이처럼 더 큰 동물을 찾는 데 시간을 쏟았다. 그리고 어쩌면 인간을 제물로 바치는 궁극적인 방법을 통해 그의 두려움을 가라앉힐 수 있을 거라는 믿음을 갖기 시작했다. 그리고 마침내 그는 더 이상 그 유혹을 뿌리칠 수 없게 되었다. 1967년의 어느 날, 그는 월로우 호수 근처를 걷고 있는 소녀를 납치했다. 그리고 그 소녀는 노예에게 내려진 신의 고문을 끝내기 위한 최고의 제물로 바쳐졌다.

노예는 그 소녀가 누구인지 알지도 못했고 알고 싶지도 않았다. 그는 소녀를 보트 창고에 몇 시간 동안 가둬두었다. 그리고 철제 칼들을 전부 챙긴 후에 소녀를 코끼리 바위로 데려갔다. 그 소녀를 제물로 바치고 아난시에게 보여주는 데까지는 겨우 한 시간 밖에 걸리지 않았다.

그 날 밤, 그는 생애 처음으로 가장 평화롭고 긴 잠을 잘 수 있었다. 더 이상의 의식도 필요 없다고 믿었다. 그의 삶도 그가 늘 생각해왔던 평범한 일상으로 돌아왔다. 그는 가드너 씨의 가게와 근처의 농장에서 일을 하면서 행복한 하루하루를 보냈다.

얼마 지나지 않아 그의 살인 의식이 뉴스의 헤드라인으로 여기저기 보도되었다. 노예는 그제서야 비로소 자신이 바친 제물이 누구였는지 알게 되었다. 그 이후로 몇 년이 지나는 사이, 그의 살인 의식은 사람들의 기억에서 조금씩 잊혀져갔다. 그 살인 의식은 경찰도 해결하지 못했고, 이 마을에서도 잊혀져버렸다. 그는 눈에 띄지 않은 채로 그의 삶을 영위할 수 있었다.

그러던 어느 날, 노예는 이웃의 농장에서 일하던 타이시아를 만나게 되었다. 곧 사랑에 빠진 두 사람은 결혼을 했고, 만족스러운 생활을 꾸려갔다. 그렇게 되자 노예는 더 이상 보트 창고가 필요하지 않았다. 그리고 그는 약간의 두려움과 불편함을 가지고 있었지만 꽤 만족스러운 사람이 되어 평범한 삶을 꾸려갔다.

그러나 결국 1년 만에 불행이 또 다시 그를 덮치고 말았다. 타이시아가 심각한 침습성 암 진단을 받게 된 것이었다. 그리고 그녀는 그 병으로 2개월 만에 세상을 떠났다. 타이시아가 죽은 후로 노예는 건

잡을 수 없는 슬픔에 빠져버렸다. 이제 다른 세상 사람이 되어 버린 그녀의 기억이 매일매일 그의 머릿속을 어지럽혔다. 그리고 그는 조금씩 예전으로 돌아가고 있었다. 그때의 버릇과 습관들이 다시 그를 찾아온 것이다. 노예는 아무도 모르게 그 낡고 황폐한 보트 창고로 돌아갔다. 그는 제물로 바칠 개와 고양이들을 사냥하기 시작했다. 그런데 그가 의식을 치르던 도중, 우연스럽게도 한 백인 소녀가 그의 구역에 발을 들였다. 그 소녀는 하필 그 순간에 그 곳을 찾은 불행한 영혼이었다. 노예는 수십 년 전에 저질렀던 일을 다시 하지 않으려고 애를 썼다. 하지만 또 그 일을 반복하고 싶은 욕망이 솟구쳐 오르면서 그의 의지를 짓누르고 있었다. 그는 처음으로 인간 제물을 바친 뒤로 그의 삶에 찾아왔던 평화로운 날들을 떠올렸다. 왠지 그때의 일을 재현하는 것은 정당한 일이라는 생각이 들었다. 그리고 그 기회가 바로 지금 그의 눈앞에 있었다.

바로 그 운명의 날, 노예는 그 백인 소녀를 습격하는 내내 아주 빠르게 움직였다. 그는 소녀가 정신을 잃자마자 제단으로 데리고 와서 즉시 제물로 바쳤다. 그리고는 코끼리 바위로 돌아간 뒤, 1967년의 그 날과 똑같은 방식으로 소녀의 시신을 배치했다. 그는 전에 그랬던 것처럼 이번에도 부디 저주가 사라졌으면 좋겠다는 마음뿐이었다.

"내가 제닛에게 한 일을 어떻게 알았지?" 노예가 침대에 누워 있는 나야에게 조용한 목소리로 물었다.

"제닛이 말해줬어요." 나야가 낮은 목소리로 웅얼거렸다.

"거짓말 마!" 노예가 소리쳤다. 나야는 더욱 겁에 질려버렸다.

"아니에요!" 나야가 대답하며 울기 시작했다.

"네 말은 거짓일 수밖에 없어. 난 분명히 알 수 있다고. 왜인지 알아?" 그가 나야에게 물었다.

"아니요." 나야가 두려움에 떨면서 대답했다."제닛은 이미 죽었거든, 이 멍청한 꼬마야." 노예가 으르렁거리며 말했다.

나야는 바들바들 떨기 시작했다. 나야는 남자가 무슨 말을 하는지 이해할 수 없었다. "집에 가고 싶어요." 나야가 울며 소리쳤다. 나야는 그저 빌고 또 빌었다. 물론 아무 소용없는 일이었다. 어린 나야도 그 정도는 잘 알고 있었다. 하지만 나야는 애원하는 것 말고는 달리 할 수 있는 일이 없었다. "제발 보내주세요…."

이제 모든 일은 훨씬 더 복잡해져버렸다. 노예는 보트 창고의 제단에서 이 새로운 제물을 바칠 생각이었다. 하지만 그 의사와 FBI 요원 때문에 그의 계획이 전부 틀어지고 말았다. 그는 에버슨이 나야에게 접근할 수 있다는 사실을 처음 깨달은 후로 그를 이용하기로 결심했다. 이것은 그 꼬마가 얼마나 많이 알고 있는지를 확인할 수 있는 절호의 기회였다. 그리고 나면 인간을 제물로 바치는 궁극적인 의식도 치를 수 있었다.

노예는 나야가 큰 소리로 비명을 지르지 못하도록 나야의 입을 테이프로 막았다. 그가 너무나도 기다려온 순간이었다. 이제 그는 마지막으로 다시 한 번 아난시를 기쁘게 해줄 수 있었다.

68.
월요일

피터는 총소리를 듣고 더 빠르게 달렸다. 혹시 내가 가장 우려했던 일이 현실이 되어버린 걸까? 그는 곧장 오두막을 향해 달려갔다. 오두막에 가까워지던 피터는 에버슨이 땅에서 구르고 있는 것을 발견했다.

"나야는 어디 있지? 아이에게 무슨 짓을 한 거야?" 피터가 분노에 가득 찬 목소리로 소리쳤다. 그는 에버슨이 죽을 듯이 피를 흘리고 있다는 사실도 무시하고 있었다. "제닛을 죽인 것도 당신 짓이야?"

"뭐라고?" 에버슨이 혼란스러워하며 말했다.

"당신이 제닛을 죽였어?" 피터는 한때 친구였던 에버슨에게 가까이 다가가며 다시 한 번 물었다.

"난 아무도 죽이지 않았어." 에버슨이 방어적으로 대답했다. "하지만, 누가 그랬는지는 알 것 같아. 나야가 안에 있어, 서둘러!" 에버슨은 손가락을 뻗으려 애썼다. 피터는 천천히 이성을 되찾았다. 나야를 데리고 있던 것이 에버슨이 아니라면 분명 다른 누군가가 또 있었다.

"나야를 데려간 게 누구지?" 피터가 물었다.

"아커스야."

"그러니까, 그 헬스클럽에서 봤던 그 남자가?"

"그래."

"대체 왜 이런 짓을 한 거야?" 피터는 지금 자기 자신이 참을 수 없이 화가 난 건지, 아니면 에버슨에게 실망한 건지 도통 알 수가 없었다. 아마도 둘 다인 것 같았다. 하지만 곧, 지금은 대화나 하고 있을 때가 아니라는 사실을 깨달았다. 지금은 나야의 목숨이 매우 위태로운 상황이었다.

"이렇게 하지 않았다면 아커스가 에벌린을 죽였을 거야. 어쨌든 서두르는 게 좋을걸." 에버슨이 힘없이 말했다.

피터는 오두막으로 급히 달려가 발로 문을 찼다. 안쪽에 있는 걸쇠가 떨어져 나가면서 흔들리던 문이 벌컥 열렸다. 그러자 침대 옆에 서 있던 남자가 흠칫 놀라 그를 돌아보았다. 남자의 오른손에는 기다란 톱 모양의 칼이 들려 있었다.

"아커스! 안 돼! 네가 이런 짓을 하게 그냥 두지 않겠어!" 피터는 앞으로 달려가면서, 칼을 들지 않은 남자의 왼손을 잡으려고 애썼다.

깜짝 놀란 아커스는 피터의 공격을 살짝 피했다. 피터는 순간 움직임을 멈추지 못하고 앞에 있는 작은 테이블에 부딪혔다. 도자기 화병이 쓰러지면서 내용물이 쏟아졌다. 화병은 피터의 왼쪽 어깨 위로 떨어지며 깨지고 말았다. 어깨에서 고통이 느껴지자, 피터는 몸을 움찔했다.

"이봐, 의사 양반." 아커스가 조롱하듯 말했다. "여기까지 와주다니

반가운걸. 오히려 일이 더 수월해질 것 같거든. 무슨 수를 썼는지는 모르겠지만 댁하고 저 나야라는 꼬마가 내 비밀을 알고 있더군. 이제 한 방에 두 사람 모두 영원히 없애주지. 그럼 에버슨도 나도·전혀 의심 받을 일이 없을 테니까. 나에 대해 알고 있는 사람은 아무도 없거든." 아커스는 주도권을 쥔 지금의 상황을 한껏 즐기며 히죽히죽 웃었다.

"네가 이미 나를 한 번 죽였다고 해도, 두 번 죽이게 놔두진 않겠어!" 피터가 또 다시 소리쳤다. "이제 나는 더 이상 힘없는 어린 소녀가 아니야! 널 막을 수 있다고!"

"그게 무슨 말이지?" 아커스는 침대에서 조금 물러서며 씩씩거렸다. 나야는 가만히 두 사람을 바라보았다. 나야는 한 마디도 할 수가 없었다. 피터는 똑바로 앉으려고 노력했다. 그는 나야가 힘없이 겁에 질려 있다는 것을 알 수 있었다.

"아직 데비 샌더스를 기억하고 있나?" 피터가 아커스의 반응을 보며 조롱하듯 물었다. 아커스는 깜짝 놀라며 그대로 얼어붙은 채 멈춰서 있었다.

"네가 그 이름을 어떻게 알지?"

"그 날은 1967년 10월 11일이었어. 그렇지?"

"그걸 대체 어떻게 알고 있는 거야?" 아커스가 다시 한 번 말했다. 그는 정신이 나간 듯이 혼자서 중얼거렸다. "이건 말도 안 돼… 아무도 모른다고."

“아이를 놓아주면 말해주지.” 피터가 단호하게 말했다.

“그럴 순 없어! 이 꼬마는 내거라고.”

피터는 이제 거짓말 말고는 다른 방법이 없는 것 같았다. “내가 바로 데비 샌더스야. 그리고 당신이 지금까지 한 짓도 모두 알고 있지.”

“그건 거짓말이야!” 아커스가 반박했다.

“아니, 그렇지 않아. 내 팔을 똑똑히 봐.” 피터가 재킷 소매를 걷어 올리며 말했다. “이 자국들 보이지? 이게 당신이 나한테 한 짓이잖아.” 피터는 팔꿈치 주변에 변색된 희미한 자국들을 가리켰다. “당신이 날 호수 옆에서 죽였어!”

아커스가 그 자국들을 가까이 보려고 앞으로 다가왔다.

“네가 그 일을 알 수 있을 리 없어!” 그가 나지막이 말했다. “절대 그럴 수 없다고!”

“하지만 다 알고 있는걸.” 피터가 허풍을 떨듯 말했다. “당신이 내 몸을 조각냈잖아. 다른 여자아이한테 그랬던 것처럼 말이야.”

“아냐! 넌 데비가 아니라고!” 아커스가 외쳤다.

“난 데비가 맞아. 나는 당신이 데비 샌더스를 죽인 그 날에 태어났거든.”

“아냐!!!!!!!!!” 아커스는 화가 나서 소리쳤다. 그의 몸은 두려움으로 떨리고 있었다. “그래, 맞아. 네 말대로야. 내가 호수에서 그 아이를 죽였어.” 그는 목청이 터져라 큰 소리로 털어놓았다. “그런데 네가 그걸 어떻게 알았지?”

"그런 걸 알고 있던 적 없어." 피터가 말했다. "방금 당신이 말해줬잖아."

아커스는 이제 화가 끓어오르고 있었다. 그는 피터의 이야기를 더이상 듣고 있을 수가 없었다. 그는 톱날 칼을 단단히 움켜쥐고 피터를 향해 다가갔다.

피터는 아커스의 주의를 돌려 덩치 큰 그를 향해 달려간 뒤, 몸을 부딪쳐서 넘어뜨렸다. 몸싸움을 하는 동안 피터는 아커스의 칼을 피하려고 안간힘을 썼다. 순간 아커스의 손에 있던 칼이 미끄러지며 마룻바닥으로 떨어졌다. 두 사람은 서로 칼을 손에 넣기 위해 격투를 벌였다. 그때, 아커스가 팔꿈치로 피터의 얼굴을 강타했다. 피터는 균형을 잃고 바닥에 넘어지고 말았다. 아커스는 일어서면서 바닥에서 칼을 낚아챘다. 순간 피터가 아커스를 향해 뛰어 오르더니, 옆 창문을 뚫고 아커스를 바깥으로 끌고 나왔다. 그러자 유리창이 깨지면서 유리 조각들이 침대와 나야가 있는 곳으로 쏟아져 사방으로 흩어졌다.

피터와 아커스는 오두막 밖에서도 몸싸움을 멈추지 않았다. 칼을 먼저 잡는 사람만이 살아남을 수 있었다.

***

나야는 유리조각들이 온 몸에 비처럼 쏟아지자 훌쩍훌쩍 울기 시작했다. 나야는 열심히 꿈틀대며 묶인 것을 풀어보려고 몸부림을 쳤다. 그러던 중, 큼지막한 유리조각 하나를 겨우 잡을 수 있게 되었다. 나야는 그 유리조각으로 두 손을 묶고 있는 테이프를 끊으려고 애썼다. 나야의 손에서는 피가 흐르기 시작했다. 유리조각을 더 꽉 쥘수록 나야의 손에 유리조각이 더 깊숙이 박혀 왔다. 이윽고 손목이 꽤 느슨해지자, 나야는 손을 움직이며 테이프를 풀었다. 다음으로 재빨리 다리를 묶은 테이프를 떼버렸다. 나야는 마지막으로 입을 막고 있던 테이프까지 떼어내며 거칠게 숨을 몰아쉬었다. 그리고 최대한 빨리 오두막 밖으로 달려 나갔다.

69.
월요일

  피터보다 훨씬 힘이 세고 몸집이 큰 아커스는 피터를 땅바닥에 때려눕히고는 그의 튼튼한 왼쪽 팔로 목을 조르기 시작했다.

  피터는 한 손으로 자신의 목을 향해 다가오는 칼을 막고 있었다. 그리고 다른 손으로는 자신의 목을 조르는 아커스의 손을 풀려고 애썼다. 충분히 숨을 쉬지 못하게 되자 정신이 조금씩 혼미해졌다. 목숨을 건지기 위해 온 힘을 다해 싸우는 사이, 피터의 눈앞이 차차 흐려져 가고 있었다.

  그때, 피터는 흐릿한 형체가 아커스의 등 뒤로 다가오는 것을 볼 수 있었다. 이윽고 그 형체는 검은 물건으로 아커스를 힘껏 내리쳤다. 아커스는 반사적으로 피터의 목에서 손을 떼며 고통스럽게 몸을 움찔거렸다. 피터는 그 기회를 놓치지 않고 순간적으로 칼을 쥔 아커스의 손을 밀어내며 앞으로 쭉 뻗었다.

  아커스는 칼을 쥐고 있던 손이 자신에게로 향하는 것을 미처 막지 못했다. 이윽고 굉장히 날카로운 칼날이 목을 베고 들어오는 것이 느껴졌다. 그는 고통스럽게 울부짖으며 칼을 놓쳐버렸다. 그리고는 피가 흐르는 목을 부여잡고 땅바닥에 무릎을 꿇었다. 피가 분수처럼 솟아오르며 사방으로 튀었다. 그는 순식간에 바닥에 완전히 쓰러지고 말았다.

피터는 조여졌던 숨통이 탁 트이자, 콜록거리며 일어나 앉았다. 그는 바로 옆에 서 있는 사람을 바라보았다. 그것은 나야였다. 나야는 아커스의 목숨이 천천히 끊어지는 것을 보면서 공포에 떨고 있었다. 땅바닥에는 나야가 아커스의 머리를 때릴 때 썼던 크고 검은 바위가 놓여 있었다. 나야는 공포에 질려 눈을 동그랗게 뜬 채, 그 자리에 얼어붙어 있었다.

피터는 무릎을 꿇고 팔을 벌리며 나야를 자신의 품으로 끌어당겼다. 나야는 눈을 감고 흐느껴 울기 시작했다. "이제 괜찮아." 피터가 속삭였다. "나쁜 거인도 더 이상은 없어. 다 끝났단다. 이제 집으로 가자." 피터의 눈에도 눈물이 차오르고 있었다. 그는 나야를 꽉 안은 채로 걸어갔다. 그는 나야에게 빚을 진 셈이 되었다. 나야의 용기가 아니었다면 그는 이미 죽은 목숨이었을 것이다.

피터와 나야는 오두막을 빠져나왔다. 두 사람의 뒤로는 쓰러진 아커스와 자욱한 피웅덩이뿐이었다. 피터는 이엔가 씨가 전에 했던 말을 떠올렸다. 이엔가 씨는 피터가 나야의 치료를 돕기 전에, 나야가 먼저 피터의 생명을 구하게 될 것이라고 얘기했었다. 결국 두 사람의 운명이 어떤 식으로든 이렇게 복잡하게 얽혀 있었던 것이다.

* * *

레이아는 길이 끝나는 곳에 주차되어 있는 파란색 BMW와 빨간색 지프차에 다다랐다. 그녀는 에버슨이 차에 타려고 애쓰고 있는 것을 발견했다. 그의 어깨에서는 피가 흐르고 있었다.

"멈춰!" 레이아가 에버슨의 가슴에 총을 겨누며 소리쳤다.

"나야에게 무슨 짓을 한 거지? 아이는 어디 있어?"

에버슨은 고통 때문에 도저히 입도 뻥긋 할 수 없었다. 그는 오두막을 가리켰다. 그러자 오두막에서 피터와 나야가 천천히 걸어 나오는 것이 보였다. 그녀는 나야가 안전한 것을 확인하고는 안도의 한숨을 쉬었다.

"오, 하느님, 정말 감사합니다." 레이아는 몸을 굽혀 나야의 얼굴을 바라보았다. 그리고 나야의 작은 어깨를 감싸 안았다. 나야의 고운 피부는 조금도 상하지 않은 것 같았다. 그 모습을 보자 레이아의 마음속에 자리 잡고 있었던 끔찍한 아이의 얼굴은 더 이상 그녀를 괴롭히지 않았다. 레이아는 피터를 올려다보았다. 피터는 깜짝 놀란 얼굴로 그녀를 보고 있었다.

레이아는 헛기침을 하며 뒤돌아섰다. 그녀는 옷매무새를 단정히 하며 다시 경찰다운 모습을 보이려고 애쓰고 있었다.

"무슨 일이 있었던 거예요?" 레이아가 조금 더 침착하게 물었다.

"살인범은 죽었어요." 피터가 말했다. 그는 상처 입은 동료를 외면하려고 애쓰고 있었다. 두 사람 모두 굉장히 화가 나 있는 것이 분명했다.

"무슨 소리에요?" 레이아는 에버슨을 쳐다보면서 말했다. "여기 있잖아요!" 피터는 무슨 일이 있었는지 레이아에게 설명해주었다.

레이아는 그의 말을 듣고 너무 놀랐다. 그녀는 지금까지의 수사가 잘못된 사람을 범인으로 지목하고 있었다는 사실을 믿을 수 없었다. 물론 에버슨이 오늘 한 짓을 고려하면, 그가 아주 결백하다고 할 수는 없었다.

"그 아커스라는 사람이 범인이라고 확신해요?" 레이아가 다시 한 번 물었다. 아커스는 그녀가 한 번도 들어본 적 없는 이름이었다.

"네." 피터가 말했고 나야도 동의하며 고개를 끄덕였다.

"미안해." 에버슨이 말했다. "이런 일이 벌어지게 할 생각은 없었어."

피터는 친구를 외면한 채, 나야의 손을 잡고 그의 차로 걸어갔다. 그는 나야를 들어 올리며 지프차 보닛 위에 앉혔다. "괜찮니?" 그가 나야의 찢어진 손가락을 살피며 상냥하게 물었다.

"네, 괜찮아요." 나야가 말했다. 그리고는 피터의 어깨에 얼굴을 묻었다. 나야는 그의 품속에서 안심할 수 있었다.

이제 그들은 다른 경찰들이 도착하기만을 기다리고 있었다.

70.
3일 후

레이아와 피터는 아커스가 수 년 전에 치료를 받았던 정신병원에 들어섰다. 아커스의 갑작스런 죽음은 이번 살인사건에 많은 의문점을 남겨두었다. 특히나 두 번의 살인사건 사이에 오랜 공백이 있었던 점이 가장 의문이었다. 레이아가 피터를 함께 데려온 이유는 피터가 정신과 의사이기 때문만이 아니라 그도 이 사건과 관계가 있었기 때문이었다.

두 사람은 기록실에 앉아 아커스에 관한 오래된 정신과 차트를 훑어보았다. "여기, 이것 좀 보세요. 아커스가 망상중 환자라고 적혀 있어요."

레이아는 뒷부분을 계속 읽어 내려갔다. 그러던 중, 아커스와 치료사의 대화 기록을 발견했다.

아커스: 그가 저한테 그렇게 하도록 강요했어요. 나를 속였다고요.

치료사: 뭐라고 속였나요?

아커스: 말할 수 없어요.

치료사: 누가 그렇게 하라고 시켰죠?

아커스: 몰라요.

치료사: 아커스 씨는 계속 본인이 나쁜 일들을 했고, 누군가 그렇게 하도록 만들었다고 얘기하고 있어요. 하지만 그게 무슨 일인지, 또 강요한 사람이 누군지 저한테 말해주지 않으면 나도 도울 수 없어요.

아커스: 반드시 그래야만 했어요. 저는 반드시 그래야 했어요….

치료사: 계속해요. 듣고 있어요.

아커스: 절대 이해 못하실 거예요.

치료사: 이해하려고 노력은 할 수 있죠. 무슨 일이었는지 저한테 얘기하면, 아커스 씨도 기분이 좀 나아질 거예요. 그러니 털어봐 봐요.

아커스: 저는 벌을 받게 될 거예요.

치료사: 누구한테 벌을 받죠?

아커스: 아난시요.

치료사: 아난시가 누군가요?

치료사는 그 시점 이후로 침묵만 이어졌다고 기록해놓았다. 또한 정기적으로 그렇게 이해할 수 없는 대화가 계속되었다고 적혀 있었다.

"무슨 생각해요?" 레이아가 피터에게 물었다.

피터는 깊은 한숨을 쉬었다. "아커스가 매우 많이 아팠다는 생각이 들어요." 그가 대답했다. "아난시가 누굴까요?" 그가 물었다. "공범 자인가?"

"제 생각에 아난시는 아프리카 신화에 나오는 인물인 것 같아요." 레이아가 말했다. "분명 아난시는 전통 원주민들 이야기에 나오는 코요테와 비슷한 인물일 거예요. 사람들을 놀리는 인물이죠. 아마도 아난시는 하늘에 살고 있는 듯해요. 그 때문에 피해자들이 그런 방식으로 유기된 거겠죠. 아난시가 피해자들을 볼 수 있게 말이에요."

피터는 2페이지로 넘어가며 계속해서 기록된 내용을 읽었다.

"아커스는 힘든 유년 시절을 보냈던 것 같아요." 피터가 말했다. "그런 면에서는 조금 불쌍하네요."

"글쎄요." 레이아가 말했다. "힘들고 폭력적인 어린 시절을 보냈다고 해서 꼭 살인 충동을 느끼는 건 아니에요." 레이아가 말했다.

피터는 슬프게 미소 지었다. "맞아요. 오히려 그 중 일부는 아이들에게 강한 보호본능을 갖게 되죠. 그래서 일밖에 모르는 의사로 성장하기도 해요. 또 스스로의 인생은 절대 용납할 수 없는 시간 낭비라고 여기죠. 그런 의사들한테는 항상 바쁘게 살면서 이 세상을 구하는 일이 가장 절박해요. 아, 그리고 그런 의사들은 여자와 데이트하는 것도 무서워해요. 행여 여자한테 폭력을 휘둘러서 좋은 관계가 끝나 버릴지도 모른다는 말도 안 되는 걱정에 사로잡혀 있거든요. 그런 아버지의 아들로 자랐으니까요. 그러니까 그런 아이들이 두 가지 부류 중 하나로 자랄 수 있다는 거예요. 레이아 씨는 그런 정신적 트라우마라는 게 사람 마음에 어떤 영향을 미치는지 몰라요."

레이아의 표정이 진지해졌다. "그 얘기를 듣고 싶군요?"

피터는 한숨을 쉬었다. "사실 그렇게 재밌는 얘기는 아니에요. 사람은 누구나 자기만의 이야기가 있잖아요."

레이아가 고개를 끄덕였다. "맞아요, 나도 그렇고요."

피터는 미소를 지었다. "분명 레이아 씨도 그럴 거라고 생각했어요. 어쨌든 저는 싫어요. 그 지난 얘기들을 또 다시 꺼낼 필요는 없잖아요. 어쩌면 저는 마침내 그 모든 일을 극복했는지도 몰라요. 아니면 횡설수설 그런 얘기들을 늘어놓는 제 자신이 지겨운 것일 수도 있고요. 하지만 언젠가 왠지 그런 얘기를 하고 싶을 때가 생기면, 맥주나 한 잔 하면서 그 우울한 옛날 얘기를 나눌 수 있겠죠." 피터의 데이트 신청은 단지 반 농담 식으로 한 말이었다. 하지만 그는 의지와 다르게 긴장하며 말을 덧붙이고 있었다. "아니면 뭐 돈 좀 들여서 영화를 보러 가던지요." 그는 그저 레이아가 대답을 하지 못하게 하고 싶었다.

"저한테 우울한 옛날 얘기가 있을 거라고 어떻게 그렇게 확신하는 거예요?" 레이아가 물었다. "제가 교외에서 사랑하는 부모님과 레이디라는 강아지와 함께 자랐을지도 모르잖아요. 꽤 존경받는 가톨릭 학교에 다녔을 수도 있고, 화요일과 목요일 오후마다 승마수업을 받았을 수도 있다고요."

"에이, 왜 이래요." 피터가 말했다. "저는 정신과에서 일한다고요.

그러니까 트라우마를 가진 아이들이 나중에 뭐가 될지 이렇게나 확실하게 말할 수 있는 거예요. 만약 그중 한 아이가 살인범이나 의사가 되지 않았다면 틀림없이 경찰이 됐을 걸요. 아주 거친 말만 쓰고, 물어뜯던 손톱도 퉤 뱉어버리고, 엉덩이도 걷어차는 그런 경찰이요."

레이아는 머리를 숙이며 소리 내어 웃었다. 피터는 그 웃음소리가 꽤 매력적이라고 생각했다.

"아마도 그 말이 맞을 거예요." 레이아가 말했다. "하지만 저도 피터 씨와 마찬가지예요. 내 입에 그런 얘기들이 또 다시 나오는 건 듣고 싶지 않아요. 아무튼 전 이제 곧 가봐야 할 것 같아요."

"그러니까 레이아 씨는 더 이상 거친 말투에 손톱이나 씹어뱉는 FBI 요원이 되지 않겠다는 말이죠?"

"음." 레이아가 말했다. "한꺼번에 많은 변화를 겪는 건 그리 좋은 일이 아니에요. 아마 그 점은 제가 끝까지 고수할 거예요." "그렇군요." 피터가 철제 테이블 위에 팔꿈치를 받치며 말했다. "레이아 씨가 없다면 정의는 지금 같지 못할 거예요. 그나저나…." 피터의 표정이 심각해졌다. "에버슨은 어떻게 되는 건가요?"

"에버슨은 지금 유괴 및 살인 미수 공범으로 체포된 상태예요." 레이아가 대답했다. "다시는 의사 일을 못하게 될 거예요."

"부끄러운 일이네요." 피터가 머리를 흔들며 대답했다. 비록 오랜 친구가 끔찍한 선택을 했던 건 사실이지만, 피터는 그에게 연민을 느끼지 않을 수 없었다. 피터는 에버슨이 아무도 모르게 마약을 하고 있었다는 얘기에 큰 충격을 받았다. "정말 좋은 친구였어요." 피터가 생각에 잠기며 말했다. "에버슨이 도움을 청했다면 좋았을 텐데 정말 안타깝네요." 그는 걱정을 떨치며 화제를 바꿨다. "아무튼 여기 적혀 있는 기록을 전체적으로 읽어볼 시간이 좀 필요할 것 같아요."

"그렇게 하세요. 저는 그 동안 아커스의 예전 치료사를 찾아보도록 할게요."

피터는 기록실에 앉아서 아커스의 차트를 처음부터 끝까지 읽어보았다. 그는 대체 무엇 때문에 아커스가 두 소녀를 잔인하게 살해한 건지 이해하고 싶었다.

71.
5일 후

피터는 텔레비전 채널을 돌리며 앉아 있었다. 그는 하루 종일 불안하고 침울해 있었다. 나야가 안전하게 구출되었고, 살인범도 죽은 후였지만, 그의 마음은 여전히 안정을 찾지 못했다. 그는 사람을 죽였다는 것 때문에 괴로워하고 있었다. 그 행동이 정당방위였다고 해도, 자신의 임무는 사람을 죽이는 것이 아니라 살리는 것이었다. 그때의 일들이 고장난 레코드처럼 그의 마음에서 계속 되풀이 되고 있었다.

순간 피터는 그를 도와줄 사람이 딱 한 명 있다는 것을 깨달았다. 바로 이엔가 씨였다.

"이엔가 씨, 피터입니다."

"피터 씨! 지난 며칠 동안 많은 일들이 있었다고 들었어요. 잘 지내고 계신가요?"

"별로 잘 지내지 못했어요." 피터가 슬프게 대답했다. "저는 나야를 구하고, 아이들에게는 더 안전한 세상을 만들도록 도왔어요. 그런데 왜 정작 제 마음의 평화는 찾지 못하는 걸까요?"

"피터 씨, 당신이 꼭 이해해야 할 것들이 있어요. 아커스의 첫 번째 희생자였던 데비의 임무는 바로 아커스의 끔찍한 행동을 영영 끝내는 것이었어요. 데비는 생을 마감하는 그 순간에 다시 삶으로 되돌아와서 범인의 잔인한 질주를 멈추기로 했던 거예요. 그것이 데비의 임무니까요. 그래서 데비의 영혼이 피터 씨가 되어서 이 세상으로 돌아온 것이죠."

피터는 목이 꽉 막혀 대답을 할 수가 없었다.

"이건 피터 씨의 운명이었어요." 이엔가 씨가 말했다. "당신이 바꿀수는 없던 거예요."

"하지만 저는 한 사람을 죽였어요."

"생명을 지키고자 하는 피터 씨의 신념은 이해해요." 이엔가 씨가 정중하게 말했다. "하지만 당신은 본질적으로 더 많은 생명을 살려왔을 뿐 아니라 이 세상에 좋은 일을 해온 거잖아요."

"그건 사실이에요." 피터도 그의 말을 인정했다. 그는 기분이 조금 나아지는 것 같았다. "감사합니다. 이제 기분이 조금 나아졌어요."

"전화해줘서 고마워요. 그럼 선생님이 나야를 위해 하셨던 일에 우리가 은혜를 입었지요."

"천만에요. 누구라도 그렇게 했을 겁니다." 피터가 말했다.

"언제든지 제가 필요하시면 전화주세요. 진심입니다."

"감사합니다." 피터가 말했다. 그는 조금씩 정신이 깨어나는 기분이었다. 피터는 이 모든 것이 그의 운명이었다고 생각하니 위로가 되었다.

* * *

나야는 꽃이 만발한 익숙한 들판에 와 있었다. 이번에는 등 뒤로 문이 하나도 보이지 않았다. 나야는 멀리서 들려오는 노랫소리를 따라 키 큰 수풀을 뚫고 달려갔다.

제닛이 키 작은 사과나무에서 사과를 따고 있었다.

"안녕, 제닛." 나야가 말했다.

"나야!" 제닛이 기뻐서 소리쳤다. "너무 반갑다!"

"제리는 어디 있어?" 나야가 물었다. 주변을 둘러보았지만 몸집 큰 동물의 모습은 어디에도 보이지 않았다.

"친구를 만나러 갔어." 제닛이 미소를 띠며 말했다.

"나쁜 거인은 어떻게 됐니?"

"이제 가버렸어. 네 덕분이야." 제닛이 말하며 나야의 머리를 가볍게 쓰다듬었다. "더 이상 걱정하지 않아도 돼."

"끈이 전부 없어졌네!" 나야는 제닛의 몸을 이리저리 살펴보았다. "이제 몸이 완전히 다 붙은 것 같아!"

"그럼 선생님이 도와줄 거라고 전에 말했잖아."

나야가 미소를 지었다. "지금 같이 놀 수 있을까?"

"응, 잠깐 동안은."

"우리 다시 볼 수는 있는 거야?" 나야가 물었다. 대답은 이미 알고 있었다.

"사실, 이제 떠나야 할 시간이야." 제닛이 상냥하게 말했다.

"하지만 네가 가지 않았으면 좋겠어." 나야가 찡그린 얼굴로 말했다.

"슬프게 생각할 거 없어. 난 언제까지나 네 친구일 테니까."

"보고 싶을 거야."

두 소녀는 잠시 동안 조용하게 서 있었다. "놀자." 나야가 말했다. 나야는 제닛을 향해 팔을 뻗으며 제닛을 툭 하고 쳤다. "네가 술래야!" 나야는 말을 마치며 사과나무 주위를 뛰어다녔다.

두 소녀는 해가 질 무렵까지 즐겁게 놀았다. 제닛은 나야에게 작별 인사를 하더니 밝은 저녁노을 속으로 멀어져 갔다.

나야는 제닛이 저 멀리 사라지는 동안 손을 흔들어주었다.

72.
2개월 후

피터는 라디오 리듬에 맞춰 손가락으로 핸들을 탁탁 두드렸다. 그는 이모부의 목장으로 향하고 있었다. 이번 한 주는 에버슨의 체포소식과 아커스의 죽음에 관한 얘기들로 떠들썩했다. 그 사건은 지역 언론과 사람들의 입에 한창 오르내리고 있었다. 이제 그 사건은 모두 해결된 일이었다. 그리고 피터는 마지막으로 한 번 더 레이아를 만날 예정이었다. 레이아가 법의학자들이 발견한 새로운 정보를 얘기해주기로 했기 때문이었다.

피터는 교통 신호를 확인하고 목장에서 몇 킬로미터 떨어진 다리 밑에 차를 멈춰 세웠다. 마을에서 플라워맨이라고 불리는 남자가 보였다. 플라워맨은 그 도로에 차를 멈춘 사람들에게 장미를 파는 사람이었다. 장미는 꽤 친숙한 꽃이었지만 피터는 한 번도 장미를 살 기회가 없었다. 그는 창문을 내리고 큰 다발의 장미를 구입했다. 이윽고 신호등이 녹색으로 바뀌자 그는 다시 이모부의 목장으로 향했다.

피터는 레이아의 임대차가 이모부네 집 밖에 주차되어 있는 것을 발견했다. 그녀는 약속에 늦는 법이 결코 없었다. 피터는 장미 한 다발을 챙겨 집안으로 뛰어 들어갔다. 안에는 레이아가 이모부를 기다리며 거실에 혼자 앉아 있었다.

"여기요, 레이아 씨 주려고 산거예요." 피터가 장미 다발을 레이아에게 건네며 말했다. "안 그러셔도 되는데." 레이아가 얼굴을 약간 붉히며 말했다. 그녀는 피터의 꽃선물에 고마운 마음이 들었다.

"나야를 도와준 것에 대한 작은 감사의 표시예요." 피터가 부드러운 미소를 띠며 대답했다. 그 날도 레이아는 아주 아름다운 모습이었다. 그리고 피터는 그녀의 아름다움을 도저히 외면할 수가 없었다.

"축하해요, 바인즈 요원님." 그때, 베일리 의원의 목소리가 들렸다. 그는 거실로 걸어오고 있었다.

"피터 씨가 사건을 해결하는 데에 큰 도움이 됐어요." 레이아가 피터를 치켜세우며 말했다.

"사건이 모두 해결되어서 정말 안심이에요. 이제 마을 사람들의 DNA를 채취할 필요가 없겠네요." 베일리 의원은 만족스러운 웃음을 지었다.

"아커스와 이 사건에 관련된 모든 DNA 증거는 확보해둔 상태에요. 숲에서 저를 급습했던 사람이 바로 아커스였어요." 레이아가 자신 있게 말했다. "에버슨은 제닛의 살인 혐의를 벗게 됐고요."

"아커스가 왜 그런 끔찍한 일을 했는지는 전혀 이해가 안 되는군요." 베일리 의원이 말했다.

"저는 아커스에 대한 모든 기록들을 샅샅이 살피면서 생각을 이리저리 끼워 맞춰봤어요. 그리고 몇 가지 재미있는 사실을 발견했죠."

피터가 말했다. "아커스는 태어난 이후로 몇 년 동안 자메이카에서 자랐더라고요. 그의 부모님은 동인도와 자메이카 출신이었어요. 아커스는 아버지가 여자를 강간한 후 살해하는 장면을 목격했어요. 그것이 곧 어머니를 잃은 트라우마와 합쳐졌고요. 그는 어머니를 잃고 나서 조부모님과 함께 미국으로 건너오게 됐어요. 그리고 디드 씨네 사유지에서 생활하고 일하면서 근처 슈퍼마켓에서 일자리를 구했죠."

"하지만, 왜 살인을 한 걸까요?" 레이아가 물었다. "폭력적인 어린 시절을 겪었다고 해서 다 살인자가 되는 건 아니잖아요."

"아커스는 망상증 환자였던 것 같아요. 그 망상이 그의 현실을 늘 맴돌았던 거죠. 그는 자메이카의 신 아난시에게 은혜를 입었다고 믿고 있었어요. 그리고 저주를 피하기 위해서는 제물을 바쳐야한다고 생각했던 거죠. 살아남기 위해서 말이에요."

"그럼 그 두 소녀는 뭐지?" 베일리 의원이 물었다."아커스는 그의 일생에서 매우 치명적이고 충격적인 일을 두 번 겪게 되요. 그러면서 그 두 소녀들을 죽음에 이르게 한 것 같아요." 피터가 설명했다. "첫 번째 살인은 그가 18살 때쯤 조부모님이 돌아가신 직후였어요. 바로 데비 샌더스를 살인한 날이었죠. 그리고 두 번째 살인은 그의 부인의 죽음 때문이었어요. 부인의 죽음은 제닛이 죽기 몇 달 전쯤에 일어난 일이었어요. 아마 피해자들은 불행하게도 그 잘못된 시기에 그의 눈에 띄고 만 거죠."

레이아와 베일리 의원은 피터의 이야기에 완전히 빠져 있었다. 레이아는 피터가 그 끔찍한 살인에 가려져 있던 원인들을 추리해냈다는 것이 꽤 인상 깊었다.

"어깨는 어때요?" 레이아가 화제를 바꾸며 말했다. 그녀는 피터의 옷 아래로 친친 감겨진 붕대를 바라보고 있었다.

"아직은 좀 아파요." 피터가 말했다. "꽤 무거운 꽃병이었거든요. 여덟 바늘이나 꿰맬 정도였으니까요."

"그랬군요. 어쨌든 이제 두 분이서 얘기를 나누셔야겠네요." 레이아가 일어서며 말했다. 그녀는 서해안으로 돌아가기 위해 곧 비행기를 타러 가야 했다.

레이아는 피터가 준 꽃다발을 들며 향기를 맡았다. "장미향이 좋은데요." 그녀가 피터에게 미소를 지어 보이면서 말했다. 그리고는 돌아서서 차를 향해 걸어갔다.

피터는 레이아가 멀어지는 모습을 바라보았다. 그녀의 등으로 적갈색의 머리카락이 찰랑이고 있었다. 그 모습이 마치 그림처럼 아름다웠다.

"바인즈 요원님!" 피터가 갑자기 그녀의 이름을 불렀다. "…레이아 씨!"

그녀는 뒤를 돌아서서 피터가 가까워질 때까지 기다렸다. 그는 급하게 풀밭을 건너 달려오고 있었다. 피터는 레이아의 앞에 서서 숨을 돌렸다. 그는 무슨 말을 꺼내야 할지 결정하지 못한 듯했다.

"가서야 한다는 건 알고 있어요." 마침내 그가 입을 열었다.

피터는 자신을 바라보는 레이아의 엷은 갈색 눈동자가 이제는 친근하게 느껴졌다. 하지만 그 눈동자에서는 더 이상 전문 경찰관의 차갑고 딱딱한 눈빛이 보이지 않았다.

"네, 그렇죠." 레이아가 말했다. 그녀는 잠시 말을 멈추고 천천히 그의 두 손을 잡았다. 두 사람의 얼굴이 조금씩 가까워졌다. 피터의 긴장한 얼굴을 보자 레이아는 방긋 웃음을 터뜨렸다.

"이럴 수가, 당신 미소는 정말 너무 아름다워요." 피터가 말했다. "그러니까 자주 웃도록 해요."

레이아는 그 특유의 심각한 표정을 지으며 미묘한 감정을 차분히 진정시켰다. 하지만 여전히 웃음이 새어나오고 있었다. "생각해볼게요, 아마도." 그녀가 단호하게 말했다.

"꼭 생각해봐요." 피터가 말했다.

"피터씨도 생각해볼 것이 있어요." 레이아가 다소 정중하게 말했다.

"저도요?"

레이아는 피터의 손을 더 꽉 쥐더니 몸을 앞으로 기댔다. 그리고 그녀의 입술이 피터의 입술에 닿았다. 그 순간은 매우 짧았다. 그 키스는 성적이라기보다는 너무도 부드러운 것이었다. 그런데도 피터는 여전히 아무 말도 못하고 있었다. 레이아는 뒤로 물러나서 그의 얼굴을 살피고는 다시 웃었다.

"데이트해요, 꼭이요." 마침내 그녀가 말했다. "일중독은 그만 하면 충분하잖아요. 이제는 한 여자를 정말 행복하게 만들어보라고요. 알았죠?"

피터는 소리 내어 웃었다. 그리고 두 사람 모두 그 웃음소리 속에 감춰진 슬픔을 느낄 수 있었다. "그건 레이아 씨도 마찬가지잖아요." 그는 억지로 레이아를 놀리듯 말했다. 그는 지금 이 순간이 슬프지 않길 바라는 마음이었다.

레이아는 한숨을 쉬며 어깨를 으쓱했다. "제가 무슨 할 말이 있겠어요? 정곡을 찔려버렸네요. 이건 어때요? 피터 씨도 노력한다고 하면, 저도 그렇게 할게요. 사랑 게임 말이에요. 괜찮죠?"

"좋아요." 피터가 상냥하게 대답하며 그녀에게 한 번 더 웃어보였다. "잘 지내요, 바인즈 요원님."

"당신도요, 그람 선생님." 레이아가 대답을 마치고 돌아섰다.

그녀는 차 문을 닫기 전에 마지막으로 한 번 더 손을 흔들며 떠났다. 마침내 이번 사건이 완전히 막을 내리게 된 것이었다.

73.
3개월 후

"정말 가고 싶니?" 피터가 웃으며 나야에게 물었다.

"네!" 나야는 확신에 차서 대답했다.

나야와 피터는 손을 꼭 잡고 주차장으로 걸어갔다. 나야는 피터의 차를 타게 되어 잔뜩 신이 나 있었다.

피터는 지난 사건 이후로 나야의 개별 치료를 계속하게 되었다. 납치를 당했던 일과 아커스의 끔찍한 죽음을 목격한 일로 나야가 부수적인 정신적 충격을 받은 상태였기 때문이었다. 또한 피터는 제닛 트로이가 누구인지, 그 아이에게 무슨 일이 일어났었는지에 대해 나야가 이해할 수 있도록 도와주었다. 나야는 제닛과 꿈에서 대화를 했고, 제닛에게 해를 끼친 범인을 잡는 것도 도와주었다는 사실을 모두 이해했다. 그 어린 나이에도 꿈에서 겪은 일들을 모두 받아들인 것이다. 하지만 나야가 과연 어떻게 그 모든 것을 납득할 수 있었는지는 아무도 알 수 없었다. 이제 피터는 나야가 그 어린 나이에 겪은 많은 일들을 마무리 지어줄 현장 답사를 계획했다.

나야와 피터는 시내를 달리며 트로이 부부의 집으로 향했다.

"여기가 제닛이 살던 곳이야." 차가 좁은 진입로에 들어서자 피터가 나야에게 말했다.

문을 열어 주는 트로이 부인의 얼굴은 아주 차분했지만 동시에 꽤 심각해 보였다. "들어오세요."

나야와 피터가 겉옷을 벗고 거실에 있는 소파에 앉자, 트로이 부인이 나야에게 물었다. "애플파이 좀 먹을래?"

"제닛이 애플파이를 좋아했나요?" 나야가 물었다.

"그랬단다." 트로이 부인은 작게 미소 지으며 대답했다. "아주 많이 좋아했지."

그때 한 남자가 계단을 내려오며 그들에게 인사했다. 그가 입고 있는 옷은 꽤 헐렁해 보였다. 아마도 갑자기 살이 많이 빠진 듯 했다.

"제닛의 아빠인 허버트에요." 트로이 부인이 말했다.

허버트는 가족 앨범을 들고 있었다.

"이걸 보고 싶어 할 것 같아서요." 그가 피터와 나야에게 말했다. 그리고는 나야와 피터 사이에 앉았다. "여기 이 아이가 우리 제닛이에요." 그는 페이지를 넘기면서 다정하게 말했다. "우리 딸은 아주 행복한 아이였죠."

"제닛이 저한테 항상 제 친구가 되어줄 거라고 했어요." 나야가 자랑스럽게 말했다.

트로이 부부는 미소 지으며 서로를 바라보았다. 하지만 부부의 눈은 눈물로 차오르고 있었다. "이것 좀 보세요!" 나야가 사진 한 장을 가리키며 피터에게 말했다. 사진 속에는 제닛이 하얀 작은 쥐 한 마리를 들고 있었다.

"제닛의 애완 쥐였던 제리에요." 허버트가 말했다.

"저는 제리가 코끼리인줄 알았어요." 나야가 천진난만하게 말했다.

"응, 네 꿈속에서는 그랬지." 피터가 친절하게 말했다.

트로이 부부는 나야와 피터와 함께 앨범을 넘겨보면서 제닛과 지낸 행복한 기억들을 함께 나누었다. 그들은 2살 때 제닛이 발레리나 옷을 입고 있는 사진, 7살 때 입으로 생일 케이크의 초를 불어 끄는 모습, 9살 때 할로윈을 위해서 호박모양 옷을 입고 있는 모습들을 보며 웃고 있었다. 피터는 나야가 제닛에 대해 좋은 기억을 갖는 일이 꽤 중요하다고 생각했다. 나야의 꿈들은 늘 끔찍했기 때문이었다.

"제닛의 방도 한 번 보겠니?" 트로이 부인이 나야에게 물었다.

"네." 나야가 들떠서 대답했다.

트로이 부인은 제닛의 방이 자리한 위층으로 두 사람을 안내했다. 그 방은 제닛이 마지막으로 그곳에 머물렀던 이후로 단 하나도 변하지 않은 채였다.

"꿈과 똑같아요." 나야가 방으로 들어가서 제닛의 침대에 앉으며 말했다. "이 시트에서도 똑같은 냄새가 나요." 나야는 제닛의 침대 옆에서 창밖을 내다보았다. 그리고는 장난스런 미소를 지으며 피터를 쳐다보았다. "그런데 여기는 밖에 코끼리가 없네요."

피터는 고개를 끄덕였다. 트로이 부인은 방에 들어오지 못하고 문앞에 서 있었다. 아무래도 나야가 제닛의 침대 위에 앉아 있는 모습을 보고 있기 힘든 것 같았다.

나야는 트로이 부인이 서 있는 곳으로 가더니 부인을 올려다보았다. "제닛의 방을 보여주셔서 감사해요." 나야가 말했다. "아주머니가 슬퍼하시는 것을 보니까 마음이 아파요."

트로이 부인은 나야를 내려다보았다. 그리고는 손으로 자신의 목을 꼭 감싸며 나야를 향해 여러 번 고개를 끄덕였다. 그러자 나야는 트로이 부인의 손을 잡더니 그녀와 함께 아래층으로 다시 내려갔다. 피터는 두 사람을 뒤따라갔다.

"제닛의 부모님을 만나서 기분이 좋아졌니?" 피터가 지프차로 돌아가는 길에 나야에게 물었다.

"네." 나야가 크게 웃으며 말했다. "이제 정말로 제닛은 언제까지나 제 친구가 될 거예요."

74.
6개월 후

피터는 지금 가고 있는 방향이 맞는지 확인했다. 분명 이 길이 확실했다. 그는 조용한 집들을 지나며 주소를 따라 천천히 차를 몰았다. 그는 화창한 일요일 아침에 3시간에 걸쳐 펜실베이니아 주에 도착한 참이었다. 그는 겨울이 지나고 꽃이 만발한 봄이 왔음에 행복해 하고 있었다.

"아, 여기다, 24번지." 피터가 빨간색 숫자가 쓰여 있는 흰색 우체통을 발견하고 자신도 모르게 큰 소리로 말했다. 그는 한 채의 단층집 앞에 차를 세웠다. 그리고 다채로운 색깔의 꽃밭과 잘 정돈된 잔디밭을 지나 정문으로 걸어갔다. 초인종을 누르자, 안에서 잠금장치를 여는 소리가 들렸다.

"네?" 연세가 꽤 지긋해 보이는 아주머니가 문을 열며 말했다. 그녀와 눈이 마주치자, 피터는 등줄기로 전기가 찌릿하고 흐르는 것만 같았다.

"저는 몇 주 전에 전화 드렸던 피터 그람 의사입니다." 피터가 대답했다.

"그람 선생님, 사진을 통해서 얼굴은 알고 있었어요. 안으로 들어오세요." 아주머니가 문을 열어주었다. "데비에 관한 이야기를 하고 싶어 하신다는 얘기를 듣고 놀랐어요. 차를 좀 드시겠어요?"

"그럼요, 감사합니다." 피터가 그녀를 따라 주방으로 들어가며 말했다.

샌더스 부인은 물을 채운 찻주전자를 가스레인지 위에 올려놓았다. 피터는 밝은 주방 내부를 신기한 듯이 둘러보았다.

"혼자 사시나요?" 피터가 정중하게 물었다.

"네, 맞아요. 5년 전에 남편이 죽은 후부터 혼자 살았죠." 샌더스 부인이 대답했다. "앉으세요." 그녀가 원탁 테이블을 가리켰다.

그녀는 차를 내오고 테이블의 피터 맞은편에 앉았다.

"자, 그럼 데비에 대해서 어떤 걸 알고 싶으신 가요?" 샌더스 부인이 피터에게 물었다.

"아마 이상하게 들리시겠지만 데비가 어떤 아이였는지 이야기를 좀 들을 수 있을까 하고 찾아뵙게 됐습니다." 피터가 부탁했다.

샌더스 부인은 잠시 주저했다. 그녀의 갈색 눈동자를 들여다보는 동안, 피터는 문득 데자뷰를 느낀 것 같았다. 잠시 후, 샌더스 부인은 애정 어린 목소리로 그녀의 딸 데비에 관한 이야기를 시작했다. 피터는 그때의 기억들이 그 당시에도, 그리고 그 이후에도 샌더스 부인에게 아주 큰 고통이라는 것을 알 수 있었다.

"데비는 우리가 신문에서 본 제닛 트로이라는 아이처럼 그렇게 사라졌어요. 어느 날 오후, 데비는 친구네 집에서 돌아오는 길이었지요. 정말 세상에 그런 일은 또 없을 거예요. 내 아이를 잃어버리는 그런 슬픈 일이요." 샌더스 부인은 휴지로 눈물을 닦으려고 자리에서 일어섰다. "그 일이 있은 후에 우리는 도저히 뉴베리에 머물러 있을 수가 없었어요. 데비의 친구들, 그 부모들…. 우리와 가깝게 지내던 그 가족들을 더 이상 볼 수가 없었어요. 너무나도 가슴 아픈 일이었답니다. 그래서 우리는 그곳을 떠나 이사를 했어요."

"저는 데비가 죽은 바로 그 날 태어났어요." 피터가 말했다.

샌더스 부인은 따뜻한 미소로 피터를 쳐다보았다. 그러더니 부인은 자기 머리를 톡 하고 살짝 쳤다. "당신을 보고 있자니 우리 아이가 떠오르는 군요." 부인이 찻잔을 테이블에 내려놓으며 말했다. 그녀는 피터에게 가까이 몸을 기댔다. 그리고는 그의 눈을 뚫어질 듯이 들여다보다. 순간 피터는 부인을 끌어안고 싶은 강력한 충동에 화들짝 놀랐다. "정말 너무도 비슷한 눈을 가졌네요."

아마 비슷한 영혼도요. 피터는 갑자기 이상하면서도 따뜻한 기운이 그의 몸을 감싸는 듯한 기분이 들었다. *한때 나의 어머니이기도 했겠지?*

샌더스 부인은 의자에 몸을 기댔다. "오늘 날 보러 와줘서 정말 기쁘게 생각해요." 그녀는 진심으로 행복한 미소를 지으며 말했다.

"저도 그래요." 피터도 마음 속 깊이 행복해하며 대답했다.

영혼의 사슬

1쇄 인쇄 2011년 11월 11일
1쇄 발행 2011년 11월 22일

지은이 프리담 그란디 · **옮긴이** 맹은지
펴낸곳 도서출판 북캐슬 · **인쇄** 삼화인쇄(주)
펴낸이 박승규 · **마케팅** 최윤석 · **디자인** 진미나
주소 서울시 마포구 서교동 463-3 성화빌딩 5층
전화 325-5051 · **팩스** 325-5771 · **홈페이지** www.wordsbook.co.kr
등록 2004년 3월 12일 제313-2004-000061호
ISBN 978-89-964036-9-2   03840
가격 13,800원